도리언 그레이의 초상

도리언 그레이의 초상

오스카 와일드 | 임종기 옮김

문예출판사

The Picture of Dorian Gray

Oscar Wilde

차례

서문

예술가는 아름다운 것들의 창조자다.

예술을 드러내고 예술가를 숨기는 것이 예술의 목표이다.

비평가란 아름다운 것들에 대한 인상을 다른 방식이나 새로운 소재로 변환시킬 수 있는 자이다.

비평의 최고이자 최악의 형식은 자서전이다.

아름다운 것에서 추한 의미를 찾아내는 사람은 매력이라곤 없는 타락한 자들이다. 그런 행위는 그릇된 짓이다.

아름다운 것에서 아름다운 의미를 찾아내는 사람은 교양인이다. 이들에게는 희망이 있다.

아름다운 것을 그저 '아름다움'의 의미로만 여기는 그들은 선택된 자들이다.

도덕적이거나 비도덕적인 책이란 존재하지 않는다.

책은 잘 썼든지 못 썼든지 둘 중 하나다. 단지 그뿐이다.

리얼리즘에 대한 19세기의 혐오는 칼리반(Caliban)*이 거울에 비친 자신의 얼굴을 보며 느끼는 분노와도 같다.

로맨티시즘에 대한 19세기의 혐오는 칼리반이 거울에 비친 자신의 얼굴을 보지 못해 느끼는 분노와 같다.

인간의 도덕적 삶은 예술가가 다루는 주제의 일부를 형성하지만, 예술의 도덕성은 불완전한 매체를 완벽하게 사용하는 데 있다.

어떠한 예술가도 무언가를 증명하고 싶어 하지 않는다. 진실이며 증명할 수 있는 것조차도 증명하려 하지 않는다.

어떠한 예술가도 윤리적 공감을 하지 않는다. 예술가의 입장에서 윤리적 공감은 용납할 수 없는 양식의 매너리즘이다.

어떠한 예술가도 병적 존재가 아니다. 예술가는 모든 것을 표현할 수 있다.

예술가에게 사고와 언어는 예술의 도구이다.

예술가에게 선과 악은 예술의 질료이다.

모든 예술의 전형은 형식적 관점에선 음악가의 예술이고 정서적 관점에선 배우의 기교이다.

모든 예술은 곧 표피이자 상징이다.

표피 아래로 파고들려는 사람들은 위험을 무릅써야 한다.

상징을 읽어내려는 사람들은 위험을 무릅써야 한다.

예술이 진정으로 반영하는 것은 관객이지 삶이 아니다.

한 예술 작품에 대한 다양한 견해는 그 작품이 새롭고 복잡하며

---

*   셰익스피어의 희곡 〈템페스트〉에 등장하는 흉측한 모습의 괴물로, 프로스페로에게 구조되어 노예가 된다.

생명력이 넘친다는 것을 의미한다.

비평가들이 의견 일치를 보지 못할 때 예술가는 자신과 일체감을 가진다. 유용한 것을 만든 사람이 스스로 그것을 찬양하지 않는 한 우리는 그를 용서할 수 있다. 쓸모없는 것을 만든 데 대해 유일하게 변명할 수 있는 길은 스스로 그것을 열렬히 찬양하는 것뿐이다.

모든 예술은 전혀 쓸모없다.

오스카 와일드

1

화실은 짙은 장미향으로 가득했고, 가벼운 여름 바람이 정원의 나무들 사이를 휘젓고 지나가자 라일락의 짙은 향기나 연분홍 꽃이 피어 있는 가시나무의 더욱 섬세한 향기가 열린 문을 통해 들어왔다.

페르시아산 안장 주머니처럼 생긴 소파의 한쪽 구석에 누워 평소 습관처럼 계속해서 담배를 피워대던 헨리 워튼 경도 꿀처럼 달콤하고 꿀처럼 노란 빛깔을 띠는 금사슬나무 꽃의 만개한 눈부신 자태를 볼 수 있었다. 금사슬나무의 가지는 불꽃처럼 눈부신 아름다움의 무게를 도저히 버텨내지 못해 파르르 떨고 있는 듯 보였다. 이따금 커다란 창문 앞에 길게 늘어진 비단 커튼을 휙 스치며 날아가는 새들의 환상적인 그림자는 찰나적인 일본풍의 효과를 자아냈다. 그 모습을 보는 순간 헨리 경의 뇌리에는 부득이 고정된 예술 매체를 통해 '빠른 속도감'과 '운동감'을 전하고자 하는, 비취처럼 얼굴빛이 창백한 도쿄의 화가들이 떠올랐다. 손질이 안 돼 제멋대로 자란 풀들을 헤치며 날아다니기도 하고, 뿔처럼 삐쭉하게 뻗어 나온 인동 덩굴의 먼지 낀 금빛 꽃 주위를 단조롭고 고집스럽게 빙빙 돌기도 하던 벌들의 음울한 듯한 웅웅 소리가 조용한 적막감을 더욱더 숨막히게 만드는 것 같았다. 런던의 어렴풋한 외침이 저 멀리서 울리는 오르간의 최저음처럼 들렸다.

방 한가운데 똑바로 놓인 이젤 위에는 유난히 아름다운 한 젊은 남자의 전신 초상화가 있었고, 그 그림에서 조금 떨어진 앞쪽에는 초상화를 그린 화가 바질 홀워드(Basil Hallward)가 앉아 있었다. 그는 몇 년 전에 갑작스레 종적을 감춰 당시 대중을 크게 동요시키며 이상한 억측들을 숱하게 불러일으켰었다.

화가는 아주 멋진 솜씨로 그려놓은 우아하고 아름다운 자신의 작품 속 인물을 바라보고 있으려니 저절로 얼굴에 흡족한 미소가 떠올랐고, 그 미소는 쉽게 가시지 않을 것 같았다. 하지만 그는 갑자기 벌떡 일어서더니, 깨어날까 봐 두려운 어떤 기묘한 꿈을 머릿속에 가둬놓으려는 듯 두 눈을 감고 손가락으로 눈꺼풀을 살며시 눌렀다.

헨리 경이 나른한 목소리로 말했다.

"바질, 자네 최고의 작품이야. 지금까지 자네가 그린 작품 중 최고야. 내년에는 그 작품을 꼭 그로스브너(Grosvenor)에 출품해야 해. 왕립 미술원은 너무 크고 너무 통속적이지. 그곳에 갈 때마다 느끼는 건데, 사람들이 어찌나 많은지 도대체 그림을 볼 수조차 없어. 정말 짜증스럽기 그지없어. 아니면 그림이 너무 많아서 사람 구경을 할 수 없을 때도 있는데, 그럴 때는 더 짜증스럽지. 자네의 그림을 출품할 만한 곳은 정말로 그로스브너뿐이야."

"나는 이 작품을 어디에도 출품하지 않을 거야."

화가는 괴상한 방식으로 고개를 뒤로 젖히며 말했다. 옥스퍼드 시절에 친구들은 그의 그런 모습을 볼 때마다 비웃곤 했었다.

"그래, 아무 데도 보내지 않을 거야."

헨리 경은 눈썹을 치켜뜨고는, 놀란 표정으로 아편이 짙게 섞인 담배에서 기이한 모양으로 소용돌이치며 피어오르는 엷은 푸른색 연기 사이로 바질을 쳐다봤다.

"어디에도 출품하지 않겠다니? 이봐, 대체 왜 그래? 무슨 이유라도 있어? 자네 같은 화가들이란 정말 괴상하기 짝이 없다니까! 명성을 얻기 위해서 별별 짓을 다 하지. 그러다가 정작 명성을 얻고 나면 당장에 그걸 내던지고 싶어 안달하잖아. 그건 정말 어리석은 짓이야. 세상에 남의 입에 오르내리는 일보다 더 나쁜 게 딱 하나 있는데, 뭔지 아나? 그건 바로 누구의 입에도 오르내리지 않는 거야. 이 정도 초상화라면 영국의 어떤 젊은 화가보다도 훨씬 뛰어난 실력일 걸세. 노인네들이 이 그림을 보면 꽤나 시샘할 거야. 그들이 조금이라도 감정이 있다면 말일세."

"자네가 나를 비웃을 거라는 걸 알아. 하지만 난 이 그림을 절대로 전시할 수 없어. 이 그림에는 나 자신을 너무 많이 반영했거든."

바질이 대답했다.

헨리 경이 소파 위에서 몸을 쭉 뻗으며 웃었다.

"그래, 자네가 비웃을 줄 알았다니까. 하지만 자네가 아무리 그래도 내 생각에는 변함이 없어."

"그림에 자신을 너무 많이 반영했다니! 바질, 난 정말 자네가 그토록 자만심이 센 사람인 줄 몰랐네. 아무리 봐도 이 그림 속 인물과 자네 사이에 닮은 구석이라곤 한 군데도 없군그래. 자넨 까칠하고 강한 얼굴에 새까만 머리카락인데, 이 젊은 아도니스는 상아와 장미 꽃잎으로 만든 것만 같잖아. 이봐, 바질, 이 젊은이는 나르시스일세. 자네는 음…… 물론 자네의 외모엔 지적인 면, 뭐 그런 면들이 있긴 하지. 하지만 아름다움, 진정한 아름다움은 지적인 모습이 보이는 순간 사라지고 말아. 지성이란 원래 과장된 양식이라서, 어떤 얼굴이든 조화를 파괴해버리지. 일단 자리에 앉아 생각하는 순간부터 사람은 오로지 코나 이마만 남거나 끔찍한 모습으로 변해버리거든. 학문적인 직업에서 성공한 사람들을 보게나. 그자들은 얼마나 흉측한가! 물론 성직자들은 예외지. 하지만 따지고 보면 성직자들도 생각을 안 해. 주교는 여든 살이 되어도 열여덟 살 소년 시절에 들은 얘기를 계속 늘어놓고 있으니, 당연히 항상 싱글벙글 즐거운 표정이지. 자네의 저 신비로운 젊은 친구는, 자네가 아직 이름을 알려주지 않아 누군지 모르겠지만, 정말 외모가 아주 매혹적이군그래. 당연히 이 친구, 생각이라곤 없겠지. 그냥 딱 봐도 확실히 알겠어. 이 친구는 머리가 빈 아름다운 피조물이구먼. 그러니 이 친구는 볼 만한 꽃이 없는 겨울마다 이곳에 와 있어야 해. 우리에게 머리 식힐 만한 뭔가가 필요한 여름에도 항상 와 있어야 하고. 바질, 착각하지 말게. 자네는 저 친구와 닮은 구석이 전혀 없어."

"해리, 자넨 내 말을 이해하지 못하는군. 물론 난 이 친구와 닮지 않았어. 그건 나도 잘 알고 있네. 사실 내가 이 친구를 닮았다면 유감스러운 일이지. 믿지 못하겠다는 건가? 하지만 난 진실을 말하고 있다네. 육체적으로든 지적으로든 모든 면에서 보통 사람들과 다른

14

뛰어난 사람들에게는 숙명이란 게 있어. 역사를 통틀어 몰락해가는 왕들에 붙어 다니는 숙명과도 같은 것이지. 자신의 동료들과 별반 다르지 않은 게 더 좋은 법이라네. 이 세상에서 언제나 가장 이득을 보는 쪽은 추하고 어리석은 자들이야. 그자들은 편안히 앉아 입을 헤벌리고 연극을 구경할 수 있거든. 그자들은 승리에 대해 아는 바가 전혀 없더라도, 적어도 패배에 대해선 나름 알지. 그자들은 우리 모두가 진정 살아가야 하는 삶대로, 그러니까 마음 편히, 무심히, 아무런 걱정 없이 살고 있는 거야. 그자들은 다른 사람을 파멸시키지도 않고, 타인의 손에 파멸을 당하지도 않아. 해리, 자네에겐 지위와 부가 있고, 내겐 변변치 않지만 두뇌가 있어. 어떤 가치를 지녔든, 변변치 않을 테지만, 내겐 예술이 있어. 그리고 도리언 그레이에게는 아주 아름다운 외모가 있지. 우리는 모두 신들이 우리에게 준 이것들 때문에 고통을 받게 될 거야. 아주 끔찍한 고통을."

화가가 대답했다.

"도리언 그레이라고? 그게 이 친구의 이름인가?"

헨리 경이 화실을 가로질러 바질 홀워드를 향해 다가가며 물었다.

"그래, 그의 이름이야. 자네에게 그의 이름을 말할 생각은 없었는데."

"왜 이름을 말하지 않으려 했지?"

"아, 딱히 뭐라고 설명할 순 없어. 난 너무나 좋아하는 사람이 있으면 그의 이름을 누구에게도 절대로 말하지 않아. 이름을 말해버리면 그 사람의 일부를 내주는 것만 같거든. 나는 점점 비밀을 무척 좋아하게 됐어. 바로 그것만이 우리에게 현대의 삶을 신비롭거나 경이롭게 만들어줄 수 있는 것 같거든. 가장 흔한 것도 비밀을 숨기고 있으면 기쁨을 주는 법이지. 만일 지금 이 도시를 떠난다면 나는 어디로 갈지 사람들에게 절대 말하지 않을 거야. 그걸 말해버리면 내가 느낄 기쁨이 완전히 사라져버리거든. 어리석은 습관일지 모르지만, 어쨌든 그런 습관이 인생에 크나큰 로맨스를 가져다주는 것 같아. 자넨 이런 말을 하는 나를 아주 어리석다고 생각하겠지?"

"천만에. 이봐, 바질, 난 결코 자네를 그렇게 생각하지 않아. 자네는 내가 결혼했다는 걸 잊은 모양인데, 결혼의 한 가지 매력은 부부 두 사람 모두에게 반드시 기만적인 생활이 필요해진다는 거야. 나는 아내가 어디에 있는지 결코 모르고, 아내는 내가 무슨 짓을 하고 있는지 절대 알지 못하지. 우리는 만나면 — 이따금 함께 식사를 하러 가거나, 공작의 집을 방문할 때 만나거든 — 최대한 진지한 표정을 지으며 아주 터무니없는 이야기들을 늘어놓지. 아내는 그런 일에 아주 능숙해. 사실 나보다 훨씬 더 뛰어나다네. 아내는 날짜를 혼동하는 법이 없거든. 매번 날짜를 혼동하는 나와는 다르지. 하지만 아내는 내가 날짜를 헷갈려 하는 걸 눈치 채더라도 절대로 소란을 피우는 법이 없어. 나는 가끔은 아내가 그래 줬으면 하고 바라기도 하는데, 그녀는 나를 비웃기만 할 뿐이지."

헨리 경이 대답했다.

"해리, 난 자네가 자신의 결혼생활을 그런 식으로 말하는 게 듣기 거북해. 내 생각에 자넨 실제로는 정말 좋은 남편이면서 자신의 미덕을 유난히 부끄러워하고 있어. 자네는 비범한 친구야. 도덕적인 얘기를 늘어놓은 적은 없지만, 잘못을 저지른 적도 없지. 자네의 냉소적인 태도는 그저 겉치레에 지나지 않아."

16

바질 홀워드가 정원으로 통하는 문 쪽으로 천천히 걸어가며 말했다.

"자연스럽게 보이려는 것이야말로 겉치레야. 세상에 그런 짓처럼 짜증나는 겉치레도 없어."

헨리 경이 웃으며 큰 소리로 말했다. 두 젊은이는 함께 정원으로 나가 키가 큰 월계수 관목의 그늘에 놓인 기다란 대나무 의자에 편히 앉았다. 햇빛이 반짝이는 나뭇잎 위로 미끄러졌다. 풀밭에서는 하얀 데이지 꽃들이 떨고 있었다.

잠시 후 헨리 경이 시계를 꺼내 보더니 낮은 목소리로 말했다.

"바질, 유감이지만 이만 가봐야겠네. 가기 전에 내가 조금 전에 한 질문에 대한 자네의 대답을 듣고 싶네."

"무슨 질문 말인가?"

화가는 계속 땅을 쳐다보며 물었다.

"잘 알잖아."

"모르겠는데, 해리."

"음, 그렇다면 내가 말해주지. 나는 자네가 왜 도리언 그레이의 초상화를 전시하려 하지 않는지 그 이유를 듣고 싶어. 진짜 이유 말이야."

"진짜 이유를 이미 말했잖아."

"아니, 자네는 말하지 않았어. 그 그림에 자신을 너무 많이 반영했다고 말했을 뿐이지. 이봐, 그건 너무 유치한 대답이야."

"해리. 화가가 감정을 품고 그린 초상화는 모두 모델이 아닌 화가 자신의 초상화라고 할 수 있어. 모델은 그저 우연히, 화가가 그린 초상화의 대상이 됐을 뿐이야. 화가가 그림으로 드러낸 인물은 모델이 아니야. 채색된 캔버스 위에 모습을 드러낸 인물은 오히려 화가 자신이라고. 이 그림을 전시하지 않으려는 이유는 내 영혼의 비밀을 그림에 드러낸 게 두렵기 때문이네."

바질 홀워드가 헨리의 얼굴을 똑바로 쳐다보며 말했다.

헨리 경이 웃으며 물었다.

"비밀이란 게 뭔데?"

"말해주지."

홀워드가 말했다. 하지만 순간 그의 얼굴에 당황스러운 기색이 어렸다.

"바질, 정말 기대되는군."

친구가 화가를 쳐다보며 말했다.

"아, 해리, 실은 별로 할 말이 없어. 그리고 자네가 내 말 뜻을 이해하지 못할까 봐 걱정이야. 아마 자넨 내 말을 믿으려 하지 않을 거야."

화가가 대답했다.

헨리 경이 미소를 지으며 몸을 숙이더니 풀밭에서 분홍색 꽃잎이 달린 데이지 꽃 한 송이를 꺾어 자세히 살펴봤다.

"난 자네 말을 이해할 수 있을 거라고 확신하네. 그리고 믿을 만한 거라면 난 도저히 믿기지 않는 일이라도 뭐든 믿을 수 있어."

헨리 경이 하얀 솜털이 나고 황금 빛깔을 띠는, 꽃의 원형 부분을 유심히 바라보며 대답했다.

불어오는 바람에 나무의 꽃들이 흔들리면서 수많은 라일락 꽃잎들이 별무리처럼 나른한 허공에서 이리저리 움직였다. 메뚜기 한 마리가 담벼락 아래에서 찌르르 울어대기 시작했고, 푸른색 실처럼

18

가늘고 긴 잠자리 한 마리가 가볍고 투명한 갈색 날개를 펴고 날아 갔다. 헨리 경은 마치 바질 홀워드의 심장 뛰는 소리까지도 들을 수 있을 것만 같았고, 그의 입에서 무슨 말이 나올지 몹시 궁금했다.

화가는 조금 잠자코 있다가 마침내 입을 열었다.

"간단히 말하면 이래. 두 달 전에 나는 브랜든(Brandon) 부인 댁에서 열린 파티에 갔었네. 자네도 알겠지만, 우리 같은 가난한 예술가들은 이따금 사교계에 모습을 드러낼 필요가 있지. 우리가 야만인이 아니라는 걸 대중에게 상기시켜주기 위해서 말이야. 언젠가 자네가 내게 말했듯이, 연미복에 흰색 넥타이를 매기만 하면 누구든, 심지어 주식 중개인조차도 교양을 갖추고 있다는 평을 얻을 수 있지. 음, 요란하게 몸치장을 한 미망인들이나 따분한 왕립 미술원 회원들과 이야기를 나누며 10여 분 동안 방 안에서 보내고 있으려니, 문득 누군가 나를 지켜보고 있다는 게 느껴지더군. 그래서 나는 반쯤 몸을 돌렸지. 바로 그때 처음 도리언 그레이를 봤다네. 우리의 눈이 서로 마주쳤을 때, 나는 내 얼굴빛이 창백해지는 게 느껴지더군. 순간 이상하게도 공포감이 엄습했어. 그의 존재만으로도 얼마나 매력적이던지, 내가 만약 용납한다면 내 모든 본성과 내 모든 영혼과 내 예술 자체를 완전히 흡수해버릴 것 같은 어떤 인물과 마주보고 있다는 사실을 깨달았던 거야. 나는 지금까지 살아오면서 어떠한 외부의 영향도 받고 싶지 않았어. 해리, 내가 천성적으로 얼마나 독립적인 인간인지는 자네도 잘 알 거야. 내 주인은 언제나 나 자신이었어. 적어도 도리언 그레이를 만나기 전까지는 그렇게 살아왔어. 그런데…… 그 순간에 경험한 일을 어떻게 설명해야 할지 모르겠군. 무언가가 내 귀에 대고, 내 인생에서 아주 끔찍한 위기의 순간이 곧 닥칠 거라고 속삭이는 것만 같았어. 운명이 나를 위해 최상의 기쁨과 더없는 슬픔을 함께 준비해놓은 듯한 묘한 기분이 들었어. 점점 더 두려운 생각이 들더군. 그래서 그 방에서 나오려 몸을 돌렸지. 양심 때문에 그렇게 한 게 아니었네. 실은 비겁함 때문이었어. 그렇게 도망치는 짓이 결코 명예로운 일이라고는 할 수 없지."

"양심과 비겁함은 사실상 같은 것이지. 바질, 양심은 고집스러운 인간에 붙은 이름일 뿐이야. 그뿐이라고."

"헨리, 난 그렇게 생각하지 않네. 자네 역시 그렇게 생각하지는 않을 거라고 믿네. 아무튼 내 동기가 무엇이든 간에 나는 그곳을 떠나려고 힘들게 문 앞으로 갔어. 난 평소 자존심이 아주 강했으니 어쩌면 자존심이 동기였는지도 모르겠군. 한데 문 앞에서 브랜든 부인과 마주치고 말았지. '홀워드 씨, 설마 이렇게 빨리 달아날 생각은 아니죠?' 그녀가 비명을 지르듯이 큰 소리로 말하더군. 그녀만의 희한한 날카로운 목소리, 자네도 알지?"

"물론이지. 그녀는 모든 면에서 공작새 같은 여자야. 외모가 별 볼일 없다는 점만 빼면 말이야."

헨리 경이 예민해 보이는 긴 손가락으로 데이지 꽃잎을 조각조각 뜯어내며 말했다.

"그녀를 떼어낼 재간이 없었어. 그녀는 나를 끌고 다니며 왕족들을 비롯해 스타 훈장과 가터 훈장을 단 사람들, 보석 장식의 거대한 티아라를 쓰고 앵무새 부리처럼 생긴 코를 가진 중년 부인들에게 소개해주었어. 그녀는 나를 가장 소중한 친구라고 소개하더군. 그전에 그녀를 딱 한 번 만났을 뿐인데, 그녀는 나를 유명인사로 치켜세우며 나와 각별한 사이인 듯이 생각하더군. 당시 내 그림 몇 점이 제

20

법 큰 성공을 거둬 적어도 싸구려 신문들에선 그걸 화제로 떠들어대긴 했지만, 그야 불멸에 대한 19세기식 기준에서 그런 거였지. 그런데 어느 순간 문득 앞을 보니, 그 독특한 개성으로 묘하게 내 마음을 뒤흔들어놓았던 젊은이가 내 앞에 서 있더군. 그와 정면으로 마주치고 만 거야. 우리는 서로의 몸이 거의 닿을 정도로 가까이 있었어. 다시 우리의 눈빛이 마주쳤지. 참 경솔한 짓이었는데, 나는 브랜든 부인에게 그를 소개해달라고 청했어. 어찌 보면 그다지 경솔한 짓이 아니었는지도 몰라. 그저 불가피한 일이었던 거야. 브랜든 부인의 소개가 없었더라도 우리는 서로에게 말을 걸었을 테니까. 난 그랬을 거라고 확신하네. 도리언도 나중에 내게 그렇게 말하더군. 그 역시도 우리가 운명적으로 서로 만나게 되리라는 걸 느꼈던 거야."

"그럼 브랜든 부인은 그 훌륭한 젊은이에 대해 뭐라고 설명하던가? 내가 알기로 그녀는 자기 손님들을 소개할 때면 누구든 재빨리 간략하게 설명하기를 좋아하던데. 언젠가 그녀는 온몸을 훈장과 리본으로 치장한, 한 호전적이고 얼굴이 붉은 노신사에게 나를 데려갔어. 그때 그녀는 내 귀에 대고 쉿 하며 비통한 목소리로 속삭였지. 한데 아주 놀랄 만한 내용을 세세히 이야기하던 그녀의 속삭임은 방 안에 있던 모든 사람에게 똑똑히 들릴 정도로 컸던 게 분명해. 난 그냥 도망쳐 나왔어. 사실 난 직접 사람들에 대해서 알아내는 걸 좋아하거든. 하지만 브랜든 부인은 경매인이 경매 물건을 대하듯이 자기 손님들을 대하지. 그녀는 손님들에 대해 시시콜콜 모조리 설명을 늘어놓거나, 아니면 정작 알고 싶어 하는 내용은 쏙 빼고서 나머지 얘기들만 전부 들려주지."

화가의 친구가 물었다.

"불쌍한 브랜든 부인! 해리, 그녀에 대해 너무 가혹하게 말하는군!"

홀워드가 심드렁하게 말했다.

"이봐, 그녀는 살롱을 열려고 했지만 기껏해야 음식점을 열었을 뿐이야. 그런데 어떻게 그녀를 칭찬할 수 있겠나? 그건 그렇고, 어디 말해보게. 그녀가 도리언 그레이에 대해 뭐라고 말하던가?"

"아, 대충 이런 얘기였지. '정말 매력적인 청년이에요……. 불쌍한 그의 어머니와 나는 떼려야 뗄 수 없는 사이였어요. 한데 그가 무슨 일을 하는지 깜박 잊었네요……. 아, 유감스럽게도 그는 아무 일도 하고 있지 않아요……. 아, 그래요, 참, 피아노를 연주하죠……. 아, 그레이 씨, 바이올린이었던가요?' 그녀의 설명에 우리 두 사람은 모두 웃음을 터뜨리지 않을 수 없었지. 그러곤 금세 친구가 되었네."

"우정을 웃음으로 시작했다니, 나쁘지 않군그래. 우정을 끝낼 때도 그렇게 웃을 수 있다면 더없이 좋을 텐데."

젊은 헨리 경이 데이지 꽃잎을 또 뜯어내며 말했다.

홀워드는 고개를 가로저었다. 그리고 나직하게 말했다.

"해리, 자넨 우정이 뭔지 모르는군. 아니, 그 문제와 관련해 자넨 적개심이 뭔지 모르는군. 자네는 모든 사람을 좋아하지. 한데 그건 말이야, 모든 사람에게 무관심하다는 뜻이기도 해."

"말도 안 되는 소리!"

헨리 경이 모자를 뒤로 젖히고는 텅 빈 청록색 여름 하늘 위를 떠다니는, 뒤엉킨 흰색의 반들반들한 비단 실타래 같은 작은 구름들을 올려다보며 큰 소리로 말했다.

"그래, 정말 말도 안 되는 소리지. 내가 얼마나 사람들을 가리는

데. 나는 외모가 잘생긴 사람은 친구로 삼고, 성격이 좋은 사람은 그저 아는 사람으로 삼고, 머리가 좋은 사람은 적으로 삼는다네. 적을 택할 때는 아무리 조심해도 지나치지 않지. 멍청이는 적으로 삼지 않아. 사실 적들은 상당한 지적 능력을 갖춘 이들로, 결국엔 모두 나를 높이 평가해. 내가 너무 자만한 건가? 내가 생각해도 꽤나 자만을 부린 것 같군."

"물론 그렇고말고, 해리. 한데 자네 범주에 따르면 난 그저 아는 사람에 불과하겠군."

"이봐, 바질, 자네가 그냥 아는 사람은 아니지. 자넨 내게 그 이상의 존재야."

"그렇더라도 친구보다는 훨씬 못한 존재겠지. 형제쯤 되나?"

"오, 형제라! 난 형제들을 좋아하지 않아. 내 형은 절대로 죽지 않을 것 같고, 내 동생들은 별 다른 일을 하지 않을 것 같거든."

"해리!"

홀워드가 눈살을 찌푸리며 고함쳤다.

"이봐, 그냥 가볍게 한 얘기야. 하지만 난 내 형제들을 싫어할 수밖에 없어. 그건 아마 우리 중 누구도 다른 사람이 자신과 똑같은 허물을 지니고 있는 걸 참지 못하기 때문일 거야. 나는 이른바 상류층의 부도덕에 대해 영국 서민들이 느끼는 분노에 깊이 공감해. 서민들은 술주정, 멍청한 짓거리, 부도덕한 행동이 자기들만의 특권이라고 생각하는지, 우리 같은 상류층에서 누구라도 그런 멍청한 짓을 하면 자기들의 영역을 침해당한 것처럼 여기지. 가난한 동네인 서터크에 이혼 법정이 들어섰을 때 서민들은 대단히 분노했지. 그렇지만 아마 프롤레타리아 중에 올바르게 사는 사람은 10퍼센트도 되지 않을걸."

"난 자네가 하는 말에 한마디도 동의할 수 없어, 해리. 자네 스스로도 자신의 말에 동의하지 않을 거라고 확신하네."

헨리 경은 뾰족한 갈색 턱수염을 어루만지며 술이 달린 흑단 지팡이로 자신의 에나멜 가죽 부츠의 앞코를 톡톡 두드렸다.

"바질, 자넨 정말 영국 사람답군! 자네가 그런 말을 한 게 벌써 두 번째야. 누군가 진짜 영국 사람에게 자신의 생각을 밝히면, 사실 그런 짓이야말로 언제나 경솔한 짓이지만, 그는 그 생각이 옳은지 그른지는 전혀 생각해보지도 않아. 그가 조금이라도 중요하게 생각하는 것은 오로지 그 생각을 밝힌 사람이 그 생각을 믿는지 안 믿는지 뿐이지. 한데 말일세, 생각의 가치라는 건 그 생각을 표현한 사람의 진실성과 아무 상관없는 법이야. 실은 말하는 사람이 진실하지 않을수록 그 생각은 순수하게 지적일 가능성이 더 큰 법이지. 말하는 사람의 바람이나 욕망이나 편견에 물들지 않을 테니 말일세. 하지만 나는 자네와 정치학이나 사회학이나 형이상학을 논할 생각이 없어. 나는 원칙보다는 사람을 좋아해. 그리고 세상 그 무엇보다 원칙 없는 사람을 좋아하지. 그건 그렇고, 도리언 그레이에 대해서 좀 더 말해보게. 그를 얼마나 자주 보나?"

"매일. 하루라도 그를 보지 않으면 마음이 편치 않아. 그는 이제 내게 없어서는 안 될 존재거든."

"정말 놀랍군! 자네는 예술 말고 그 무엇에도 관심이 없는 줄 알았는데."

"이제 그가 내 예술의 전부야."

화가가 진지하게 말했다.

"해리, 난 가끔 세계 역사에서 중요한 시기는 단 두 번뿐이라고 생각하곤 해. 첫 번째는 새로운 예술 매체가 등장했을 때고, 두 번째는 역시 새로운 예술의 성격이 등장했을 때지. 베네치아 사람들에게 유화의 발명이 그랬듯이, 후기 그리스 조각에 있어 안티노오스 (Antinous)* 얼굴이 그랬듯이, 조만간 내게 도리언 그레이의 얼굴이 중요한 계기가 될 거야. 나는 단순히 그를 스케치하고 그리고 색칠하는 데 그치지 않을 거야. 물론 나는 그 과정을 모두 마쳤어. 하지만 그는 내게 모델이나 그림의 대상 이상의 존재야. 내가 그를 화폭에 담는 일에 만족을 느끼지 못했다거나 그의 아름다움이 예술로 표현할 수 없을 정도로 대단하다고 말하려는 게 아니야. 예술로 표현하지 못할 것은 없어. 도리언 그레이를 만난 후에 완성한 작품은 훌륭하다는 걸, 아마 내 인생 최고의 작품이 되리라는 걸 알아. 하지만 도리언이라는 존재는 자네가 내 말 뜻을 이해할 수 있을지 의문이 드네만, 내게 좀 기묘한 방식으로 완전히 새로운 예술 수법을, 완전히 새로운 스타일의 양식을 제시해주었어. 나는 사물을 다르게 보고, 다르게 생각하게 되었지. 이제 나는 전에 내게 감춰져 있던 방식으로 삶을 재창조할 수 있게 됐어. '사색으로 보낸 날들에 꾸었던 외형의 꿈을'이라는 시구가 있어. 누가 한 말이었지? 누군지 잊어버렸지만, 내게는 도리언 그레이가 바로 그 시구가 말하는 대상이라네. 이 소년이, 실은 스무 살이 넘었지만 내게는 그저 소년처럼 보이거든. 그가 어떤 존재인지는 딱 보면 알 수 있어. 그저 한눈에 알아

---

* 로마 황제 하드리아누스(Hadrian, 76~138)의 총애를 받았던 미소년이다.

도리언 그레이의 초상 25

볼 수 있다고……. 아! 내 말 뜻을 전부 이해할 수 있겠나? 그는 무의식중에 내게 새로운 유파의 경향을 보여준다네. 낭만주의 정신의 온갖 열정과 그리스의 완벽한 정신을 갖추고 있는 유파의 경향 말일세. 영혼과 육체의 조화. 아, 얼마나 값진 것인가! 우리는 광기 속에서 영혼과 육체를 분리시키고 천박한 리얼리즘, 공허한 관념을 발명했던 거야. 해리! 도리언 그레이가 내게 어떤 의미인지 자네가 알 수 있으면 좋으련만! 내가 그렸던 풍경화 기억나나? 애그뉴(Agnew)가 엄청난 금액을 제안했지만 내가 절대로 내놓지 않으려 했던 그림 말이야. 내가 그린 그림들 중에서 최고에 속하는 작품이었지. 어떻게 그런 작품이 나왔는 줄 아나? 내가 그 그림을 그리는 동안 도리언 그레이가 내 옆에 앉아 있었기 때문이야. 그의 어떤 영묘한 기운이 내게로 전해졌던 거야. 나는 늘 찾아다녔지만 항상 놓치고 말았던 경이로움을 난생처음으로 평범한 숲속에서 봤어."

"바질, 정말 놀라운 얘기군! 나도 도리언 그레이를 꼭 만나봐야겠어."

홀워드가 자리에서 일어나 정원을 이리저리 거닐었다. 조금 지나서 그가 다시 돌아왔다. "해리." 그가 입을 열었다. "도리언 그레이는 내게 그저 예술의 모티브일 뿐이야. 자네는 그에게서 아무것도 보지 못할지도 몰라. 하지만 나는 그에게서 모든 것을 본다네. 그가 내 작품 속에서 가장 잘 드러날 때는 바로 내 작품에 그의 이미지가 없을 때야. 좀 전에 말했다시피, 그는 새로운 화법을 암시해주는 존재야. 나는 특정한 곡선들에서, 특정한 색들의 사랑스러움과 미묘함 속에서 그를 발견하지. 그게 전부야."

"그럼 왜 그의 초상화를 전시하지 않으려는 거지?"

26

헨리 경이 물었다.

"왜냐하면, 그럴 의도는 없었지만, 내가 이와 같은 온갖 기묘한 예술적 숭배를 그 초상화에 상당히 표현했기 때문이야. 물론 이런 사실을 그에게는 절대로 말하고 싶지 않아. 그는 그 사실에 대해 전혀 모르고, 앞으로도 결코 알 수 없을 거야. 하지만 세상 사람들은 짐작할 수 있을지도 몰라. 그래서 나는 그들의 천박하고 호기심 어린 눈앞에 내 영혼을 드러내지 않으려는 거야. 나는 결코 내 마음을 그들의 현미경 아래에 내려놓지 않을 거야. 해리, 그 초상화에는 나 자신이 너무나 많이 반영되어 있어. 정말 내가 너무 많이 반영되어 있단 말일세!"

"시인들도 자네만큼 섬세하지는 않아. 그들은 시집을 출간하는 데 열정이 얼마나 도움이 되는지 잘 알지. 요즘에는 실연 한 번만으로 시집을 수도 없이 찍어낼걸."

"그래서 난 시인들이 싫어."

홀워드가 외쳤다.

"예술가는 아름다운 것들을 창조해야 하는 법이지만, 자기 삶을 조금이라도 그 아름다운 것들에 투영해서는 안 돼. 우리는 사람들이 예술을 마치 자서전의 한 형태로 취급하는 시대에 살고 있네. 우리는 아름다움에 대한 추상적인 감각을 잃어버렸어. 언젠가 나는 아름다움이 무엇인지 세상에 보여줄 거야. 바로 그런 이유로 나는 도리언 그레이의 초상화를 세상에 내놓을 수 없다네."

"바질, 난 자네의 생각이 틀렸다고 생각해. 그렇지만 자네하고 논쟁을 벌이고 싶지는 않아. 논쟁은 지성을 상실한 사람들이나 하는 짓이거든. 자, 말해보게. 도리언 그레이도 자네를 그렇게 좋아하나?"

화가는 잠시 생각에 잠겼다. "그도 날 좋아해"라고 말하더니 잠시 말을 멈추었다가 마침내 입을 열었다.

"그가 나를 좋아한다는 걸 알아. 물론 내가 그의 기분을 맞추려 온 갖 아첨을 하긴 하지. 입 밖으로 내뱉으면 후회하리라는 걸 알면서 도 나는 그에게 그렇게 아첨을 늘어놓으면서 묘한 쾌감을 느낀다 네. 우리는 화실에 앉아 갖가지 이야기를 나누곤 하는데, 보통 나는 그에게 매료되곤 하지. 하지만 때때로 그는 너무 무심해. 내게 고통 을 줌으로써 진정한 기쁨을 느끼는 것만 같아. 해리, 그럴 때면 나는 내 영혼을 송두리째 바치는 기분이 들어. 내 영혼을 외투에 꽂은 한 송이 꽃처럼, 자신의 허영심을 만족시키는 한낱 장식물이나 여름날 에 치장할 하나의 장신구인 것처럼 취급하는 사람에게 말이야."

"바질, 여름 낮은 길잖아."

헨리 경이 나지막하게 말했다.

"어쩌면 바질 자네가 먼저 그에게 싫증을 느끼게 될지도 몰라. 생 각하면 슬픈 일이지만, 천재성이 아름다움보다 오래 가는 건 분명 한 사실이잖아. 우리가 그토록 힘들여가며 과도한 교육을 받는 것 만 봐도 알 수 있지. 생존을 위한 거친 투쟁에서 우리는 자신의 자리 를 지키려는 어리석은 희망 가운데 지속하는 뭔가를 갖고 싶어 하 지. 그래서 우리 머릿속을 쓰레기와 사실들로 가득 채우는 거야. 철 두철미 박식한 사람이야말로 현대의 이상이야. 그렇게 철두철미 박 식한 사람의 머릿속은 정말 끔찍할 거야. 마치 먼지를 뒤집어쓴 온 갖 기기묘묘한 것들로 가득한 골동품 상점 같을 테고, 그 모든 물건 에는 아마 적당한 제값보다 훨씬 더 비싼 가격이 매겨져 있겠지. 그래도 역시 자네가 먼저 싫증을 낼 거야. 언젠가 자네가 그 친구를 보다 보면, 그가 그림의 모델로 다소 어울리지 않거나 그의 얼굴빛 따위가 마음에 들지 않게 될 거야. 그때 자넨 마음속으로 그를 통렬하게 비난할 테고 그자가 자네에게 아주 못되게 굴었다는 걸 진지하게 생각하게 되겠지. 그 이후로 그가 찾아오면 자네는 아주 냉정하고 무관심한 태도를 보일 테지. 애석한 일이지만, 자넨 이런 일로 인해 달라질 거야. 자네가 내게 들려준 이야기는 아주 낭만적이야. 어쩌면 사람들은 이 일을 예술 의 낭만이라고 부를지도 모르겠군. 한데 어떤 종류의 낭만이든 그것의 가장 큰 허점은 바로 사람을 전혀 낭만적이지 않게 만든다는 거야."

"해리, 그런 말은 하지 말게. 내가 살아 있는 한 도리언 그레이의 독특한 매력이 나를 지배할 거야. 자넨 내가 느끼는 걸 느끼지 못해. 자넨 너무 변덕스러우니까."

"아, 이봐, 바질, 바로 그렇기 때문에 내가 그걸 느낄 수 있는 거야. 신의가 있는 사람들은 사랑의 사소한 일면밖에 몰라. 사랑의 비극을 아는 사람은 바로 신의가 부족한 사람들이지."

헨리 경은 앙증맞은 은상자에서 담배를 꺼내 불을 붙이더니, 마치 한마디 말로 온 세상의 이치를 요약하기라도 한 것처럼 자의식이 깃든 흡족한 태도로 담배를 피우기 시작했다. 초록빛의 담쟁이 덩굴 잎들 사이로 돌아다니는 참새들이 짹짹거리며 바스락댔고, 구름의 푸른 그림자들은 마치 서로를 쫓고 쫓기는 제비들처럼 풀밭을 가로질러 날았다. 정원에 있으니 얼마나 상쾌한가! 그리고 다른 사람들의 감정은 또 얼마나 유쾌한 것인가! 그로서는 사람들의 생각보다 그들의 감정을 엿보는 게 훨씬 더 기쁜 듯 보였다. 한 사람의 영혼, 그리고 그에 대한 친구들의 열정. 바로 이런 것들이 인생에서 황홀함을 경험하게 해주었다. 헨리 경은 바질 홀워드와 오랜 시간 함께 있느라 놓쳐버린 지루한 오찬 모임을 떠올리며 은근히 즐거워했다. 숙모의 오찬 모임에 갔다면 분명히 굿보디(Goodbody) 경을 만났을 테고, 가난한 사람들의 끼니를 해결해주는 일과 모범적인 주거의 필요성에 관해 그와 줄곧 이야기를 나누었을 것이다. 각 계급에 속한 사람들은 정작 자신들의 삶에서는 실천할 필요도 없는 미덕의 중요성에 대해 저마다 설교를 했을 것이다. 부자들은 절약의 가치에 대해 이야기했을 테고, 게으른 자들은 노동의 존엄성에 대해 웅변적으로 역설했을 것이다. 바로 이 모든 것에서 벗어났으니 얼마나 다행인가! 숙모 생각을 하니 그에게 갑자기 한 가지 생각이 떠올랐다. 이윽고 그는 홀워드를 향해 몸을 돌리며 말했다.

"이보게, 친구. 방금 생각이 났어."

"해리, 뭐가 생각났다는 건가?"

"도리언 그레이라는 이름을 어디에서 들었는지 생각났어."

"어디에서 들었는데?"

홀워드가 살짝 인상을 찌푸리며 물었다.

"바질, 그렇게 찌푸리지 말게. 우리 애거사(Agatha) 숙모 댁에서 들었네. 숙모님이 이스트엔드* 일을 도와줄 훌륭한 젊은이를 구했다고 말씀하셨지. 그 젊은이 이름이 바로 도리언 그레이였어. 하지만 꼭 말해야겠네만, 숙모님은 그가 잘생겼다는 말을 하신 적이 없

---

* 런던 동부 지역에 위치한 빈민가.

어. 사실 여자들은 잘생긴 용모를 알아볼 만한 안목이 없지. 적어도 품행이 단정한 여자들은 말이야. 숙모님은 그가 아주 성실하고, 성품이 아름답다고 하시더군. 숙모님의 그 말씀을 듣는 순간 곧은 머리카락에 안경을 끼고 주근깨투성이인 남자가 커다란 발로 쿵쿵대며 걸어 다니는 모습이 떠올랐어. 그가 자네 친구라는 걸 진작 알았더라면 좋았을 텐데."

"해리, 자네가 몰랐다니 오히려 다행이야."

"왜?"

"난 자네가 그를 만나길 원치 않아."

"내가 그를 만나는 걸 원치 않는다고?"

"그래."

"나리, 도리언 그레이 씨가 화실에 와 계십니다."

집사가 정원으로 들어오며 말했다.

"자네, 이제 그를 내게 소개해주지 않을 수 없겠군."

헨리 경이 웃으며 큰 소리로 말했다.

화가는 햇빛 아래에서 두 눈을 깜박이며 서 있는 하인에게로 시선을 돌리며 말했다.

"파커, 그레이 씨에게 잠시만 기다려달라고 전해줘. 조금 있다가 들어갈 테니까."

하인은 고개 숙여 인사하고는 집안으로 걸어 들어갔다.

이어 화가는 헨리 경을 바라봤다. "도리언 그레이는 내 가장 소중한 친구야. 천성이 단순하고 아름다운 사람이지. 자네 숙모님이 그에 대해 하신 말씀이 정확하네. 그를 망치지 말게. 그에게 어떤 영향도 주려고 하지 마. 자네가 끼칠 수 있는 영향은 좋지 않아. 세상은 넓고 놀라운 사람들은 무수히 많아. 그러니 자신이 갖고 있는 어떤 매력이든 내 예술에 불어넣어줄 단 한 사람인 그를 내게서 빼앗을 생각은 하지 마. 예술가로서 내 인생이 그에게 달려 있어. 명심하게, 해리, 난 자네를 믿겠네."

홀워드는 말 한 마디 한 마디를 자신의 의지에 반해서 억지로 쥐어짜내듯이 천천히 말했다.

"웬 헛소리야!"

헨리 경은 미소를 지으며 말했다. 그러곤 홀워드의 팔을 붙잡고 거의 끌다시피 해서 그를 집 안으로 데리고 들어갔다.

2

　그들이 화실 안으로 들어서자, 도리언 그레이의 모습이 보였다. 그는 그들을 등지고 피아노 앞에 앉아서 슈만의 〈숲의 정경〉 악보를 넘기고 있었다.

　"이 악보를 빌려줘요, 바질. 이 곡을 배우고 싶어요. 정말 매력적인 완벽한 곡이에요."

　그가 큰 소리로 말했다.

　"그건 전적으로 자네가 오늘 모델 노릇을 얼마나 잘하느냐에 달려 있네, 도리언."

　"아, 모델 노릇, 정말 지긋지긋해요. 더구나 난 내 실물 크기의 초상화를 원하지도 않아요."

　젊은이는 까다롭고 고집스러운 태도와 함께 피아노 의자에서 몸을 빙그르 돌리며 대답했다. 헨리 경을 보는 순간, 그의 양 볼이 어렴풋이 붉어졌다. 그는 얼른 자리에서 벌떡 일어섰다.

"죄송해요, 바질, 손님이 계신 줄은 미처 몰랐어요."

"도리언, 이쪽은 헨리 워튼 경이네. 옥스퍼드 시절부터 알고 지낸 오랜 친구지. 방금 이 친구에게 자네가 얼마나 훌륭한 모델인지 말하던 중이었는데, 지금 자네가 모두 망쳐놓았군."

"그레이 군, 이렇게 만나게 되어 기쁘네. 자네가 그렇게 말했다고 해서 자네를 만난 기쁨이 조금도 줄어들진 않았다네. 우리 애거사 숙모님이 자네 이야기를 종종 하셨지. 숙모님이 자넬 무척 좋아하시더군. 유감스럽지만 숙모님께 괴롭힘도 꽤나 당하겠어."

헨리 경이 앞으로 다가가 손을 내밀며 말했다.

"이제 전 애거사 부인에게 완전히 찍혔어요. 지난 화요일에 같이 화이트채플의 클럽에 가기로 약속했는데, 그만 깜빡 잊고 말았어요. 함께 이중주를 연주하기로 했었거든요. 세 곡을 연주할 예정이었죠. 부인께서 저한테 뭐라고 하실지 모르겠군요. 너무 두려워 찾아뵙지도 못하고 있어요."

도리언이 뉘우치는 듯 익살스러운 표정을 지으며 대답했다.

"아, 그렇다면 내가 나서서 자네와 숙모님이 화해할 수 있게 돕겠네. 숙모님은 자네에게 푹 빠져 있다네. 자네가 그곳에 가지 않은 게 그다지 문제 되지는 않을 거야. 자네가 없었어도 청중은 숙모님의 연주를 이중주라고 생각했을 테니까. 애거사 숙모님은 피아노 앞에 앉으시면 두 사람 몫의 소음을 충분히 내시거든."

"부인께 너무 심한 말씀을 하시는군요. 나에 대해서도 그다지 좋은 말씀은 아닌 것 같고요."

도리언이 웃으며 대답했다.

헨리 경은 도리언을 바라봤다. 섬세하게 곡선을 이룬 진홍빛 입술, 해맑고 푸른 눈동자, 곱슬곱슬한 금발 머리카락, 정말 그는 놀랍도록 잘생긴 젊은이였다. 그의 얼굴에는 보는 즉시 그를 신뢰하게 만드는 뭔가가 깃들어 있었다. 젊은이 특유의 열정적인 순수함은 물론이고 젊은이 특유의 솔직함이 느껴졌다. 그가 세상사에 물들지 않고 자신을 지켜왔음을 누구라도 느낄 수 있었다. 바질 홀워드가 그를 숭배한다고 해서 놀랄 일은 아니었다.

"그레이 군, 자선단체에 다니기에 자네는 지나치게 매력적이군 그래……. 너무나 매력적으로 생겼어."

헨리 경은 소파에 털썩 앉더니, 담배 상자를 열었다.

화가는 분주하게 움직이며 물감을 섞고 붓을 준비했다. 그의 얼굴에는 걱정스러운 표정이 역력했다. 그리고 헨리 경의 마지막 말을 듣고는 그를 흘끗 쳐다보더니, 잠시 주저하다가 마침내 입을 열었다.

"해리, 난 오늘 이 그림을 완성하고 싶네. 이제 그만 돌아가달라고 청하면 나를 아주 예의 없는 인간이라고 생각할 텐가?"

"그레이 군, 자네도 내가 가길 바라나?"

헨리 경이 미소를 지으며 도리언 그레이를 쳐다보면서 물었다.

"아, 제발 가지 마세요, 헨리 경. 바질이 무척 골이 나 있는 것 같아요. 골이 난 바질을 난 감당할 수 없어요. 게다가 내가 왜 자선단체에 다니면 안 되는지 그 이유도 듣고 싶어요."

"그레이 군, 그 이유를 자네에게 말해야 할지 잘 모르겠네. 그건 아주 진지하게 이야기할 수밖에 없는 아주 지루한 주제거든. 하지만 자네가 내게 가지 말라고 부탁했으니, 당장 갈 생각은 없네. 그래도 괜찮겠나, 바질? 자넨 자네의 모델들 곁에서 같이 잡담을 나눠줄 사람이 있었으면 좋겠다고 말하곤 했잖아."

홀워드가 입술을 깨물었다.

"도리언이 원한다면야 물론 자넨 여기 있어야지. 도리언의 변덕은 자기 이외의 모든 사람에게 법이거든."

홀워드가 말했다.

헨리 경은 모자와 장갑을 집어 들었다.

"바질, 자네가 그렇게 간곡히 청할 줄이야. 하지만 유감스럽게도 난 가봐야겠네. 오를레앙에서 누굴 만나기로 약속했거든. 잘 있게, 그레이 군. 언제 오후에 커즌 가로 찾아오게. 나는 다섯 시에는 거의 언제나 집에 있네. 오려 거든 미리 전갈을 주게. 자네를 못 만나는 일이 생기면 몹시 서운할 테니까."

"바질."

도리언 그레이가 외쳤다.

"헨리 위튼 경이 가시면 나도 가겠어요. 당신은 그림을 그리는 동안 절대로 입을 열지 않잖아요. 단상에 서서 즐거운 표정을 짓는 일은 정말 끔찍할 만큼 지루해요. 헨리 경에게 가지 말라고 해요. 난 물러서지 않겠어요."

"해리, 가지 말게. 도리언의 부탁이고 내 부탁이니 꼭 들어주게."

홀워드가 자신의 그림을 물끄러미 바라보며 말했다.

"도리언의 말이 맞아. 작업할 때 나는 절대로 말을 하지 않아. 남이 하는 말도 듣지 않지. 그러니 내 불운한 모델들은 끔찍이도 따분할 수밖에. 부탁이니 제발 좀 더 있다 가게."

"하지만 오를레앙에서 만나기로 한 사람은 어쩌고?"

화가가 웃었다.

"자네가 가지 않더라도 별 문제 될 게 없을 것 같은데. 그러니 다시 자리에 앉게나, 해리. 그리고 도리언, 이제 자넨 단상에 올라서게. 너무 많이 움직이지도 말고, 헨리 경이 하는 말에도 신경 쓰지 말게. 헨리 경은 단 한 사람, 나 말고는 주변의 모든 친구들에게 아주 나쁜 영향을 끼치거든."

도리언 그레이는 젊은 그리스 순교자 같은 태도로 단상 위에 올라섰다. 그러곤 헨리 경을 향해 불만스러운 듯 약간 부루퉁한 표정을 지어 보였지만, 그는 처음부터 헨리 경이 꽤나 마음에 들었다. 헨리 경은 바질과는 완전히 딴판이었다. 그들은 멋진 대조를 이루었다. 게다가 헨리 경의 목소리는 아주 아름다웠다. 잠시 후 도리언이 헨리 경에게 물었다. "헨리 경, 당신은 정말로 아주 나쁜 영향을 미치시나요? 바질의 말처럼 주변 친구들에게 나쁜 영향을 미치시나요?"

"그레이 군, 좋은 영향 같은 건 없다네. 영향은 모두 부도덕하지……. 과학적인 관점에서 부도덕하다는 말일세."

"왜요?"

"누군가에게 영향을 미친다는 건 자신의 영혼을 내주는 것이거든. 그러고 나면, 영향을 받은 사람은 더는 자기 본래의 생각을 하지 못하게 되거나 본래의 열정을 불태우지 못하게 되지. 미덕마저 자신의 마음에서 자연스럽게 발현된 게 아니야. 죄도 빌려온 게 되겠지. 혹시 죄라는 게 있다면 말일세. 그는 다른 누군가가 연주하는 음악의 메아리며, 남의 대본의 일부를 보고 연기하는 배우가 될 거네. 인생의 목적은 자기 계발이야. 자신의 본성을 완벽하게 실현하는 것, 이것이야말로 우리 각자가 이곳에 존재하는 이유지. 하지만 요즘 사람들은 자기 자신을 너무 두려워해. 모든 의무 중에 가장 고귀한 의무, 자기 자신에게 진 의무를 잊어버렸어. 물론 관대하긴 하지. 배고픈 사람들에게는 먹을 것을 주고 거지들에게는 옷을 주지. 하지만 정작 자신들의 영혼은 굶주리고 헐벗고 있단 말이야. 우리 인류는 용기를 잃어버렸어. 어쩌면 용기를 아예 가져본 적도 없을지 몰라. 사회 에 대한 공포, 그것은 도덕의 기초이고, 신에 대한 공포, 그것은 종교의 비결이지. 바로 이 두 가지가 우리를 지배한다네. 그렇지만⋯⋯."

"도리언, 고개를 오른쪽으로 약간만 돌리게, 착한 소년처럼."

화가가 말했다. 그는 자신의 작업에 깊이 빠져 있으면서 그 젊은 이의 얼굴에서 예전에는 볼 수 없었던 표정이 엿보인다는 사실만을 의식했다.

헨리 경이 이튼칼리지 시절부터 가졌던 습관대로 특유의 우아한 손짓을 하며 나지막하고 음악 같은 음성으로 말을 이었다.

"그렇지만⋯⋯. 누군가가 자신의 삶을 충실하고 완벽하게 살아가려 한다면, 모든 감정에 형식을 부여하고 모든 생각을 표현하고 모든 꿈을 실현하려 한다면, 세상은 기쁨의 신선한 충동을 회복하여, 우리는 중세시대의 온갖 병폐를 잊고 고대 그리스의 이상으로, 어쩌면 고대 그리스의 이상보다 훨씬 더 섬세하고 풍요로운 어떤 이상으로 돌아갈 수 있을 거라고 나는 믿네. 하지만 제아무리 용감한 사람이라도 자기 자신을 두려워하지. 야만성이라는 불구가 우리의 삶을 훼손하는 자기부정 속에서 비참하게 생존해온 것이지. 그렇기 때문에 우리는 자기부정에 대한 처벌을 받고 있어. 힘들여 억압하는 모든 충동이 우리의 정신 속에서 알을 품어 우리를 독살시키고 있어. 육체는 단 한 번 죄를 짓고는 그 죄를 청산하지. 행동이 정화의 양식이기 때문이야. 그런 행동 뒤에 남는 것이라곤 쾌락에 대한 기억이나 사치스러운 회한뿐이지. 유혹을 없애는 유일한 방법은 유혹에 굴복하는 것이야. 유혹에 저항하려 들면, 자네의 영혼은 스스로 금지한 것들에 대한 갈망으로, 괴물 같은 법들이 기괴하고 비합법적으로 만들어놓은 것들에 대한 욕망으로 병들어갈 거야. 세상의 위대한 사건들은 머릿속에서 일어난다고들 하지. 그렇지만 세상의 엄청난 죄악들이 일어난 곳도 머릿속, 오직 머릿속이라네. 그레이 군, 붉은 장밋빛 젊음과 흰 장밋빛 소년 시절을 보냈을 자네도 스스로를 두렵게 만드는 열정을 품어봤을 것이고, 공포로 가득한 생각에 사로잡혀봤을 것이고, 떠올리는 것만으로도 부끄러워 뺨이 붉어질 백일몽과 한밤중의 꿈을 꾸어봤을 거야……."

"그만! 그만하세요. 당신은 저를 당황하게 하는군요. 무슨 말을 해야 할지 모르겠어요. 당신의 말에 대답하고 싶은데, 적당한 말을 찾을 수가 없어요. 말하지 마세요. 생각을 좀 해야겠어요. 아니, 차라리 생각 좀 비워보겠어요."

도리언 그레이가 더듬거리며 말했다.

도리언은 10여 분 동안 그 자리에서 미동도 없이 입을 벌린 채 서 있었다. 두 눈은 묘하게 빛났다. 그는 자신의 내면에서 완전히 새로운 감응의 기운이 꿈틀거리고 있음을 어렴풋이 느꼈다. 하지만 그는 사실 그 낯선 기운이 자기 내면에서 발현된 게 아닐까 하는 생각이 들었다. 바질의 친구가 해준 몇 마디 말, 우연히 꺼낸 게 틀림없지만 고의적인 역설이 숨어 있던 말이 지금까지 건드려본 적이 없는 어떤 비밀스러운 감정을 건드린 것이다. 도리언은 지금 그 비밀스러운 감정이 떨리고 고동치며 기이한 파동을 일으키고 있는 것을 느꼈다.

예전에는 음악이 이처럼 그의 마음을 휘젓곤 했다. 음악은 여러 차례 그의 마음을 고통스럽게 흔들어놓곤 했다. 하지만 음악은 명확하게 표현되지 않았다. 음악이 우리 내면에 창조한 것은 새로운 세상이 아니라 또 다른 혼란이었다. 말! 그저 말! 하지만 말이란 얼마나 무서운 것인가! 얼마나 분명하고, 생생하며, 잔인한 것인가! 누구도 말에서 자유로울 수 없었다. 그렇지만 말 안에는 정말 미묘한 마법이 들어 있기도 하다! 말은 형태 없는 것들에 자유자재로 형태를 부여할 수 있고, 비올이나 류트 소리처럼 감미로운 특유의 음악을 지니고 있는 것 같았다. 한낱 말인데! 하지만 말처럼 실질적인 것이 또 있을까?

그렇다, 소년 시절에는 그가 이해하지 못한 것들이 있었다. 도리언은 이제 그것들을 이해하게 되었다. 갑자기 삶이 그에게 활활 타는 불처럼 강렬한 색채로 느껴졌다. 마치 자신이 불길 속을 걸어온 것만 같았다. 왜 예전엔 이 사실을 몰랐을까?

헨리 경은 미묘한 미소를 지으며 도리언을 바라봤다. 그는 말을 하지 말아야 할 정확한 심리적 순간을 알고 있었다. 그의 마음속에서 강렬한 호기심이 일었다. 뜻밖에도 그의 말은 도리언에게 깊은 인상을 주었고, 그 사실에 그 스스로도 무척 놀랐다. 그는 열여섯 살 때 읽은, 예전에는 알지 못했던 많은 것을 일깨워준 책을 떠올리면서 지금 도리언 그레이가 자신이 겪은 일과 유사한 경험을 하고 있는 것은 아닌지 궁금해졌다. 그는 단지 허공에 화살을 쏘았을 뿐이다. 그것이 표적에 명중했을까? 이 젊은이는 얼마나 매혹적인가!

홀워드는 특유의 놀랍도록 대담한 터치로 그림을 그렸다. 그 대담한 터치에는 어쨌든 예술에선 강한 힘을 통해서만 드러낼 수 있는 진정한 세련미와 완벽한 섬세함이 깃들어 있었다. 그는 두 사람의 침묵을 의식하지 못했다.

"바질, 서 있기 지겨워요. 정원에 나가 좀 앉아 있어야겠어요. 이곳의 탁한 공기에 숨이 막혀요."

도리언 그레이가 갑자기 큰 소리로 말했다.

"여보게 친구, 정말 미안하네. 난 그림을 그릴 때 다른 것은 전혀 생각하지 않거든. 하지만 자넨 정말 더없이 훌륭하게 자세를 취해주었어. 자세를 잡은 대로 전혀 미동도 하지 않았지. 덕분에 나는 원하던 효과를 포착할 수 있었네. 반쯤 뗀 입술과 밝게 빛나는 눈빛 말이야. 해리가 자네에게 무슨 말을 했는지 모르지만, 그 덕분에 자네가 아주 훌륭한 표정을 지은 건 분명해 보이는군. 아마도 자네를 칭찬하고 있었겠지. 하지만 저 친구가 하는 말을 그대로 믿어선 안 돼."

"헨리 경은 내게 아무런 칭찬을 하지 않았어요. 어쩌면 그래서 내가 헨리 경의 말을 전혀 믿지 않나 봐요."

"자네가 내 말을 모두 믿고 있다는 걸 스스로도 알걸. 나도 자네를 따라 정원으로 나가야 할 것 같아. 화실 안은 지독하게 더워. 바질, 시원한 음료 좀 주게나. 딸기를 넣어서."

헨리 경이 꿈을 꾸듯 나른한 눈빛으로 도리언을 바라보며 말했다.

"물론이지, 해리. 그저 종만 치게. 파커가 오면 자네가 원하는 음료를 가져오게 하지. 난 이 그림의 배경을 마무리 지어야 하니 좀 있다가 나가겠네. 도리언을 너무 오래 잡아두지 말게. 오늘처럼 그림이 잘 그려진 날은 없었어. 이 그림이야말로 내 걸작이 될 거야. 지금 이대로도 걸작이긴 하지만 말이야."

헨리 경이 정원으로 나갔다. 그리고 도리언 그레이가 아주 멋진 라일락꽃들 사이에 얼굴을 파묻고 마치 와인을 정신없이 마시듯 꽃향기를 들이마시는 모습을 바라봤다. 헨리 경은 도리언에게 다가가 그의 어깨에 손을 얹었다. 헨리 경이 나지막이 말했다.

"자네, 아주 제대로 하고 있군. 영혼만이 감각을 치유하듯 감각만이 영혼을 치유할 수 있는 거라네."

젊은이는 깜짝 놀라며 뒤로 물러섰다. 모자를 쓰지 않았기에 나뭇잎들이 그의 흐트러진 곱슬머리를 건드리면서 금발 머리카락이 헝클어졌다. 그의 두 눈에는 불현듯 잠에서 깨어난 사람처럼 두려움의 빛이 어렸다. 섬세하게 조각한 듯한 그의 콧구멍은 살짝 떨렸고, 숨어 있던 신경이 진홍빛 입술을 흔들자 그 입술이 파르르 떨렸다.

헨리 경이 말을 이었다.

"그래. 바로 그것이 인생의 가장 큰 비밀 중 하나이지. 감각으로 영혼을 치유하고, 영혼으로 감각을 치유하는 것 말일세. 자넨 놀라운 피조물이야. 자넨 자신이 알고 싶어 하는 것만큼 충분히 알지 못하지만 생각하는 것보다는 더 많이 알고 있어."

도리언 그레이는 인상을 찌푸리며 고개를 돌렸다. 그는 곁에 서 있는 키 크고 우아한 젊은 남자를 좋아하지 않을 수 없었다. 그의 로맨틱한 올리브 빛 얼굴과 피로에 지친 듯한 표정이 도리언의 호기심을 자극했다. 저음의 나른한 목소리에는 사람을 완전히 매혹하는 무언가가 있었다. 차갑고 하얀, 꽃 같은 손마저도 묘한 매력을 풍겼다. 말을 할 때면 그의 두 손이 음악에 맞춰 춤을 추듯 움직이며, 자신만의 언어로 말하는 것만 같았다. 하지만 도리언은 헨리 경에 두려움을 느꼈고, 그런 두려운 마음이 부끄러웠다. 어쩌다가 이 낯선 사람에게 자신의 내면을 들키고 말았을까? 바질 홀워드와 몇 달 동안이나 알고 지내왔지만, 그들 사이의 우정은 자신을 전혀 변화시키지 않았다. 그런데 인생의 미스터리를 밝혀줄 것만 같은 어떤 낯선 사람이 불현듯 자신의 삶에 끼어들었다. 한데 이렇게 두려워하는 건 뭐란 말인가? 나이 어린 학생도 아니고 계집애도 아닌 어른이 말이다. 잔뜩 겁을 먹고 있다니, 정말 멍청한 꼴이었다.

"그늘에 가서 앉지. 파커가 음료를 가져다주었네. 이렇게 햇볕 아래 오래 있다가는 피부가 상하고 말 거야. 그럼 바질이 다시는 자네를 그리려고 하지 않을 걸세. 햇볕에 몸을 태우면 안 돼. 검게 탄 얼굴은 자네에게 어울리지 않아."

헨리 경이 말했다.

"그게 무슨 상관인가요?"

도리언이 웃으며 큰 소리로 말하고, 정원 끝에 놓인 의자에 앉았다.

"그레이 군, 그건 자네에게 아주 중요한 문제라네."

"왜죠?"

"자넨 그 누구보다도 더 빛나는 젊음을 가졌고, 젊음은 계속 간직할 만한 가치가 있는 유일한 것이거든."

"헨리 경, 난 그렇게 생각하지 않아요."

"물론 지금이야 그렇게 생각하지 않겠지. 언젠가 자네가 늙어 주름지고 추해질 때, 생각이 이마에 깊은 주름을 새기고 생기를 잃게 할 때, 열정이 그 무서운 불길로 입술에 낙인을 찍을 때, 그때야 비로소 느낄 거야. 그땐 젊음이 얼마나 소중한 것인지 절감하게 되겠지. 지금이야 어디를 가든 세상 사람들이 자네에게 매료되겠지만, 그게 언제까지 계속되겠나? …… 그레이 군, 자네의 외모는 놀랍도록 아름답네. 인상 찌푸리지 말게, 사실이니까. 아름다움도 천재성의 한 형태라네. 실은 천재성을 능가하는 것이지. 설명조차 필요 없으니 말이야. 햇빛처럼, 봄날처럼, 혹은 우리가 달이라고 부르는 저 검은 물속에 비치는 은빛 조개의 그림자처럼, 아름다움은 세상을 구성하고 있는 위대한 사실이지. 의문의 여지가 없네. 아름다움은 신성한 주권을 지니고 있어. 그러니 아름다움을 가진 자는 왕자가 되는 것이지. 자네, 웃는 건가? 아! 아름다움을 잃을 땐 그렇게 웃지 못할걸……. 사람들은 때때로 아름다움은 껍데기에 불과한 것이라고 말하곤 하지. 어쩌면 그럴지도 몰라. 하지만 적어도 사람들이 생각하는 것만큼 피상적이지는 않아. 내게 아름다움은 최고로 경이로운 것이지. 외관으로 판단하지 않는 사람은 깊이가 없는 사람들뿐이라네. 세상의 진정한 미스터리는 눈에 보이는 것이지 눈에 보이지 않는 게 결코 아니야……. 그래, 그레이 군, 신은 자네에게 은총을 베풀었어. 하지만 신은 주었던 것을 순식간에 빼앗아가지. 자네가 정말로 완벽하고 충만하게 살 수 있는 날도 몇 년밖에 남지 않았다네. 젊음이 사라지고 나면 자네의 아름다움도 함께 사라지고, 그러다가 어느 날 문득 승리감을 맛볼 게 더는 남아 있지 않다는 것을 깨닫게 될 거야. 아니면 과거의 기억 때문에 패배보다 더 쓰라릴 하찮은 승리감에 만족해야 하겠지. 한 달 두 달 세월이 흐를수록 자네는 점점 더 끔찍한 모습으로 변해갈 거야. 시간이 자네를 질투해 백합이나 장미와도 같은 자네의 아름다움과 전쟁을 벌일 거야. 혈색은 누렇게 변하고 뺨은 홀쭉해지고, 눈은 흐리멍덩해질 거야. 자넨 끔찍한 고통을 겪을 거야……. 아! 젊었을 때 자신이 젊다는 사실을 깨닫게. 따분한 이야기에 귀 기울이거나 가망 없는 실패를 돌이키려 애쓰거나 무지한 인간들, 흔해빠진 인간들, 천박한 인간들에게 자네의 인생을 맡겨 황금 같은 젊은 날들을 낭비하지 말게. 이런 것들은 우리 시대의 병약한 목표이자 그릇된 이상이지. 삶을 살게! 자네 안에 있는 놀라운 삶을 살게! 뭐든 잃지 말게. 항상 새로운 감각을 추구하게. 무엇도 두려워하지 말게……. 새로운 쾌락주의, 바로 이것이야말로 우리가 사는 세기가 원하는 것이지. 자네는 가시적인 쾌락주의의 상징이 될지도 몰라. 자네 정도의 인물이라면 세상에 못할 일이 없을 거야. 세상은 한동안 자네의 것이 될 거야……. 자네를 처음 본 순간, 나는 자네가 자신이 실제로 어떤 존재인지, 어떤 존재가 될 수 있는지 전혀 깨닫지 못하고 있다는 걸 알았네. 자네에게는 나를 매료시키는 것들이 너무나 많아. 그걸 느꼈기에 나는 자네에 대해 뭔가 말해줘야 한다는 생각이 들었어. 스스로에 대해 깨닫지 못하고 그냥 이대로 황폐해져간다면, 정말 비극적인 일이라는 생각을 하기도 했다네. 자네의 젊음이 지속되는 시간은 아주 짧거든. 정말 아주 짧아. 언덕 위에 핀 흔하디흔한 꽃들은 시들어가다가도 때가 되면 다시 피어나지. 금사슬나무도 내년 6월이 되면 지금처럼 노랗게 꽃을 피울 거야. 한 달 안에 클레마티스도 자줏빛 별과 같은 꽃을 피울 테고, 해마다 때가 되면 푸른 밤과 같은 그 잎들에서 자줏빛 별 모양의 꽃들이 피어날 거야. 하지만 우리는 결코 젊은 시절로 다시 되돌아갈 수 없어. 스무 살 때 활발히 고동치던 기쁨의 맥박도 차츰 둔해지지. 우리의 팔다리는 약해지고, 감각은 아주 무뎌지게 돼. 우리는 너무나 두려워하던 열정과 굴복할 용기를 낼 수 없었던 격렬한 유혹의 기억에 사로잡힌 채로 흉측한 꼭두각시로 퇴화되고 말아. 젊음! 젊음! 세상에 젊음만 한 것은 없어!"

도리언 그레이는 두 눈을 크게 뜨고 아주 놀란 표정을 지으며 헨리 경의 말에 귀를 기울였다. 그의 손에 들려 있던 라일락 가지가 자갈 위로 떨어졌다. 솜털로 뒤덮인 벌 한 마리가 다가와 윙윙거리며 한동안 라일락 가지 주위를 맴돌았다. 그러더니 곧 별처럼 생긴 작은 꽃잎들이 모여 이룬 타원형의 꽃송이 위를 기어 다니기 시작했다. 우리가 아주 중요한 일들 때문에 두려움을 느낄 때, 말로 표현할 수 없는 낯선 감정에 동요할 때, 혹은 위협적인 어떤 생각에 별안간 의식이 사로잡혀 굴복을 강요받을 때 사소한 것에 애써 이상한 호기심을 가지려고 하듯이, 도리언은 그처럼 이상한 호기심을 품고서 벌 한 마리를 유심히 바라봤다. 잠시 후 벌이 다른 데로 날아갔다. 도리언은 그 벌이 자줏빛 메꽃의 알록달록한 나팔 모양 꽃 속으로 기어 들어가는 모습을 지켜봤다. 꽃은 떨리는가 싶더니 곧 가볍게 이리저리 흔들렸다.

그때 불현듯 화가가 화실 문 앞에 나타나더니, 스타카토식 음성으로 그들에게 들어오라는 신호를 했다. 두 사람은 서로를 향해 고개를 돌리고는 미소를 지었다.

"기다리고 있잖아. 어서 들어와. 빛이 아주 완벽해. 마시던 음료를 가지고 들어와도 좋네."

화가가 큰 소리로 외쳤다.

두 사람은 자리에서 일어나 함께 느긋하게 길을 걸어 내려갔다.

푸른색과 흰색이 어우러진 나비 두 마리가 날갯짓을 하며 그들의 곁을 지나갔고, 정원 한구석에 서 있는 배나무에서는 개똥지빠귀 한 마리가 지저귀기 시작했다.

"그레이 군, 나를 만나서 기분이 좋은가 보군."

헨리 경이 도리언을 바라보며 말했다.

"맞아요, 지금 난 아주 즐거워요. 앞으로도 항상 즐거울 수 있을까요?"

"항상이라고! 그건 정말 끔찍한 말이야. 난 그 말을 들을 때면 몸서리가 나. 그 말은 여자들이 즐겨 쓰지. 여자들은 로맨스를 영원히 지속시키려고 애쓰는 바람에 모든 로맨스를 망치고 말아. 영원이란 말은 의미 없는 단어이기도 해. 변덕과 일생의 열정 사이에 유일하게 다른 점이 있다면, 그건 바로 변덕이 좀 더 오래 지속된다는 거야."

도리언 그레이는 헨리 경과 함께 화실에 들어서면서 그의 팔에 손을 올려놓았다.

"그럼 우리 사이의 우정이 변덕을 부리게 하죠."

도리언은 자신의 대담함에 얼굴을 붉히며 나지막이 말했다. 그러곤 이내 단상에 올라 다시 자세를 취했다.

헨리 경은 커다란 고리버들 세공 안락의자에 털썩 앉아 도리언을 지켜봤다. 홀워드가 멀찍이 떨어져 자기 작품을 감상하느라 이따금 뒷걸음질 치며 내는 발소리를 제외하면, 화실 안의 정적을 깨는 것이라곤 캔버스 위를 날렵하게 휙휙 스치는 붓 소리뿐이었다. 열린 출입문을 통해 비스듬히 흘러 들어오는 햇빛 속에서 먼지가 춤을 추며 황금빛을 뿜냈다. 짙은 장미 향기가 화실 구석구석까지 스며

든 것 같았다.

15분쯤 지났을 무렵 홀워드는 붓질을 멈추고 도리언 그레이를 한참 동안 바라봤다. 이어 그는 이번엔 한참 동안 그림을 바라보더니, 커다란 붓 끝을 깨물면서 인상을 찌푸렸다.

"자, 완성했어."

마침내 홀워드가 외치더니, 몸을 구부려 캔버스의 왼쪽 구석에 주홍색으로 자신의 이름을 길게 써나갔다.

헨리 경이 가까이 다가가 그림을 유심히 바라봤다. 그 그림은 실로 훌륭한 예술 작품이었다. 또한 놀라울 만큼 도리언을 빼닮은 것이었다.

"여보게, 친구, 진심으로 축하하네. 현대의 가장 훌륭한 초상화야. 그레이 군, 이리 와서 자네의 모습을 보게."

헨리 경이 말했다.

젊은이는 꿈에서 깨어나기라도 한 듯 깜짝 놀랐다. 그가 단상에서 내려오며 낮은 목소리로 말했다.

"정말 완성됐나요?"

"그래, 완성됐어. 자넨 오늘 아주 훌륭하게 모델 자세를 취해주었어. 정말 고맙네."

화가가 말했다.

"그건 전적으로 내 덕이지. 안 그런가, 그레이 군?"

헨리 경이 끼어들었다.

도리언은 아무 대답도 하지 않았다. 하지만 자신의 초상화 앞을 무심히 지나치다가 그 그림을 향해 몸을 돌렸다. 이윽고 초상화를 보고서 뒤로 물러서는 순간, 그의 두 뺨은 기쁨으로 붉어졌다. 마치 난생처음 자신의 모습을 알아보기라도 한 듯 그의 두 눈은 기쁨으로 빛났다. 경이로운 감정에 사로잡혀 그는 제자리에 꼼짝 않고 서 있었다. 홀워드가 자신에게 하는 얘기를 어렴풋이 의식하고는 있었지만 무슨 말인지는 전혀 알아들을 수 없었다. 자신의 아름다움에 대한 깨달음은 계시처럼 다가왔다. 그는 지금까지 단 한 번도 자신이 아름답다고 느껴본 적이 없었다. 바질 홀워드가 늘어놓곤 하던 칭찬들은 그저 듣기 좋으라고 좀 떠벌리는 우정 어린 과장쯤으로 생각했었다. 그래서 홀워드가 하는 칭찬을 들을 때면 그냥 웃어넘기며 이내 잊어버리곤 했다. 그런 칭찬들은 그의 본성에 전혀 영향을 끼치지 않았다. 그런데 헨리 워튼 경이 나타나서 그의 젊음에 대한 유별난 찬사와 함께 젊음의 덧없음을 무섭게 경고해주었던 것이다. 그 순간 헨리 경의 말들이 그의 마음을 뒤흔들어놓았고, 이제 초상화에 담긴 자신의 사랑스러운 모습을 바라보며 서 있으려니, 헨리 경이 자세히 늘어놓은 말들이 충분히 현실화될 수 있다는 생각이 뇌리를 스쳤다. 그렇다, 언젠가는 그의 얼굴이 주름들로 쭈글쭈글해지고, 눈은 침침해져 생기를 잃고, 우아한 모습은 허물어져 흉하게 변하는 날이 올 것이다. 입술의 진홍빛은 바래고, 머리카락의 황금빛은 하얗게 셀 것이다. 그의 영혼을 형성한 삶은 육체를 허물어놓을 것이다. 그는 무섭고 흉측하고 투박한 모습으로 변할 것이다.

그런 생각을 하자 날카로운 고통이 칼날처럼 그의 몸을 가르며 본성의 섬세한 기질 하나하나를 떨게 만들었다. 그의 눈빛이 깊어지며 자수정처럼 빛나더니 두 눈에 희미한 눈물이 맺혔다. 마치 얼음처럼 차가운 손이 자신의 심장을 쥐고 있는 것만 같았다.

"마음에 안 드는가?"

홀워드가 마침내 물었다. 영문을 모르는 홀워드는 그의 침묵이 좀 마음에 걸렸던 것이다.

"당연히 마음에 들겠지. 누가 이 그림을 싫어할 수 있겠는가? 이 그림이야말로 가장 위대한 현대 미술품 중 하나야. 나는 이 그림에 대한 대가로 자네가 요구하는 무엇이든 주겠네. 이 작품을 꼭 내가 갖고 싶어."

헨리 경이 말했다.

"해리, 이건 내 소유가 아니야."

"그럼 누구의 소유란 거지?"

"당연히 도리언의 소유지."

화가가 대답했다.

"이 친구, 정말 운이 좋은 사람이군."

"얼마나 슬픈 일인가! 얼마나 슬픈 일인가! 나는 점점 늙어가며 끔찍하고 흉측해지겠지. 하지만 이 그림은 항상 젊음을 간직하고 있을 테지. 아무리 세월이 흐른다고 해도 6월, 바로 오늘의 모습 그대로이겠지……. 정반대라면 좋으련만! 내가 항상 젊음을 간직하고, 이 그림이 나 대신 점점 늙어간다면 좋으련만! 그럴 수만 있다면, 그럴 수만 있다면 난 무엇이든 바칠 텐데! 그래, 그럴 수만 있다면 이 세상에서 바치지 못할 게 없지! 내 영혼이라도 바칠 거야!"

도리언 그레이는 여전히 자신의 초상화에서 눈을 떼지 못한 채 중얼거렸다.

"바질, 자네는 이런 식의 계약은 좋아하지 않겠지. 그런 계약이 성사된다면 자네 작품에 불운일 거야."

헨리 경이 웃으며 큰 소리로 말했다.

"해리, 난 당연히 반대할 수밖에 없지."

홀워드가 말했다.

순간 도리언 그레이가 고개를 돌려 홀워드를 바라봤다.

"바질, 난 당신이 그럴 거라 생각했어요. 당신은 친구보다 자신의 그림을 더 좋아하죠. 난 당신에게 푸른색 청동 조각상에 지나지 않아요. 아니, 그것만도 못할 거예요."

화가는 깜짝 놀라 도리언을 쳐다봤다. 그런 말을 하다니, 평소 도리언답지 않았다. 대체 무슨 일이 있었던 걸까? 도리언은 몹시 화가 난 듯 보였다. 그의 얼굴이 붉게 상기되어 두 뺨은 마치 불타는 듯 빨갛게 달아올라 있었다.

도리언이 말을 이었다.

"그래요. 난 당신에게 상아로 만든 헤르메스나 은으로 만든 파우누스*보다도 못해요. 당신은 항상 그런 예술 작품들이나 좋아하겠지요. 하지만 날 언제까지 좋아해줄까요? 그저 주름이 생기기 전까지만이겠죠. 이제 알겠어요. 미모가 뭐든 간에 사람이 그것을 잃으면 모든 것을 잃는다는 걸. 당신의 그림이 내게 그 사실을 가르쳐줬어요. 헨리 워튼 경의 말이 전적으로 옳아요. 오직 젊음만이 간직할 가치가 있는 것이에요. 나 자신이 늙어가고 있다는 걸 깨닫는 순간, 난 스스로 목숨을 끊을 거예요."

홀워드는 얼굴이 파랗게 질리더니 도리언의 손을 잡았다.

---

* 고대 로마의 목신(牧神)으로, 남자의 얼굴에 염소의 다리와 뿔이 달렸다.

"도리언! 도리언! 그렇게 말하지 말게. 내게 자네만 한 친구는 지금껏 단 한 명도 없었고, 앞으로도 없을 거야. 자넨, 물질 따위에 질투하는 건 아니겠지, 그렇지? 자넨 이 세상 그 어떤 물질과도 비교할 수 없을 만큼 멋진 친구야!"

그가 외쳤다.

"난 아름다움이 시들지 않는 모든 것을 질투해요. 당신이 그린 내 초상화에도 질투심이 생겨요. 내가 잃을 수밖에 없는 걸 이 초상화는 어떻게 계속 간직하고 있는 거죠? 시간이 흐르는 매 순간 나는 가진 걸 잃어가겠지만, 이 그림은 새로운 걸 계속 얻겠지요. 아, 정반대라면 좋으련만! 만일 이 그림이 변해가고 나는 항상 지금 모습 그대로 젊음을 유지할 수 있다면 좋으련만! 왜 초상화를 그렸어요? 언젠가 이 초상화가 나를 조롱할 거예요……. 지독하게 나를 조롱할 거라고요!"

그의 두 눈에 뜨거운 눈물이 차올랐다. 그는 화가의 손을 뿌리치고 소파 위에 몸을 던졌다. 그리고 기도라도 하는 것처럼 쿠션에 얼굴을 묻었다.

"해리, 이건 모두 자네 탓이야."

화가가 비통한 목소리로 말했다.

헨리 경은 어깨를 으쓱했다.

"이게 도리언 그레이의 참모습이야……. 그뿐이라고."

헨리 경이 말했다.

"그렇지 않아."

"그렇지 않더라도, 그 일과 내가 무슨 상관이 있겠는가?"

"내가 부탁했을 때 자넨 갔어야 해."

화가가 불평 섞인 목소리로 말했다.

"자네가 부탁해서 남은 거잖아."

헨리 경이 대답했다.

"해리, 난 가장 친한 두 친구와 동시에 싸울 수 없네. 하지만 자네들 두 사람 때문에 난 지금까지 완성한 작품들 가운데 가장 훌륭한 작품을 증오할 수밖에 없게 됐어. 그러니 어쩔 수 없이 이 그림을 없애버려야겠어. 그저 캔버스와 물감일 뿐이지? 이 그림이 우리 세 사람의 인생에 끼어들어 우리 인생을 망치게 그냥 내버려두지는 않을 거야."

홀워드가 긴 커튼이 쳐진 창문 아래에 놓인 전나무 화구(畫具) 탁자로 다가가자, 도리언 그레이는 쿠션에서 금발머리를 들어올리며 창백한 얼굴에 눈물로 얼룩진 눈으로 그를 바라봤다. 그는 저기에서 무슨 짓을 하고 있는 걸까? 홀워드는 손가락으로 어지럽게 널려 있는 주석 튜브들과 마른 붓들 사이를 헤집으며 뭔가를 찾고 있었다. 그렇다, 그가 찾고 있는 것은 유연한 강철 재질에 얇은 칼날을 지닌 긴 팔레트 나이프*였다. 마침내 홀워드는 그것을 찾아냈다. 그리고 이제 막 캔버스를 찢을 참이었다.

흐느껴 울던 젊은이는 울음을 억누르고 소파에서 벌떡 일어나더니, 홀워드에게 달려가 그의 손에서 나이프를 얼른 잡아채서 화실의 구석으로 내던졌다.

"바질, 그러지 말아요, 그러지 말아요! 그건 살인이에요!"

---

* 그림물감이나 그림물감의 찌꺼기를 긁어내는 데 쓰는 칼.

도리언이 소리쳤다.

"도리언, 자네가 마침내 내 작품의 진가를 인정해주니 기쁘군. 자네가 내 그림의 진가를 인정해주리라고는 결코 생각하지 못했어."

깜짝 놀랐던 화가가 정신을 차리고는 냉정하게 말했다.

"그 그림의 진가를 인정했다니요? 나는 이 그림에 완전히 반했어요. 바질, 이 그림은 내 일부예요. 그것이 느껴져요."

"음, 그럼 자네가 마르자마자 내가 니스 칠을 한 뒤에 액자에 끼워 자네 집으로 보내주겠네. 그러면 자신에 대해서 자네 마음대로 뭐든 할 수 있겠지."

화가는 도리언에게 이렇게 말하고 방을 가로질러 가더니, 종을 울려 차를 가져오게 했다.

"도리언, 물론 차 한 잔 마실 거지? 해리, 자네도 마실 거지? 아니, 자네는 이런 단순한 즐거움은 좋아하지 않겠구먼?"

"나는 단순한 즐거움을 숭배하는 사람이야. 단순한 즐거움이야 말로 복잡한 것을 피할 수 있는 최후의 도피처이지. 하지만 무대 밖에서 일어나는 소동은 좋아하지 않아. 자네 둘 다 정말 어리석기 짝이 없구먼! 도대체 어떤 작자가 인간을 이성적인 동물이라고 정의했는지 궁금하군. 그것이야말로 정의 내려진 모든 것 중에 가장 섣부른 정의였어. 인간에게는 많은 속성이 있지만 결코 이성적이지는 않아. 인간이 이성적이지 않다는 사실이 나로서는 기쁘지만, 아무튼 자네들이 그림을 두고 싸우는 건 바라지 않는다네. 바질, 이 그림을 내게 주는 게 좋을 거야. 이 철없는 소년은 그림을 진심으로 원하는 게 아니지만, 난 진심으로 원하네."

헨리 경이 말했다.

"바질, 나 말고 다른 사람에게 이 그림을 준다면 당신을 절대로 용서하지 않을 거예요! 그리고 누구든 나를 철없는 소년이라고 부르는 걸 허락하지 않겠어요."

도리언 그레이가 소리쳤다.

"도리언, 자넨 이 그림이 자네 거라는 걸 알잖아. 나는 이 그림을 완성하기 전부터 자네에게 주려고 했어."

"도리언, 자넨 스스로 철이 좀 덜 들었다는 것도 알고 있겠지. 게다가 자네가 대단히 젊다는 걸 내가 깨우쳐주었다는 점 또한 부정할 수 없다는 걸 알겠지."

"헨리 경, 오늘 아침에 당신의 말을 들었을 때 아주 강하게 부정할 걸 그랬어요."

"아! 오늘 아침! 자넨 그때 이후로도 나이를 먹었겠군."

바로 그때 문 두드리는 소리가 들리더니, 집사가 찻잔이 놓인 쟁반을 들고 들어와 작은 일본식 테이블 위에 내려놓았다. 찻잔과 받침접시가 달그락거렸고, 둥근 세로 홈이 있는 조지 왕조 풍의 찻주전자에선 김을 내뿜는 쉿쉿 소리가 났다. 이어 심부름꾼 소년이 둥근 모양의 접시 두 개를 가지고 들어왔다. 도리언 그레이가 다가와서 차를 따랐다. 남은 두 사람도 힘없이 어슬렁거리며 테이블로 다가가 뚜껑 속에 든 것을 유심히 들여다봤다.

"오늘 밤 극장에 가세. 분명 어느 극장엔 볼 만한 공연이 있을 거야. 화이트의 집에서 저녁 약속이 있긴 하지만, 오랜 친구 사이니까 내가 몸이 좀 아프다거나 계속 이어진 용무 때문에 못 가게 됐다고 전갈을 보내면 될 거야. 후자의 변명거리가 훨씬 낫겠군. 의외의 솔직함으로 기습하는 거지."

헨리 경이 말했다.

"예복을 갖춰 입는 건 아주 짜증스러워. 더구나 사람들이 그렇게 차려입은 꼴을 보면 진저리가 나."

홀워드가 투덜거리며 말했다.

"맞는 말이야. 19세기의 복장은 혐오스러워. 어찌나 칙칙한지 사람을 우울하게 만들지. 현대 생활에 남아 있는 진정한 색채 요소는 오직 죄악뿐이야."

헨리 경이 꿈꾸는 듯한 목소리로 대답했다.

"해리, 도리언 앞에서는 제발 그런 말 좀 하지 말게."

"어느 쪽 도리언 말인가? 우리에게 차를 따라주는 도리언, 아니면 저 그림 속의 도리언?"

"어느 쪽이든."

"헨리 경, 나는 당신과 함께 극장에 가고 싶어요."

젊은이가 말했다.

"그럼 같이 가지. 바질, 자네도 같이 갈 거지, 그렇지?"

"난 정말 갈 수 없어. 지금 당장은 안 돼. 할 일이 많거든."

"음, 그렇다면 그레이 군, 자네하고 나, 단둘이 가야겠네."

"우리 둘만이라도 꼭 가고 싶어요."

화가는 입술을 깨물면서 한 손에 찻잔을 든 채 그림 쪽으로 다가갔다.

"난 진짜 도리언과 여기 있을 거야."

화가가 슬픈 목소리로 말했다.

"이 그림이 진짜 도리언인가요? 내가 정말로 저렇게 생겼나요?"

초상화의 실제 인물이 화가 쪽으로 천천히 다가가며 큰 소리로 말했다.

"그래, 자네는 꼭 이렇게 생겼어."

"바질, 정말 멋지군요!"

"이 그림, 적어도 겉보기에는 자네와 똑같이 생겼어. 하지만 그림은 절대로 변하지 않아. 바로 그게 중요한 거지."

홀워드가 한숨을 쉬었다.

"실물과 똑같이 생겼다는 것에 사람들은 왜 그리 법석을 떠는지! 왜 그런 거야, 사랑에서도 충실성은 순전히 생리적인 현상에 대한 문제일 뿐이야. 그건 우리 자신의 의지와는 아무 상관이 없어. 젊은 이들은 한 사람에게 충실하려고 해도 그럴 수 없고, 늙은이들은 마음껏 부정을 저지르고 싶어도 그럴 수가 없지. 우리가 할 수 있는 말은 그것뿐이네."

헨리 경이 소리쳤다.

"도리언, 오늘 밤에 극장에 가지 말게. 가지 말고 나하고 함께 저녁 식사를 하지그래."

홀워드가 말했다.

"바질, 그럴 수 없어요."

"어째서?"

"이미 헨리 워튼 경과 같이 가기로 약속했잖아요."

"약속을 지킨다고 해서 헨리 경이 자네를 더 좋아하지는 않을 거야. 그도 늘 약속을 어기곤 하거든. 부탁이니 가지 말게."

도리언 그레이는 웃으며 고개를 저었다.

"간절히 부탁하네."

젊은이는 주저하면서 헨리 경을 넘겨다봤다. 그는 차 테이블 앞에서 재미있다는 듯 미소를 지으며 그들을 지켜보고 있었다.

"바질, 난 꼭 가야겠어요."

그가 대답했다.

"좋아."

홀워드가 대답했다. 그리고 그는 걸음을 옮겨 찻잔을 쟁반 위에 내려놓았다.

"좀 늦었군. 옷도 차려입어야 할 테니 서두르는 게 좋을 거야. 잘 가게, 해리. 잘 가, 도리언. 조만간 들러주게. 내일 오게나."

홀워드가 말했다.

"꼭 그러지요."

"잊지 말고."

"예, 물론이죠."

도리언이 큰 소리로 말했다.

"그리고…… 해리!"

"그래, 왜 그러나, 바질?"

"오늘 아침 정원에서 내가 부탁했던 말, 잊지 말게."

"벌써 잊었는데."

"자네를 믿겠네."

"나도 나 자신을 믿을 수 있으면 좋겠어. 자, 가자고, 그레이 군. 내 마차가 밖에 있으니 자네 집까지 데려다줄 수 있을 거야. 잘 있게, 바질. 정말 즐거운 오후였어."

헨리 경이 웃으며 말했다.

그들이 나가고 문이 닫히자 화가는 소파에 털썩 주저앉았다. 괴로운 표정이 그의 얼굴에 차올랐다.

58

3

다음 날 12시 30분, 헨리 워튼 경은 커즌 가에서 올버니까지 걸어가 그의 숙부인 퍼머(Fermor) 경을 방문했다. 퍼머 경은 다소 행동이 거칠어도 다정한 성품을 지닌 늙은 독신남이었다. 그에게서 특별히 이렇다 할 이득을 얻을 게 없던 바깥세상 사람들에게는 이기적인 인간으로 불렸지만, 자신을 즐겁게 해주는 사람들에게는 뭐든 아낌없이 주었기 때문에 사교계에서는 아량이 넓은 사람으로 통했다. 그의 부친은 이사벨라 여왕이 어리고 프림(Prim)이 아직 세상에 알려지기 이전 시절에 스페인의 마드리드 주재 영국 대사 직을 지냈는데, 파리 주재 대사로 임명되지 않자 화가 치밀어 충동적으로 사임해버렸다. 출신 성분이나 나태한 성품은 말할 것도 없고 급송 공문서를 작성하는 뛰어난 문장력과 쾌락에 대한 지칠 줄 모르는 열정 등을 생각해볼 때 자신이 파리 주재 대사로 적격이라고 여겼는데, 임명되지 못했던 것이다. 아버지의 비서였던 아들도 상관인 아버지와 함께 일을 그만두었는데, 당시에는 그런 행동이 다소 어리석은 짓으로 여겨지기도 했다. 그는 그 후 몇 달이 지나 작위를 받고는 아무 일도 하지 않는 위대한 귀족의 기술을 진지하게 익히는 데 몰두했다. 그는 도시에 대저택 두 채를 소유하고 있었지만 신경 써야 할 귀찮은 일이 적다는 이유로 셋방에서 생활하는 걸 더 좋아했고, 식사는 클럽에서 주로 해결했다. 그는 중부 지방에 있는 탄광들을 경영하는 일에 꽤 관심을 보였는데, 이처럼 불명예스러운 산업을 이끄는 이유라는 것이 신사는 석탄을 소유한 덕분에 자기 집 난로에 남부럽지 않을 정도로 여유 있게 장작을 땔 수 있는 이점이 있기 때문이라는 것이었다. 그는 정치적으로 토리당원이었지만, 정작 토리당이 집권을 했을 때에는 급진주의자들의 무리라며 강하게 비판했다. 그를 못살게 굴던 시종에게 그는 영웅이었고, 반대로 그가 못살게 괴롭혔던 대부분의 친척들에게는 공포의 대상이었다. 그는 영국에서나 나올 만한 인물이었는데, 정작 본인은 영국이 망해가고 있다고 항상 말하곤 했다. 그의 원칙들은 다분히 시대에 뒤떨어지는 것이었지만, 그의 편견에는 나름 수긍할 만한 충분한 이유가 있었다.

헨리 경이 방에 들어섰을 때, 그의 눈에 들어온 숙부는 거친 사냥용 외투를 입고 앉아 엽궐련을 피우며 〈타임스〉를 읽으면서 뭐라고 투덜거리고 있었다.

"오, 해리, 이렇게 일찍 웬일이냐? 너 같은 멋쟁이들은 2시나 돼야 일어나고, 5시 전까지는 집 밖으로 나돌아다니지 않는 줄로 알았는데."

노신사가 말했다.

"조지 숙부님, 그건 친척 간의 순수한 애정 때문이지요. 정말이에요. 숙부님께 부탁드릴 일도 있고요."

"그야 돈이겠지. 그래, 앉아서 얘기해봐. 요즘 젊은 사람들은 돈이 전부라고 생각하지."

퍼머 경이 인상을 찌푸리며 말했다.

"그러게요."

헨리 경이 코트의 단추를 매만지며 중얼거렸다.

"그리고 젊은 사람들은 나이가 들어가면서도 그걸 잘 알게 되죠. 하지만 전 돈 때문에 온 게 아니에요. 조지 숙부님, 돈은 계산서를 지불해야 하는 사람한테나 필요한 것이지요. 전 한 번도 돈을 지불해본 적이 없어요. 신용이야말로 젊은이의 자산이지요. 젊은이들은 그것만 있으면 아주 멋지게 살 수 있어요. 더구나 저는 항상 다트무어의 상인들과 거래를 하죠. 그들은 저를 성가시게 하는 법이 없어요. 제가 숙부님에게 원하는 건 정보예요. 물론 유용한 정보는 아니고요. 제가 원하는 건 쓸데없는 정보예요."

"음, 해리, 영국 정부 보고서에 있는 정보라면 무엇이든 말해주지. 요즘엔 그쪽 사람들이 터무니없는 얘기들을 너무 많이 기록하긴 하지만 말이다. 내가 외교부에 있을 때는 사정이 지금보다 훨씬 나았지. 한데 요즘엔 시험을 봐서 사람을 뽑는다고 하더구나. 그러니 뭘 기대할 수 있겠니? 시험은 처음부터 끝까지 순 속임수에 지나지 않아. 누구든 신사라면 아주 많은 걸 알 테고, 신사가 아니라면 알고 있는 것이라야 본인에게 해만 되는 것이겠지."

"조지 숙부님, 도리언 그레이 군은 영국 정부 보고서 따위에는 안 나와요."

헨리 경이 심드렁하게 말했다.

"도리언 그레이라고? 그 사람이 누구냐?"

퍼머 경이 짙은 흰 눈썹을 찌푸리며 물었다.

"조지 숙부님, 그걸 알고 싶어서 찾아온 거예요. 아니, 실은 도리언 그레이가 누구인지는 알아요. 고인이 되신 켈소 경의 외손자이지요. 그의 어머니는 데버루, 그러니까 마거릿 데버루 부인이고요. 그의 어머니에 대해 말씀해주셨으면 합니다. 그의 어머니는 어떤 분이셨죠? 누구와 결혼했나요? 숙부님은 동년배 분들을 거의 아시잖아요. 그러니 그의 어머니에 대해서도 아시지 않을까 싶은데요. 저는 요즘에 그레이 군에게 무척 관심이 많아요. 얼마 전에 그를 만났거든요."

"켈소의 외손자라!"

노신사가 반복해서 말했다.

"켈소의 외손자라! …… 물론…… 그의 어머니를 아주 잘 알지. 아마 그녀의 세례식에도 참석했던 것 같구나. 마거릿 데버루, 그녀는 아주 아름다운 처녀였지. 무일푼인 젊은 놈과 달아나는 바람에 모든 남자들이 광분했었어. 그 젊은 놈은 별 볼일 없는 보병 연대의 소위던가, 뭐 그런 작자였지. 틀림없어. 그 모든 일이 마치 어제 일처럼 생생하게 기억나는구나. 그 불쌍한 녀석은 결혼한 지 몇 달 만에 스파(Spa)에서 결투를 하다 목숨을 잃었지. 당시 그 일에 대한 추문이 떠돌았단다. 켈소가 아주 파렴치한 사기꾼을, 그러니까 아주 잔인한 벨기에 놈을 고용해 뭇사람들 앞에서 자기 사위에게 망신을 주게 시키고, 그 대가로 녀석에게 돈을 주었다는 거지. 오, 그런 일을 시키고 돈을 지불하다니. 그래서 그 벨기에 놈은 켈소의 사위를 마치 비둘기를 꼬챙이에 꿰듯이 칼로 찔러 죽였다는구나. 사람들은 쉬쉬했지만, 거참, 켈소는 그 후로 한동안 클럽에서 혼자 식사를 했단다. 듣기로는 그가 딸을 도로 데려왔는데, 딸은 아버지와 다시는 말을 하지 않았다는구나. 아, 그래, 정말 상황이 심각해지고 말았어. 1년도 안 돼서 그의 딸은 죽고 말았거든. 그런데 그 딸이 아들 하나를 남겼나 보구나, 그렇다는 거지? 난 그 사실을 까맣게 잊고 있었어. 그녀의 아들은 어떤 청년이냐? 자기 어머니를 닮았으면 틀림없이 아주 잘생긴 청년이겠구나."

"그는 아주 잘생겼어요."

헨리 경이 인정했다.

"제대로 된 사람의 품에서 자랐기를."

노인이 말을 이으며 말했다.

"켈소가 자기 외손자에 대한 의무를 다했다면 그 젊은이는 유산으로 상당한 돈을 받을 거야. 그의 어머니도 재산이 꽤 많았지. 그녀의 할아버지가 셀비의 재산을 전부 그녀에게 상속했거든. 그녀의 할아버지는 켈소를 몹시 싫어했어. 비열한 놈이라고 생각했지. 뭐, 사실 그랬지. 내가 마드리드에 있을 때 켈소가 그곳에 온 적이 있었는데, 정말 그자 때문에 내가 얼마나 부끄러운 꼴을 당했는지 모른단다. 요금 문제로 항상 마부와 실랑이를 벌이는 저 영국 귀족이 누구냐고 여왕께서 내게 물어보셨거든. 그 이야기는 마부들의 입을 통해 퍼져 나갔고, 그 때문에 난 한 달 동안 궁정에 얼굴을 내밀 수도 없었어. 부디 그자가 자기 손자를 전세 마차 마부들보다는 잘 대해주었다면 좋으련만."

"그건 잘 모르겠네요. 아마 그 친구는 풍족하게 살 만큼 재산을 물려받을 겁니다. 아직 그럴 나이는 아니지만요. 제가 알기로는 셸비 땅을 물려받았습니다. 그가 그렇게 말하더군요. 그런데…… 그의 어머니가 아주 아름다우셨나요?"

헨리 경이 대답했다.

"해리, 마거릿 데버루는 내가 본 가장 사랑스러운 여인들 중 한 명이었어. 그런 여인이 도대체 무슨 이유로 그렇게 처신했는지 도저히 이해할 수 없었단다. 원하면 누구와도 결혼할 수 있는 여자였거든. 칼링턴(Carlington)이 미친 듯이 그녀를 쫓아다녔었지. 하지만 그녀는 너무 낭만적인 여자였어. 그 집안 여자들이 다 그랬지. 남자들은 다 별 볼일 없었지만, 여자들은 정말 훌륭했어! 칼링턴은 그녀에게 무릎까지 꿇었단다. 그가 내게 직접 말해주었지. 그가 그렇게까지 했는데, 그녀는 그를 비웃었어. 그 당시 런던 시내에서 그를 좋아하지 않는 처녀는 단 한 명도 없을 정도였는데 말이다. 그런데 해리, 어리석은 결혼 얘기가 나왔으니 하는 말인데, 네 아버지 말이 다트무어(Dartmoor)가 미국 여자와 결혼하고 싶어 한다고 하더구나. 그 실없는 얘기는 뭐니? 영국 여자들은 마음에 안 든다는 거냐?"

"조지 숙부님, 요즘은 미국 여자와 결혼하는 게 유행이에요."

"해리, 세상이 그렇다고 해도 나는 영국 여자들 편에 설 거다."

퍼머 경이 주먹으로 탁자를 내리치며 말했다.

"미국 여자 쪽에 좋은 점이 많아요."

"내가 듣기로는 미국 여자들이 오래가지 못한다고 하더구나."

헨리의 숙부가 나지막이 말했다.

"오랜 약혼 기간이 그들을 지치게 만들긴 하지만, 그들의 장애물 경마 솜씨는 훌륭하죠. 날듯이 장애물을 넘거든요. 다트무어가 미국 여자와 결혼할 가능성이 있는지 모르겠어요."

"여자 쪽 집안은 어떤 분들이냐? 부모가 있긴 한 거냐?"

노신사가 투덜대며 말했다.

헨리 경은 고개를 저었다.

"영국 여자들이 과거를 숨기는 데 능숙하다면, 미국 처녀들은 자신의 부모를 숨기는 데 남다른 재주가 있어요."

헨리 경이 이제 그만 가려고 일어서면서 말했다.

"아마 돼지고기 통조림업이나 하지 않겠니?"

"조지 숙부님, 다트무어를 위해서라도 그랬으면 좋겠어요. 미국에서는 돼지고기 통조림업이 정치 다음으로 돈벌이가 되는 직업이라고 하더군요."

"여자는 예쁘냐?"

"아름다운 여자인 것처럼 행동해요. 대부분의 미국 여자들이 그래요. 바로 그 점이 미국 여자들이 풍기는 매력의 비결이지요."

"왜 그 미국 여자들은 자기 나라에 머물러 있지 않는 거냐? 그들은 항상 미국이 여자들의 천국이라고 말하면서 말이다."

"그들의 말이 맞아요. 그래서 미국 여자들은 이브처럼 미국을 벗어나려고 그토록 안달인 거예요. 안녕히 계세요, 숙부님. 더 지체하다간 점심 약속에 늦겠어요. 알고 싶던 정보를 알려주셔서 감사합니다. 저는 새 친구들에 대해선 모든 걸 알고 싶어서요. 오랫동안 알고 지낸 친구들에 대해서는 알고 싶은 게 전혀 없지만요."

헨리 경이 말했다.

"해리, 점심 식사는 어디에서 할 거냐?"

"애거사 숙모 댁에서요. 저와 그레이 군이 함께 찾아뵙는다고 말씀드렸어요. 그레이 군은 최근 숙모님의 피후견인이 됐거든요."

"흥! 해리, 네 숙모 애거사에게 내 말을 전하렴. 자선기금을 내라는 말로 더는 날 귀찮게 하지 말라고 말이다. 자선기금을 내라는 말에 넌더리가 난다. 왜 그 훌륭한 여자는 한동안 하고 말 자신의 어리석은 짓을 위해서 내가 수표를 써줄 수밖에 없을 거라고 생각하는지 모르겠다."

"알겠어요. 조지 숙부님, 그렇게 전해드리죠. 하지만 아무 소용 없을 겁니다. 박애주의자들이 사실 인간미라고는 없잖아요. 바로 그런 점이 그들의 유별난 성격이죠."

노신사는 만족스러운 듯 투덜거리더니, 종을 울려 하인을 불렀다. 헨리 경은 벌링턴 가로 나 있는 낮은 아케이드를 지나 방향을 바꿔 버클리 광장 쪽으로 걸음을 옮겼다.

도리언 그레이의 가문에 대한 이야기가 바로 그러했던 것이다. 헨리가 들은 그 이야기는 꽤나 노골적이었기에 생경하고 거의 현대적인 로맨스가 연상되어 그의 마음은 여전히 흥분 상태였다. 미친 열정 때문에 모든 것을 내건 아름다운 여인. 극악무도하고 기만적인 범죄 행위로 별안간 최후를 맞은, 몇 주 동안의 짧지만 격렬한 행복. 몇 달간 말없이 보낸 고통. 그리고 고통 속에서 태어난 아이. 갑작스럽게 어머니가 사망하면서 고독과 무정한 늙은이의 횡포 가운데 홀로 남겨진 소년. 그렇다. 이것은 무척 흥미로운 성장 배경이었다. 바로 이러한 성장 배경 때문에 도리언은 젊은이다운 태도를 키웠고, 더 완벽한 존재로 성장했다. 존재하는 아주 훌륭한 모든 것의 이면에는 비극적인 요소가 숨어 있는 법이다. 아무리 보잘것없는 꽃이라도 그 꽃을 피우기 위해 세상은 산고를 겪어야 하는 법이다……. 어젯밤 클럽에서 만찬을 할 때 맞은편에 앉아 깜짝 놀란 듯 두 눈을 크게 뜨고, 두려움을 동반한 쾌락에 감염되기라도 한 듯 입을 다물지 못하던 도리언의 모습은 얼마나 매력적이었던가. 빨간 촛불의 그림자는 정신이 번쩍 든 경이감이 깃든 얼굴을 더욱 붉은 장밋빛으로 물들였다. 그와 이야기를 나누는 것은 섬세한 바이올린을 연주하는 것과 같았다. 활을 켜는 모든 손길과 활의 진동에 그는 일일이 반응했다……. 영향을 주노라면 마음을 송두리째 사로잡는 무언가가 느껴졌다. 다른 어떤 활동과도 비교할 수 없는 것이었다. 자신의 영혼을 우아한 형태로 투영시켜 잠시 동안 그대로 머무르게 하는 일, 자신의 지적인 견해가 열정과 젊음의 음악과 함께 돌아와 메아리치는 걸 듣는 일, 자신의 기질을 마치 감지하기 힘든 유동체나 이상한 향기이기라도 한 양 다른 사람에게 옮기는 일, 바로 그러한 일들에 진정한 기쁨이 있다. 어쩌면 그것은 편협하고 저속하며 극도로 육욕적인 쾌락과 지극히 통속적인 목적만을 추구하는 우리 시대에 남은 가장 만족스러운 기쁨일지도 모른다. …… 아주 기이한 우연으로 바질의 화실에서 만난 이 젊은이는 경탄할 만한 인물의 전형이거나, 아니면 적어도 경탄할 만한 인물의 전형으로 변모할 수 있는 사람이었다. 그는 우아했고, 소년 시절 순백의 순수함을 간직하고 있으며, 지금까지도 우리 눈앞에서 변치 않는 자태를 드러내 보이는 고대 그리스의 대리석 조각과 같은 아름다움을 지니고 있었다. 누구든 그와 함께라면 못할 일이 없을 것만 같았다. 그는 타이탄이 될 수도 있고, 하찮은 장난감이 될 수도 있다. 그토록 아름다운 미모도 운명적으로 시들 수밖에 없다니, 얼마나 안타까운 일인가! …… 바질은 또한 어떠한가? 심리학적 관점에서 그는 얼마나 흥미로운 인간인가! 새로운 예술 양식, 삶을 바라보는 참신한 양식을 전혀 의식하지 못하는 사람을 눈앞에서 보는 것만으로 그 양식에 대한 기이한 영감을 얻은 것이다. 어두운 숲속에 살며, 탁 트인 들판을 거닐 때는 사람의 눈에 띄지 않는 곳을 선택하곤 하는, 소리 없는 정령이 갑자기 드리아스(Dryad)*처럼 두려움 없이 제 모습을 드러낸 것이다. 왜냐하면 드리아스를 찾아 헤매던 그의 영혼 속에서 경이로운 것들만 모습을 드러내는 놀라운 통찰력이 마침내 눈을 떴기 때문이다. 말하자면 사물의 단순한 형태와 형상이 잘 다듬어져서 일종의 상징적인 가치를 지니게 된다. 마치 그 사물은 자신이 다른 속성의 형상을 지녔고, 그림자마저 진짜로 보일 정도로 훨씬 더 완벽한 형태이기라도 한 것처럼 말이다. 이 모두가 얼마나 기이한 일인가! 헨리 경은 역사에서 그와 유사한 일을 떠올려봤다. 이러한 점을 맨 처음 분석한 사람은 사유의 예술가 플라톤이 아니었던가? 그리고 이러한 점을 일종의 소네트 연작이라 할 만한 색색의 대리석들로 조각해놓은 사람은 미켈란젤로 부오나로티가 아니었던가? 하지만 금세기에 그러한 일은 기이해졌다. …… 그렇다. 도리언 그레이가 자신의 경이로운 초상화를 그려준 화가에게 모르고 했던 행동을 앞으로는 화가가 이 젊은이에게 하려고 할 것이다. 이제는 그가 도리언을 지배하려 할 것이다. 사실상 이미 절반쯤은 그렇게 했다고 할 수 있다. 이 불가사의한 영혼을 자신의 것으로 만들 것이다. 이 사랑과 죽음의 아들에게는 아주 매혹적인 무언가가 있었다.

---

* 그리스 신화에 등장하는 나무의 님프.

헨리 경은 갑자기 걸음을 멈추고 주위의 집들을 흘긋 올려다봤다. 그는 숙모의 집을 좀 멀리 지나쳐 왔다는 사실을 깨닫고는 허탈하게 웃으며 왔던 길을 되돌아갔다. 그가 다소 어둠침침한 현관에 들어서자, 집사가 다른 손님들은 이미 점심 식사를 하러 식당에 가 있다고 알려주었다. 그는 한 하인에게 모자와 지팡이를 건네주고 식당으로 들어갔다.

"해리, 평소처럼 늦었구나."

숙모가 그를 보고 고개를 설레설레 저으며 말했다.

그는 손쉬운 핑계를 대고 나서 숙모 옆의 빈자리에 앉고는 누가 왔는지 주변을 둘러봤다. 식탁의 맨 끝에 있던 도리언이 헨리에게 고개를 숙여 수줍게 인사했는데, 기분이 좋은지 두 뺨에 살짝 홍조를 띠었다. 그의 맞은편에는 존경할 만한 좋은 성품과 기질 덕분에 그녀를 아는 모든 사람에게 무척 호감을 사고 있는 할리(Harley) 공작 부인이 있었다. 그녀는 전체적으로 풍채가 넉넉했기에 만일 공작 부인이 아닌 평범한 여자였다면 동시대 역사가들에게 뚱뚱하다고 묘사되었을 것이다. 그녀의 오른쪽 옆자리에는 의회의 급진주의자에 속하는 토머스 버튼(Thomas Burdon) 경이 앉아 있었다. 그는 잘 알려진 현명한 규칙에 따라 공적인 생활에서는 자신의 지도자를 따랐고, 사적인 생활에서는 최고의 요리사들을 따르면서 토리당원들과 함께 만찬을 하는가 하면 자유당원들과 의견을 공유하기도 했다. 공작 부인의 왼쪽 자리를 차지한 트레들리 출신의 노신사 어스킨(Erskine)은 제법 매력적이고 상당한 교양을 갖춘 인물이었는데, 언젠가 그가 애거사 부인에게 설명한 바에 따르면 서른 살 이전에 이미 해야 할 말을 전부 해버렸다면서 입을 다문 채 더는 한마디 말도 하지 않는 나쁜 습관에 빠져 있었다. 그의 바로 옆에는 숙모의 아주 오랜 친구인 밴들러 부인이 앉아 있었다. 그녀는 여자들 중에서 성인(聖人)으로 통할 정도로 가장 덕이 높은 여인이었지만, 옷차림이 어찌나 지독하게 촌스러운지 그녀를 보면 찬송가집이 연상되었다. 헨리 경에게는 다행스럽게도 그녀의 맞은편에 포델 경이 앉아 있었는데, 그는 대단히 지적인 중년의 평범한 인물로 하원의원의 장관 성명서만큼이나 따분했다. 지금 밴들러 부인은 진지한 태도로 포델 경과 아주 열정적으로 대화를 나누고 있었다. 그런 진지한 태도야말로 언젠가 헨리 경 스스로 말했듯이 아주 선량한 사람들이 모두 빠져들기 십상이며 한번 빠져들면 누구도 절대로 빠져나오지 못하는 용납할 수 없는 잘못이었다.

"헨리 경, 우리는 가련한 다트무어에 대해 이야기하고 있었어요. 정말로 그가 그 매력적인 젊은 여자와 결혼할 것 같나요?"

공작 부인이 식탁 맞은편에 있는 그를 향해 상냥하게 고개를 끄덕이면서 큰 소리로 말했다.

"공작 부인, 그녀가 다트무어에게 청혼하기로 결심한 걸로 알고 있습니다."

"정말 끔찍한 일이야! 정말 누구든 나서서 말려야 해요."

애거사 부인이 외쳤다.

"정통한 소식통에 따르면, 그녀의 아버지가 미국에서 포목점을 한다고 합니다."

토머스 버든 경이 거만한 표정을 지으며 말했다.

"제 숙부님께서는 돼지고기 통조림업이라고 말씀하시던데요, 토머스 경."

"포목점이라니! 미국의 포목점은 어떻죠?"

공작 부인이 놀라 커다란 두 손을 들어 올리고는 '어떻죠'에 힘을 주어 물었다.

"미국 소설 같아요."

헨리 경이 메추라기 고기를 조금 먹으며 대답했다.

공작 부인은 어리둥절한 표정을 지었다.

"공작 부인, 헨리 경 말에 신경 쓰지 마세요. 저 애가 하는 말에는 별뜻이 없어요."

애거사 부인이 속삭이듯 말했다.

"미국이 발견됐을 때 말입니다."

그때 급진파인 토머스 버든 경이 말했다. 그리고 꽤 지루한 사실들을 늘어놓기 시작했다. 한 가지 주제를 철저히 다루려는 사람들이 전부 그렇듯이, 그는 듣는 사람들을 지치게 만들었다.

공작 부인이 한숨을 내쉬며 자신의 특권을 발휘해 그의 연설을 가로막았다.

"미국이 발견되지 않았더라면 정말 좋았을 텐데! 미국 때문에 요즘 영국 처녀들에게는 기회가 없어요. 이건 정말 너무나 부당한 일이에요."

그녀가 외쳤다.

"어쩌면 결과적으로 미국은 발견되지 않았는지도 모릅니다. 나라면 미국은 그저 탐시됐을 뿐이라고 말했을 겁니다."

어스킨 씨가 말했다.

"오! 하지만 나는 그곳에 사는 사람들을 본 적이 있어요. 솔직히 대부분의 미국 처녀들은 굉장히 예뻐요. 옷차림도 아주 멋지죠. 그들은 옷을 전부 파리에서 구입해 입어요. 나도 파리에서 옷을 사 입을 수 있으면 좋으련만."

공작 부인이 멍한 표정을 지으며 대답했다.

"착한 미국인은 죽어서 파리에 간다고들 하죠."

낡을 대로 낡은 헌옷과 같은 유머만을 머릿속에 가득 담고 있던 토머스 경이 낄낄거리고 웃으며 말했다.

"정말요! 그럼 나쁜 미국인들은 죽어서 어디로 가죠?"

공작 부인이 물었다.

"그들은 미국으로 가지요."

헨리 경이 낮은 목소리로 말했다.

토머스 경이 눈살을 찌푸렸다.

"안타깝게도 부인의 조카 분이 그 위대한 나라에 대해 편견을 가지고 있군요. 나는 그 나라의 관리자들이 제공한 자동차를 타고 미국 전역을 여행한 적이 있어요. 그런 점을 보더라도, 그 사람들은 대단히 친절하죠. 미국 방문은 분명 교육적으로 유익할 겁니다."

토머스 경이 애거사 부인에게 말했다.

"하지만 뭔가 배우기 위해 꼭 시카고에 가봐야 할까요? 난 그런 여행을 하고 싶지 않아요."

어스킨 씨가 처량한 목소리로 말했다.

토머스 경이 손을 저었다.

"트레들리의 어스킨 씨는 본인의 서가에 세상을 꽂아두었군요. 우리처럼 행동을 중시하는 사람들은 세상일을 책으로 읽기보다는 직접 보는 걸 더 좋아합니다. 미국인들은 무척 흥미로운 사람들이에요. 그들은 대단히 합리적인 사람들이죠. 바로 그런 점이 미국인 특유의 성격이라 생각해요. 그래요, 어스킨 씨, 미국인들은 대단히 합리적인 사람들이에요. 장담컨대 미국인들에 관련한 터무니없는 얘기는 없어요.”

“거참, 끔찍하군요! 저는 잔인한 폭력은 참아도 맹목적인 이성은 도저히 참을 수 없어요. 그처럼 맹목적인 이성 추구엔 불공정한 면이 있어요. 그러니 지성이 떨어지는 사람들은 살기 힘들겠어요.”

헨리 경이 큰 소리로 말했다.

“난 자네 말을 이해할 수 없네.”

토머스 경이 조금 얼굴을 붉히며 말했다.

“헨리 경, 난 이해하겠소.”

어스킨 씨가 미소를 지으며 낮은 목소리로 말했다.

“역설에는 나름의 타당성이 있지만…….”

준 남작인 토머스 경이 대답했다.

“그 말이 역설이었나요? 난 그렇게 생각하지 않았어요. 하지만 생각해보니, 어쩌면 역설일지도 모르겠군요. 음, 역설적인 방식은 진리에 이르는 길일 수도 있죠. 진실의 진위성을 시험해보려면, 그것을 팽팽한 밧줄 위에 놓아봐야 합니다. 진실이 곡예사가 될 때 비로소 우리는 그것을 판단할 수 있는 거지요.”

어스킨 씨가 물었다.

“저런! 남자들은 뭘 그리 논쟁하길 좋아해요! 난 당신들이 하는 말을 전혀 알아듣지 못하겠어요. 오! 해리, 난 너 때문에 골치 아파 죽겠구나. 넌 왜 우리 멋진 도리언 그레이 씨에게 이스트엔드에서 하고 있는 자선 활동을 그만두라고 설득하려는 게냐? 도리언 씨는 우리에게 꼭 필요한 사람이야. 사람들은 그의 연주를 무척 좋아할 거다."

애거사 부인이 말했다.

"전 도리언이 저를 위해 연주하길 바라거든요."

헨리 경이 미소를 지으며 큰 소리로 말했다. 그러곤 식탁을 내려
다보며 자신의 말에 응답하는 환한 눈빛을 포착했다.

"하지만 화이트채플에 사는 사람들은 정말 불행하단다."

애거사 부인이 말을 이었다.

"전 고통만 빼고 모든 것을 동정할 수 있어요. 하지만 고통은 도저
히 동정할 수 없어요. 그건 너무 추하고 너무 끔찍하고 너무 비참하
죠. 고통을 동정하는 현대의 방식에는 뭔가 지독히 병적인 면이 있
어요. 누구든 삶의 색채와 아름다움과 기쁨에 대해 공감해야 하죠.
인생의 상처에 대해서는 가급적 말을 줄일수록 좋아요."

헨리 경이 어깨를 으쓱하며 말했다.

"그렇지만 이스트엔드는 매우 중요한 문제라네."

토머스 경이 심각한 표정으로 고개를 저으며 말했다.

"그렇고말고요. 문제는 노예 제도인데, 우리는 노예들의 기분을
풀어주는 정도로 이 문제를 해결하려 하고 있어요."

젊은 헨리 경이 대답했다.

정치인이 그를 날카로운 눈빛으로 바라봤다.

"그럼 자네는 문제를 어떤 식으로 변화시켜야 한다고 보는가?"

그가 물었다.

헨리 경이 웃었다.

"저는 날씨 말고는 영국에 있는 그 무엇도 바뀌길 바라지 않아요.
철학적 사색을 하는 데 대단히 만족해요. 하지만 19세기가 지나치

게 동정을 남발한 탓에 파산하고 말았으니, 우리는 이제 우리 자신을 바로잡기 위해 과학에 호소해야 할 겁니다. 감정의 장점은 우리를 잘못된 길로 안내하는 것인 반면 과학의 장점은 감정적이지 않다는 것이지요."

헨리 경이 대답했다.

"하지만 우리에게는 막중한 책임이 있어요."

밴들러 부인이 조심스럽게 말을 꺼냈다.

"굉장히 막중하죠."

애거사 부인이 공감을 표했다.

헨리 경이 어스킨을 바라봤다.

"인류는 스스로를 너무 진지하게 생각해요. 그것은 세상의 원죄지요. 동굴에 살던 원시 인류가 웃는 법을 알았더라면 역사는 바뀌었을 겁니다."

"당신 말을 들으니, 정말 크게 위안이 되는군요. 나는 당신의 숙모를 보러 올 때면 늘 조금 죄책감을 느끼곤 했어요. 난 이스트엔드에 전혀 관심이 없거든요. 이제는 얼굴 붉히지 않고도 당신 숙모의 얼굴을 똑바로 쳐다볼 수 있을 것 같군요."

공작 부인이 떨리는 목소리로 말했다.

"공작 부인, 부인께서는 얼굴에 홍조를 띤 모습이 아주 잘 어울리십니다."

헨리 경이 말했다.

"젊을 때나 그랬죠. 나 같은 늙은이의 얼굴이 붉어지는 건 아주 나쁜 징조예요. 아! 헨리 경, 다시 젊어질 수 있는 법이 있다면 말해주길 바래요."

공작 부인이 대답했다. 그는 잠시 생각에 잠겼다.

"공작 부인, 혹시 젊은 시절에 저지른 어떤 큰 잘못 중에 기억나시는 게 있나요?"

헨리 경이 식탁 맞은편에 앉아 있던 공작 부인을 쳐다보며 물었다.

"애석하게도 너무 많지요."

공작 부인이 큰 소리로 말했다.

"그러시다면, 그 잘못들을 다시 저지르는 겁니다. 누구든 젊은 시절로 돌아가고 싶다면 그 시절에 저지른 어리석은 짓들을 다시 반복하기만 하면 됩니다."

그가 진지하게 말했다.

"아주 유쾌한 이론이군요! 꼭 그 이론대로 실천해보겠어요."

공작 부인이 소리쳤다.

"위험한 이론이야!"

토머스 경이 굳게 다물었던 입술을 떼며 말했다.

애거사 부인은 고개를 가로저었지만 즐거워 어쩔 줄 몰라 했다. 어스킨은 그저 다른 사람들의 대화를 가만히 경청했다.

"그렇습니다. 바로 그것이야말로 인생의 가장 큰 비밀들 중 하나지요. 요즘 대부분의 사람들은 은근히 달라붙는 상식 따위 때문에 죽을맛이지만, 결코 후회하지 않을 유일한 것은 자신이 저지른 실수뿐이라는 걸 뒤늦게야 깨닫게 되죠."

헨리 경이 말을 이었다.

식탁 주위로 웃음소리가 감돌았다.

헨리 경은 이런 생각을 가지고 장난을 치며, 의도대로 생각을 마

76

음껏 풀어놓았다. 그는 그 생각을 공중으로 던져 다른 모양으로 변형시키는가 하면, 그 생각을 놔주었다가 다시 잡기도 했다. 그리고 상상력으로 그 생각에 무지갯빛 색깔을 칠하고는 역설이라는 날개를 달아 날려 보냈다. 그의 말이 계속 이어짐에 따라 어리석음에 대한 예찬은 철학을 향해 날아올랐고, 이제는 철학 자체가 어려지면서 광기 어린 쾌락의 음악에 휘감겼다. 상상력을 펼쳐보면, 철학은 포도주로 얼룩진 기다란 예복을 걸치고 담쟁이덩굴 화환을 쓰고서 바캉트*처럼 인생의 언덕 위에서 춤추었고, 굼뜬 실레노스**를 술에 취하지 않았다는 이유로 조롱했다. 철학 앞에서 사실들은 깜짝 놀란 숲속의 짐승들처럼 달아났다. 철학의 하얀 두 발은 현명한 오마르(Omar)***가 올라앉은 술 짜는 커다란 압축기를 연달아 힘껏 밟았다. 그러자 철학의 맨발 주위로 자줏빛 거품의 물결과 함께 포도즙이 부글부글 끓어오르고, 커다란 술통의 경사진 검은 가장자리 너머로 붉은 거품을 일으키며 뚝뚝 흘러넘치기도 했다. 그 광경은 아주 훌륭한 즉흥 공연이었다. 그는 도리언 그레이의 눈빛이 자신을 향해 고정되어 있는 걸 느꼈다. 청중 가운데 매혹시키고 싶은 사람을 의식하고 있었기에, 그의 기지는 더욱 예리해지고 상상력은 다채로워지는 것 같았다. 그는 재기가 넘치고 공상적이며 무책임했다. 그는 자신의 말에 귀 기울이고 있는 사람들의 혼을 쏙 빼놓았다. 청중은 그야말로 웃으면서 그의 피리 소리를 뒤따랐다. 도리언 그

---

* 바커스 신의 여사제.
** 바커스의 양부.
*** 페르시아의 천문학자 겸 수학자이자 시인.

레이는 헨리 경에게서 한순간도 시선을 떼지 않고 마치 마법에 걸린 사람처럼 꼼짝 않고 앉은 채 그저 입가에 미소를 지었다. 그의 검은 눈동자에는 경이감이 점차 짙어갔다.

마침내 현실이 그 시대의 제복을 입은 하인의 모습으로 방 안에 들어와, 공작 부인에게 마차가 대기하고 있다고 말했다. 공작 부인은 어쩔 수 없다는 듯이 양손을 비틀었다.

그녀가 소리쳤다.

"정말 귀찮아! 난 이제 가봐야겠어요. 클럽에 들러 그곳에 있는 남편을 데리고 윌리스 룸에서 열리는 좀 우스꽝스러운 모임에 가야 하거든요. 남편이 그 모임의 회장을 맡기로 했어요. 내가 늦으면 남편이 분명 불같이 화를 낼 텐데, 이 보닛*을 쓴 채 싸움을 벌일 순 없죠. 보닛이 너무 약해요. 험한 말 한마디에도 망가지고 말 거예요. 아, 애거사 부인, 이제 나는 가야겠어요. 헨리 경, 잘 있어요. 당신은 무척 유쾌하면서도 사람을 굉장히 당황스럽게 만드는 재주가 있네요. 당신의 견해에 대해 뭐라고 말해야 할지 모르겠어요. 언제 밤에 우리 집에 들러요. 저녁 식사나 함께하게요. 화요일 어때요? 화요일에 별다른 약속 없지요?"

"공작 부인, 부인을 위해서라면 누구와의 약속도 어길 겁니다."

헨리 경이 머리를 숙여 인사하며 말했다.

"아! 당신은 정말이지 다정하면서도 아주 못됐군요. 그럼 잊지 말고 꼭 와요."

---

* 여자나 어린아이들이 쓰는 모자의 일종으로 턱 밑에서 끈을 매게 되어 있다.

부인이 큰 소리로 말했다. 부인은 말을 마치고는 재빨리 방을 빠져나갔고, 애거사 부인과 다른 부인들도 그녀를 따라 나갔다.

헨리 경이 다시 자리에 앉자, 어스킨이 식탁을 돌아와 헨리 경 가까이에 있는 자리에 앉더니 그의 팔에 손을 얹었다.

"자넨 마치 책의 내용을 들려주듯이 주절주절 얘기하는구먼. 책을 직접 써보지 그러나?"

그가 말했다.

"어스킨 씨, 저는 워낙 책 읽기를 좋아해서 직접 쓰는 일에는 별로 관심이 없습니다. 그래도 소설만큼은 꼭 써보고 싶긴 해요. 페르시아 양탄자처럼 아름답고 비현실적인 소설 말입니다. 하지만 영국에는 문학에 취미가 있는 대중이 없어요. 그저 신문이나 기도서, 백과사전을 읽는 사람들뿐이죠. 세상에서 영국 사람들만큼 문학에 대한 미적 감각이 없는 사람들도 드물지요."

"유감스럽지만 자네 말이 맞네. 나도 한때는 문학에 대한 꿈을 꾸었지만 오래전에 그 꿈을 포기했지. 그건 그렇고, 이렇게 불러도 괜찮을지 모르겠네만, 이보게, 젊은 친구, 자네가 오늘 점심때 우리에게 한 말들이 전부 다 진심이었나?"

어스킨 씨가 대답했다.

"무슨 말을 했는지 전부 잊었습니다. 제가 했던 말이 아주 고약했나요?"

헨리 경이 미소를 지었다.

"아주 고약했지. 사실 난 자네가 아주 위험한 인물이라고 생각하네. 만일 우리의 선량한 공작 부인에게 무슨 일이라도 생긴다면 우리는 다 같이 주된 책임이 자네에게 있다고 여길 것이네. 하지만 난 자네와 인생에 대해 이야기를 나누고 싶네. 내가 태어난 세대는 아주 따분하다네. 언제든 런던에 싫증이 나면 트레들리로 내려오게. 운 좋게도 내게 훌륭한 부르고뉴 포도주가 있으니, 그 포도주를 마시면서 자네의 쾌락에 대한 철학을 들려주게."

"그럴 수만 있다면 저로서는 정말 기쁠 겁니다. 트레들리 방문은 제게 큰 영광입니다. 완벽한 주인에, 완벽한 서재가 있을 테죠."

"자네가 그곳을 완벽하게 만들어줄 걸세. 그럼, 이제 그만 훌륭한 자네 숙모에게 작별을 고해야겠네. 난 애서니엄(Athenaeum) 클럽*에 가야 하거든. 이제 그곳에서 자야 할 시간이지."

노신사가 정중하게 고개를 숙여 인사하며 대답했다.

"어스킨 씨, 회원들 모두가 잠을 잔단 말인가요?"

"40명의 회원 모두가 40개의 안락의자에서 잠을 청한다네. 우리는 영국 학술원**을 위해 일하고 있다네."

헨리 경은 크게 웃으며 일어섰다.

"저는 하이드파크에 가려고 합니다."

헨리 경이 큰 소리로 말했다.

그가 문밖으로 나서려는 순간, 도리언 그레이가 그의 팔을 잡았다.

"나도 함께 가죠."

---

* 1824년에 설립된, 예술 관련자와 문학 및 과학 후원자들을 회원으로 하는 모임이다.

** 사실 1902년에 영국 학사원(British Academy)이 설립되기 전까지 영국에 학술원은 아직 없는 상태였다.

도리언이 나지막이 말했다.

"하지만 난 자네가 바질 홀워드와 만나기로 약속한 걸로 알고 있는데."

헨리 경이 대답했다.

"당신과 함께 가고 싶어요. 그래요, 난 당신과 함께 가야겠어요. 그렇게 하게 해줘요. 그리고 내게도 언제든 이야기를 들려주겠다고 약속해요. 당신처럼 멋지게 말하는 사람은 없어요."

"아! 오늘은 이미 너무 많은 말을 했어. 지금은 그저 삶을 바라보고 싶은 마음뿐이야. 괜찮다면 자네도 함께 가서 삶을 바라보자고."

헨리 경이 미소를 지으며 말했다.

4

한 달이 지난 어느 날 오후, 도리언 그레이는 메이페어에 위치한 헨리 경의 저택 작은 서재에서 호화로운 안락의자에 몸을 기대 앉아 있었다. 서재는 나름대로 꽤 근사했다. 올리브 빛으로 착색된 참나무의 징두리 벽판이 높게 둘러싸여 있고, 크림색의 프리즈와 천장은 석고로 장식되어 있었으며, 벽돌가루 느낌 때문에 바닥에 깔려 있는 양탄자는 마치 기다란 비단술이 달린 페르시아 융단들로 어수선하게 뒤덮여 있는 것만 같았다. 새틴나무로 만든 작은 탁자 위에는 클로디옹(Clodion)*의 작은 조각 작품이 세워져 있고, 그 옆에는 클로비스 이브(Clovis Eve)**가 마르그리트 드 발루아(Marguerite de Valois)를 위해 제본하고 여왕이 자신의 문장(紋章)으로 선택한,

---

* 프랑스의 조각가(1738~1814)로 로코코 양식의 작품을 만들었다.
** 유명한 궁정 도서 제본가(1584~1635)로 정교하고 화려한 제본을 만들어냈다.

금박을 입힌 데이지 꽃들로 장식한 《신백화집(Les Cent Nouvelles)》*이 놓여 있었다. 벽난로 선반에는 제법 커다란 푸른색 도자기 항아리 몇 점과 패롯 튤립들이 줄지어 놓여 있고, 테두리가 납으로 된 작은 창유리를 통해 런던의 여름날 살구 빛 햇살이 흘러 들어왔다.

헨리 경은 아직 오지 않았다. 그는 원칙에 따라 항상 늦었다. 그의 원칙에 따르면 시간 엄수는 곧 시간을 도둑맞는 일이기 때문이다. 그래서 젊은이는 다소 부루퉁한 표정을 지으며, 책꽂이에서 찾아낸 정교한 삽화가 실린 《마농 레스코(Manon Lescaut)》**의 페이지를 손가락으로 힘없이 넘기고 있었다. 일정하고 단조롭게 똑딱거리는 루이 14세풍의 시계 소리가 그의 신경을 거슬렀다. 그는 한두 번 그냥 가버릴까 하고 생각하기도 했다.

마침내 밖에서 발자국 소리가 들렸고 이어 문이 열렸다.

"해리, 왜 이렇게 늦은 거예요!"

도리언이 불평 섞인 목소리로 말했다.

"그레이 씨, 해리가 아니어서 어쩌지요."

새된 목소리가 대답했다.

도리언이 재빨리 뒤를 돌아보고는 자리에서 일어섰다.

"죄송합니다. 제가 오해를……."

"제 남편인 줄 아셨군요. 한데 그 사람 부인만 왔네요. 제 소개를 드려야겠군요. 저는 사진으로 봐서 당신에 대해 아주 잘 알아요. 아

---

* 15세기 중엽 프랑스 부르고뉴 대공(大公)의 측근에서 만들어진 설화집으로, 작자는 앙투안 라살로 추정되고 있으나 명확한 증거는 없다.
** 프랑스의 소설가 아베 프레보(Abbé Prévost, 1697~1763)의 1731년 작품.

마 제 남편은 당신의 사진을 열일곱 장은 가지고 있을 거예요.”

“헨리 부인, 열일곱 장은 아닙니다.”

“글쎄요, 그럼 열여덟 장이겠군요. 요전 날 밤에도 당신이 오페라 극장에서 그이와 함께 있는 걸 봤어요.”

그녀는 이렇게 말하며 신경질적으로 웃고는 물망초 같은 흐릿한 눈빛으로 그를 바라봤다. 그녀는 묘한 분위기의 여자였다. 그녀의 옷차림은 언제나 격분한 감정으로 디자인하여 만든 옷을 격정적인 감정일 때에 걸쳐 입고 있는 것만 같았다. 그녀는 보통 누군가를 사랑하곤 했는데, 그녀의 열정에 상대방이 반응하는 법이 없었기에 늘 자신의 환상을 간직하고 있었다. 그녀는 아주 아름답게 보이려 애썼지만 단정치 못하게 보일 뿐이었다. 그녀의 이름은 빅토리아였으며, 교회에 아주 열성적으로 다니는 광신도였다.

“헨리 부인, 〈로엔그린(Lohengrin)〉* 공연에서였지요?”

“맞아요, 〈로엔그린〉 공연이었어요. 난 어떤 다른 음악가의 음악보다도 바그너 음악을 좋아해요. 그의 음악은 너무 시끄러워서 공연 내내 누구든 자신의 목소리가 다른 사람에게 들리지 않을까 의식하지 않고서 마음놓고 떠들어댈 수 있거든요. 그건 아주 큰 장점이죠. 그렇게 생각하지 않으세요, 그레이 씨?”

그녀의 얇은 입술 사이로 방금 전과 똑같은 똑똑 끊어지는 신경질적인 웃음소리가 새어 나왔다. 그러더니 그녀는 거북 등갑으로 만든 긴 종이칼을 손가락으로 만지작거리기 시작했다.

---

* 리하르트 바그너(Richard Wagner, 1813~1883)가 작곡한 3막의 오페라.

도리언은 미소를 지으며 고개를 저었다.

"헨리 부인, 유감스럽지만 저는 그렇게 생각하지 않아요. 전 음악이 연주되는 동안 결코 말하지 않아요. 적어도 좋은 음악이 연주되는 동안에는 말입니다. 나쁜 연주를 들을 때는 대화로 그런 음악 소리를 묻어버려야 하겠지만요."

"아! 그건 해리의 견해네요, 아닌가요, 그레이 씨? 난 항상 해리의 견해를 그이의 친구들에게서 듣곤 해요. 내가 그이의 견해를 알 수 있는 방법은 이런 식밖에 없다니까요. 하지만 내가 훌륭한 음악을 좋아하지 않는다고 생각하면 안 돼요. 나는 훌륭한 음악을 숭배하지만 두려워하기도 해요. 음악은 나를 너무 로맨틱하게 만들거든요. 나는 피아니스트들을 전적으로 숭배한답니다. 해리는 내가 한꺼번에 두 명의 피아니스트를 숭배한 적도 있다고 말하죠. 무슨 이유로 그렇게 피아니스트들을 숭배하게 되는지 나도 모르겠어요. 아마 그들이 외국인이라서 그럴 거예요. 피아니스트들은 모두 외국인이죠, 그렇지 않나요? 심지어 영국에서 태어난 사람들조차 조금 지나면 외국인이 되더군요, 안 그런가요? 그들로서는 아주 잘한 일이죠. 예술에 대한 경의의 표시이기도 하고요. 예술을 세계화하는 것이니까요, 안 그런가요? 그건 그렇고, 그레이 씨, 내 파티에 한 번도 오신 적이 없죠, 그렇지요? 꼭 오셔야 해요. 나는 난초도 구할 여유는 없지만, 외국 손님들을 위해서라면 비용을 아끼지 않아요. 외국 손님들은 방 안을 그림처럼 아주 근사하게 만들어주죠. 오, 이런, 해리가 왔군요! 해리, 물어볼 게 있어서 당신을 찾으러 왔다가 여기에서 그레이 씨를 만났어. 한데 뭘 물어보려고 했는지 깜빡 잊고 말았네. 우리는 음악에 대해 아주 즐거운 잡담을 나눴어. 우리는 생각이 아주 똑같더군. 아니, 실은 생각이 아주 다른 것 같아. 하지만 그레이 씨는 아주 유쾌한 사람이야. 이렇게 그레이 씨를 만나서 정말 기뻐."

"여보, 나도 기뻐, 정말 기뻐."

헨리 경이 초승달 모양의 짙은 눈썹을 치키며 즐거운 듯 미소를 짓고 두 사람을 모두 쳐다보며 말했다.

"도리언, 너무 늦어서 정말 미안하네. 옛날 문직(紋織) 한 필을 사려고 워더(Wardour) 가에 갔었는데, 그걸 놓고 몇 시간이나 흥정을 해야 했거든. 요즘 사람들은 무엇이든 그 가격은 잘 알면서도 그 가치에 대해선 전혀 모른다니까."

"아쉽지만 난 이만 가봐야겠어요. 공작 부인과 마차를 타기로 약속했거든요. 그레이 씨, 잘 있어요. 해리, 이따 봐. 당신, 저녁 식사는 밖에서 할 거지? 나도 그럴 텐데 손베리 부인 댁에서 보게 될지도 모르겠군."

헨리 부인이 갑자기 바보 같은 웃음으로 어색한 침묵을 깨며 큰소리로 말했다.

"아마 그럴 거요."

그녀가 밤새 밖에서 비를 맞은 극락조 같은 모습으로 희미한 인도 재스민 향수 냄새를 남기며 방에서 훌쩍 나가자, 헨리 경이 문을 닫으면서 말했다. 이어 그는 담배에 불을 붙이고는 소파에 털썩 주저앉았다.

"도리언, 머리카락 색깔이 담황색인 여자와는 절대로 결혼하지 말게."

그가 몇 차례 담배 연기를 내뿜은 뒤에 말했다.

"왜요, 해리?"

"그런 여자들은 너무 감상적이거든."

"하지만 난 감상적인 사람들을 좋아해요."

"도리언, 결혼은 절대로 하지 말게. 남자들은 지쳐서 결혼하는 반면에 여자들은 호기심 때문에 결혼하지. 여자든 남자든 다 실망하기 마련이야."

"해리, 난 결혼을 할 것 같지는 않아요. 그저 사랑하기에도 너무 벅차요. 이것도 당신이 말한 격언들 중 하나지요. 당신이 말한 대로 모두 하고 있듯이, 난 앞으로 그걸 실행에 옮길 거예요."

"자네, 누구와 사랑하고 있나?"

헨리 경이 잠시 입을 다물고 있다가 물었다.

"여배우와요."

도리언 그레이가 얼굴을 붉히며 말했다.

헨리 경은 어깨를 으쓱했다.

"첫사랑치곤 꽤나 진부하군."

"해리, 그녀를 보면 그런 말을 하지 못할 겁니다."

"누군데?"

"시빌 베인(Sibyl Vane)이라고 해요."

"처음 듣는 이름인데."

"아직 그녀의 이름을 들어본 사람은 없을 거예요. 하지만 언젠가 사람들은 그녀의 이름을 알게 될 거예요. 그녀에게는 천부적인 재능이 있거든요."

"여보게, 천부적인 재능을 가진 여자는 없어. 여자란 그저 장식적인 성(性)이지. 여자들은 제대로 된 이야깃거리 하나 없으면서 쓸데

없는 이야기를 아주 근사하게 부풀리지. 남자들이 도덕에 대한 정신의 승리를 대표한다면, 여자들은 정신에 대한 물질의 승리를 대표한다네."

"해리, 어떻게 그런 말을 할 수 있어요?"

"여보게, 도리언, 이건 분명한 사실이야. 요즘 내가 여자들을 분석하고 있어서 잘 알고 있다네. 이 주제는 내가 생각했던 것만큼 그리 난해하지 않아. 나는 결국 여자들은 딱 두 종류가 있다는 걸 알게 되었지. 수수한 여자와 색깔 있는 여자. 수수한 여자들은 아주 유용하지. 자네가 훌륭한 인품을 지녔다는 평판을 듣고 싶다면, 그런 여자들의 콧대를 꺾어 저녁 식사만 하면 된다네. 색깔 있는 여자들은 아주 매력적이지. 하지만 그녀들은 한 가지 실수를 저지르기 마련이야. 그런 여자들은 부단히 젊게 보이려고 화장을 하지. 우리 할머니 세대들은 재기 넘치게 말하려고 화장을 했네. 입술연지와 재치가 함께 붙어 다니곤 했지. 요즘 사람들한테서 그런 우리 할머니 세대의 모습은 이제 찾아볼 수가 없어. 요즘 여자들은 자기 딸보다 열 살 어려 보일 수만 있다면 더없이 만족한다고. 대화에 관한 한 런던에 있는 여자들 중에서 이야기를 나눌 만한 여자는 고작 다섯 명뿐이지. 게다가 그중 두 명은 점잔 빼는 사교계에는 낄 수 없는 몸이야. 그건 그렇고, 자네의 천부적인 여자에 대해 말해보게. 그녀를 안 지 얼마나 되었나?"

"아! 해리, 당신의 생각을 듣고 있자니 겁이 나는군요."

"내 말에 신경 쓰지 말게. 그녀를 안 지는 얼마나 되었지?"

"3주 정도 됐어요."

"그럼 어디에서 만났나?"

"해리, 말할게요. 하지만 내 이야기에 대해 너무 냉담하게 반응하진 말아요. 내가 당신을 만나지 않았다면 이런 일은 결코 일어나지 않았을 거예요. 당신은 내 마음에 인생의 모든 것을 알고 싶어 하는 거센 욕망을 심어놓았어요. 당신을 만난 후로 며칠 동안 무언가가 내 혈관 속에서 고동치는 것만 같았어요. 하이드파크를 거닐거나 피커딜리를 산책할 때면, 나는 내 곁을 지나가는 사람들을 일일이 눈여겨보곤 했어요. 그러다 보면 강렬한 호기심이 일면서 그들은 어떤 삶을 살고 있을지 몹시 궁금해지곤 하더군요. 그들 중 어떤 사람들은 나를 매혹하기도 했어요. 그리고 어떤 사람들은 무섭기도 했고요. 공기 중에는 강한 독성이 퍼져 있었어요. 난 여러 가지 기분을 느껴보고 싶은 강한 충동에 사로잡혔어요……. 음, 어느 날 저녁 7시쯤, 어떤 모험을 찾아 나서기로 결심했어요. 언젠가 당신이 말했던 대로 무수한 사람들, 더러운 죄인들, 그리고 화려한 죄악들이 넘쳐나는, 우리가 사는 이 괴물 같은 잿빛의 런던이 틀림없이 나를 위해 뭔가 예비해두었을 거라는 생각이 들더군요. 나는 수많은 것들을 상상했어요. 위험조차도 기쁨을 느끼게 해주었어요. 우리가 처음 함께 식사를 하던 그 아름다운 저녁에 당신이 내게 했던 말, 인생의 진정한 비밀인 아름다움을 추구하는 것에 대해서 했던 말이 떠오르더군요. 도대체 무엇을 기대했는지 모르지만, 나는 밖으로 나가 동쪽을 향해 이리저리 돌아다니다, 미로와도 같은 지저분한 거리와 풀 한 포기 없는 어두운 광장에서 어느새 길을 잃고 말았어요. 8시 반쯤 되었을 때, 가스등의 커다란 불꽃들이 활활 타오르고 촌스럽게 번지르르한 연극 광고 전단지가 붙어 있는, 유난히 작은 극장 앞을 지나가게 됐어요. 난생처음 보는 괴상한 양복 조끼를 입은, 섬뜩하게 생긴 유대인이 싸구려 시가를 피우며 극장 입구에 서 있었어요. 기름이 번들거리는 곱슬머리에, 때로 얼룩진 셔츠 한가운데에는 커다란 다이아몬드가 번쩍거리더군요. '특별석이 있는데요, 나리?' 그가 나를 보더니 아주 굽실거리는 태도로 모자를 벗으며 그렇게 묻더군요. 해리, 그자는 정말 뭔가 특이한 구석이 있었어요. 그런 그의 모습이 흥미를 끌었어요. 그자는 정말 괴물같이 생겼어요. 당신이 비웃을 줄 알았어요. 하지만 난 극장 안으로 들어가서, 1기니를 내고 무대 옆 특별관람석에 자리를 잡았지요. 지금까지도 내가 왜 그랬는지 이해가 되지 않아요. 하지만 그렇게 하지 않았더라면…… 해리, 정말 그렇게 하지 않았더라면, 난 내 인생 최고의 로맨스를 놓치고 말았을 거예요. 당신이 비웃고 있다는 거 알아요. 해리, 정말 너무하는군요!"

"도리언, 비웃는 게 아니야. 적어도 자넬 비웃고 있는 건 아니야. 하지만 자넨 인생 최고의 로맨스라고 말해선 안 돼. 인생 최초의 로맨스라고만 하면 돼. 자네는 죽을 때까지 언제나 사랑을 받을 테고, 언제나 사랑이라는 것과 사랑에 빠지게 될 거야. 열애는 할 일 없는 사람들의 특권이야. 한 나라에 할 일 없이 놀며 보내는 계급이 필요한 이유 중 하나가 바로 그거야. 너무 겁먹지 말게. 앞으로 자네에게 강렬한 일들이 예비되어 있으니. 이건 시작에 불과해."

"내 천성이 그렇게 얄팍하다고 생각하는 건가요?"

도리언 그레이가 화를 내며 외쳤다.

"아니, 난 자네 천성이 아주 깊다고 생각해."

"무슨 뜻이죠?"

"여보게, 일생에 단 한 번만 사랑하는 사람들이야말로 정말 얄팍한 사람들이야. 그들은 그걸 헌신이니 정절이니 하고 부르지만, 난 무기력한 습관이나 상상력의 부족이라고 부르지. 감정적인 인생에서의 충실함이란 지성적인 인생에서의 고집스러운 일관성과 같은 거라네. 한마디로 인생 실패자임을 고백하는 꼴이지. 충실함이라고! 나는 언젠가 꼭 그것을 분석해볼 거야. 그 충실함에는 소유에 대한 집착이 숨어 있어. 다른 사람이 주워 갈까 두려워하지만 않는다면 우리에겐 내다버릴 것들이 너무나 많아. 하지만 자네 이야기를 방해하고 싶지는 않네. 자, 계속 이야기를 해보게."

"음, 나는 저급한 무대 현수막이 바로 앞에 보이는, 아주 작은 특별관람석에 앉게 됐어요. 나는 커튼 사이로 극장 주위를 둘러봤지요. 극장 안은 온통 큐피드며 풍요의 뿔로 장식해놓았더군요. 싸구려 웨딩케이크 같은 게 정말 천박해 보였어요. 맨 위층 관람석과 1층 뒤쪽 좌석은 사람이 꽤 찼지만, 우중충한 무대 앞 1등석 두 줄은 텅 비어 있었고, 아마 특별석이라고들 부를 좌석에는 사람이 거의 없었어요. 여자들은 오렌지와 진저비어를 들고서 돌아다녔고, 사람들은 땅콩을 엄청 먹어대더군요."

"영국 연극의 전성기 때와 똑같았겠군."

"정말 그랬을 거예요. 아주 우울한 기분이 들더군요. 도대체 내가 무슨 짓을 하려 했는지 의아한 생각이 들기 시작하는데, 마침 연극 광고 전단이 눈에 들어왔어요. 해리, 무슨 연극이었을 것 같아요?"

"〈백치 소년〉 아니면 〈벙어리지만 순박한 사람〉 따위였겠지. 우리 아버지 세대들은 그런 종류의 연극을 좋아했을 거야. 도리언, 나는 나이를 먹어갈수록 무엇이든 우리 아버지 세대에게 아주 훌륭했던 것들이 우리 세대에는 전혀 그렇지 않다는 생각이 점점 더 강하게 들어. 정치에서처럼 예술에서도 '레 그랑페르 송 투주르 토르(les grandpères ont toujours tort).'*"

"해리, 하지만 그날의 연극은 우리도 아주 좋아하는 것이었어요. 〈로미오와 줄리엣〉이었거든요. 물론 그렇게 형편없는 지저분한 구석에서 셰익스피어의 연극을 볼 생각을 하니, 어쩔 수 없이 짜증이 나긴 하더군요. 그래도 무슨 이유에선지 흥미가 느껴졌어요. 어쨌든 나는 1막이 시작되길 기다리기로 마음먹었어요. 부서진 피아노 앞에 앉아 있던 젊은 유대인이 오케스트라를 지휘했는데, 연주가 어찌나 형편없던지 하마터면 그 자리에서 뛰쳐나갈 뻔했어요. 한데 마침내 무대 막이 오르고 연극이 시작되더군요. 로미오 역은 뚱뚱한 중년 신사가 맡았는데, 코르크 먹으로 검게 칠한 눈썹에 비극적인 쉰 목소리를 지녔고, 체형은 맥주 통 같았어요. 머큐시오 역도 아주 형편없었어요. 저속한 희극 배우가 그 역할을 맡았는데, 그는 자기 멋대로 익살맞은 대사를 늘어놓기도 하더군요. 1층석 관객들과는 아주 친한 사이인 듯 아는 척을 하기도 했어요. 두 배우 모두 무대 배경만큼이나 괴상했고, 마치 시골 유랑 극단 출신 같았어요. 하지만 줄리엣은 달랐어요! 해리, 아직 열일곱 살도 안 된 소녀를 상상해 봐요. 작은 꽃다운 얼굴, 짙은 갈색 머리카락을 땋은 작은 그리스 조각 같은 머리에 열정을 간직한 보랏빛 우물 같은 눈동자, 그리고 장미 꽃잎 같은 두 입술을 상상해보라고요. 그녀만큼 사랑스러운 여자는 난생처음 봤어요. 당신이 내게 말한 적이 있죠. 그 어떤 비애감

---

* 프랑스어로 "할아버지들은 항상 틀리지"라는 뜻이다.

도 당신의 마음을 움직일 수 없지만, 아름다움, 그 아름다움만으로 당신의 두 눈에 눈물이 가득 고이게 할 수 있다고 말이에요. 해리, 솔직히 말하는데, 샘솟는 눈물에 눈앞이 부옇게 가려 그 소녀를 제대로 볼 수도 없었어요. 그리고 그녀의 목소리, 그런 목소리는 한 번도 들어본 적이 없어요. 처음에는 아주 낮고 깊은 부드러운 목소리가 듣는 사람의 귀에 한마디 한마디씩 떨어지는 것만 같았어요. 그러다가 점점 조금씩 커지더니, 플루트나 멀리에서 실려오는 오보에 소리처럼 들리더군요. 정원 장면에서 그녀의 목소리는 동이 트기 전에 들리는 나이팅게일의 노랫소리처럼 온몸이 떨릴 정도로 황홀했어요. 그리고 잠시 후에는 순간순간 격정적인 바이올린 소리처럼 들렸어요. 당신은 목소리 하나가 사람의 마음을 얼마나 뒤흔들어놓는지 알 거예요. 난 당신의 목소리와 시빌 베인의 목소리, 이 두 목소리는 결코 잊지 못할 거예요. 눈을 감으면 당신과 시빌 베인의 목소리가 들려요. 두 목소리는 각각 다른 것을 말해요. 나는 누구 목소리를 따라야 할지 모르겠어요. 왜 내가 그녀를 사랑해선 안 되는 거죠? 해리, 나는 그녀를 정말 사랑해요. 그녀는 제 인생 전부예요. 나는 밤마다 그녀의 연극을 보러 가요. 어느 날 저녁 그녀는 로잘린드가 되었다가, 다음 날 저녁에는 이모겐이 되지요. 나는 어둠에 둘러싸인 이탈리아의 무덤에서 연인의 입술에서 독을 빨아들이며 죽어가는 그녀를 봤어요. 반바지에 더블릿*을 걸치고 고상한 모자를 쓴 귀여운 소년으로 분장하고서 아덴의 숲속을 헤매는 모습도 봤어요.

---

* 14~17세기에 남성들이 입던 짧고 꼭 끼는 상의.

그녀는 실성한 채로 죄 지은 왕 앞에 나타나 루타*를 주며 몸에 바르라고 하고, 쓰디쓴 약초를 주며 맛보라고 했어요. 그녀는 결백했지만 질투심에 사로잡힌 자의 검은손에 갈대 같은 목을 졸리고 말았지요. 난 온갖 연령대의 그녀를, 온갖 의상을 입은 그녀를 봤어요. 평범한 여자들은 타인의 상상력을 자극하지 못해요. 그런 여자들은 자기 시대에 갇혀 있죠. 어떤 화려한 치장도 그런 여자들을 변화시키지 못해요. 그들의 마음은 그들이 쓴 보닛만큼이나 훤히 들여다보여요. 그런 여자들은 널렸어요. 그들에게선 어떤 신비한 구석도 찾을 수 없어요. 그들은 아침에 하이드파크에서 말을 타고, 오후에는 티 파티에서 수다를 떨며 보내죠. 그들은 하나같이 판에 박힌 미소를 짓고 판에 박힌 유행을 따르고 있죠. 그들은 아주 빤해요. 하지만 여배우! 여배우는 아주 달라요! 해리! 사랑할 가치가 있는 유일한 대상은 여배우뿐이라는 걸 왜 진작 말해주지 않았어요?"

"도리언, 그건 내가 너무 많은 여배우들을 사랑해봐서 그래."

"아, 그랬군요. 머리에 염색을 하고 얼굴에 분칠을 한 끔찍한 사람들 말이죠."

"머리를 염색하고 얼굴에 화장을 했다고 해서 얕보지 말게. 가끔은 그런 모습이 아주 매력적이거든."

헨리 경이 말했다.

"당신에게 괜히 시빌 베인에 대해 말했다는 생각이 드는군요."

"도리언, 자네는 내게 말하지 않고는 도저히 못 배겼을 거야. 자

---

* 지중해 연안에서 서식하는 귤과 다년초로 예전에 약초로 쓰이기도 했다.

넌 앞으로도 평생 모든 일을 내게 말하게 될걸."

"그래요, 해리, 당신 말이 맞아요. 난 당신에게 내 일들을 말하지 않고는 못 배겨요. 당신은 내게 기묘한 영향력을 끼치고 있어요. 심지어 범죄를 저지르더라도 난 당신을 찾아가 고백할 거예요. 당신은 나를 이해해줄 테죠."

"도리언, 자네처럼 외고집에 인생의 햇살 같은 사람은 범죄를 저지를 리 없어. 하지만 자네의 칭찬은 무척 고맙게 받아들이겠네. 그럼 이제 말해보게……. 아, 그보다 먼저 착한 소년처럼 그 성냥 좀 건네주게. 고맙네. 시빌 베인과는 실제로 어떤 사이인가?"

도리언 그레이는 뺨을 붉히며 이글거리는 눈빛으로 자리에서 벌떡 일어섰다.

"해리! 시빌 베인은 성스러운 여자예요!"

"도리언, 건드릴 가치가 있는 것만이 성스러운 것이야."

헨리 경이 묘한 비애감이 깃든 목소리로 말했다.

"한데 왜 그렇게 화를 내는 건가? 언젠가 그녀는 자네 것이 될 거야. 사람이 사랑에 빠질 때는 항상 자신을 기만하며 사랑을 시작하고, 항상 상대를 기만하며 사랑을 끝내지. 바로 그것이 세상 사람들이 로맨스라고 부르는 거야. 어쨌든 자넨 그녀와 알고 지내고는 있지?"

"물론 그녀와는 아는 사이죠. 극장에 간 첫날 밤, 공연이 끝나자 그 꺼림칙한 유대인 노인네가 특별관람석을 돌아다니다 내게 다가오더니 무대 뒤로 데려가서 그녀를 소개해주겠다고 제안했어요. 나는 그에게 격하게 화를 내면서, 줄리엣은 수백 년 전에 죽어서 베로나에 있는 대리석 무덤 안에 누워 있는 걸 모르냐고 말했지요. 깜짝 놀라 멍해진 그의 표정을 보니, 내가 샴페인 따위의 술을 지나치게 많이 마신 모양이라고 생각하는 것 같더군요."

"그럴 만도 하지."

"그랬더니 그는 내게 혹시 신문에 기사를 쓰지 않느냐고 묻더군요. 전 신문을 읽은 적도 없다고 말했죠. 그 말에 그는 몹시 실망하는 표정을 짓더니, 연극 비평가들이 공모해서 자신을 비방하고 있으며, 그자들 모두가 하나같이 뇌물에 매수된 자들이라고 속마음을 털어놓더군요."

"그의 말이 전적으로 옳아. 하지만 비평가들의 차림새로 보건대 그들 대부분을 매수하는 데 큰돈이 들지는 않을 거야."

"음, 그는 자기가 가진 돈으로는 비평가들을 매수할 수 없을 거라고 생각하는 것 같더군요."

도리언이 웃으며 말했다.

"아무튼 그 무렵에 극장의 조명들이 꺼졌어요. 나는 그만 가야 할 상황이었죠. 한데 그가 시가를 좀 피워보라고 자꾸 권하더군요. 난 거절했어요. 물론 난 다음 날 밤에도 그곳을 다시 찾아갔어요. 그는 나를 보더니 머리 숙여 인사를 하고, 내가 손이 큰 예술 후원자라고 말하더군요. 그는 셰익스피어에 대해 아주 대단한 열정을 갖긴 했지만 무척 불쾌한 인간이었어요. 한번은 대단한 자부심을 드러내며 다섯 번 파산한 이유가 전적으로 '그 시 인' 때문이라고 말하더군요. 그는 셰익스피어를 시인으로 부르길 고집했어요. 뭔가 특별해 보이게 하려는 생각 같았어요."

"이보게, 도리언, 특별하긴 하군. 아주 특별해 보여. 대부분의 사람들이 파산하는 이유는 인생이라는 산문에 너무 많은 투자를 해서야. 그 사람, 시(詩)로 파산했으니 영예로운 일이지. 그건 그렇고, 시빌 베인 양에게 언제 처음 말을 걸었나?"

"셋째 날 밤에요. 그녀는 로잘린드를 연기하고 있었어요. 나는 주위를 서성이지 않을 수 없었죠. 그녀에게 꽃 몇 송이를 던졌더니 저를 쳐다보더군요. 적어도 그런 것 같다고 상상했어요. 그리고 유대인 늙은이는 고집을 꺾지 않았어요. 그는 나를 무대 뒤로 데려가기로 작정을 한 듯 보였어요. 결국 나는 어쩔 수 없이 그의 뜻에 따랐지요. 내가 그녀와 안면을 트고 싶어 하지 않았다니, 정말 이상하죠. 그렇지 않나요?"

"아니, 이상하다는 생각은 들지 않아."

"해리, 왜요?"

"나중에 말해주겠네. 지금은 그 아가씨에 대해서 알고 싶군."

"시빌 말인가요? 아, 그녀는 부끄러움을 많이 타고 아주 상냥해요. 아이 같은 면도 있고요. 그녀의 연기에 대해 내 생각을 말해주었더니 무척이나 놀라며 두 눈이 휘둥그레지더군요. 자신의 재능을 전혀 의식하지 못하고 있는 것 같았어요. 우리 두 사람 다 상당히 긴장했던 것 같아요. 우리가 어린아이처럼 서로를 쳐다보며 서 있는 동안 유대인 늙은이는 지저분한 배우 휴게실의 문간에 서서 씩 웃으며 우리 둘에 대해 장황하게 떠들어댔어요. 그 유대인이 계속 나를 '나리'라고 불렀기 때문에 나는 그런 계급에 속한 사람이 아니라고 시빌을 납득시켜야만 했어요. 그녀는 아주 간단하게 이렇게 말하더군요. '당신은 오히려 왕자같이 보여요. 당신을 제 백마 탄 왕자님으로 불러야겠어요'라고요."

"도리언, 장담하건대 시빌 양은 칭찬하는 법을 아는 아가씨야."

"해리, 당신이 그녀를 잘 몰라서 그래요. 그녀는 그저 나를 연극 속의 한 인물로 여겼던 거예요. 그녀는 인생에 대해 아무것도 몰라요. 그녀는 어머니와 함께 살고 있는데, 그녀의 어머니는 내가 연극을 보러 갔던 첫날 밤에 자홍색 실내복 따위를 걸치고 캐풀렛 부인을 연기하고 있던 늙고 지친 여자였어요. 그녀를 보고 있자니 그녀도 한창때가 있었겠구나 하는 생각이 들더라고요."

"어떤 외모를 말하는지 알겠군. 그런 사람을 보면 기분이 우울해지지."

헨리 경이 자신의 반지들을 살펴보며 낮은 목소리로 말했다.

"유대인이 그녀가 살아온 삶에 대해 들려주고 싶어 했지만 나는 관심이 없다고 말했어요."

"아주 잘했네. 사실 다른 사람의 비극이란 게 알고 보면 언제나 아주 비천한 것이거든."

"내가 관심을 가지고 있는 여인은 시빌뿐이에요. 그녀가 어디 출신이든 그게 무슨 상관이겠어요? 그녀는 조그만 머리부터 발끝까지 전체적으로 완벽하게 성스러운걸요. 나는 일생 동안 매일 밤마다 그녀의 연기를 보러 갈 거고, 그녀는 매일 밤마다 더욱더 놀랍도록 아름다워질 거예요."

"나하고 저녁 식사를 함께하지 못하는 이유가 바로 그거였군그래. 나는 자네가 요즘 아주 특별한 연애를 하고 있는 게 분명하다고 생각했었어. 특별한 연애를 하긴 하는군. 다만 내 예상과는 아주 딴판이지만 말이야."

"이봐요, 해리, 우리는 매일 점심이나 저녁 식사를 함께하잖아요. 오페라도 여러 번 함께 갔고요."

도리언이 깜짝 놀라 푸른 두 눈을 휘둥그레 뜨며 말했다.

"자넨 언제나 아주 늦게 오잖아."

"음, 나는 시빌의 연극을 보러 가지 않을 수 없어요. 설사 그녀가 출연하는 부분이 단 1막이라고 하더라도 그녀의 연기를 보지 않고는 못 배겨요. 난 그녀의 존재를 갈망하고 있어요. 그 작은 상앗빛 몸속에 감추어진 경이로운 영혼을 생각할 때 내 마음속은 경외감으로 가득 차요."

그가 큰 소리로 말했다.

"도리언, 오늘 밤엔 나하고 저녁 식사를 할 수 있겠지, 그렇지?"

도리언이 고개를 저었다.

"오늘 밤엔 그녀가 이모겐 역을 할 거예요. 그리고 내일 밤에는 줄리엣이 될 거고요."

그가 대답했다.

"그럼 그녀는 언제 시빌 베인이 되지?"

"시빌 베인이 되는 때는 없을 거예요."

"축하하네."

"정말 너무하는군요! 그녀는 세상의 위대한 여주인공들을 모두 한 몸에 담고 있어요. 그녀는 한 개인 이상의 존재예요. 당신은 웃지만, 그녀는 정말 천부적인 재능을 가지고 있어요. 난 그녀를 사랑해요. 그러니 이젠 그녀도 나를 사랑하게 만들어야 해요. 당신은 인생의 모든 비밀을 알고 있으니, 시빌 베인이 나를 사랑하도록 매혹할 수 있는 방법을 가르쳐줘요! 난 로미오를 질투하게 만들고 싶어요. 난 세상의 죽은 연인들이 우리의 웃음소리를 듣고 슬퍼했으면 좋겠어요. 그들의 시체에 우리의 열정적인 숨결을 불어넣어 그들의 의식을 되살리고, 그들의 유해들을 깨워 고통을 안겨주고 싶어요. 아, 해리, 내가 그녀를 얼마나 숭배하는지 몰라요!"

그는 방 안을 이리저리 서성이며 말을 늘어놓았다. 어찌나 흥분해 있던지 두 뺨에는 붉은 반점까지 돋아났다. 그는 몹시 흥분한 상태였다.

헨리 경은 묘한 쾌감을 느끼며 그를 지켜봤다. 바질 홀워드의 화실에서 만났던 수줍고 겁 많던 소년의 모습을 생각하면, 지금의 도리언은 얼마나 달라졌는가! 그의 본성은 꽃처럼 성장해 진홍빛 불꽃을 활짝 피웠다. 그의 영혼은 비밀스러운 은신처에서 슬그머니 기어 나왔고, 그 도중에 욕망과 마주치게 되었다.

"그럼 어찌할 작정인가?"

헨리 경이 마침내 질문을 던졌다.

"언제 밤에 당신과 바질과 함께 그녀의 연극을 보고 싶어요. 나는 연극의 결과는 조금도 두렵지 않아요. 당신도 분명 그녀의 천부적인 재능을 인정할 거예요. 그다음 우리는 그녀를 그 유대인의 손아귀에서 빼내야 해요. 그녀는 앞으로 3년 동안, 적어도 2년 8개월 동안 그 유대인에게 묶여 있어야 해요. 물론 난 그자에게 대가를 지불해야겠죠. 모든 일이 해결되면 웨스트엔드에 있는 극장 하나를 잡아 그녀가 자신의 재능을 제대로 발휘할 수 있게 해줄 거예요. 그녀는 내게 그랬듯이 세계를 열광하게 만들 거예요."

"여보게, 그건 불가능한 일이야!"

"아뇨, 그녀는 해낼 겁니다. 그녀 안에는 예술성, 천부적인 완벽한 예술적 재능뿐만 아니라 그녀만의 매력적인 개성이 있어요. 당신이 내게 종종 말해주었듯이, 시대를 움직이는 건 원칙이 아니라 매력적인 개성이잖아요."

"음, 그럼 언제 보러 갈까?"

"글쎄요, 오늘이 화요일이니 내일로 정하죠. 그녀가 내일 줄리엣을 연기하니까요."

"좋아, 그럼 8시에 브리스톨 클럽(The Bristol)*에서 보자고. 내가 바질을 데리고 가지."

"해리, 8시는 안 돼요. 6시 반이어야 해요. 우린 막이 오르기 전에 극장에 도착해야 해요. 당신은 그녀가 로미오를 만나는 1막부터 그녀의 연기를 봐야 해요."

"6시 30분이라! 애매한 시간인걸! 하이 티**를 들거나 영국 소설을 읽기에 딱 좋을 시간인데. 그럼 7시로 정하지. 7시 전에 저녁 식사를 하는 신사는 없잖아. 그럼 6시 30분에서 7시 사이에 자네가 바질을 찾아갈 텐가? 아니면 내가 그에게 전갈을 보내는 게 나을까?"

"아, 바질! 지난 일주일 동안 그를 한 번도 보지 못했어요. 그가 내 초상화를 직접 특별히 디자인한 아주 멋진 액자에 넣어 보내주었는데도 내가 너무 무심했어요. 초상화가 나보다 딱 한 달이 더 어려 보여서 조금 질투가 나긴 하지만, 솔직히 그 그림이 무척 마음에 들어요. 당신이 그에게 전갈을 보내는 편이 나을 것 같아요. 나 혼자서는 그를 보기가 부담스러워요. 그는 나를 곤혹스럽게 하는 말을 하곤 하거든요. 좋은 충고도 해주긴 하지만요."

"사람들은 자신에게 가장 필요한 것을 남에게 몹시 주고 싶어 하

---

*   오스카 와일드가 지어낸 신사 클럽이다.
**   오후 늦게 혹은 이른 저녁에 음식, 빵, 버터, 케이크를 보통 차와 함께 먹는다.

지. 난 그런 걸 지나친 관용이라고 부르네."

헨리 경이 미소를 지었다.

"아, 바질은 가장 친한 친구지만, 다소 속물적인 인간이라는 생각
이 들어요. 해리, 당신을 만난 이후에 그 사실을 깨달았어요."

"이보게, 바질은 자신의 매력적인 모든 것을 작품에 투영했어. 그
결과 그의 인생에서 남은 것은 편견과 자신의 원칙과 상식뿐이지.
내가 알고 있는 예술가들 중에 인간적으로 유쾌한 자들은 모두 형
편없는 예술가뿐이라네. 훌륭한 예술가들은 오로지 자신이 만든 작
품 안에서만 존재해. 그렇기에 결과적으로 정작 자신들은 매력적인
구석이 전혀 없는 인간이 되고 말지. 위대한 시인, 정말 위대한 시인
이야말로 모든 피조물 중에서 가장 시적이지 않은 존재들이야. 하
지만 이류 시인들은 아주 매력이 넘치지. 그들의 시의 압운이 형편
없을수록 그들의 외모는 점점 더 아름다워지지. 딸랑 이류 소네트
시집 한 권을 출간했다는 사실만으로 사람들을 매혹하거든. 그들은
자신이 써보지 못한 시(詩)대로 살지만, 훌륭한 시인들은 자신이 감
히 실현하지 못하는 삶을 시로 써대는 거야."

"해리, 정말 그런가요? 당신이 그렇게 말한다면 분명 그렇겠죠.
한데 이만 가봐야겠어요. 이모겐이 기다리고 있거든요. 내일 약속
잊지 말아요. 그럼, 잘 있어요."

도리언 그레이가 탁자에 놓여 있는 금색 뚜껑이 덮인 커다란 병
을 열어 향수를 손수건에 묻히며 말했다.

도리언이 방을 나가자, 헨리 경은 무거운 눈꺼풀을 내리깔고는
생각에 잠기기 시작했다. 지금까지 도리언 그레이만큼 그의 관심을
끌었던 사람은 거의 없었지만, 이 젊은이가 누군가를 열정적으로

동경하는데도 그는 전혀 불쾌감이 들거나 질투가 나지 않았다. 오히려 그는 도리언의 그런 모습에 기쁨을 느꼈다. 이것이야말로 흥미로운 연구거리라는 생각이 들었다. 그는 항상 자연과학적인 방법에 마음이 사로잡혀 있었지만, 평범한 과학적 소재들은 하찮고 의미 없게 느껴졌었다. 그래서 그는 다른 사람들을 철저히 해부하는 연구를 끝내자, 이제는 자기 자신을 철저히 해부하는 연구를 시작했다. 인간의 삶, 오직 그것만이 탐구해볼 가치가 있는 대상으로 보였다. 그것과 비교해 조금이라도 더 가치가 있는 것은 아무것도 없었다.

사실 누구든 고통과 쾌락의 미묘한 도가니 속에 든 삶을 들여다볼 경우 얼굴에 유리 가면을 쓸 수도 없고, 지옥 불의 연기가 두뇌를 괴롭히거나 기괴한 공상과 기형적인 꿈으로 상상력을 어지럽히는 것을 막을 수도 없었다. 어떤 독액은 그 성분을 알아내기가 너무 힘들어 그 특성을 파악하기 위해서는 직접 마시고 중독돼봐야만 했다. 그리고 어떤 병은 너무나 생소해서 그 특성을 이해하기 위해서는 직접 병에 걸려봐야만 했다. 하지만 그렇게 해서 얻은 결과는 얼마나 큰 보상이겠는가! 세상 전체가 얼마나 경이롭게 변해 있겠는가! 열정의 기묘하고도 어려운 논리, 그리고 지성의 다채로운 정서적인 인생을 알아보는 것, 그 두 가지가 어디에서 만나고 어디에서 갈라지는지, 그 두 가지가 어느 지점에서 조화를 이루고 어느 지점에서 부조화를 이루는지 관찰하는 것, 바로 그것에 기쁨이 있는 것이다! 바로 그것을 위해서라면 어떤 대가를 치르든 무슨 상관이겠는가? 어떤 감각이든 그것을 위해서라면 아무리 비싼 대가라도 치를 수 있으리라.

그는 도리언 그레이의 영혼이 한 순결한 소녀에게 쏠려 그녀 앞에 머리를 숙이며 숭배했던 것은 바로 자신이 했던 특별한 몇 마디말들, 음악적인 어조로 했던 음악적인 말들 때문이라는 것을 깨달았다. 그런 생각을 하고 있자니, 그의 마노(瑪瑙)* 같은 갈색 눈동자가 기쁨으로 빛났다. 넓은 의미에서 볼 때 이 젊은이는 자신이 만든피조물인 셈이었다. 헨리 경이 젊은이를 조숙하게 만들었던 것이다. 바로 그것이 중요한 점이었다. 평범한 사람들은 인생의 수수께끼가 자신들 앞에 드러날 때까지 기다렸지만, 소수의 선택받은 사람들에게는 삶의 수수께끼가 베일이 걷히기도 전에 드러났다. 때때로 이것이 예술의 효과였으며 주로 그 열정과 지성을 직접적으로다루는 문학 예술의 효과였다. 하지만 때로는 복합적인 개성이 그역힐을 내신하며 예술의 소임을 떠맡곤 했다. 사실상 개성은 나름의 방식으로 실제 예술 작품, 즉 시나 건축이나 회화가 그렇듯이 정교한 걸작을 품은 '인 생'이 되기도 했다.

그렇다, 그 젊은이는 조숙했다. 그는 아직 봄인데 벌써부터 곡식을 거둬들이고 있었다. 그는 젊음으로 심장이 뛰고 마음속에 젊음의 열정이 가득했지만, 자의식을 찾고 있었다. 그를 지켜보는 것은즐거운 일이었다. 아름다운 얼굴과 아름다운 영혼을 가진 그는 경이로운 대상이었다. 그 모든 것이 결국 어떻게 끝이 날지, 혹은 어떻게 끝나도록 운명 지어질지는 문제가 되지 않았다. 그는 야외극이나 연극에 등장하는 우아한 인물과 같았다. 그의 기쁨은 보통 사람

---

* 석영, 단백석(蛋白石), 옥수(玉髓)의 혼합물로 광택이 나고 때로는 다른 광물질이
   스며들어 있어 고운 적갈색이나 흰색 무늬를 띠기도 한다.

과 거리가 멀어 보이지만, 그의 슬픔은 보통 사람의 미적 감각을 뒤흔들어놓았고, 그의 상처는 붉은 장미와도 같았다.

영혼과 육체, 육체와 영혼. 이 둘은 얼마나 신비로운가! 영혼에도 동물적인 속성이 있으며, 육체에도 영적인 순간이 있다. 감각이 순화될 수도 있으며, 지성이 타락할 수도 있다. 육체적인 충동이 어디에서 끝나는지, 혹은 영혼의 충동이 어디에서 시작되는지 누가 말할 수 있겠는가? 일반 심리학자들의 자의적인 정의는 얼마나 피상적인가! 그렇지만 다양한 학파의 주장들 사이에서 결정을 내리기란 얼마나 어려운가! 영혼은 죄악의 집에 자리 잡은 그림자일까? 혹은 조르다노 브루노(Giordano Bruno)의 생각처럼 육체는 정말로 영혼 안에 깃들어 있을까? 물질에서 정신이 분리되는 것은 미스터리이다. 또한 정신과 물질이 조화를 이루는 것도 미스터리이다.

그는 인간이 심리학을 삶의 모든 사소한 원천을 드러낼, 절대적인 과학으로 만들 수 있을지 의문이 들기 시작했다. 사실상 우리는 언제나 자기 자신을 오해하며 다른 사람들을 거의 이해하지 못한다. 경험에는 윤리적인 가치가 없는 것이다. 경험이란 인간이 자신의 실수에 부여한 이름일 뿐이다. 일반적으로 도덕주의자들은 경험을 경고의 방식으로 간주하며, 성격을 형성하는 데 있어 경험의 어떤 윤리적 효과를 주장했다. 그러면서 그들은 경험이란 우리가 무엇을 따라야 하는지 가르쳐주고 무엇을 피해야 하는지 제시해주는 것이라며 칭송했다. 하지만 경험에는 동기가 될 수 있는 힘이 없었다. 양심과 마찬가지로 경험에도 적극적인 동기가 거의 없었다. 사실상 경험이 증명해주는 것은 우리의 미래가 과거와 같을 것이며, 우리는 한때 저지른 죄악을 몹시 혐오하지만 결국엔 기꺼이 수없이 죄악을 반복하게 되리라는 것뿐이었다.

그는 실험적인 방법만이 열정에 대한 과학적 분석에 도달할 수 있는 유일한 방법이라고 확신했다. 그리고 도리언 그레이는 그가 다룰 수 있는 실험 대상임이 분명했다. 그에게 도리언은 풍부하고 효과적인 결과를 약속해줄 대상임이 분명해 보였다. 시빌 베인에 대한 갑작스러운 도리언의 열렬한 사랑은 꽤 흥미로운 심리적 현상이었다. 그의 그런 갑작스러운 사랑은 호기심과 밀접한 관련이 있음에 틀림없었다. 하지만 새로운 경험에 대한 호기심과 욕망은 단순하지 않으며, 오히려 매우 복잡한 열정이었다. 그런 그의 열정 안에 존재했던 소년다운 순수한 감각적 본능은 상상력의 작용에 의해 변모하여, 젊은이 그 자신에게 감각과는 거리가 먼 것으로 변하고 말았다. 그리고 바로 그러한 이유 때문에 더욱더 위험해졌다. 우리에게 아주 강력하게 폭정을 휘두르는 것은 우리가 그 근원을 스스로 기만했던 열정이었다. 우리에게 있는 가장 약한 동기는 우리가 그 본성을 알고 있는 동기들이었다. 우리가 다른 사람들을 실험한다고 생각하지만, 실은 우리 자신을 실험하는 일이 빈번하게 일어나는 것이다.

헨리 경이 이런 생각에 잠겨 앉아 있는데 문 두드리는 소리가 들렸고, 곧이어 하인이 들어와 만찬을 위해서 옷을 갈아입어야 할 시간이 됐다고 알려주었다. 그는 자리에서 일어나 거리를 내다봤다. 저녁노을이 맞은편 집의 위층 창문들을 주홍색이 감도는 황금빛으로 물들였다. 창틀은 가열된 금속판처럼 빨갛게 빛을 발했다. 머리 위 하늘은 시든 장미 같았다. 그는 활활 타오르는 불같은 빛을 내는 젊은 친구의 삶을 생각했다. 과연 그의 인생이 어떻게 끝이 날지 의

구심이 들었다.

　12시 반쯤 그가 집에 도착했을 때 현관 탁자 위에 전보 한 통이 놓여 있었다. 전보를 열어보니, 도리언 그레이가 보낸 것이었다. 그가 시빌 베인과 결혼하기로 약속했음을 전하는 소식이었다.

5

"엄마, 엄마, 전 정말 행복해요!"

소녀는 노쇠하고 지쳐 보이는 여인의 무릎에 얼굴을 묻으며 나지막하게 말했다. 여인은 안으로 들어오는 강렬한 햇빛을 등진 채 지저분한 거실에 달랑 하나 놓인 안락의자에 앉아 있었다.

"정말 행복해요! 그러니 엄마도 행복하셔야 해요!"

소녀가 거듭 말했다.

베인 부인은 몸을 움찔하더니, 비스무트*로 하얗게 칠한 여윈 두 손을 딸의 머리 위에 얹었다.

"행복해!"

여인이 딸의 말을 반복했다.

---

* 연한 붉은빛을 띤 은백색의 금속 원소로 19세기에 화장품으로 사용되기도 했다.

"시빌, 난 네가 연기하는 모습을 볼 때면 그저 행복하단다. 그러니 넌 연기 말고 다른 어떤 것도 생각해서는 안 돼. 아이작스(Isaacs) 씨가 우리에게 아주 잘 대해주잖아. 게다가 우리는 그분에게 빚을 지고 있고."

소녀는 얼굴을 들더니 입을 삐죽 내밀었다.

"엄마, 돈이라고요? 돈이 무슨 대수죠? 돈보다 사랑이 훨씬 더 중요해요."

소녀가 소리쳤다.

"아이작스 씨는 우리가 빚을 갚고 제임스에게 적당한 옷을 사줄 수 있도록 50파운드를 선불로 주었잖아. 시빌, 그걸 잊어서는 안 돼. 50파운드는 큰돈이야. 아이작스 씨는 아주 인정 많은 분이셔."

"엄마, 그 사람은 신사가 아니잖아요. 그리고 난 그 사람이 제게 하는 말투가 너무 싫어요."

소녀가 벌떡 일어서서 창가로 다가가며 말했다.

"그분의 도움 없이 우리가 어떻게 하루하루를 살 수 있겠니."

나이 든 여인이 짜증 섞인 목소리로 대답했다.

시빌 베인이 갑자기 고개를 쳐들며 웃었다.

"엄마, 우리는 더는 그 사람이 필요 없어요. 이젠 백마 탄 제 왕자님이 우리 생활을 책임져줄 거예요."

그러곤 잠시 입을 다물었다. 그녀의 혈관에 있던 장미 한 송이가 흔들리며 두 뺨을 붉게 물들였다. 그녀는 호흡이 빨라지더니, 꽃잎 같은 입술을 벌렸다. 입술이 떨렸다. 남쪽에서 불어오는 열정의 바람이 그녀를 휘감으며 옷의 우아한 주름을 흔들어댔다.

"저는 그 사람을 사랑해요."

그녀가 간단히 말했다.

"이런 어리석은 아이 같으니라고! 어리석은 아이 같으니라고!"

시빌 베인의 어머니가 앵무새 같은 말투로 반복해서 같은 말을 토해냈다. 그녀가 가짜 보석 반지를 낀 구부러진 손가락들을 흔들어대자 그녀가 내뱉은 말에 기괴한 느낌이 더해졌다.

소녀가 다시 웃었다. 그녀의 목소리에는 새장에 갇힌 새의 기쁨이 깃들어 있었다. 그녀의 두 눈동자는 아름다운 선율을 가득 담아 메아리처럼 반짝였다. 그러곤 눈동자의 비밀을 감추려는 듯 잠시 눈을 감았다. 그녀가 다시 눈을 떴을 때는 꿈같은 안개가 눈앞을 이미 스쳐 지나가버렸다.

낡은 의자에서 지혜의 얇은 입술이 소녀에게 하는 말, 신중하라는 말 따위는 저자가 상식이라는 이름을 흉내 내어 지은 겁쟁이의 책에서 인용한 것이었다. 하지만 소녀는 그 말에 귀를 기울이지 않았다. 그녀는 열정이라는 감옥 안에서 자유로웠다. 그녀의 왕자님, 백마 탄 왕자님이 그녀와 함께 있었기 때문이다. 그녀는 '기억'을 불러내 연인을 새로운 모습으로 만들어냈다. 그녀는 연인을 찾기 위해 자신의 영혼을 내보냈고, 그러면 영혼이 그를 데리고 왔다. 그의 입맞춤이 다시 그녀의 입술을 불타게 했다. 그녀의 눈꺼풀은 그의 숨결로 따뜻했다.

그러자 지혜는 방법을 바꿔서 잘 살피고 제대로 알아보라고 말했다. 이 젊은이는 부자일지도 모른다. 만일 그렇다면 결혼을 생각해봐도 좋을 것이다. 세속적인 교활함의 파도가 밀려와 소녀의 귓바퀴에 부딪혀 부서졌다. 술책의 화살들이 그녀 곁을 스쳐 지나갔다. 그녀는 얇은 입술이 움직이는 모습을 보고는 미소를 지었다.

갑자기 그녀는 말을 할 필요가 있다고 느꼈다. 수다스러운 침묵이 그녀를 괴롭혔다.

"엄마, 엄마."

그녀가 외쳤다.

"그분이 왜 그토록 절 사랑하는 걸까요? 제가 왜 그분을 사랑하는지는 알아요. 저는 그분이 '사랑' 그 본래의 모습과 닮았기 때문에 사랑하는 거예요. 하지만 그분은 제게서 무엇을 보는 걸까요? 전 그분과 어울릴 만한 상대가 못 돼요. 하지만, 이유를 알 순 없지만, 제가 그분에 아주 못 미치는 존재라고 느끼더라도 비천한 생각은 들지 않아요. 전 자랑스러워요. 아주 자랑스러워요. 엄마, 제가 백마 탄 왕자님을 사랑하고 있는 것처럼 엄마도 아빠를 사랑했나요?"

두 뺨에 거친 분가루를 바른 나이 든 여인의 얼굴은 차츰 창백해졌고, 메마른 입술은 고통스러운 듯 경련을 일으켰다. 시빌은 어머니에게 달려들어 어머니의 목에 두 팔을 두르고 입을 맞추었다.

"용서하세요, 엄마. 아빠 얘기에 엄마가 얼마나 고통스러워하시는지 알아요. 하지만 엄마가 아빠를 무척 사랑했기 때문에 그토록 고통스러워하시는 거잖아요. 너무 슬퍼하지 마세요. 20년 전에 엄마가 그랬던 것처럼 오늘 전 무척 행복해요. 아! 전 영원히 이렇게 행복할 거예요!"

"얘야, 사랑에 빠졌다고 생각하기에 너는 너무 어려. 게다가 그 젊은이에 대해 대체 뭘 알고 있니? 그 사람의 이름조차 모르잖아. 요즘 모든 사정이 좋지 않아. 이제 정말로 제임스가 오스트레일리아로 떠날 테고, 엄마는 생각할 게 너무 많단다. 그러니 넌 좀 더 사려 깊은 모습을 보여줘야 해. 하지만 좀 전에도 말했듯이 그가 부자라면…….”

“아! 엄마, 엄마, 제가 행복하게 살게 해주세요!”

베인 부인은 그녀를 흘긋 쳐다보더니, 흔히 연극배우에게 제2의 천성으로 나타나는 허위의 연극적인 몸짓으로 두 팔로 감싼 딸을 꼭 끌어안았다. 바로 그 순간, 문이 열렸다. 그리고 억센 갈색 머리카락의 한 젊은이가 방 안으로 들어왔다. 그는 땅딸막한 체구에 손과 발이 큰 편이었고, 행동은 다소 굼떴다. 그는 누나만큼 그리 멋지게 성장하지 못한 젊은이였다. 누가 보더라도 두 사람이 가까운 피붙이라고는 짐작도 하지 못할 터였다. 베인 부인은 아들을 빤히 바라보며 아주 환하게 미소를 지었다. 그녀는 마음속으로 아들을 위엄 있는 관객으로 격상시켰다. 그녀는 (실제 연극이라면) 이 극적인 장면이 아주 흥미로울 거라고 확신했다.

“시빌 누나, 나를 위한 입맞춤은 남겨두었겠지.”

젊은이는 온화한 목소리로 투덜거리듯 말했다.

“아! 그렇지만 짐, 넌 입맞춤해주는 걸 좋아하지 않잖아.”

그녀가 큰 소리로 말했다.

“넌 무서운 늙은 곰이야.”

시빌은 방을 가로질러 달려가서 동생을 포옹했다.

제임스 베인은 누나의 얼굴을 다정한 눈길로 바라봤다.

“시빌 누나, 누나하고 함께 산책 좀 하고 싶어. 이제 이 끔찍한 런던을 다시 볼 일은 없을 테니. 정말 그럴 마음은 전혀 없어.”

“애야, 그렇게 끔찍한 말은 하지 마라.”

베인 부인이 한숨을 쉬며 번쩍거리는 무대의상을 집어 들면서 중얼거렸다. 그녀는 어느새 그 무대의상에 헝겊을 대고 깁기 시작했다. 그녀는 조금 전에 딸과 함께 했던 연극적인 장면에 아들이 함께 하지 못한 데 꽤 실망스러워했다. 만일 아들도 함께였더라면 그 상황은 훨씬 더 극적으로 생생한 모습을 보였을 것이다.

"어머니, 그게 어때서요? 전 진심으로 한 말이에요."

"애야, 네가 그런 말을 하니 이 어미 마음이 몹시 아프구나. 난 네가 오스트레일리아에서 부자가 되어 돌아올 거라고 믿는다. 식민지에는 사교계 같은 건 없을 거야. 아마 사교계라고 부를 만한 것도 없을 거야. 그러니 넌 큰돈을 벌면 런던으로 돌아와 남들 앞에서 큰소리치며 살아야 해."

"사교계요! 전 그따위 것에 대해선 알고 싶지도 않아요. 전 어머니와 시빌 누나를 연극 무대에서 벗어나게 할 만큼의 돈을 벌고 싶을 뿐이에요. 그따위 무대, 지긋지긋해요."

젊은이가 투덜댔다.

"오, 짐! 어쩜 그리 냉정하게 말하니! 하지만 나와 같이 산책할 거지? 정말 좋을 거야! 난 네가 친구들에게 작별인사를 하러 가지 않을까 걱정했어. 너한테 흉측하게 생긴 파이프를 준 톰 하디(Tom Hardy)나 그 파이프로 담배를 피운다고 너를 놀려대는 네드 랭턴(Ned Langton)에게 말이야. 남은 마지막 오후 시간을 내게 내주다니, 넌 정말 다정한 내 동생이야. 그럼 우리 어디로 갈까? 하이드파크로 가자."

시빌이 웃으며 말했다.

"하지만 내 꼴이 너무 초라해. 하이드파크에는 멋쟁이들만 가잖아."

그가 인상을 찌푸리며 말했다.

"짐, 그건 말도 안 돼."

그녀가 짐의 외투 소맷자락을 매만지며 나지막이 말했다.

그는 잠시 주저했다.

"그래, 좋아. 하지만 옷을 차려입느라 너무 시간을 끌지는 마."

마침내 그가 말했다.

그녀는 기쁨에 겨운 듯 춤을 추며 문밖으로 나갔다. 그러곤 남들이 들을 수 있을 정도로 크게 노래를 부르며 2층으로 뛰어 올라갔다. 머리 위 위층에서 그녀의 작은 발이 종종걸음으로 움직이는 소리가 들렸다.

제임스는 방 안을 두세 차례 왔다 갔다 했다. 그러더니 의자에 가만히 앉아 있는 여인을 향해 몸을 돌렸다.

"어머니, 제 짐은 준비됐나요?"

그가 물었다.

"그래, 다 준비해놓았단다, 제임스."

그의 어머니가 하던 일에서 눈을 떼지 않은 채 대답했다. 지난 몇 달 동안 그녀는 이 거칠고 냉담한 성격의 아들과 단둘이 있을 때면 몹시 불편해했다. 아들과 시선이 마주칠 때면 천성적으로 얄팍하고 음흉한 구석이 있던 그녀는 몹시 당혹스러웠다. 그녀는 혹시 아들이 뭔가 눈치 챈 것은 아닐까 하는 의문이 들곤 했다. 아들은 특별한 의견을 말하는 법이 없었기에 그의 침묵은 그녀를 몹시 견딜 수 없게 만들었다. 그녀는 불평을 하기 시작했다. 여자들은 갑자기 뜻밖의 항복으로 공격하는 것과 마찬가지로, 공격을 통해서 스스로를 방어하기도 한다.

"제임스, 난 네가 선원 생활에 만족했으면 해. 그 일을 네 스스로 선택했다는 걸 잊지 마라. 사무 변호사 사무실에 취직했으면 좋았을 텐데. 사무 변호사는 상당히 존경받는 직업인 데다 시골에서는 유력한 사람들과 종종 만찬을 할 수도 있는데 말이다."

그의 어머니가 말했다.

"저는 사무직도 싫고 서기직도 싫어요. 하지만 어머니 말씀이 옳아요. 전 제 인생을 스스로 선택했어요. 다만 제가 드릴 말씀은 시빌 누나를 잘 보살펴달라는 것뿐이에요. 누나에게 어떤 불행한 일도 일어나지 않게 해주세요. 어머니, 누나를 잘 보살펴 주셔야 해요."

그가 대답했다.

"제임스, 너 정말 이상하게 말하는구나. 난 당연히 시빌을 잘 보살필 거야."

"매일 밤 한 신사가 극장에 찾아와 무대 뒤에서 누나와 이야기를 나눈다는 말을 들었어요. 그게 사실인가요? 그걸 어떻게 생각하세요?"

"제임스, 넌 이해하지 못할 일들을 말하고 있구나. 우리 같은 배우들은 직업상 사람들에게 수없이 호의적인 관심을 받는 데 익숙해져 있어. 나도 한때는 수많은 꽃다발을 받곤 했단다. 연기를 제대로 인정받을 때였지. 시빌 말이다, 그 애의 애정이 진지한 건지 아닌지 지금으로선 잘 모르겠구나. 하지만 네 누나를 보러 오는 바로 그 젊은이가 완벽한 신사임에는 틀림없는 것 같구나. 그 젊은이는 내게도 항상 아주 예의 바르게 행동한단다. 게다가 겉보기에 부자인 것 같더구나. 그 젊은이가 보내는 꽃들은 정말 아름답단다."

"그렇지만 그 사람의 이름도 모르시잖아요."

아들이 거칠게 말했다.

"모르긴 해. 그 젊은이가 아직 자신의 진짜 이름을 밝히지 않았거든. 아주 낭만적인 사람이라 그럴 거야. 그 젊은이는 아마 귀족일 게다."

어머니는 차분한 표정으로 말했다.

제임스 베인은 입술을 깨물었다.

"아무튼 어머니, 시빌 누나를 잘 보살펴줘요. 시빌 누나를 잘 보살펴줘요."

그가 큰 소리로 말했다.

"애야, 넌 나를 몹시 아프게 하는구나. 나는 언제나 시빌을 특별히 보살피고 있어. 물론 그 신사가 부자라면 시빌이 그와 결혼하면 안 될 이유가 없지. 내 생각에 그는 틀림없이 귀족이야. 그 젊은이의 외모민 봐도 확실히 알 수 있어. 시빌에게는 아주 훌륭한 결혼이 될 게다. 두 사람은 잘 어울리는 한 쌍이 될 거야. 그 젊은이의 외모는 정말 눈에 띌 정도로 잘생겼단다. 누구라도 그의 외모에 끌리지 않을 수 없단다."

소년은 혼잣말로 뭐라고 중얼거리더니 거친 손가락으로 창유리를 두드렸다. 그가 뭔가 말하려고 막 뒤로 돌아섰을 때 문이 열리더니 시빌이 안으로 뛰어 들어왔다.

"두 사람 모두 왜 그리 심각해 보여요! 무슨 일 있어요?"

그녀가 큰 소리로 말했다.

"아무것도 아냐. 누구나 가끔은 심각해져야 할 때가 있는 법이잖아. 어머니, 다녀올게요. 저녁은 5시에 먹을 게요. 셔츠 말고는 짐을 전부 꾸렸으니 걱정 안 하셔도 돼요."

제임스가 대답했다.

"얘야, 다녀오거라."

어머니가 부자연스럽게 위엄 있는 태도로 인사를 받아 머리를 숙이며 대답했다. 그녀는 조금 전에 자신과 대화를 나누면서 보인 아들의 말투에 몹시 불쾌했고, 그의 표정엔 뭔가 모르게 그녀를 두렵게 하는 것이 있었다.

"엄마, 제게 입을 맞춰줘요."

소녀가 말했다. 소녀의 꽃 같은 입술이 시든 뺨에 닿으며 서리같이 차가운 뺨을 녹여주었다.

"내 자식! 내 자식!"

베인 부인은 상상 속의 맨 위층 관람석을 찾기라도 하듯 천장을 올려다보며 큰 소리로 말했다.

"가자, 시빌 누나."

그녀의 동생이 조급하게 말했다. 그는 어머니의 과장된 애정 표현이 몹시 싫었다.

두 사람은 바람에 날려 흔들리는 듯한 햇살 속으로 나와, 쓸쓸한 유스턴(Euston) 거리를 따라 천천히 걸어갔다. 지나가는 사람들은 몸에 잘 맞지 않는 싸구려 옷을 걸친 시무룩한 표정의 땅딸막한 청년이 아주 우아하고 세련된 소녀와 함께 걸어가는 모습을 의아하다는 듯이 쳐다봤다. 그는 장미 꽃 한 송이를 들고 걸어가는 천한 정원사 같았다.

짐은 낯선 사람들의 호기심 어린 시선을 받을 때면 가끔 눈살을 찌푸렸다. 그는 천재들에겐 인생의 말년에나 찾아오고, 평범한 사람들에겐 평생 떠나지 않는 타인의 시선이 몹시 싫었다. 하지만 시빌은 자신 때문에 생기는 그러한 결과를 전혀 의식하지 못했다. 옷음 짓는 그녀의 입술은 사랑에 떨고 있었다. 그녀는 백마 탄 왕자님을 생각하고 있었다. 다른 무엇보다 그를 더 많이 생각하고 있었을 테지만, 그에 대해선 전혀 입 밖에 내지 않았다. 대신 짐을 태우고 곧 항해에 나서게 될 배에 대해, 짐이 반드시 찾게 될 황금에 대해, 그가 붉은 셔츠를 입은 사악한 산적에게서 목숨을 구해줄 아주 아름다운 상속녀에 대해서만 재잘거렸다. 그는 선원이나 화물 관리인이나 또는 그가 앞으로 가지려고 하는 어떤 직업도 계속할 생각이 없었다. 아아, 안 돼! 선원 생활은 정말 끔찍하다. 곱사등 같은 사나운 파도가 안으로 들이닥치려 하고, 검은 바람이 돛대를 부러뜨리고 날카로운 비명을 지르며 돛을 갈기갈기 찢어놓는 일들을 겪는 지긋지긋한 배 안에 갇혀 있어야 한다는 걸 상상해보라! 그는 멜버른에 도착하면 배에서 내려 선상에게 공손히 작별인사를 하고, 즉시 금광 지대로 갈 것이다. 한 주가 지나기도 전에 커다란 순금 덩어리를, 지금까지 발견한 것 중에 가장 큰 순금 덩어리를 발견하고서, 그것을 말 탄 경찰관 여섯 명의 호위를 받으며 사륜마차로 해안까지 운반할 생각이었다. 그들은 산적들에게 세 차례 습격을 받겠지만, 놈들을 잔인하게 해치우고 말 것이다. 아니, 그렇지 않을 수도 있다. 그는 금광 지대엔 아예 가지 않을 것이다. 금광 지대는 사람들이 항상 술에 취해 있고, 술집에선 서로에게 총질을 하고 욕설을 밥 먹듯이 해대는 끔찍한 곳이었다. 어쩌면 그는 차라리 선량한 양치기가 되어, 어느 날 저녁 말을 타고 집에 가다가, 한 아름다운 상속녀가 검은 말을 탄 강도에게 끌려가는 광경을 목격하고는 뒤쫓아가서 그녀를 구해줄 것이다. 당연히 그녀는 그에게 반해버릴 것이고, 그도 그녀를 사랑하게 되어 두 사람은 결혼을 한 후 고향으로 돌아와 런던의 대저택에서 살아갈 것이다. 그렇다, 앞으로 그에게 즐거운 일들이 많이 기다리고 있을 것이다. 하지만 그는 아주 선량하게 살아야 하고, 화를 내서도 안 되며, 어리석게 돈을 낭비해서도 안 될 것이다. 시빌은 동생보다 겨우 한 살 많았지만, 인생에 대해서는 그보다 훨씬 더 많이 알았다. 그는 반드시 매일 누나에게 편지를 써야 하고 매일 밤 잠들기 전에는 기도를 해야 할 것이다. 아주 자비로우신 하느님께서 그를 보살펴주실 것이다. 그녀도 그를 위해 기도할 터이니, 몇 년이 흐른 뒤 그는 큰 부자가 되어 행복하게 집으로 돌아올 것이다.

젊은이는 부루퉁하게 그녀의 말을 들으며 아무런 대답도 하지 않았다. 집을 떠나려니 마음이 아팠던 것이다.

하지만 그가 우울하고 시무룩한 이유가 오로지 그것 때문만은 아니었다. 비록 그의 인생 경험이 미숙하긴 하지만, 시빌의 처지가 위험한 상황이라는 것을 강하게 느끼고 있었다. 누나에게 구애하고 있는 그 젊은 멋쟁이는 누나에게 전혀 이롭지 않은 인간일 수도 있다. 그는 신사였는데, 오히려 그 사실 때문에 그가 더욱 마음에 들지 않았다. 스스로도 설명할 길 없는 타고난 어떤 기묘한 본능에 이끌려 그 신사가 몹시 싫었다. 자신의 그런 본능을 설명할 수 없기에 마음속에서 혐오감이 더더욱 커갔다. 또한 어머니의 천박하고 허영심 많은 본성도 잘 알고 있었다. 바로 그런 점 때문에 시빌과 시빌의 행복이 항상 위태로워 보였다. 자식들은 어릴 때는 부모를 사랑하고, 점차 커가면서 부모를 비판하고, 때로는 부모를 용서하기도 한다.

그의 어머니! 그의 마음속에는 어머니에게 묻고 싶은 것이 있었다. 여러 달 동안 말없이 곰곰이 생각해왔던 뭔가가 있었다. 극장에서 우연히 들은 말 한마디, 어느 날 밤 무대 출입구에서 기다리던 중에 조소 어린 속삭임을 들은 이후로 무서운 생각들이 꼬리에 꼬리를 물며 머릿속에서 맴돌았다. 마치 말채찍에 얼굴을 맞은 것처럼 그 말이 머릿속에서 지워지지 않았다. 그는 쐐기처럼 깊은 주름이 팰 정도로 눈썹을 잔뜩 찌푸리더니, 고통에 움찔거리며 아랫입술을 깨물었다.

"짐, 넌 내 말을 안 듣고 있구나. 난 네 장래를 위해서 가장 근사한 계획을 세우고 있잖아. 무슨 말이든 좀 해봐."

시빌이 소리쳤다.

"내게서 무슨 말을 듣고 싶은 거야?"

"아! 착실하게 지내겠다든가, 우리를 잊지 않겠다든가 하는 말."

그녀가 그에게 미소를 보이며 대답했다.

그는 어깨를 으쓱했다.

"시빌 누나, 내가 누나를 잊기보다는 누나가 날 잊을 가능성이 더 커."

그녀가 얼굴을 붉혔다.

"그게 대체 무슨 말이니, 짐?"

그녀가 물었다.

"누나에게 새 친구가 생겼다는 얘기 들었어. 그 사람은 누구야? 왜 내겐 그 사람에 대해 말하지 않았어? 그는 누나에게 이롭지 않을 거야."

"그만해, 짐!"

그녀가 외쳤다.

"그 사람에 대해 나쁜 말을 하면 안 돼. 난 그를 사랑해."

"그 사람의 이름도 모르면서 어떻게 그럴 수가 있어. 그 사람은 대체 누구야? 나도 알 권리가 있어."

젊은이가 대답했다.

"그를 '백마 탄 왕자님'이라고 불러. 왜 마음에 안 드니? 오! 철부지 녀석아! 결코 이 이름을 잊어선 안 돼. 너도 그를 보기만 하면 세상에서 가장 훌륭한 사람이라고 생각하게 될 거야. 언젠가 너도 그를 만나게 될 거야. 오스트레일리아에서 돌아오면 만나게 되겠지. 너도 그를 무척 좋아하게 될 거야. 모든 사람이 그를 좋아하거든. 그리고 난…… 그를 사랑해. 네가 오늘 밤에 극장에 올 수 있으면 좋으련만. 그가 극장에 올 테고, 난 줄리엣을 연기할 거야. 아! 연기를 어떻게 해야 할까! 짐, 상상해봐. 사랑에 빠진 채 줄리엣을 연기하는 것을 말이야! 그가 저기 앉아 있을 거야! 난 그를 기쁘게 하기 위해서 연기할 거야! 난 관객들을 깜짝 놀라게 할까 봐 두려워. 그들을 놀라게 하거나 그들을 매혹할까 봐 두려워. 사랑에 빠지는 것은 자기 자신을 초월하는 거야. 야비하고 지독한 아이작스 씨도 술집에서 같은 패거리 건달들에게 나를 '천재'라고 외쳐대겠지. 그는 어떤 교리를 전도하듯 나를 선전해왔어. 오늘 밤 그는 어떤 계시를 전하듯 나를 소개할 거야. 그런 느낌이 들어. 그리고 이 모든 것은 오직 백마 탄 왕자님, 아름다운 나의 연인, 내 은총의 신인 그분 덕분이야. 하지만 그분과 비교하면 난 너무 가난해. 가난? 하긴 그게 무슨 대수야? 가난이 문 안으로 기어 들어오면 사랑은 창문으로 달아난다고 하지. 하지만 우리나라 속담은 다시 쓸 필요가 있어. 이 속담은 겨울에 만들어졌지만 지금은 여름이잖아. 더욱이 내겐 봄이야. 파란 하늘에 꽃들이 흩날리며 멋지게 춤을 추는 봄이라고."

"그 사람은 신사지." 젊은이가 시무룩하게 말했다.

"왕자님이라니까! 그것으로 충분하지 않니?"

그녀가 노래를 부르듯 큰 소리로 말했다.

"그는 누나를 구속하고 싶어 해."

"자유로워지는 건 생각만 해도 소름이 돋아."

"그 사람을 조심했으면 해."

"그 사람을 보면 숭배하게 될 거야. 그 사람을 알면 믿음이 생길 거야."

"시빌 누나, 그 사람에게 넋이 나갔구나."

시빌은 웃음을 터뜨리며 동생의 팔을 잡았다.

"사랑하는 동생 짐, 넌 마치 백 살 먹은 노인네처럼 말하는구나. 언젠가는 너도 사랑에 빠지게 될 거야. 그때가 되면 너도 사랑이 뭔지 알게 되겠지. 그러니 너무 시무룩한 표정을 짓지 마. 너는 곧 떠나지만, 지금 난 그 어느 때보다도 행복하니까 이 점을 생각하고 마음 놓고 기뻐해도 돼. 우리 모두 힘들게 살았잖아. 끔찍하게 힘들고 어렵게 살았어. 하지만 이젠 달라질 거야. 넌 새로운 세상으로 갈 거고, 난 새로운 세상을 찾았어. 여기 의자가 두 개 있네. 여기에 앉아서 지나가는 멋진 사람들을 구경하자."

그들은 많은 구경꾼들 사이에 자리를 잡았다. 도로 건너편의 튤립 꽃밭이 너울대는 원형의 불꽃처럼 활활 타올랐다. 하얀 먼지가 마치 떨리는 붓꽃 뿌리 모양의 구름처럼 헐떡이는 대기에 떠다녔다. 화사한 빛깔의 양산들이 거대한 나비들처럼 춤을 추며 오르내렸다.

그녀는 동생에게 그 자신에 대해, 그의 희망과 그의 장래 전망에 대해서 말해보라고 재촉했다. 그는 천천히 힘겹게 입을 열었다. 그들은 경기 중에 선수들이 공을 주고받듯이 대화를 나누었다. 시빌은 중압감을 느꼈다. 그녀는 자신의 기쁨을 전달할 수가 없었다. 그녀가 얻을 수 있는 반응이라고는 그저 부루퉁한 입가에 그려진 희미한 미소가 전부였다. 시간이 좀 지나자 그녀는 자연스럽게 입을 다물게 되었다. 그 순간 갑자기 금빛 머리카락과 미소 짓는 입술이 얼핏 눈에 들어왔고, 두 귀부인과 함께 무개마차를 타고 지나가는 도리언 그레이의 모습이 보였다.

시빌이 자리에서 벌떡 일어섰다. 그리고 소리쳤다.

"그 사람이 저기에 있어!"

"누구?"

짐 베인이 말했다.

"백마 탄 왕자님."

그녀가 2인승 사륜마차의 일종인 빅토리아를 눈으로 좇으며 대답했다.

순간 짐이 벌떡 일어서더니 시빌의 팔을 거칠게 붙잡았다.

"그 사람을 내게도 보여줘. 어느 쪽이야? 손으로 가리켜봐. 꼭 그 사람을 봐야겠어!"

그가 소리쳤다. 하지만 바로 그 순간, 베릭 공작의 사두마차가 그들과 도리언이 탄 무개마차 사이에 끼어들었다. 그리고 사두마차가 지나간 뒤 시야가 확보됐을 때는 무개마차가 이미 하이드 파크에서 사라진 뒤였다.

"그가 가버렸어. 네게 그 사람을 보여주고 싶었는데."

시빌이 슬픈 목소리로 나지막이 말했다.

"정말 그를 봤으면 좋았을 텐데. 하늘에 하느님이 계신 것이 분명하듯이, 만일 그자가 누나에게 못된 짓을 하면 그자를 꼭 죽여버려야 하니까."

시빌은 공포가 서린 눈으로 동생을 바라봤다. 그는 같은 말을 되풀이했다. 그 말은 비수처럼 허공을 갈랐다. 주위 사람들도 입을 크게 벌리고 멍하니 쳐다보기 시작했다. 시빌 곁에 서 있던 한 부인은 소리를 죽이며 킥킥거렸다.

"짐, 가자. 이만 가자고."

그녀가 속삭였다. 시빌이 많은 사람들 사이로 지나가자, 짐은 끈질기게 그녀의 뒤를 쫓아갔다. 그는 자신이 한 말에 만족했다.

아킬레스 동상 앞에 이르렀을 때 그녀가 돌아섰다. 그녀의 눈동자에 동정의 빛이 어려 있었는데, 그 동정의 눈빛은 곧 입가에 지은 웃음으로 변했다. 그녀가 동생을 바라보며 고개를 저었다.

"짐, 넌 어리석어. 정말 미련해. 넌 심술궂은 아이야. 그게 다야. 넌 어떻게 그런 끔찍한 말을 할 수가 있니? 넌 스스로 무슨 말을 하는지도 모르고 있어. 그저 질투가 나서 고약하게 심술을 부릴 뿐이지. 아! 너도 곧 사랑에 빠지면 좋으련만. 사랑은 사람을 착하게 만들지. 좀 전에 네가 한 말은 너무 심했어."

"난 열여섯 살이야. 내가 무슨 말을 하는지 알아. 어머니는 누나에게 도움이 안 돼. 어머니는 누나를 어떻게 돌봐야 할지 몰라. 지금 같아선 오스트레일리아로 떠나고 싶지 않아. 정말 모든 걸 다 때려치우고 싶은 마음이 들어. 계약서에 사인만 하지 않았어도 전부 때려치웠을 거야."

그가 대답했다.

"아, 짐, 너무 심각하게 굴지 마. 넌 엄마가 몹시 출연하고 싶어 하는 유치한 멜로드라마의 남자 주인공처럼 구는구나. 이젠 너하고 싸우지 않을 테야. 나는 그 사람을 봤으니 됐어. 아! 그 사람을 보는 것만으로도 더없이 행복해. 우린 싸울 일이 없을 거야. 내가 사랑하는 사람을 네가 해칠 리 없지. 안 그래?"

"누나가 그 사람을 사랑하는 한 그렇겠지."

그가 시무룩하게 대답했다.

"난 영원히 그를 사랑할 거야!"

그녀가 외쳤다.

"그럼 그 사람은?"

"그도 영원히 날 사랑할 거야!"

"그러는 편이 그에게도 나을 거야."

시빌은 동생에게서 뒷걸음질 쳤다. 하지만 그녀는 곧 웃으며 그의 팔에 손을 얹었다.

'동생은 아직 소년이잖아.'

그들은 마블 아치(Marble Arch)에서 승합마차를 잡아타고, 유스턴 거리에 있는 자신들의 초라한 집 근처에서 내렸다. 5시가 넘은 시각이었다. 시빌은 무대에 오르기 전에 두 시간 정도 누워서 휴식을 취해야만 했다. 그래야 한다고 짐이 계속해서 고집을 피웠다. 그는 누나에게 어머니가 없는 사이에 서둘러 작별인사를 나누자고 말했다. 어머니는 야단법석을 떨 게 분명해 보였기 때문이다. 온갖 방식으로 소란 피우는 것을 그는 몹시 싫어했다.

그들은 시빌의 방에서 작별인사를 나누었다. 젊은이의 마음속에서 질투가 꿈틀거렸고, 누나와 자신 사이에 끼어든 것 같은 낯선 사람에 대한 잔인하고 흉악한 증오심이 고개를 들었다. 하지만 누나의 두 팔이 그의 목을 끌어안고 손가락이 그의 머리카락을 어루만지자, 그는 마음을 진정시키고 진심 어린 애정으로 누나에게 입맞춤을 했다. 아래층으로 내려가는데 두 눈에 눈물이 고였다.

어머니가 아래층에서 그를 기다리고 있었다. 그가 들어서자 어머니는 시간을 지키지 않았다면서 푸념했다. 그는 아무런 대답 없이 변변찮은 식사를 하기 위해 자리에 앉았다. 파리들이 분주하게 식탁 주위를 재빨리 날아다니다가 더러운 식탁보 위를 기어 다녔다. 승합마차의 덜컥거리는 소리와 거리의 이륜마차의 덜커덕거리는 소리 사이로 그는 자신에게 남은 시간의 한 순간 한 순간을 게걸스럽게 먹어치우는 단조로운 목소리를 들을 수 있었다.

얼마간 시간이 흐른 뒤에 그는 접시를 한쪽으로 치우고 두 손에 얼굴을 묻었다. 자신에게도 알 권리가 있다는 생각이 들었다. 그의 짐작이 맞는다면, 진작 얘기를 들었어야 했다. 그의 어머니는 두려움에 납빛이 된 얼굴로 그를 바라봤다. 그녀의 입에서 말들이 기계적으로 불쑥불쑥 새어 나왔다. 낡을 대로 낡은 레이스 손수건이 그녀의 손가락 사이에서 꼬이고 있었다. 시계의 종소리가 6시를 알리자, 그는 자리에서 일어나 문 쪽으로 다가갔다. 그러곤 뒤돌아 어머니를 쳐다봤다. 두 사람의 시선이 마주쳤다. 그는 어머니의 시선에서 용서를 간절히 호소하는 바람을 봤다. 그 모습을 보는 순간, 그는 화가 치밀었다.

"어머니, 여쭤볼 것이 있어요."

그가 말했다. 그의 어머니의 시선은 멍하니 방 안을 이리저리 두리번거렸다. 그녀는 아무런 대답을 하지 않았다.

"진실을 말씀해주세요. 제겐 진실을 알 권리가 있어요. 아버지와 결혼은 한 건가요?"

어머니가 깊은 한숨을 내쉬었다. 그것은 안도의 한숨이었다. 마침내 두려운 순간, 밤이고 낮이고 몇 주, 몇 달 동안 두려워했던 순간이 다가왔지만, 그녀는 전혀 두렵지 않았다. 실은 조금 실망스러운 기분이 들기까지 했다. 질문이 지속하고 직설적이었기에 대답도 직설적일 필요가 있었다. 차근차근 단계적으로 대답할 상황이 아니었다. 노골적인 상황이었다. 이 상황은 그녀에게 형편없는 리허설을 떠올리게 했다.

"아니다."

그녀는 인생이 가혹할 정도로 단순한 게 아닐까 생각하며 대답했다.

"그럼 내 아버지는 깡패였나요?"

젊은이가 두 주먹을 불끈 쥐며 소리쳤다.

어머니가 고개를 저었다.

"난 네 아버지가 자유롭지 못하다는 걸 알고 있었어. 하지만 우리는 서로 무척 사랑했단다. 네 아버지가 살아 있었다면 우리를 부양했을 게다. 얘야, 아버지에 대해 함부로 말하지 마라. 그분은 네 아버지고 신사였다. 정말로 그분은 귀족 집안 출신이었어."

그의 입에서 악담이 튀어나왔다. 그가 소리쳤다.

"나야 어찌되든 상관없어요. 하지만 시빌 누나가 잘못되는 걸 그냥 놔두진 않겠어요……. 누나와 사랑에 빠진 그 사람도 신사라면서요, 그렇죠? 아니면 그 사람이 자기 입으로 그렇게 말한 건가요? 그자도 귀족이겠군요."

잠시 소름 끼치는 모욕감이 여인을 엄습했다. 그녀는 고개를 떨어뜨렸다. 그러곤 떨리는 손으로 눈물을 훔쳤다.

"시빌에게는 이 엄마가 있잖니. 내겐 아무도 없었단다."

그녀가 나지막이 말했다.

젊은이는 가슴이 뭉클했다. 그는 어머니에게 다가가 허리를 굽히고는 입을 맞추었다.

"아버지에 대해 물어 어머니 마음을 아프게 했다면 죄송해요. 하지만 여쭤보지 않을 수 없었어요. 전 이제 가야 해요. 안녕히 계세요, 어머니. 이제 돌봐야 할 자식이 한 명뿐이라는 걸 잊지 마세요. 그리고 그 남자가 누나에게 나쁜 짓을 저질렀다가는 제가 그자의 정체를 알아내고 추적해서 개처럼 죽여버릴 거라는 사실도 명심하세요. 맹세해요."

과장되게 위협해보는 어리석음, 그에 수반된 열정적인 몸짓, 그리고 미친 듯이 쏟아내는 신파조의 말들이 그녀의 삶을 더욱더 생기 있게 만들어주는 것만 같았다. 그녀에게는 이러한 분위기가 익숙했다. 그녀는 한결 편하게 숨을 쉬었고, 몇 달 만에 처음으로 진정 아들에게 감탄했다. 그녀는 이러한 감정의 분위기를 연출하는 장면을 계속 이어가고 싶었지만, 아들은 그녀의 바람을 한순간에 끝내버렸다.

그는 트렁크들을 가지고 내려와야 했고, 머플러를 찾아야 했다. 하숙집 인부가 부산스럽게 들락거렸다. 마부와 흥정을 벌여야 했다. 그녀의 삶을 생기 있게 만들었던 순간이 통속적인 잡다한 일들에 묻혀 사라지고 말았다. 이윽고 아들이 떠나가자, 그녀는 다시 실망감에 사로잡힌 채 창가에 서서 낡을 대로 낡은 레이스 손수건을 흔들었다. 그녀는 대단히 좋은 기회를 허비하고 말았다는 것을 깨달았다. 그녀는 시빌에게 이제 자신이 돌볼 자식은 한 명뿐이니 자신의 삶이 얼마나 외롭겠냐는 말을 하면서 자신을 위로했다. 그녀는 아들이 남긴 말을 떠올렸다. 그 말은 그녀를 흐뭇하게 했다. 그녀는 아들의 위협적인 말에 아무런 대답도 하지 못했다. 아들의 그 위협적인 말은 생동감이 넘치며 극적인 표현이었다. 그녀는 언젠가 가족 모두가 그 말을 떠올리며 웃을 날이 오리라고 생각했다.

6

"바질, 소식 들었지?"

그날 저녁, 홀워드가 세 사람분의 저녁 식사가 마련된 브리스톨의 작은 사실(私室)에 모습을 드러내자 헨리 경이 물었다.

"아니, 특별히 들은 게 없는데, 해리. 무슨 소식 말인가? 정치에 관한 건 아니었으면 좋겠는데? 정치 따위엔 관심 없거든. 하원의원 중에 그림을 그릴 가치가 있는 사람은 단 한 명도 없어. 그들 대부분은 조금 하얗게 칠하면 그나마 좀 나아 보일 수야 있겠지만 말이야."

화가가 머리 숙여 인사하는 웨이터에게 모자와 코트를 건네주며 대답했다.

"도리언 그레이가 약혼했네."

헨리 경은 바질을 유심히 주시하며 말했다.

홀워드는 깜짝 놀랐고, 이내 인상을 찌푸렸다.

"도리언이 약혼을 하다니! 믿을 수 없어!"

그가 소리쳤다.

"틀림없는 사실이야."

"누구와?"

"나이 어린 여배우라든가."

"믿기지 않는군. 도리언이 얼마나 분별 있는 사람인데."

"여보게, 바질, 도리언이 워낙 현명하니 가끔 어리석은 짓도 하는 거야."

"해리, 결혼이란 게 가끔 할 수 있는 어리석은 짓이라고 할 수는 없잖아."

"미국에서는 예외지."

헨리 경이 심드렁하게 대답했다.

"한데 난 도리언이 결혼했다고 하지 않았어. 약혼했다고 말했지. 결혼과 약혼은 큰 차이가 있어. 난 결혼에 대해선 또렷이 기억하지만 약혼은 전혀 기억이 안 나. 나는 약혼한 적이 없다고 생각하고 싶어."

"하지만 도리언의 가문과 지위, 재산을 생각해봐. 자신보다 수준이 한참 아래인 여자와 결혼하는 건 어리석은 짓이야."

"바질, 만일 도리언을 그 소녀와 결혼하게 만들고 싶으면 그에게 그렇게 말해. 그럼 도리언은 꼭 결혼하고 말 거야. 인간이 철저하게 어리석은 짓을 할 때는 항상 가장 고귀한 동기가 있기 때문이야."

"해리, 그 아가씨가 좋은 여지이길 바라네. 나는 도리언이 그의 본성을 타락시키고 그의 지성을 파괴할 천박한 존재에 속박되는 건 보고 싶지 않아."

"아, 좋은 사람, 그 이상인 여자이지. 아름다운 여자야."

헨리 경이 오렌지 버터를 혼합한 베르무트 주를 홀짝이며 중얼거렸다.

"아주 아름다운 여자라고 도리언이 그러더군. 이런 일에 관해 도리언은 틀린 적이 별로 없지. 자네가 그려준 그의 초상화가 다른 사람들의 외모에 대한 그의 안목을 키워줬어. 다른 무엇보다 그 점이 가장 큰 영향을 미쳤어. 그 젊은이가 자신이 한 약속을 잊지만 않는다면, 우리는 오늘 밤에 그녀를 보게 될 거야."

"정말인가? 자네, 진지하게 하는 얘기지?"

"물론이지, 바질. '지금 이 순간보다 더 진지할 수 있을까' 하는 생각을 하면 비참한 기분이 들 정도야."

"그런데 해리, 자넨 이 도리언의 결혼을 찬성하는가? 자넨 찬성할 수 없을 테지. 도리언은 어리석은 열정에 빠져 있는 거잖아."

화가가 방 안을 왔다 갔다 하면서 입술을 깨물며 물었다.

"난 이제 어떤 것도 찬성하거나 반대하지 않아. 그런 건 삶을 대하는 불합리한 태도지. 우리가 도덕적 편견을 늘어놓기 위해 세상에 나온 건 아니잖아. 난 평범한 사람들이 하는 말에는 결코 신경 쓰지 않고, 매력적인 사람들이 하는 일엔 절대로 끼어들지 않아. 만일 어떤 인물이 나를 매료시킨다면 그가 어떤 식으로 자신을 표현하든 그 방식에 절대적으로 만족감을 느낄 거야. 도리언 그레이는 줄리엣을 연기하는 아름다운 여인과 사랑에 빠져 그녀에게 청혼했어. 그러면 안 될 이유가 있나? 설사 메살리나*와 결혼한다 해도 그

---

* 발레리아 메살리나(Valeria Messalina, ?~48). 로마 4대 황제 클라우디우스의 황비로 정부인 카이우스 실리우스와 내통해 음모를 꾀한 이유로 처형당했다.

는 여전히 흥미로운 존재일 거야. 자네도 알다시피 난 결혼을 옹호하는 사람이 아니야. 결혼의 진짜 문제점은 사람을 이타적으로 만든다는 거야. 이타적인 사람은 재미없잖아. 그런 사람들은 개성이 부족해. 다른 한편으로 결혼 때문에 더 복잡해지는 기질들도 있지. 그런 기질을 가진 사람들은 원래 가지고 있던 자기중심주의를 계속 유지하면서 많은 다른 자아를 더하지. 그런 기질을 가진 사람들은 하나 이상의 삶을 살 수밖에 없어. 그들은 더욱더 매우 체계적인 사람이 되지. 내 생각에, 매우 체계적인 사람이 되는 것은 남자의 존재 목적이야. 게다가 모든 경험은 다 가치가 있지. 누군가가 결혼에 대해 부정적인 말을 한다고 하더라도 그것 역시 당연히 경험인 것이지. 난 도리언 그레이가 그 아가씨를 아내로 맞아 6개월 동안 열정적으로 사랑을 한 뒤에 갑자기 다른 사람에게 마음을 빼앗기길 바라네. 그는 훌륭한 연구 대상이 될 거야."

"해리, 자넨 단 한마디도 진심을 말하지 않는군. 진심이 아니란 건 자네도 잘 알 거야. 도리언 그레이의 인생이 망가지면 가장 슬퍼할 사람은 바로 자네란 말이야. 자넨 겉으로 꾸미는 모습보다 훨씬 더 좋은 사람이지."

헨리 경이 웃었다.

"우리 모두가 다른 사람을 아주 좋게 생각하고 싶은 이유는, 우리가 자기 자신에 대해 너무 걱정하기 때문이지. 낙관주의의 근원이 바로 순전한 공포라네. 우리가 스스로 관대하다고 믿는 이유가 뭔지 아는가? 그건 이웃들이 우리에게 이익을 줄 만한 미덕을 지니고 있다고 우리가 믿기 때문이야. 우리는 계좌의 잔고를 초과하는 돈을 인출할 수도 있을 거라는 생각 때문에 은행원을 칭찬하고, 우리의 주머니를 털지 않았으면 하는 바람 때문에 노상강도에게서 좋은 성품을 찾으려고 해. 내가 한 말들은 모두 진심이야. 난 낙관주의를 가장 경멸해. 망가진 삶이란 것은 말이야, 성장이 멈춘 삶을 제외하면 망가진 삶이란 없어. 본성을 훼손하고 싶다면, 그저 그 본성을 바꾸기만 하면 되는 거야. 결혼이야 물론 어리석은 짓이지. 남녀 사이에는 결혼보다 더 흥미로운 다른 차원의 결합들이 있잖아. 나는 꼭 그런 결속들을 장려할 거야. 그런 결속들은 유행에 따른 매력이 있어. 그건 그렇고, 저기 도리언이 오는구먼. 나보다는 도리언이 더 많은 얘길 해줄 거야."

"친애하는 해리, 친애하는 바질, 두 분 모두 저를 축하해줘야 해요!"

젊은이가 공단으로 안감을 댄 이브닝 망토를 벗어던지고, 두 사람과 각각 악수를 하며 말했다.

"이렇게 행복한 적이 없어요. 물론 너무 갑자기 일어난 일이긴 하죠. 정말 기쁜 일들은 모두 갑자기 일어나는 법이죠. 하지만 지금까지 살아오면서 계속 찾던 일을 마침내 찾아낸 것만 같아요."

그는 흥분과 기쁨으로 얼굴이 붉어졌다. 그 모습이 대단히 아름다워 보였다.

"도리언, 자네가 항상 아주 행복하길 바라네. 하지만 약혼한 사실을 내게 알려주지 않은 점은 도저히 용서할 수 없네. 해리에겐 알려줬으면서 말이야."

홀워드가 말했다.

"또한 저녁 식사에 늦은 점도 용서할 수 없네. 자, 이제 자리에 앉아 이곳 새 주방장의 요리 솜씨가 어떤지 확인해보자고. 그런 다음,

자넨 지금까지 일어난 일들을 들려주게."

헨리 경이 젊은이의 어깨에 손을 얹으며 끼어들더니 미소를 지으며 말했다.

"딱히 할 말은 별로 없어요."

그들이 작은 원탁 앞에 자리를 잡고 앉자, 도리언이 큰 소리로 말했다.

"일어난 일은 그저 이래요. 해리, 어제 저녁에 나는 당신과 헤어지고 나서, 옷을 갈아입고 당신이 소개해준 루퍼트 가에 있는 작은 이탈리아 식당에서 저녁을 좀 먹었어요. 그리고 8시에 극장으로 내려갔지요. 시빌이 로잘린드를 연기하고 있더군요. 물론 무대는 형편없었고, 올랜도 역은 엉터리였지요. 하지만 시빌만큼은! 두 분이 시빌을 봤어야 하는데! 소년 복장으로 등장한 그녀의 모습은 더할 나위 없이 근사했어요. 그녀는 계피 색 소매가 달린 이끼 색 벨벳 상의를 입고, 십자형의 가느다란 갈색 가터를 맨 긴 양말을 신고, 보석에 매의 깃털이 붙어 있는 우아한 작은 녹색 모자를 쓰고, 칙칙한 빨간색으로 안감을 댄 두건이 달린 망토를 걸쳤어요. 그녀가 그토록 아름다워 보인 적이 없었어요. 바질, 그녀는 당신의 화실에 있는 타나그라 인형*의 섬세한 매력을 모두 지녔어요. 그녀의 머리카락은 마치 창백한 장미꽃을 둘러싼 짙은 이파리처럼 그녀의 얼굴을 감쌌어요. 그녀의 연기에 대해선, 음, 오늘 밤에 보시게 될 거예요. 그녀는 한마디로 타고난 배우예요. 나는 음침한 특별관람석에 앉아 그

---

* B.C. 4~B.C. 3세기경 그리스에서 만든 테라코타제(製)의 작은 인형(20~30센티미터 크기의 풍속인형)으로 아소포스강 연안 타나그라 지방의 분묘에서 출토되었다.

녀에게 완전히 마음을 빼앗겼어요. 19세기 런던에 있다는 사실을 까맣게 잊고 말았으니까요. 지금까지 누구도 본 적 없는 숲속에 내 연인과 단둘이 동떨어져 있는 기분이었어요. 공연이 끝난 뒤에 나는 무대 뒤로 가서 그녀와 이야기를 나눴지요. 함께 앉아 있는데, 지금까지 한 번도 본 적이 없는 표정이 문득 그녀의 눈동자에서 떠오르더군요. 순간 내 입술이 저절로 그녀의 입술로 다가갔어요. 우리는 서로 입을 맞추었지요. 그 순간의 느낌을 말로는 표현할 수 없어요. 내 모든 인생이 장밋빛 기쁨이라는 완벽한 한 점으로 좁혀진 것만 같았죠. 그녀는 온몸을 떨었고, 한 송이 하얀 수선화처럼 흔들렸어요. 그러는가 싶더니 털썩 무릎을 꿇고는 내 두 손에 입을 맞추더군요. 굳이 이런 일까지 다 말씀드릴 필요는 없을 거라는 생각이 들긴 하지만, 말하지 않을 수가 없네요. 당연히 우리 약혼은 극비예요. 그녀는 자신의 어머니에게조차 말하지 않았어요. 내 후견인들이 뭐라고 말할지 모르겠어요. 래들리 경이 몹시 화를 낼 게 분명해요. 그래도 상관없어요. 성년이 되려면 1년도 채 안 남았으니까요. 그때가 되면 뭐든 내 마음대로 할 수 있겠죠. 바질, 내가 시(詩)에서 사랑을 얻고, 셰익스피어의 희곡에서 아내를 찾은 건 잘한 일이지요, 그렇죠? 셰익스피어에게 말을 배운 입술이 내 귓가에 비밀을 속삭였어요. 난 로잘린드의 품에 안겼고 줄리엣의 입술에 키스했어요."

"그래, 도리언, 자네 생각이 옳았어."

홀워드가 천천히 말했다.

"오늘도 그녀를 봤나?"

헨리 경이 물었다.

도리언 그레이가 고개를 저었다.

"아덴의 숲속에 남겨두고 왔어요. 베로나의 과수원에서 찾을 거예요."

헨리 경이 명상에 잠긴 듯한 태도로 샴페인을 홀짝였다.

"도리언, 결혼이라는 말을 정확히 언제 언급했나? 그리고 그녀는 뭐라고 대답하던가? 어쩌면 자넨 그걸 전부 잊었을지도 모르겠군."

"이봐요, 해리, 난 이런 걸 사업상 거래처럼 취급하지 않았어요. 그래서 어떤 형식적인 청혼도 하지 않았어요. 내가 그녀에게 사랑한다고 말했더니, 그녀가 자신은 내 아내가 될 자격이 없다고 말하더군요. 자격이 없다니! 말도 안 돼요. 온 세상도 그녀에 비하면 나에게 아무것도 아닌걸요."

"여자들은 대단히 현실적이지. 우리보다 훨씬 더 현실적이야. 그런 상황에서 우리는 결혼에 대해 뭔가 말을 해야 한다는 걸 쉽게 잊곤 하지. 그래서 여자들이 항상 우리에게 그걸 상기시키거든."

헨리 경이 중얼거렸다.

홀워드가 헨리 경의 팔에 손을 얹었다.

"그만해, 해리. 자네, 도리언을 괴롭히고 있잖아. 도리언은 다른 남자들과 달라. 도리언은 누구도 불행하게 만들지 않을 거야. 그러기에는 도리언의 본성이 너무 착해."

헨리 경이 식탁 맞은편을 쳐다봤다.

"도리언이 내 말에 불쾌감을 느낄 리 없지. 나는 가장 그럴듯한 이유, 그러니까 어떤 질문에든 변명이 될 만한 유일한 이유, 바로 순전한 호기심 때문에 질문을 던지는 거야. 난 청혼을 하는 쪽은 항상 여자라는 지론을 가지고 있네. 우리가 여자에게 청혼을 하는 게 아니야. 물론 중산층의 생활에선 예외야. 중산층은 구식이잖아."

그가 대답했다.

도리언 그레이는 웃으면서 고개를 젖혔다.

"해리, 당신은 정말 구제불능이군요. 하지만 상관없어요. 당신에
게 화를 낼 수는 없죠. 당신이 시빌 베인을 보시면 그녀에게 해를 끼
칠 수 있는 사람은 짐승일 거라고, 심장이 없는 짐승일 거라고 생각
하시게 될 거예요. 나는 인간이란 자가 어떻게 자신이 사랑하는 대
상에게 수치심을 주려고 할 수 있는지 이해가 안 돼요. 시빌 베인을
사랑해요. 그녀를 황금으로 만든 대좌에 앉혀놓고, 내 여자인 그녀
를 온 세상이 숭배하는 모습을 보고 싶어요. 결혼이 뭐죠? 일종의
돌이킬 수 없는 맹세죠. 바로 그 이유 때문에 당신은 결혼을 조롱하
는 거예요. 아! 조롱하지 말아요. 내가 하고 싶은 것이 바로 그 돌이
킬 수 없는 맹세거든요. 그녀의 신뢰가 나를 충실하게 만들고, 그녀
의 믿음이 나를 선하게 만들어요. 그녀와 함께 있을 때면, 나는 당신
이 내게 가르쳐준 모든 것이 유감스럽게 느껴져요. 나는 당신이 알
고 있던 내 모습과 전혀 다른 사람이 돼요. 전 변해요. 시빌 베인의
손길이 닿기만 해도 당신, 그리고 그릇되고 매혹적이며 유해하고
유쾌한 당신의 모든 이론들을 잊어버리고 말아요."

"이론들이라고?"

헨리 경이 샐러드를 조금 먹으며 말했다.

"아, 삶에 관한 당신의 이론들, 사랑에 관한 당신의 이론들, 쾌락
에 대한 당신의 이론들 말이에요. 해리, 사실상 당신의 모든 이론들
말이에요."

"이론이라고 할 만한 것은 쾌락뿐이야. 하지만 유감스럽게도 내
이론을 내 것이라고 주장할 수는 없어. 쾌락은 내 것이 아니라 자연

의 것이거든. 쾌락은 자연의 시험, 승인하는 자연의 서명이지. 우리는 행복할 땐 항상 선하지만, 선하다고 해서 항상 행복한 건 아니야."

헨리 경이 특유의 듣기 좋은 목소리로 천천히 대답했다.

"아아, 그런데 자네가 말하는 선이란 건 무엇을 의미하나?"

바질 홀워드가 큰 소리로 물었다.

"그래요."

도리언이 의자에 등을 기대고 앉아, 테이블 한가운데 놓인, 풍성하게 송이를 이룬 자줏빛 입술 모양의 붓꽃 너머로 헨리 경을 바라보며 반복해서 말했다.

"해리, 그럼 당신이 말하는 선이란 건 무엇을 의미하나요?"

"선하다는 건 자신의 자아와 조화를 이루는 것이지. 부조화란 다른 사람들과 조화를 이루도록 강요받는 것이지. 자기 고유의 삶, 이것이 중요한 거야. 이웃들의 삶을 생각해보자면, 만일 누군가가 도덕군자인 척하고 싶거나 청교도가 되고 싶다면 이웃들에게 자신의 도덕적 견해를 과시하려 할 수는 있겠지만, 진정으로 이웃들에게 관심을 갖지는 않아. 게다가 개인주의에는 실제로 더 숭고한 목적이 있지. 현대의 도덕은 그 시대의 기준을 받아들이는 데 있어. 하지만 난 교양 있는 사람 누구든 자기 시대의 기준을 받아들이는 것이야말로 가장 역겨운 부도덕의 한 형태라고 생각해."

그가 창백하고 가냘픈 손가락으로 유리잔의 굽을 만지며 대답했다.

"하지만 해리, 사람이 자기 자신만을 위해 산다면, 그런 행동에 대한 엄청난 대가를 지불해야 하지 않을까?"

화가가 물었다.

"그렇지. 요즘에 우리는 무엇에 대해서든 과도한 비용을 지불하고 있어. 내 생각에, 가난한 사람들의 진짜 비극은 자기 부정밖에는 지불할 게 없다는 거야. 다른 아름다운 것들과 마찬가지로 아름다운 죄악은 부자들의 특권이지."

"돈 말고 다른 방식으로 지불을 해야 해."

"어떤 방식 말인가, 바질?"

"아! 양심의 가책이라든가 괴로움, 음…… 자신이 타락했다는 자각 따위로 지불할 수 있지 않을까?"

헨리 경이 어깨를 으쓱했다.

"여보게, 중세의 예술은 매혹적이지만, 중세의 감정들은 구식이야. 물론 소설 속에서 그런 것들을 이용할 순 있지. 하지만 소설 속에서 이용할 수 있는 것들은 이제 현실에서 이용하지 않는 것들뿐이야. 내 말을 믿으라고. 교양이 높은 사람은 결코 쾌락을 후회하는 법이 없으며, 미개한 사람은 쾌락이 무엇인지 절대 알 리가 없지."

"나도 쾌락이 무엇인지 알아요. 그건 누군가를 숭배하는 것이지요."

도리언 그레이가 큰 소리로 말했다.

"숭배를 받는 것보다는 숭배를 하는 게 훨씬 좋지. 숭배를 받는 건 성가신 일이야. 여자들은 인간이 신을 대하는 것과 똑같이 우리를 대하지. 여자들은 우리를 숭배하면서 항상 뭔가 해달라고 귀찮게 굴어대잖아."

헨리 경이 몇 개의 과일을 만지작거리며 대답했다.

"여자들이 무엇을 요구하든 그것은 그들이 먼저 우리에게 주었던 거라는 점을 말해야 할 것 같군요. 여자들은 우리의 본성에 사랑을 낳았어요. 그러니 그걸 되돌려달라고 요구할 권리가 여자들에게 있는 거예요."

젊은이가 진지하게 나지막이 말했다.

"도리언, 확실히 옳은 말이야."

홀워드가 큰 소리로 말했다.

"확실히 옳은 건 없어."

헨리 경이 말했다.

"그렇다니까요. 해리, 당신은 여자들이 남자들에게 인생의 황금기를 준다는 걸 인정해야 해요."

도리언이 말을 가로막았다.

"아마 그럴 수도 있겠지."

그가 한숨을 내쉬었다.

"하지만 여자들은 항상 그 대가로 아주 작은 푼돈까지도 남기지 않고 받아내려 하지. 바로 그게 문제야. 어떤 재치 있는 프랑스인이 말했듯이, 여자는 우리에게 걸작을 만들어내고 싶은 욕망을 불어넣고는 그것을 만들지 못하게 항상 방해하지."

"해리, 당신 정말 지독하군요! 그런데 왜 내가 당신을 그토록 좋아하는지 모르겠어요."

"도리언, 자네는 항상 나를 좋아할 거야. 자네들, 커피나 한잔 하지. 웨이터, 커피하고 핀샹파뉴하고 담배 좀 가지고 오게. 아니, 담배는 됐네. 내게 좀 있군그래. 바질, 자네에게 시가를 피우게 할 수는 없지. 자네는 궐련을 피워야 해. 궐련이야말로 완벽한 쾌락의 전형이거든. 아주 훌륭하지만 결코 만족감을 느끼도록 내버려두지는 않아. 뭘 더 바랄 수 있겠나? 그래, 도리언, 자넨 항상 날 좋아할 거야. 난 자네가 감히 저지를 용기를 내지 못했던 온갖 죄악을 자네에게 알려줄 거거든."

해리 경이 대답했다.

"해리, 무슨 말도 안 되는 소리를 하는 거예요!"

젊은이는 웨이터가 테이블에 올려놓았던, 불을 뿜고 있는 용 모양의 은제 라이터로 불을 붙이며 큰 소리로 말했다.

"극장에 가볼까요? 시빌이 무대에 오르면 당신은 삶에 대한 새로운 이상을 갖게 될 거예요. 그녀는 당신이 지금까지 전혀 알지 못했던 것을 보여줄 거예요."

"난 이미 모든 걸 알고 있어. 하지만 새로운 감정에 대해선 항상 준비가 되어 있지. 그렇긴 해도 어쨌든 이젠 내게 그런 것이 없는 건 아닐지 걱정되는군. 그래도 어쩌면 자네의 멋진 소녀가 나를 감동시킬지도 모르지. 난 연극을 무척 좋아해. 연극이 삶보다 훨씬 더 현실적이거든. 자, 그럼 가자고. 도리언 자넨 나와 함께 가지. 바질, 정말 미안하네만, 내 사륜마차에는 딱 두 사람밖에 앉을 자리가 없네. 자네는 이륜마차를 타고 따라와야겠어."

헨리 경이 피곤함이 서려 있는 눈빛으로 말했다.

그들은 자리에서 일어나 선 채로 커피를 홀짝이며 코트를 입었다. 화가는 말없이 조용히 생각에 잠겼다. 그의 얼굴에 침울한 표정이 깃들었다. 그는 도리언의 결혼을 받아들일 수 없었다. 하지만 앞으로 도리언에게 일어날지도 모르는 다른 많은 일에 비하면 나은 축에 속하는 일인지도 몰랐다. 잠시 후, 그들은 모두 아래층으로 내려갔다. 좀 전에 정했던 대로 홀워드는 혼자 마차를 타고 앞에서 달리고 있는 작은 사륜마차의 반짝이는 불빛을 바라봤다. 그는 묘한 상실감에 사로잡혔다. 도리언 그레이가 결코 다시는 예전 모습으로 되돌아올 수 없을 것만 같았다. 삶이 그들 사이에 끼어들어 둘을 갈라놓았다……. 눈앞이 어두워졌고, 사람들로 붐비며 불빛이 현란한 거리가 그의 시야를 흐려지게 했다. 이윽고 마차가 극장 앞에 멈춰섰을 때, 그는 마치 몇 년은 더 늙어버린 기분이 들었다.

7

무슨 이유에서인지 그날 밤 극장은 사람들로 붐볐고, 입구에서 그들을 맞이했던 뚱뚱한 유대인 극장 지배인은 입이 귀에 걸려서는 히죽거리며 느끼한 웃음을 짓고 있었다. 그는 보석으로 치장한 살찐 양손을 흔들어대며 목청껏 이야기하면서 지나치게 겸손한 척하며 그들을 특별관람석으로 안내했다. 도리언 그레이는 이날따라 이 유대인이 몹시 싫었다. 미란다*를 찾으러 왔다가 칼리반을 만난 기분이 들었다. 반면에 헨리 경은 그를 꽤나 마음에 들어 했다. 헨리 경은 그런 마음을 표현하면서 끝끝내 지배인에게 악수를 청했다. 그러면서 진정한 천재를 발견하고서도 시인 한 사람 때문에 파산까지 감수한 인물을 만나게 되어 영광이라고 강조했다. 홀워드는 1층

---

* 셰익스피어의 희곡 〈템페스트〉의 등장인물로, 프로스페로의 딸이다.

석에 앉은 관객들의 얼굴을 살펴보며 즐거워했다. 실내의 열기는 숨이 막힐 듯 뜨거웠고, 거대한 태양 같은 불은 노란 불꽃 모양의 꽃잎을 가진 괴물 같은 달리아처럼 타올랐다. 맨 위층 관람석의 젊은 이들은 코트와 조끼를 벗어 옆에 걸어놓았다. 그들은 객석의 맞은편에 있는 사람들과 대화를 나누기도 하고, 옆 좌석에 앉은 야한 차림의 아가씨들과 오렌지를 나눠 먹기도 했다. 1층석에 앉아 있던 몇몇 여자들은 소리 내어 웃고 있었다. 그들의 목소리가 지독하게 날카로워 귀에 거슬렸다. 바에서 코르크 마개를 따는 소리가 들리기도 했다.

"바로 이런 곳에서 천사를 발견했단 말이지!"

헨리 경이 말했다.

"예! 바로 여기에서 그녀를 발견했어요. 그녀는 세상의 어떤 생명체보다도 성스러워요. 그녀가 연기를 하는 순간 모든 걸 잊게 될 거예요. 얼굴은 천박하고 몸짓은 잔인한 이 품위 없고 거친 사람들도, 그녀가 무대에 오르기만 하면 완전히 달라져요. 저들은 조용히 앉아 그녀를 지켜보죠. 저들은 그녀가 이끄는 대로 눈물을 흘리기도 하고 웃기도 해요. 그녀는 저들을 바이올린처럼 반응하게 만들어요. 저들의 마음을 정화시켜주죠. 그러면 누구든 모두가 같은 살과 같은 피를 가진 한 몸이라고 느끼게 돼요."

도리언 그레이가 대답했다.

"같은 살과 같은 피를 가진 한 몸이라고 느끼게 된다고! 오, 난 그건 싫어!"

헨리 경이 오페라글라스로 맨 위층 관람석에 앉아 있는 관객들을 죽 훑어보며 큰 소리로 말했다.

"도리언, 저 친구 하는 말에 신경 쓰지 말게. 난 자네가 무슨 말을 하는지 이해하네. 그리고 그 아가씨에 대한 자네의 말도 믿네. 자네가 사랑하는 사람이라면 정말 아름다울 거야. 자네가 설명한 대로 그런 영향을 미칠 만한 아가씨라면 분명 멋지고 고상한 여인이겠지. 한 시대를 정화시키는 일, 정말 가치 있는 일이지. 그 아가씨가 영혼 없이 살아온 이 사람들에게 영혼을 불어넣어줄 수 있다면, 천박하고 추하게 살아온 사람들에게 미적 감각을 심어줄 수 있다면, 그들의 이기심을 벗겨내고 그들이 자신의 슬픔이 아닌 다른 이유로 눈물 흘리게 할 수 있다면, 그녀는 자네의 숭배를 받을 자격이 있고, 세상 사람들의 숭배를 받을 자격이 있네. 자네의 이 결혼은 아주 옳은 생각이야. 처음에 난 그렇게 생각하지 않았지만, 지금은 이 결혼을 인정하네. 신들은 자네를 위해 시빌 베인을 만들었어. 그녀가 없다면 자네는 완전하지 못했을 거야."

화가가 말했다.

"바질, 고마워요. 날 이해해주실 줄 알았어요. 해리는 너무 냉소적이고 날 겁주곤 해요. 자, 이제 오케스트라 연주가 시작되는군요. 정말 형편없지만 5분 정도만 참으면 돼요. 오케스트라 연주가 끝나고 막이 오르면 내 한평생을 바칠, 이미 내 안에 있는 좋은 것을 전부 바친 아가씨를 보게 될 거예요."

도리언 그레이가 바질의 손을 꼭 쥐며 말했다.

15분이 지나자, 아주 요란한 박수갈채와 함께 시빌 베인이 무대 위에 등장했다. 그랬다. 그녀의 미모는 분명 사랑스러웠다. 헨리 경은 지금까지 보아온 사람들 중에 가장 사랑스러운 존재라고 생각했다. 그녀의 수줍은 듯 우아한 모습과 깜짝 놀란 듯한 두 눈은 어딘가 모르게 어린 사슴을 연상시켰다. 극장을 가득 메운 관객들이 열광하는 모습을 보자, 그녀의 두 뺨은 은백색 거울에 비친 장미의 그림자처럼 엷게 붉어졌다. 그녀는 몇 걸음 뒤로 물러나며 입술을 떠는 것 같았다. 순간 바질 홀워드가 자리에서 벌떡 일어나 박수를 치기 시작했다. 도리언 그레이는 마치 꿈을 꾸는 사람처럼 꼼짝 않고 앉아서 그녀를 응시했다. 헨리 경은 오페라글라스를 통해 그녀를 응시하며 중얼거렸다.

"매력적이야! 매력적이야!"

캐풀렛 저택의 홀 장면이었는데, 순례자의 옷을 입은 로미오가 머큐시오와 다른 여러 친구들과 함께 등장했다. 형편없는 악단이 음악 몇 소절을 연주했고, 뒤이어 춤이 시작됐다. 볼품없고 허름한 옷을 걸친 배우들 사이에서 시빌 베인은 아름다운 다른 세계에서 나온 피조물처럼 움직였다. 춤을 추는 동안 그녀의 몸은 물결에 휩쓸리는 수초처럼 흔들렸다. 목의 곡선은 하얀 백합의 곡선과 같았다. 두 손은 차가운 상아로 만들어진 것만 같았다.

하지만 그녀는 이상할 정도로 생기가 없었다. 그녀의 시선이 로미오에게 멈추었을 때 그녀는 기뻐하는 기색을 전혀 보이지 않았다. 그녀는 짧은 몇 대사를 읊었다.

착한 순례자여, 그대의 손을 너무 탓하지 마세요.
이치럼 예의 바르게 신앙심을 보여 주고 있는 손을 말이에요.
성자들에겐 순례자들이 만지려는 손이 있으니,
손바닥끼리 맞대는 것은 성스러운 순례자들의 입맞춤이지요.

이어지는 짧은 대화 역시 아주 부자연스러웠다. 목소리는 대단히 아름다웠지만 어조는 매우 부자연스러웠다. 음색도 엉망이었다. 그런 그녀의 음성은 운문(韻文)의 생명력을 완전히 앗아갔다. 그렇다보니 열정마저 비현실적으로 느껴졌다.

그녀를 바라보는 도리언 그레이의 얼굴빛이 창백해졌다. 그는 당황하며 불안해했다. 친구 중 누구도 그에게 말을 건넬 엄두를 내지 못했다. 그들의 눈에 그녀는 연기자의 자질이 전혀 없는 것 같았다. 그들은 몹시 실망했다.

하지만 그들은 줄리엣 역을 제대로 하는지 공정하게 평가하려면 2막의 발코니 장면을 보아야 한다고 생각했다. 그래서 그들은 그 장면이 시작되길 기다렸다. 이 장면에서도 그녀의 연기가 형편없다면 그녀는 연기자로서 자질이 전혀 없는 것이다.

달빛 속에서 등장하는 그녀의 모습은 매혹적이었다. 그건 부정할 수 없는 사실이었다. 하지만 그녀의 과장된 연기는 차마 봐줄 수 없었고, 연기가 계속될수록 눈뜨고 볼 수 없을 정도로 더욱더 형편없었다. 몸짓은 아주 부자연스러웠다. 그녀는 모든 대사 하나하나를 몹시 과장해서 표현했다.

그대는 밤의 가면이 내 얼굴을 가리고 있는 걸 아시죠.
가면을 쓰지 않았더라면, 소녀의 수줍음으로 내 볼은 붉게 물들었을 거예요.
오늘 밤, 그대가 내 말을 엿들었기 때문이에요.

그녀는 이 아름다운 구절을 마치 발성법을 가르치는 이류 교사

에게 낭송법을 배운 여학생처럼 애써 내뱉는 정확한 발음으로 낭독
했다.

그대에게서 기쁨을 느끼지만
오늘 밤 이 약속은 전혀 기쁘지 않아요.
이건 너무 성급하고, 너무 경솔하고, 너무 갑작스러워요.
이건 마치 '번개가 쳐요'라고 말하기도 전에
사라져버리는 번개와도 같아요. 내 사랑, 잘 가요!
여름의 무르익은 숨결 속에서 자라난 이 사랑의 꽃봉오리는
다음에 우리가 다시 만날 땐 아름다운 꽃으로 피어나겠지요.

그녀는 발코니에 기대어 이토록 훌륭한 대사를 읊으면서 마치 자
신에게 아무런 의미도 전달되지 않는 듯이 단어들을 내뱉었다. 긴
장한 탓이 아니었다. 긴장은커녕 사실 그녀는 무척 침착했다. 그저
그녀의 연기 실력이 형편없을 뿐이었다. 그녀는 배우로서 완전한
실패자였다.

1층 뒤쪽 좌석과 맨 위층 관람석의 교육을 받지 못한 천박한 관객
들조차 연극에 흥미를 잃었다. 그들은 안절부절못하더니 큰 소리로
떠들면서 휘파람을 불기 시작했다. 2층 특별석 뒤편에 서 있던 유대
인 지배인은 화가 나서 발을 구르고 욕설을 해댔다. 그때 냉정한 태
도를 잃지 않은 사람은 시빌 자신뿐이었다.

2막이 끝나자 야유가 빗발치듯 쏟아졌고, 헨리 경은 자리에서 일
어나 코트를 걸쳤다.

"도리언, 그녀는 대단히 아름다워. 하지만 연기는 잘 못하는군.

이만 가지."

그가 말했다.

"난 연극을 끝까지 볼 겁니다. 해리, 저녁 시간을 낭비하게 해서 정말 미안해요. 두 분 모두에게 사과드려요."

젊은이는 냉소적이며 딱딱한 목소리로 대답했다.

"이보게, 도리언, 베인 양의 몸이 안 좋은 모양이야. 다른 날 밤에 다시 보러 오겠네."

홀워드가 말을 가로막았다.

"나도 그녀가 아픈 거라면 좋겠어요. 하지만 그녀는 그저 뻣뻣하고 냉정한 사람처럼 보였어요. 완전히 다른 사람 같았어요. 어젯밤만 해도 그녀는 대단한 예술가였어요. 한데 오늘 저녁 그녀는 형편없는 이류 여배우에 지나지 않았어요."

그가 대답했다.

"도리언, 누구든 자네가 사랑하는 사람에 대해 그렇게 말하지 말게. 사랑은 예술보다 훨씬 더 경이로운 것이거든."

"둘 다 그저 모방의 형태일 뿐이지. 자, 이제 가자고. 도리언 자넨 더는 여기 있으면 안 돼. 형편없는 연기를 봐야 품성에 좋을 게 없어. 더구나 자넨 아내가 연기하는 걸 원하지도 않을 것 같은데. 그러니 그녀가 목각 인형처럼 줄리엣을 연기한다고 해서 무슨 상관인가? 그녀는 아주 사랑스럽잖아. 그녀가 연기와 마찬가지로 인생에 대해서도 아는 게 별로 없다면 그녀와 사귀어보는 건 즐거운 경험이 될 거야. 정말 매력적인 사람은 딱 두 부류가 있어. 모든 것을 완벽하게 아는 사람과, 아는 게 전혀 없는 사람. 이런, 이보게, 그렇게 비참한 표정 짓지 마! 젊음을 유지하기 위한 비결은 젊음과 어울리지 않는 감정 따위는 결코 갖지 않는 거야. 바질과 나와 함께 클럽에 나 가지. 담배를 피워대며 시빌 베인의 아름다움을 위해 건배하자고. 그녀는 정말 아름다워. 그러면 됐지, 더 뭘 바라나?"

헨리 경이 말했다.

"어서 가요, 해리. 혼자 있고 싶어요. 바질, 당신도 가요. 아! 내 가슴이 찢어지는 게 보이지 않나요?"

젊은이가 소리쳤다. 그의 눈에서 뜨거운 눈물이 흘렀다. 그는 입술을 바르르 떨더니 관람석 뒤로 달려가 벽에 기댄 채 양손에 얼굴을 묻었다.

"가지, 바질."

헨리 경이 뜻밖에 부드러운 목소리로 말했다. 두 젊은이는 함께 극장을 나갔다.

잠시 후 각광이 켜졌고, 막이 오르면서 3막이 시작되었다. 도리언 그레이는 자기 자리로 돌아갔다. 그의 표정은 창백하고 오만하면서 냉담했다. 연극은 질질 오래 끌었다. 끝없이 계속될 것만 같았다. 묵직한 부츠로 바닥을 쿵쿵 구르는 소리와 요란하게 웃음을 터트리는 소리가 들리는가 싶더니, 이내 관객의 절반이 빠져나갔다. 이번 연극은 완전히 실패하고 말았다. 마지막 막은 객석이 거의 텅 빈 채 진행되었다. 막이 내릴 때는 킥킥거리는 웃음소리와 불평을 늘어놓는 소리가 들렸다.

연극이 끝나자마자 도리언 그레이는 무대 뒤 분장실로 달려갔다. 그 소녀는 얼굴에 의기양양한 표정을 가득 보이며 혼자 그곳에 서 있었다. 그녀의 두 눈은 아름다운 불꽃처럼 빛났다. 그녀의 주위가 찬연히 빛났다. 그녀의 벌어진 두 입술은 자기만의 비밀을 간직한 채 미소 짓고 있었다.

그가 분장실에 들어서자, 그녀는 그를 바라보며 더없이 기쁜 표정을 지었다.

"도리언, 오늘 밤 제 연기가 정말 형편없었죠!"

그녀가 큰 소리로 말했다.

"끔찍했어요!"

그가 어처구니없다는 표정으로 그녀를 바라보며 대답했다.

"끔찍했다고요! 너무 형편없었어요. 어디 아파요? 연기가 어땠는지 전혀 모르는군요. 내가 얼마나 괴로웠는지 당신은 몰라요."

소녀가 미소를 지었다.

"도리언."

그녀는 아름다운 목소리로 그의 이름을 길게 늘이며 대답했다. 그녀의 붉은 꽃잎 같은 입술은 그의 이름이 꿀보다도 더 달콤한 모양이었다.

"도리언, 당신은 이해해줬어야죠. 하지만 지금이라도 이해해주시겠죠, 그렇죠?"

"뭘 이해하라는 거죠?"

그가 화를 내며 물었다.

"오늘 밤 제 연기가 왜 그렇게 형편없었는지를요. 왜 앞으로도 계속 제 연기가 형편없을지, 왜 제가 다시는 훌륭한 연기를 하지 않을 것인지 말이에요."

그가 어깨를 으쓱했다.

"몸이 아픈가 보군요. 몸이 아플 땐 무대에 오르면 안 돼요. 그럴 때 연기해봐야 웃음거리밖에 안 되니까요. 내 친구들이 모두 지루해했어요. 나 역시 지루했고요."

그녀는 그의 말에 귀를 기울이는 것 같지 않았다. 그녀는 마냥 즐거워하는 게 완전히 딴사람이 되어 있었다. 그녀는 행복감에 도취되어 넋이 나가 있었다.

"도리언, 도리언."

그녀가 큰 소리로 말했다.

"당신을 알기 전에는 연기가 내 삶의 유일한 현실이었어요. 나는 오직 무대 위에서만 살아 있었어요. 난 그런 삶이 모두 진실이라고 생각했었죠. 어느 날 밤엔 로잘린드가 됐다가, 어느 날 밤엔 포샤*가 됐지요. 베아트리체**의 기쁨이 곧 나의 기쁨이었고, 코딜리아***의 슬픔이 곧 나의 슬픔이었어요. 난 모든 걸 믿었어요. 나와 함께 연기했던 평범한 사람들이 내게는 신성하게 느껴졌어요. 색을 칠한 무대가 나의 세계였지요. 내가 아는 것이라곤 그림자뿐이었고, 난 그것이 현실이라고 생각했어요. 그런데 당신이 나타난 거예요. 오, 내 아름다운 사랑! 당신이 내 영혼을 감옥에서 구해주었어요. 당신은 내게 현실이 실제로 어떤 것인지를 가르쳐주었어요. 난 오늘 밤 난 생처음으로 언제나 연기해온 무의미하고 허위적인 연극이 얼마나 공허하고 가식적이며 어리석은 것인지 깨달았어요. 오늘 밤 처음으로 로미오가 분장을 한 추한 늙은이란 걸 알게 되었어요. 게다가 과수원의 달빛이 가짜이고 무대 배경이 저속하다는 것을, 내가 해야

---

*   셰익스피어의 희곡 〈베니스의 상인〉에 등장하는 여주인공.
** 셰익스피어의 희곡 〈헛소동〉의 여주인공.
*** 셰익스피어의 희곡 〈리어왕〉의 여주인공.

할 대사들이 비현실적이고 내 말이 아니며 내가 하고 싶은 말도 아니었다는 것을 깨달았어요. 당신은 내게 더 숭고한 것이 있다는 것을, 모든 예술은 바로 그 숭고한 것의 그림자에 불과하다는 것을 깨우쳐주었어요. 당신 덕분에 난 사랑이 진정 무엇인지 깨닫게 되었어요. 내 사랑! 내 사랑! 백마 탄 왕자님! 인생의 왕자님! 난 그림자들에 점점 진절머리가 나요. 당신은 내게 그 어떤 예술도 따라올 수 없는 존재예요. 그러니 내가 연극의 꼭두각시들과 무슨 상관이 있겠어요? 오늘 밤 무대 위에 섰을 때만 해도 어째서 모든 것이 내게서 빠져나갔는지 이해할 수 없었어요. 난 훌륭히 연기를 해낼 수 있으리라 생각했죠. 하지만 연기를 전혀 할 수 없다는 걸 깨달았어요. 불현듯 이 모든 것이 무엇을 의미하는지 선명하게 깨달았어요. 그 깨달음은 내게 정말 너무나 강렬했어요. 나는 사람들의 야유 소리를 듣고는 그저 미소를 지었어요. 그들이 우리의 사랑과 같은 사랑을 어떻게 알겠어요? 도리언, 날 데려가줘요. 난 둘이 있을 수 있는 곳으로 데려가줘요. 무대가 싫어요. 이제 나는 전혀 느끼지 못하는 열정을 흉내 낼 수 있을지 모르지만, 나를 불태우는 열정은 흉내 낼 수 없어요. 오, 도리언, 도리언, 이제 그것이 무엇을 의미하는지 이해하겠죠? 비록 내가 사랑에 빠진 연기를 할 수 있다고 하더라도, 그 연기는 신성모독이 될 거예요. 당신은 내게 그걸 일깨워주었어요."

그는 소파에 털썩 주저앉더니 고개를 돌렸다.

"당신은 내 사랑을 죽였어."

그가 중얼거렸다.

그녀는 의아한 표정으로 그를 바라보며 웃었다. 그는 아무런 대답이 없었다. 그녀는 그에게 다가가서 작은 손가락으로 그의 머리를 어루만졌다. 그리고 무릎을 꿇고는 그의 두 손을 자신의 입술에 댔다. 하지만 그가 손을 뿌리치더니 온몸을 떨었다.

어느 순간 그는 갑자기 자리에서 벌떡 일어나더니 문으로 다가갔다. 그가 소리쳤다.

"그래요. 당신이 내 사랑을 죽였어요. 당신은 내 상상력을 자극하곤 했죠. 하지만 이제 당신은 내 호기심조차 자극하지 못해요. 당신은 내게 아무런 영향도 주지 못해요. 당신이 경이로운 존재였기에, 천부성과 지성을 지니고 있었기에, 위대한 시인들의 꿈을 실현시키고 예술의 그림자에 형태와 실체를 부여했기에 난 당신을 사랑했어요. 그런데 당신은 그 모든 걸 내던지고 말았어요. 당신은 얄팍하고 어리석어요. 하느님, 맙소사! 당신 같은 여자를 사랑하다니, 내가 미쳤지! 내가 얼마나 멍청했던가! 이제 당신은 내게 아무런 의미도 없어. 당신을 다시는 만나지 않겠어. 당신을 다시는 생각하지 않겠어. 당신의 이름조차 언급하지 않겠어. 당신이 한때 내게 어떤 존재였는지 당신은 몰라. 아아, 한때는…… 아, 그 생각만 해도 견딜 수가 없어! 차라리 당신에게 시선을 빼앗기지 않았더라면 좋았을 것을! 당신은 내 인생의 로맨스를 망쳐버렸어. 사랑이 당신의 예술을 망쳐놓았다고 말하다니, 당신은 사랑이 뭔지 전연 몰라! 예술이 없으면 당신은 아무것도 아니야. 난 당신을 유명하고, 화려하고, 숭고하게 만들어주려고 했어. 그랬더라면 세상 사람들은 당신을 숭배하고 당신은 내 이름을 세상에 알렸을 거야. 그런데 당신은 지금 이 꼴이 뭐야? 그저 예쁘장한 얼굴을 가진 삼류 배우잖아."

소녀는 얼굴이 하얗게 질리는가 싶더니 온몸을 부들부들 떨었다.

그녀는 두 손을 꽉 쥐었고 목소리는 마치 목에 걸린 것만 같았다.

"도리언, 진심이 아니죠? 연기하고 있는 거죠."

그녀가 나지막이 말했다.

"연기라고! 그따윈 당신 몫으로 남겨두지. 그건 당신이 아주 잘하잖아."

그가 신랄하게 대답했다.

그녀는 무릎을 펴고 일어나, 고통이 가득한 애처로운 표정으로 방을 가로질러 그에게 다가왔다. 그녀는 그의 팔에 손을 얹으며 그의 두 눈을 바라봤다. 순간 그가 그녀를 뒤로 밀쳤다.

"내 몸에 손대지 마!"

그가 소리쳤다.

그녀는 작은 신음 소리를 내더니, 그의 발치에 몸을 던지며 짓밟힌 꽃처럼 그 자리에 엎드렸다.

"도리언, 도리인, 날 버려지 말아요!"

그녀가 낮은 목소리로 말했다.

"연기를 잘하지 못해서 정말 미안해요. 줄곧 당신만 생각하고 있었어요. 하지만 노력할게요. 정말 노력할게요. 당신을 향한 사랑이 내게 너무 갑작스럽게 찾아왔어요. 만일 당신이 내게 키스하지 않았다면, 우리가 서로 키스를 하지 않았다면, 난 결코 사랑을 알지 못했을 거예요. 내 사랑, 다시 한번 키스해주세요. 내 곁에서 떠나지 말아요. 당신이 내 곁을 떠나는 걸 참을 수 없어요. 오! 제발 내 곁에서 떠나지 말아요. 내 남동생이…… 아니, 신경 쓰지 말아요. 그런 뜻으로 말한 건 아니에요. 그 아이는 그저 농담을 한 거예요……. 하지만 아! 오늘 밤 일은 용서해줄 수 없나요? 아주 열심히 연기하고,

나아지도록 노력할게요. 내게 잔인하게 굴지 말아요. 내가 세상 그무엇보다도 당신을 사랑하잖아요. 어찌 되었건 당신에게 기쁨을 주지 못한 건 오늘 한 번뿐이잖아요. 하지만 당신 말이 맞아요, 도리언. 난 더 예술가다운 모습을 보여줬어야 해요. 정말 난 바보 같았어요. 하지만 나로선 어쩔 수 없었어요. 오, 제발 날 떠나지 말아요. 날떠나지 말아요." 그녀는 한바탕 흐느껴 우는 통에 목이 메었다. 그녀는 상처 입은 짐승처럼 바닥에 웅크렸고, 도리언 그레이는 아름다운 눈동자로 그녀를 내려다봤다. 순간 그의 조각 같은 입술이 극심한 경멸감으로 일그러졌다. 사랑이 완전히 끝나면, 항상 상대방의감정에서 뭔가 우스꽝스러운 면이 보이기 마련이다. 그에게 시빌베인의 행동은 우스꽝스러운 신파극처럼 보였다. 그녀의 눈물과 흐느낌이 그를 짜증나게 했다.

"이만 가겠어. 매정한 태도를 보이고 싶진 않지만, 다시는 당신을만나지 않겠어. 당신은 날 실망시켰어."

마침내 그가 침착하고 또렷한 목소리로 말했다.

그녀는 조용히 흐느끼며 아무런 대답도 못하고, 그를 향해 기어갔다. 그녀는 작은 두 손을 무턱대고 앞으로 뻗었다. 마치 더듬으며그를 찾고 있는 듯 보였다. 하지만 그가 홱 돌아서더니 방을 나가버렸다. 잠시 후 그는 극장 밖에 있었다.

그는 자신이 어디로 가고 있는지도 몰랐다. 그저 검은 그림자가드리운 음산한 아치 길과 불길해 보이는 집들을 지나 희미한 불빛이 비치는 어두운 거리를 헤매 다니던 기억만 있을 뿐이다. 쉰 목소리로 기분 나쁘게 웃어대는 여자들이 그를 부르며 쫓아왔다. 주정뱅이들이 욕설을 퍼붓고 기괴한 원숭이처럼 서로 요란하게 지껄여

대면서 그의 곁을 비틀거리며 지나갔다. 그는 괴상해 보이는 아이들이 문간의 계단에 모여 앉아 있는 것을 봤고, 음침한 안마당에서 들려오는 날카로운 비명과 욕설을 들었다.

　막 동이 터오던 무렵, 그는 자신이 코번트 가든(Covent Garden) 근처에 와 있다는 것을 알게 되었다. 어둠이 걷히고 하늘은 희미한 불꽃으로 빛나더니, 속을 비우면서 완벽한 진주의 모습을 드러냈다. 흔들리는 백합을 가득 실은 커다란 수레들이 말끔하게 텅 빈 거리를 덜거덕거리며 천천히 내려가고 있었다. 대기는 짙은 꽃향기로 가득했고, 아름다운 꽃들이 그의 괴로운 심정을 다소 진정시켜주는 것 같았다. 그는 시장 안으로 들어가서 남자들이 짐마차에서 짐을 내리는 모습을 봤다. 흰색 작업복을 입은 한 짐꾼이 그에게 체리 몇 개를 주었다. 그는 고마움을 표하고는 그 짐꾼이 왜 돈을 받으려 하지 않는지 의아하게 여기며 마지못해 체리를 먹기 시작했다. 자정에 수확한 그 체리에는 달빛의 차가움이 담겨 있었다. 일렬로 길게 늘어선 소년들이 줄무늬 진 튤립과 노랗고 빨간 장미가 담긴 나무 상자를 들고서 높게 쌓아 올린 청록색 야채 더미들 사이를 요리조리 빠져나가며 도리언의 앞을 지나갔다. 햇빛에 바랜 회색 기둥들이 늘어선 주랑 현관 아래에는 지저분한 옷차림에 모자를 쓰지 않은 한 무리의 소녀들이 경매가 끝나기를 기다리며 서성이고 있었다. 시장 안에 있는 커피하우스의 회전문 주위에는 여러 사람이 모여 있었다. 무거운 짐마차를 끄는 말들이 종과 마구를 흔들면서 거친 돌바닥을 밟고 슬그머니 지나갔다. 어떤 마부들은 자루 더미 위에 드러누워 잠을 자고 있었다. 붓꽃 색깔의 목에 연분홍색 발을 지닌 비둘기들은 주변을 돌아다니며 씨앗들을 쪼아대고 있었다.

잠시 후 그는 이륜마차를 불러 세워 집으로 향했다. 집 앞에 도착한 그는 덧문을 내린 장식 없는 창문들과 요란한 빛깔의 블라인드를 친 고요한 지역을 둘러보면서 잠시 동안 현관 앞에서 서성거렸다. 이제 하늘은 순전히 단백석의 빛깔을 띠었고, 집들의 지붕은 그 하늘을 배경 삼아 은빛으로 반짝였다. 맞은편 굴뚝에선 가는 연기가 소용돌이치며 피어오르고 있었다. 그 연기는 보랏빛 리본처럼 소용돌이치며 진주색 하늘로 올라갔다.

참나무 판벽으로 장식한 현관의 넓은 홀 천장에는 금박을 입힌 커다란 베네치아 랜턴이 매달려 있었는데, 어느 총독의 바지선이 챙긴 그 랜턴의 세 개 분출구에선 아직도 불꽃이 타오르고 있었다. 가장자리에 하얀 불의 테두리가 둘러 있는 것이 마치 가냘픈 푸른 꽃잎의 불꽃이 타오르는 것만 같았다. 그는 불을 끄고 모자와 망토를 탁자 위에 내던지고는 서재를 지나 침실 문으로 향했다. 1층에 있는 팔각형의 커다란 침실은 최근의 사치스러운 취향에 따라 얼마 전에 그가 직접 장식했으며, 셀비 로열(Selby Royal)의 폐쇄된 다락방에 보관되어 있던 르네상스 시대의 기묘한 태피스트리 몇 점을 발견해서 그곳에 걸어놓았다. 그가 침실 문의 손잡이를 돌리는 순간, 그의 눈길이 바질 홀워드가 그린 자신의 초상화로 향했다. 그는 깜짝 놀란 듯 무르춤했다. 그러곤 이내 조금 어리둥절한 표정을 지으며 자기 방으로 들어갔다. 코트 단춧구멍에 꽂은 장식 꽃을 빼낸 뒤에 그는 잠시 머뭇거리는 듯 보였다. 결국 그는 방에서 나와 초상화로 다가가서 찬찬히 살펴봤다. 크림색 실크 블라인드 사이로 간신히 스며 들어온 어스레한 빛 속에서 초상화의 얼굴이 좀 변한 것처럼 보였다. 표정이 달라 보였다. 누가 보더라도 입가에 잔인한 미소가 깃들어 있다고 말할 것만 같았다. 확실히 이상해져 있었다.

그는 뒤돌아 창가로 걸어가서 블라인드를 걷었다. 환한 새벽빛이 방 안으로 쏟아져 들어와 환상적인 그림자들을 어둑한 구석으로 내몰았다. 그렇게 내몰린 그림자들은 그곳에서 웅크린 채 파르르 떨었다. 하지만 그가 초상화의 얼굴에서 포착했던 그 이상한 표정은 여전히 그대로였고, 오히려 더 또렷해진 것만 같았다. 흔들리는 강렬한 햇살은 초상화의 입매에 감도는 잔인성을 아주 또렷하게 비추었다. 순간 도리언은 어떤 끔찍한 일을 저지르고 나서 거울을 들여다보는 듯한 기분이 들었다.

그는 움찔하더니 헨리 경이 자신에게 준 많은 선물 가운데 하나인, 상아로 조각한 큐피트로 테두리를 장식한 타원형 거울을 탁자에서 집어 들어 윤이 나는 거울 속을 들여다봤다. 자신의 붉은 입술을 일그러트린 입매 따위는 보이지 않았다. 저건 도대체 무슨 의미일까?

그는 두 눈을 비비고 그림에 가까이 다가가 다시 살펴봤다. 실제 그림을 봤을 때, 딱히 변한 흔적은 없었지만 전체적인 표정이 달라진 것만은 확실했다. 단순히 그 자신만의 환상이 아니었다. 무서운 일이지만, 초상화가 변한 것은 명백한 사실이었다.

그는 의자에 털썩 주저앉아 생각에 잠겼다. 그림이 완성되던 날, 바질 홀워드의 화실에서 자신이 했던 말이 불현듯 뇌리를 스쳤다. 그렇다, 그는 그때 자기가 했던 말을 확실히 기억했다. 자신은 젊음을 계속 유지하고 초상화가 대신 나이를 먹어가면 좋겠다며 터무니없는 소원을 입 밖에 냈다. 자신의 아름다움은 퇴색되지 않고 자신의 열정과 죄악의 짐을 캔버스 위에 그려진 얼굴이 대신 짊어지면 좋겠다고, 초상화 속의 모습은 고통과 고뇌로 생긴 주름살과 함께 시들어가고 자신은 이제 막 깨닫기 시작한 소년기의 섬세한 청춘과 아름다움을 영원히 간직하면 좋겠다고 말했었다. 혹시 그의 소원이 이루어진 것은 아닐까? 그런 일은 불가능했다. 그런 생각을 하는 것조차 어처구니없는 일 같았다. 하지만 그의 앞에 있는 이 초상화는 분명 입가에 잔인한 표정을 띠고 있었다.

잔인함! 자신이 잔인했단 말인가? 잘못은 그녀에게 있었지 자신의 잘못이 아니었다. 그는 그녀가 위대한 예술가가 되기를 꿈꾸었고, 그녀가 위대하다고 생각했기 때문에 사랑을 주었던 것이었다. 그런데 그녀가 그를 실망시켰다. 그녀는 천박하고 하잘것없는 존재였다. 그렇지만 그녀가 발치에 엎드려 어린아이처럼 흐느끼던 모습을 생각하니, 한없이 애처로운 마음이 엄습했다. 그는 자신이 얼마나 냉정하게 그녀를 바라봤는지 머릿속에 떠올렸다. 그는 무슨 이유로 그런 짓을 하게 됐을까? 어찌해서 그런 감정이 생긴 것일까? 하지만 그 역시 무척 괴로웠다. 연극이 이어지던 끔찍한 세 시간 동안, 그는 고통 속에 수세기를 살고 고문을 당하며 영겁의 세월을 보낸 것만 같았다. 그의 인생도 그녀의 인생만큼 가치가 있었다. 그가 그녀에게 오랫동안 상처를 주었다면, 그녀 역시 잠시나마 그의 마음에 상처를 주었다. 더구나 여자들이 남자들보다 슬픔을 훨씬 더 잘 이겨내는 법이다. 여자들은 자기 감정에 충실히 살아간다. 여자들은 오로지 자기 감정만을 생각했다. 또 여자들에게는 연인을 사귀는 것도 성관계를 가질 누군가를 소유하게 됐다는 것에 불과했다. 바로 헨리 경이 그런 말을 했었다. 그는 여자에 대해 잘 알고 있었다. 자신이 왜 시빌 베인 때문에 괴로워해야 한단 말인가? 그녀는 이제 자신에게 아무 의미도 없지 않은가?

하지만 초상화는? 이 초상화에 대해 뭐라고 설명해야 할까? 이 초상화는 그의 인생의 비밀을 간직하고 그의 이야기를 들려주었다. 초상화는 그에게 자신만의 아름다움을 사랑하라고 가르쳐주었다. 그런데 이제는 자신의 영혼을 혐오하라고 가르치는 것일까? 앞으로 초상화를 다시 볼 수 있을까? 아니다. 이것은 괴로운 심정이 만들어낸 일종의 환상에 지나지 않는다. 끔찍한 밤을 보내고서 겪은 환영일 뿐이었다. 사람을 미치광이로 만드는 주홍색 작은 반점이 갑자기 그의 두뇌에 떨어진 것이다. 그림은 변하지 않았다. 그림이 변했다고 생각하다니, 정말 어리석다.

그런데도 초상화는 아름답지만 왜곡된 얼굴에 잔인한 미소를 지으며 그를 지켜보고 있었다. 그 빛나는 머리카락이 이른 아침 햇살을 받아 반짝였다. 그 푸른 눈이 그의 눈과 마주쳤다. 자기 자신이 아니라 자기 초상화의 이미지를 향해서 한없는 연민의 감정이 엄습했다. 초상화는 이미 변해 있었고, 앞으로 계속해서 변할 것이다. 황금빛 머리카락은 반백이 될 것이다. 그림 속 붉은 장미와 흰 장미는 시들어 죽고 말 것이다. 자신이 죄를 저지를 때마다 그림 속의 아름다운 얼굴에 반점이 생기고 아름다움이 퇴색되어갈 것이다. 하지만 자신은 절대로 죄를 짓지 않을 것이다. 초상화는 변하든 변하지 않든 그에게 눈에 보이는 양심의 상징이 될 것이다. 자신은 유혹에 저항할 것이다. 다시는 헨리 경을 보지 않을 것이며, 적어도 바질 홀워드의 정원에서 처음으로 그의 마음속에 숨겨진 불가능한 것들에 대한 열정을 자극했던 그 교묘하고 악의적인 이론들에 귀 기울이지 않을 것이다. 시빌 베인에게 돌아가 그녀에게 보상하고, 그녀와 결혼해 다시 그녀를 사랑하기 위해 노력할 것이다. 그래, 그렇게 하는 것이 자신의 의무였다. 그녀가 자신보다 훨씬 더 고통을 겪었을 것이 분명했다. 가엾은 소녀! 그녀에게 자신이 너무 이기적이었고 잔인했다. 자신의 마음을 사로잡았던 그녀의 매력에 다시 빠져들 것이다. 자신과 그녀는 함께 행복하게 살 것이다. 그녀와 함께하는 인생은 아름답고 순수할 것이다.

그는 의자에서 일어나 초상화를 흘끗 쳐다보며 몸서리를 쳤다. 그는 얼른 초상화 바로 앞에 커다란 장막을 쳤다. "정말 소름 끼쳐!" 혼잣말로 중얼거리고는 창가로 다가가 창문을 열었다. 그리고 잔디밭으로 나와 깊이 숨을 쉬었다. 신선한 아침 공기가 우울한 열정을 모조리 몰아내는 것 같았다. 그는 시빌만을 생각했다. 사랑의 작은 메아리가 다시 그에게 되돌아왔다. 그는 그녀의 이름을 반복해서 불러봤다. 이슬에 흠뻑 젖은 정원에서 노래하는 새들이 마치 꽃들에게 그녀에 관해 들려주고 있는 것만 같았다.

8

그는 정오가 한참 지나서야 잠에서 깼다. 하인은 그가 일어났는지 보려고 몇 번이나 발소리를 죽이며 방 안에 들어와 보고는, 젊은 주인이 어쩐 일로 이렇게 늦잠을 자는지 의아하게 생각했다. 마침내 그가 종을 울리자, 빅터는 차 한 잔과 편지 꾸러미를 오래된 작은 세브르 자기 쟁반에 받쳐 들고 조용히 들어와, 세 개의 높다란 창문 앞에 드리워진 반짝이는 푸른색 안감의 올리브색 새틴 커튼을 걷었다.

"주인님, 오늘 아침은 푹 주무셨군요."

그가 미소를 지으며 말했다.

"빅터, 지금 몇 시지?"

도리언 그레이가 졸린 듯한 목소리로 물었다.

"1시 15분입니다, 주인님."

벌써 시간이 이렇게 됐나! 그는 일어나 앉아 차를 몇 모금 마시고 나서 편지들을 뒤적거렸다. 그중에는 헨리 경의 편지도 있었는데, 그날 아침 인편으로 보낸 것이었다. 그는 잠시 망설이다가 그 편지를 옆으로 치워놓았다. 그러고는 나머지 편지들을 건성으로 펼쳐서 봤다. 평소와 다를 게 없는 일반적인 엽서들, 만찬 초대장들, 초대전 입장권들, 자선 콘서트 프로그램들 등등 이맘때면 아침마다 상류사회 젊은이들에게 쏟아지는 우편물들이었다. 양각 무늬가 있는 루이 15세풍의 은제 화장도구 한 세트에 대한 꽤 고액의 청구서도 있었다. 그는 불필요한 것들이 실은 필수품인 시대에 우리가 살고 있다는 것을 전혀 이해하지 못하는 아주 고지식한 후견인들에게 아직 이 청구서를 보낼 용기가 나지 않았다. 아주 공손한 말투로 얼마만큼의 돈이든 가장 합리적인 이자율로 즉시 빌려주겠다는 저민 가의 대부업자들이 보낸 서신도 몇 통 있었다.

10분쯤 뒤에 침대에서 일어난 그는 비단으로 수놓아 정성 들여 만든 캐시미어 가운을 걸치고, 마노가 깔린 욕실로 들어갔다. 오랜 시간 동안 잠을 잔 후라 차가운 물이 기분을 상쾌하게 해주었다. 그는 간밤에 겪었던 모든 일을 전부 잊은 것만 같았다. 어떤 기이한 비극에 자신이 빠져 있었다는 어렴풋한 느낌이 한두 차례 그의 뇌리를 스치긴 했지만, 꿈처럼 현실적이지 않은 느낌이었다.

그는 옷을 갖춰 입자마자 서재로 가서 열린 창문 가까이에 있는 작은 원탁 앞에 앉았다. 탁자 위에는 그를 위해 차려진 가벼운 프랑스식 아침 식사가 놓여 있었다. 더없이 아름다운 날이었다. 따뜻한 공기에 다양한 향기가 깃들어 있는 것 같았다. 벌 한 마리가 날아 들어와 그의 앞에 놓여 있는 유황빛 장미들이 가득 꽂힌 청룡 모양의 꽃병 주위를 윙윙거리며 날아다녔다. 그는 더없는 행복감을 느꼈다.

순간 갑자기 그의 시선은 초상화 앞에 드리워진 장막으로 향하고
는 깜짝 놀랐다.

"주인님, 너무 추우신가요? 창문을 닫을까요?"

하인이 탁자에 오믈렛을 내려놓으며 물었다.

도리언은 고개를 저었다.

"아니, 춥지 않아."

그가 나지막이 말했다.

그것이 모두 사실이었단 말인가? 초상화가 정말로 변했단 말인
가? 기쁜 표정이 사악한 표정으로 바뀐 듯 보인 것은 단순한 상상이
아니었을까? 물감으로 그려진 캔버스가 변할 리는 없지 않은가? 초
상화가 변했다는 것은 터무니없는 일이었다. 언젠가 바질에게 들려
줄 이야깃거리나 될 테고, 바질은 그냥 웃고 말 것이다.

하지만 그 모든 기억이 얼마나 생생한가! 처음에는 어스름한 동
틀 녘에, 이어 환한 새벽에 그는 일그러진 입술에 감도는 잔인한 표
정의 기색을 봤었다. 그는 하인이 방을 나갈까 봐 겁이 나기까지 했
다. 그가 혼자 남게 되면 초상화를 살펴볼 것이 분명했다. 지금 느끼
는 자신의 생각이 실제로 판명되지 않을까 두려웠다. 하인이 커피
와 담배를 갖다 주고 뒤로 돌아섰을 때, 도리언은 그에게 방에 머물
러 있어달라고 말하고 싶은 마음이 간절했다. 하인이 방을 나가고
문이 닫히는 순간, 도리언은 하인을 다시 불렀다. 하인은 그의 명령
을 기다리며 서 있었다. 도리언은 잠시 하인을 바라봤다.

"빅터, 누구든 날 찾아오면 집에 없다고 말하게."

그가 한숨을 내쉬며 말했다. 하인은 고개 숙여 인사하고 방을 나
갔다.

이제 도리언 그레이는 식탁에서 일어나 담배에 불을 붙였다. 그리고 초상화를 가린 장막 맞은편에 놓여 있는, 호화로운 쿠션들이 있는 소파에 털썩 주저앉았다. 꽤 오래된 장막은 금박을 입힌 스페인제 가죽으로 루이 14세풍의 다소 화려한 문양이 찍히고 수놓아져 있었다. 그는 호기심 어린 눈빛으로 장막을 유심히 바라보면서 혹시 과거에도 그것이 어느 한 인간의 삶의 비밀을 감춘 적이 있었을까 하는 의구심을 품었다.

결국엔 이걸 치워야 할까? 그냥 여기에 놔두면 어때서? 초상화의 진실을 알아봤자 어쩌겠는가? 만일 그것이 사실이라면, 끔찍한 일일테지. 사실이 아니라면, 무엇을 고민하겠는가? 하지만 운명적으로, 혹은 아주 우연히 다른 사람이 뒤에서 엿보고 이 끔찍한 변화를 목격하기라도 한다면 어쩌지? 만일 바질 홀워드가 찾아와서 자신이 그린 그림을 보자고 청하면 어쩌지? 바질은 틀림없이 그렇게 보여달라고 할 것이다. 그런 일이 있으면 안 돼. 당장 그림을 다시 살펴봐야겠어. 이렇게 끔찍한 의혹에 시달리느니, 어떤 일이라도 하는 편이 훨씬 나을 거야.

그는 일어나서 양쪽의 방문을 모두 잠갔다. 수치심의 가면을 살펴볼 때는 혼자 있어야 할 것이다. 이윽고 그는 장막을 걷어내고 초상화와 직접 대면했다. 그가 염려했던 일은 분명한 사실이었다. 초상화는 변해 있었다.

이후 그가 종종 적잖이 놀라며 떠올리곤 했듯이, 처음엔 거의 과학적인 호기심으로 초상화를 응시했다. 그처럼 변화가 일어날 수 있다니, 그로서는 믿을 수 없는 일이었다. 그렇지만 그것은 사실이었다. 캔버스 위에 형태와 색깔을 구체화한 화학적 원자와 그의 내면에 있는 영혼 사이에 어떤 미묘한 친화력이 있는 것일까? 과연 영혼의 생각을 화학적 원자들이 현실화할 수 있을까? 과연 영혼이 꾼 꿈을 화학적 원자들이 현실화할 수 있을까? 그게 아니면 어떤 다른 이유, 그보다 훨씬 더 소름 끼치는 이유라도 있었을까? 순간 그는 몸서리치며 두려움에 휩싸였다. 그는 다시 소파로 돌아가 누운 채 속이 메스꺼울 정도로 공포를 느끼면서 그림을 응시했다.

하지만 초상화가 자신을 위해 한 가지 한 일이 있다는 생각이 들었다. 자신이 시빌 베인을 얼마나 부당하게 대했는지, 그녀에게 얼마나 잔인하게 굴었는지 인식하게 해주었던 것이다. 그 잘못에 대해 보상하기에는 아직 늦지 않았다. 그녀는 여전히 그의 아내가 될 수 있을 것이다. 그의 비현실적이고 이기적인 사랑은 더 차원 높은 영향력 앞에 굴복할 것이고, 훨씬 고결한 열정으로 변할 것이다. 그리고 바질 홀워드가 그린 초상화는 인생을 살아가는 동안 삶의 지침이 되어줄 것이다. 누군가에게는 신성함이 그렇고, 누군가에게는 양심이 그렇고, 우리 모두에게는 하느님에 대한 두려움이 그렇듯이 말이다. 양심의 가책을 누그러뜨리는 아편도 있고, 도덕관념을 달래 잠재울 수 있는 마약도 있다. 하지만 이 초상화에는 타락한 죄악을 보여주는 상징이 있었다. 인간이 자신의 영혼에 끼친 파멸의 흔적이 영원히 남게 될 것이다.

3시, 4시 종이 울렸고, 이어 30분이 지났음을 알리는 종이 두 번 울렸지만 도리언 그레이는 꼼짝도 하지 않았다. 그는 이제 인생의 주홍색 실을 모아 하나의 문양을 짜려 애쓰고 있었다. 그는 자신이 헤매던 피처럼 붉은 열정의 미로에서 빠져나갈 길을 찾으려 애쓰고 있었다. 하지만 무엇을 해야 할지, 무슨 생각을 해야 할지 알 수 없었다. 마침내 그는 탁자 앞으로 다가가 자신의 잘못에 대한 용서를 구하고 자신의 미친 짓을 자책하면서 사랑했던 소녀에게 열정적인 편지를 썼다. 그는 격렬한 단어들로 슬픔을 토로하고, 그보다 더 격렬한 단어들로 괴로운 심정을 토해내며, 여러 장에 걸쳐 한 장 한 장 빼곡히 써 내려갔다. 자책은 일종의 사치였다. 우리는 자책할 때 다른 사람이 우리를 비난할 권리는 없다고 생각한다. 우리에게 죄를 사해주는 것은 고해이지 신부가 아닌 것이다. 도리언은 편지 쓰기를 마쳤을 때 자신이 이미 용서를 받았다고 느꼈다.

이때 갑자기 노크 소리가 났고, 이어 밖에서 헨리 경의 목소리가 들려왔다.

"여보게, 친구, 자넬 봐야겠어. 지금 당장 문을 열게. 자네가 이렇게 방 안에 틀어박혀 있는 꼴을 더는 못 보겠어."

도리언은 처음엔 아무런 대답도 하지 않고 그냥 조용히 있었다. 노크 소리는 점점 더 커졌다. 그래, 차라리 헨리 경을 들어오게 하고 자신이 어떻게 새로운 삶을 살려고 하는지 그에게 설명하는 편이 나을 것이다. 말다툼을 해야 한다면 그렇게 하고, 불가피하게 결별을 해야 한다면 그러는 편이 나을 것이다. 그는 벌떡 일어나 황급히 초상화를 장막으로 가리고, 곧 문을 열어주었다.

"도리언, 모든 게 너무 미안하네. 하지만 그 일을 너무 깊이 생각할 필요는 없어."

헨리 경이 방 안으로 들어서면서 말했다.

"시빌 베인에 대해서 말하는 건가요?"

젊은이가 물었다.

"그야 물론이지. 한편으로 끔찍한 일이긴 하지만, 자네 잘못은 아니었어. 자, 말해보게. 연극이 끝난 후에 무대 뒤로 가서 그녀를 만났나?"

헨리 경이 의자에 털썩 주저앉아 노란색 장갑을 천천히 벗으면서 대답했다.

"예."

"그럴 줄 알았어. 그녀와 한바탕 난리를 피웠겠군?"

"해리, 내가 너무 잔인하게 굴었어요. 지나치게 잔인했어요. 그렇지만 지금은 괜찮아요. 지난 일에 대해선 유감스럽게 생각하지 않아요. 오히려 그 일 덕분에 나 자신을 더 잘 알게 됐어요."

"오, 도리언, 자네가 그렇게 받아들이다니, 정말 기쁘군! 난 자네가 죄책감에 빠져 그 아름다운 곱슬머리를 쥐어뜯고 있을까 봐 걱정했다네."

"그 모든 걸 겪었어요. 지금은 더없이 행복해요. 무엇보다도 난 양심이 무엇인지 알게 됐어요. 양심이란 건 당신이 내게 말해준 것과는 달라요. 양심은 우리 내면에 있는 가장 신성한 거죠. 해리, 더는 양심에 대해서 비웃지 말아요. 적어도 내 앞에선요. 난 선해지고 싶어요. 내 영혼이 추악하다고 생각하면 견딜 수 없어요."

도리언이 고개를 젓더니 미소를 지으면서 말했다.

"도리언, 윤리에 대한 아주 매력적인 예술적 근거로군! 그런 통찰력을 얻은 점을 축하하네. 한데 어떻게 시작할 텐가?"

"우선 시빌 베인과 결혼부터 할 겁니다."

"시빌 베인과 결혼을 하겠다고!"

헨리 경이 너무 놀란 듯 몹시 당황스러운 표정으로 벌떡 일어나 도리언을 바라보며 소리쳤다.

"하지만 이보게, 도리언……."

"그래요, 해리. 당신이 무슨 말을 하려는지 알아요. 결혼에 관해서 끔찍한 말을 하려는 거죠. 부디 그런 말은 하지 말아요. 그런 따위의 이야기는 내게 다시는 하지 말아요. 이틀 전에 난 시빌에게 청혼했어요. 그녀에게 한 약속을 깨지 않을 거예요. 그녀는 내 아내가 될 거예요."

"자네의 아내가 되다니! 도리언…… 내가 보낸 편지 못 받았나? 오늘 아침 자네에게 편지를 써서 하인을 통해 보냈는데."

"당신 편지요? 아, 예, 기억납니다. 해리, 아직 읽지 않았어요. 마음에 안 드는 얘기가 있을 것 같아서요. 당신은 특유의 경구(警句)로 한 사람의 인생을 조각내놓잖아요."

"그럼 아무것도 모르고 있는 건가?"

"무슨 얘기죠?"

헨리 경은 방 안을 가로질러 다가가 도리언 그레이 곁에 앉아 그의 두 손을 잡고 꼭 쥐었다.

"도리언. 놀라지 말게, 내 편지는 시빌 베인이 죽었다는 걸 알려주는 내용이었네."

그가 말했다.

젊은이의 입술에서 고통에 겨운 비명이 터져 나왔고, 그는 이내 헨리 경의 손을 뿌리치며 자리에서 벌떡 일어섰다.

"죽다니요! 시빌이 죽다니요! 사실이 아니에요! 끔찍한 거짓말이에요! 어떻게 그런 말을 할 수 있어요?"

"도리언, 분명한 사실이네."

헨리 경이 진지하게 말했다.

"조간신문마다 온통 그 기사가 실렸네. 내가 올 때까지 누구도 만나지 말라는 당부를 하려고 편지를 썼네. 분명히 수사가 있을 거야. 자넨 이 일에 말려들어서는 안 돼. 파리에서라면 이 정도 일들로 상류사회에서 유명인사가 되겠지. 하지만 런던 사람들은 편견이 너무 심하잖아. 이곳에선 추문으로 사교계에 첫발을 들여서는 안 돼. 추문은 노년기의 흥밋거리로 남겨두어야지. 극장 사람들은 자네 이름을 모를 테지? 그렇다면 정말 다행이야. 혹시 그녀의 분장실에 자네가 들어가는 걸 본 사람이 있나? 그건 아주 중요한 문제야."

도리언은 잠시 아무런 대답을 하지 못했다. 그는 두려움으로 멍한 상태였다. 마침내 그가 숨이 막힌 듯한 목소리로 더듬더듬 입을 열었다.

"헤리, 수사라고 했나요? 그게 무슨 뜻이죠? 혹 시빌이…… 오, 헤리, 견딜 수가 없어요! 하지만 빨리 말해줘요. 당장에 모든 걸 털어놔요."

"도리언, 내 생각에 사고는 분명 아니었어. 공식적으로는 그렇게 발표될 수밖에 없을 테지만 말이야. 그녀는 12시 30분쯤에 어머니와 함께 극장을 나서다가 2층에 뭔가를 두고 왔다고 말했던 것 같아. 사람들이 얼마 동안 그녀를 기다렸지만 그녀는 끝내 내려오지 않았고, 결국 분장실 바닥에 쓰러져 죽은 채 발견되었지. 실수로 뭔가를, 아마 극장에서 사용하는 유독 물질을 들이켠 모양이야. 그 물질이 무엇인지는 모르겠지만, 청산이나 백연(白鉛)이 함유되어 있었겠지. 즉사한 걸로 보아 청산이었던 것 같아."

"헤리, 헤리, 끔찍해요!"

젊은이가 소리쳤다.

172

"그래, 물론 대단히 비극적인 일이지만, 자넨 이 일에 말려들어서는 안 되네.《더 스탠더드》*를 보니 그녀가 열일곱 살이더군. 난 그보다 어린 줄 알았어. 아주 어려 보이는 데다 연기에 대한 지식이 별로 없는 것 같았거든. 도리언, 자네, 이 일로 신경이 예민해질 필요는 없어. 자, 나와 함께 나가서 만찬을 즐기고, 그런 다음에는 오페라를 보러 가세. 오늘 밤엔 패티의 공연이 있어. 모두 그 공연을 보러 갈 거야. 자넨 내 여동생의 특별관람석에 앉으면 돼. 그 애가 멋진 여자들도 몇 명 데려올 거야."

"그러니까 내가 시빌 베인을 죽였군요."

도리언 그레이가 혼잣말처럼 말했다.

"내가 그녀를 살인한 거예요. 마치 그녀의 가녀린 목을 나이프로 벤 것처럼요. 그런 일이 벌어졌는데도 장미는 여전히 아름답네요. 새들은 변함없이 내 정원에서 행복하게 지저귀고 있고요. 그리고 나는 오늘 밤 당신과 만찬을 즐기고 오페라를 구경하고, 어딘가에서 뭔가를 먹게 되겠지요. 아, 인생이 정말 연극 같아요! 해리, 이 일들을 전부 책에서 읽었더라면 난 눈물을 흘렸을 거예요. 하지만 어쨌든 이 일이 실제로 내게 일어난 지금, 너무나 놀라워 눈물조차 나오지 않네요. 여기 내 평생 처음으로 열정을 바쳐 쓴 연애편지가 있어요. 괴이한 일이에요. 처음으로 열정을 바쳐 쓴 연애편지를 죽은 소녀에게 보내야 한다니 말이에요. 우리가 망자라고 부르는, 말없이 조용히 있는 창백한 그들도 뭔가를 느낄 수 있을까요? 시빌! 그

---

* 1860년에 창간된 대중 일간지《이브닝 스탠더드(*Evening Standard*)》.

녀는 느끼거나 알거나 들을 수 있을까요? 오, 해리, 내가 한때 그녀를 얼마나 사랑했는지요! 이제 그녀를 사랑했던 때가 몇 년은 지난 것처럼 느껴져요. 그녀는 내게 모든 것이었어요. 그런데 그 끔찍한 밤이 오고 말았지요. 정말 그것이 어젯밤이었던가요? 어젯밤 그녀의 연기는 너무나 형편없었죠. 그 때문에 난 가슴이 찢어지는 것만 같았지요. 그녀는 자신의 연기가 형편없었던 이유를 전부 설명해주었어요. 몹시 애처로웠어요. 하지만 내 마음을 조금도 움직이지 못했어요. 나는 그녀가 그저 천박하다고 생각했어요. 그런데 갑자기 나를 두렵게 만드는 일이 일어났어요. 어떤 일이었는지 말해줄 순 없지만, 정말 소름 끼치는 일이었어요. 난 다시 그녀에게 돌아가겠다고 말했어요. 내가 잘못했다는 생각이 들었지요. 그런데 이제 그녀가 죽다니. 맙소사! 맙소사! 해리, 난 이제 어떻게 해야 하지요? 당신은 내가 위험에 처해 있다는 걸 몰라요. 당신은 그 무엇도 나를 똑바로 잡아줄 수 없다는 걸 몰라요. 그녀는 나를 위해 그렇게 했을 거예요. 그녀에겐 자살할 권리가 없어요. 자살은 이기적인 짓이에요."

"이보게, 도리언."

헨리 경이 담뱃갑에서 담배 한 개비를 꺼냈고, 도금된 성냥갑을 꺼내며 대답했다.

"여자가 한 남자를 변화시킬 수 있는 유일한 방법은 남자를 완전히 따분한 인간으로 만들어 인생에 대해서 모든 흥미를 잃게 하는 것이지. 그 소녀와 결혼했더라면 자넨 비참해졌을 거야. 물론 자네는 그녀를 자상하게 대했겠지. 사람이란 관심 대상이 아닌 사람에게는 언제나 친절을 보이기 마련이니까. 하지만 자네가 그녀에게

174

아주 무관심하다는 걸 그녀는 금방 알아챘을 거야. 남편이 자신에게 무관심하다는 걸 알아챘을 때 여자들은 아주 촌스러워지거나, 다른 여자의 남편이 사주었을 게 분명한 아주 멋진 보닛을 쓰고 다닌다네. 사교계에서 빚을 물의에 대해선 말하진 않겠네. 그런 일은 비참한 결과를 가져올 거야. 물론 나는 그런 물의를 용납하지 않을 테지. 음, 하지만 분명히 말하는데, 어떻든 간에 모든 일이 완전히 실패로 끝나고 말았을 거라네."

"그랬을 테죠. 그래도 그것이 내 의무라고 생각했어요. 하지만 결국엔 끔찍한 비극이 일어나 옳은 일을 할 수 없게 됐으니, 이게 내 잘못은 아니지요. 한때 당신이 내게 한 말이 기억나는군요. 선한 결심엔 운명적인 불운이 깃들어 있다고, 선한 결심은 항상 너무 늦게 이루어진다고 말했었죠. 내 경우가 바로 그렇군요."

젊은이가 방 안을 왔다 갔다 하며 무서울 정도로 창백한 얼굴로 투덜댔다.

"선한 결심은 과학적인 법칙과 상충하는 쓸모없는 시도지. 그런 결심은 순전히 허영심에서 나오는 거야. 그런 결심의 결과는 아무런 것도 없어. 가끔 그런 결심은 나약한 사람들에게 매력적으로 느껴지는 사치스럽고 메마른 감정들을 심어주기도 하지. 선의의 결심에 대해 말할 수 있는 건 이게 다야. 선의의 결심이란 계좌도 없는 은행에서 발급받은 수표일 뿐이야."

"해리. 왜 이 비극이 생각만큼 슬프지 않을까요? 내가 냉혹한 사람은 아니라고 생각하는데요. 안 그래요?"

도리언 그레이가 헨리 경에게 다가와 곁에 앉으며 외쳤다.

"도리언, 자신을 냉혹한 사람으로 부르기에는 자네가 지난 2주

동안 어리석은 짓을 너무 많이 했어.”

헨리 경이 다정하면서도 침울하게 미소를 지으며 대답했다.

젊은이는 눈살을 찌푸렸다.

“해리, 그런 식으로 해석하는 건 마음에 안 들어요. 하지만 나를 냉혹하다고 생각하지 않으니 다행이군요. 난 그런 사람이 아니에요. 난 그런 사람이 아니란 걸 알아요. 그렇지만 나는 이번에 일어난 일이 내게 별 영향을 미치지 않는다는 걸 인정할 수밖에 없어요. 당연히 크게 영향을 미쳤어야 할 텐데 말이에요. 그저 훌륭한 연극의 훌륭한 결말로밖에 느껴지지 않아요. 그 연극에는 그리스 비극의 소름 끼치는 아름다움이 모두 깃들어 있는 것 같아요. 그 비극에서 나는 중요한 역할을 맡았지만, 결코 상처를 입지 않았어요.”

도리언이 대답했다.

“흥미로운 논점이군.”

헨리 경은 젊은이의 무의식적인 자기중심주의를 건드리며 격렬한 쾌감을 느꼈다.

“대단히 흥미로운 논점이야. 그 문제에 대한 올바른 설명은 바로 이러하네. 종종 인생의 진짜 비극은 그 거친 폭력성, 완전한 모순, 터무니없을 정도의 의미 결핍, 양식의 완전한 결핍 등과 같이 우리에게 상처를 주는, 아주 비예술적인 방식으로 일어나는 거야. 비극은 저속함이 영향을 미치는 것과 똑같이 우리에게 영향을 미치지. 비극은 우리에게 순전히 폭력이라는 인상을 주고, 우리는 그것에 반감을 갖지. 하지만 살아가는 중에 이따금 아름다움이라는 예술적 요소를 지닌 비극이 우리에게 찾아올 때도 있지. 만일 이러한 아름다움이라는 요소가 실재한다면, 모든 것이 그저 극적인 효과에 대한 우리의 감각에 호소하게 될 거야. 그러면 갑자기 우리는 자신이 이제 연극 배우가 아니라 관객이란 걸 깨닫게 되지. 아니, 오히려 둘 다라고 해야겠군. 우리가 스스로를 지켜보다보면, 그 광경의 단순한 경이로움에 매혹되고 말지. 지금의 경우에 실제로 일어난 일이 무엇인가? 한 여인이 자네를 사랑해서 스스로 목숨을 끊은 것이지. 나도 그런 경험을 한번쯤 해봤더라면 좋았을 텐데. 그런 경험을 했더라면, 나는 여생 동안 사랑을 사랑했을 거야. 나를 흠모한 사람들, 아주 많지는 않지만 몇 사람은 있었지. 그들은 내가 더는 그들을 좋아하지 않게 됐거나 그들이 나를 좋아하지 않게 된 뒤에도 변함없이 잘 살아가더군. 그들은 이제 뚱뚱하고 따분한 여자들이 됐지만, 나를 만날 때면 당장에 옛 추억에 빠져들곤 하지. 여자들의 기억력이란 무섭지! 정말 여자들의 기억력은 가공할 만해! 그리고 실체가 드러난 그들의 텅 빈 지적 상태는 어떻고! 사람은 인생이라는 색채를 흡수해야 하지만, 그 세세한 것들까지 기억해서는 안 된다네. 세세한 것들은 항상 천박하거든."

"정원에 양귀비* 씨를 뿌려야겠어요."

도리언이 한숨을 쉬며 말했다.

"그럴 필요 없어."

헨리 경이 대답했다.

"인생은 언제나 양손에 양귀비꽃을 가지고 있으니. 물론 이따금 오랫동안 머무는 것들도 있지. 한때 나는 결코 죽지 않을 것만 같았

---

* 양귀비는 망각의 꽃으로 알려져 있다.

던 로맨스를 예술적으로 애도하는 수단으로 한 계절 내내 보라색 옷만 입은 적이 있어. 하지만 결국 그 로맨스도 끝나고 말았지. 나는 무엇이 그 로맨스를 죽였는지 기억이 나지 않아. 아마도 나를 위해서라면 온 세상이라도 바치겠다는 그녀의 구혼이었을 거야. 그런 때는 언제나 끔찍한 순간이지. 영원에 대한 공포가 온몸을 휘어잡았지. 으음, 자네, 믿을 수 있겠나? 일주일 전에 말이야, 햄프셔 부인의 저택에서 만찬을 들었는데, 바로 그 문제의 여인이 내 옆 자리에 앉게 된 거야. 그녀는 과거의 일을 들추어내고 미래를 들먹이며 모든 얘기를 다시 반복해서 떠들어대더군. 난 이미 내 로맨스를 아스포델* 화단에 묻어버렸는데 말이야. 그럼에도 그녀는 그것을 다시 파내서, 내가 자신의 인생을 망쳤다고 확인시켜주는 거야. 그날 그녀가 엄청나게 먹어댔다는 얘기를 해야겠구먼. 그러니 나로서는 조금도 걱정될 게 없었지. 그녀의 그런 모습은 정말 몰상식해 보였어! 과거의 한 가지 매력은 그것이 과거라는 점이지. 하지만 여자들이란 막을 언제 내렸는지를 몰라. 여자들은 언제나 제6막을 원하지. 그러니 연극의 감흥이 완전히 사라지자마자 연극을 계속하자고 제안하는 거야. 만일 자기들이 원하는 대로 하도록 들어주었다간, 희극은 전부 비극으로 끝나고 비극은 전부 익살극으로 끝나고 말 거야. 여자들은 자기 자신은 매력적으로 잘 꾸밀 줄 알면서도 예술적 감각이 없어. 그래도 자넨 나보다 운이 좋아. 도리언, 단언하건대 내가 만났던 여자들 중에는 시빌 베인이 자네를 위해 했던 일을 나를

---

* 백합과의 식물.

위해 해줄 만한 여자가 단 한 명도 없었어. 보통 여자들은 항상 자기 자신을 위로하는 데만 신경 쓰지. 그들 중 일부는 감상적인 색깔을 탐닉하는 걸로 자신을 위로하기도 하지. 그리고 신뢰하지 말아야 할 여자가 있어. 바로 나이와 상관없이 연자주색 옷을 입는 여자와, 서른다섯 살이 넘어서도 분홍색 리본을 좋아하는 여자야. 그런 여자들은 항상 과거가 있다는 뜻이거든. 어떤 여자들은 갑자기 자기 남편의 좋은 점들을 발견하는 걸로 커다란 위안을 얻곤 하지. 그런 여자들은 마치 가장 매력적인 죄악이라도 되는 듯이 사람들 앞에서 대놓고 부부애를 과시하지. 그런가 하면 종교에서 위안을 찾는 여자들도 있어. 예전에 한 여자는 종교의 신비로움에 연애의 온갖 매력들이 깃들어 있다고 말했었지. 난 그 말 뜻을 잘 이해할 수 있어. 게다가 자신이 죄인이라는 말을 듣는 것만큼 사람을 헛되게 만드는 건 없어. 양심은 우리 모두를 이기주의자로 만들지. 그래, 현대 생활에서 여자들이 찾는 위로들은 정말 끝이 없어. 하지만 사실 난 가장 중요한 위로에 대해선 아직 언급하지 않았다네."

"해리, 그게 뭐죠?"

젊은이가 무관심한 듯이 말했다.

"오, 아주 확실하게 위로받는 방법인데, 바로 자기 애인을 빼앗겼을 때 다른 사람의 애인을 빼앗는 거야. 상류사회에서 여자는 항상 그런 식의 속임수를 쓰지. 하지만 도리언, 시빌 베인은 우리가 흔히 만나는 여자들과는 정말 다른 여자였던 게 분명해! 그녀의 죽음에는 뭔가 아름다운 것이 있다는 느낌이 들어. 그처럼 놀라운 일들이 일어나는 시대에 살고 있다는 게 흐뭇하네. 그런 일들은 로맨스, 정열, 사랑 따위처럼 우리가 막연하게 마음속에 품고 있는 것들이 실제로 존재한다고 믿게 해주거든."

"전 그녀에게 너무나 잔인하게 굴었어요. 당신은 그걸 잊었군요."

"여자들이 잔인함을, 노골적인 잔인함을 그 무엇보다 높이 평가하지 않을까 두렵네. 여자들은 놀라울 정도로 원시적인 본능을 지니고 있어. 우리가 여자들을 해방시켰지만, 그들은 여전히 노예로 남아 주인을 찾고 있잖아. 여자들은 지배받는 걸 정말 좋아해. 자네의 잔인한 행동은 분명 멋졌을 거야. 난 자네가 실제로 크게 화를 내는 모습을 본 적이 없지만, 자네의 그런 모습이 얼마나 멋졌을지는 상상할 수 있겠네. 그리고 어쨌든 자네가 그저께 내게 했던 말이 당시엔 그저 공상에 불과해 보였는데, 이제 보니 확실한 진실이었군. 바로 그것에 이 모든 일에 대한 열쇠가 있는 거야."

"해리, 그게 뭐죠?"

"자넨 내게 말했지. 시빌 베인은 자네에게 모든 연애소설의 여주인공들을 대변해준다고. 그녀는 어느 날 밤 데스데모나가 되었다가, 다른 날 밤엔 오필리어가 되곤 한다고 말이야. 또 줄리엣으로 죽는다 해도 이모겐으로 소생한다고 말했었잖아."

"이제 그녀는 다시 살아나지 못할 거예요."

젊은이는 두 손으로 얼굴을 감싸며 중얼거렸다.

"그래, 그녀는 결코 다시 살아나지 못하지. 그녀는 마지막 배역을 마쳤어. 하지만 초라한 분장실에서의 외로운 죽음을 그저 제임스 1세 시대 비극의 기이하고 으스스한 장면으로, 웹스터나 포드, 시릴 터너(Cyril Tourneur)의 작품에 등장하는 놀랄 만한 장면 정도로 생각해야만 하네. 그 소녀는 실제로 살아 있던 적이 없었지. 그러니 실제로 죽은 것도 아니야. 적어도 그녀는 자네에게 언제나 꿈과 같은 존재였고, 셰익스피어의 희극 속을 날아다니며 희곡들을 보다 더 아름답게 만들어준 환영이었으며, 셰익스피어의 음악을 더욱더 풍부하고 기쁨으로 가득 차게 해준 갈대 피리였지. 그러니 그녀가 실제 삶과 접촉하는 순간 삶을 망가뜨렸고 삶 또한 그녀를 망가뜨린 거야. 그래서 그녀는 세상을 떠났다네. 원하면 오필리아의 죽음을 애도하게나. 코딜리어가 목이 졸려 숨졌으니 자네의 머리에 재를 뿌리게나. 브라반시오의 딸*이 죽었으니 하늘을 향해 절규하게나. 하지만 시빌 베인 때문에 눈물을 낭비하진 말게. 그녀는 셰익스피어 희곡 속 여주인공들보다 더 현실성이 없는 여자였으니까."

침묵이 흘렀다. 저녁이 되자 방 안에 어둠이 깔렸다. 그림자들이 은색의 두 발로 정원에서 방 안으로 소리 없이 기어 들어왔다. 사물들은 지친 듯 서서히 색깔을 잃어갔다.

얼마의 시간이 지난 후 도리언 그레이가 고개를 들었다.

"해리, 나에 대해서 잘 설명해주었어요. 당신이 해준 말들은 나도 전부 느끼고 있었지만, 어쩐지 그 느낌이 두려웠어요. 그걸 나 자신에게도 표현할 수 없었어요. 어쩌면 나에 대해 그토록 잘 알죠! 하지만 이번 일에 대해선 더는 이야기하지 말죠. 저한테 이번 일은 놀라운 경험이었어요. 그뿐이에요. 인생이 여전히 나를 위해 이처럼 놀라운 일들을 준비해놓고 있을지 의문이에요."

그가 다소 안도의 한숨을 쉬며 나지막이 말했다.

"도리언, 인생은 자네를 위해 모든 걸 준비해놓고 있어. 자네의

---

*   셰익스피어의 희곡 〈오셀로〉의 여주인공인 데스데모나를 말한다.

그 빼어난 외모로 못할 일은 아무것도 없어."

"하지만 해리, 나도 초췌해지고 늙고 주름이 질 텐데요? 그땐 어떻게 하지요?"

"아, 그땐……."

헨리 경이 그만 떠나려고 일어서며 말했다.

"이보게, 도리언, 그땐 승리하기 위해 싸워야만 할 거야. 사실상 지금은 승리가 알아서 자네에게로 찾아오지. 아니, 자넨 반드시 멋진 외모를 간직해야만 해. 우리는 현명하기에는 너무 많은 책을 읽고, 아름답기에는 너무 많은 생각을 하는 시대에 살고 있어. 우리에게 자네가 꼭 필요해. 자, 이제 옷을 입고 함께 클럽에 가는 게 좋겠군. 사실 우린 좀 늦었어."

"해리, 이따가 오페라극장에서 만나는 게 좋겠어요. 난 너무 지쳐서 아무것도 못 먹겠어요. 여동생 분의 관람석 번호가 어떻게 돼죠?"

"아마 27번일 거야. 그랜드 티어*지. 문 앞에서 그 애의 이름을 볼 수 있을 거야. 함께 가서 만찬을 들 수 없다니, 섭섭하군."

"저녁을 먹고 싶은 생각이 없어요. 하지만 당신이 해준 말은 대단히 고마워요. 당신은 분명 내 가장 좋은 친구예요. 당신만큼 나를 이해해준 사람은 아무도 없었어요."

도리언이 힘없이 말했다.

"도리언, 우리의 우정은 이제 시작일 뿐이네. 그럼 가보겠네. 9시

---

* 무대 앞 1등석 위층에 마련된 객석.

30분이 되기 전에 왔으면 좋겠네. 잊지 말게, 패티가 노래할 예정이라는 걸."

헨리 경이 도리언과 악수하며 말했다.

도리언 그레이는 문을 닫고 종을 울렸다. 그러자 잠시 후 빅터가 램프를 들고 나타나 블라인드를 내렸다. 도리언 그레이는 그가 나가기를 초조하게 기다렸다. 하인이 무슨 일이든 시간을 질질 끄는 것만 같았다.

하인이 방에서 나가자마자 도리언은 그림 앞으로 황급히 다가가 장막을 걷었다. 변한 것이 없었다. 그림에는 더 달라진 게 없었다. 그가 시빌 베인의 죽음에 대한 소식을 듣기도 전에 초상화는 이미 그 일을 알고 있었던 것이 분명했다. 초상화는 인생에서 그에게 일어나는 사건들을 순간순간 느끼고 있었다. 초상화의 섬세한 입술 선을 일그러뜨린 사악한 잔인함은 어떤 종류든 간에 소녀가 독약을 들이켠 바로 그 순간에 나타난 것이 틀림없었다. 아니, 이 초상화가 벌어진 결과와는 아무 상관이 없는 것은 아닐까? 단지 영혼 안에서 스쳐가는 것을 인지했던 것일까? 그는 의아해하며 언제든 초상화가 변하는 광경을 두 눈으로 볼 수 있기를 바랐다. 순간 그런 생각에 몸서리를 쳤다.

불쌍한 시빌! 정말 얼마나 멋진 로맨스였던가! 그녀는 자주 무대 위에서 죽음을 흉내 내곤 했다. 그래서 사신(死神)이 그녀에게 덮쳐 그녀를 데리고 갔다. 그녀는 그 무시무시한 마지막 장면을 어떻게 연기했을까? 그녀는 죽어가면서 그를 저주했을까? 아니, 그녀는 그에 대한 사랑 때문에 죽었던 것이다. 그러니 사랑은 이제 그에게 바치는 영원한 성찬이 될 것이다. 그녀는 자신의 생명을 바침으로써 모든 죄를 씻었다. 그는 극장에서의 그 끔찍한 밤에 그녀가 자신에게 안겨주었던 고통을 더는 생각하지 않을 작정이었다. 그녀를 생각할 때면 사랑에 대한 최상의 실체를 보여주기 위해 세상의 무대 위에 등장한 경이로운 비극적 인물로 떠올리게 될 것이다. 경이로운 비극적 인물이라? 그녀의 어린아이 같은 표정, 쾌활하며 공상 어린 모습, 부끄럼을 잘 타며 겁이 많았던 우아한 모습을 떠올리자 눈물이 왈칵 쏟아졌다. 그는 황급히 눈물을 닦고 다시 그림을 바라 봤다.

정말 선택해야 할 시간이 다가온 것만 같았다. 아니, 이미 선택을 한 것이 아니었던가? 그렇다, 인생은 그를 위해, 그의 인생, 그의 삶에 대한 무한한 호기심을 위해 이미 결정을 해놓았던 것이다. 영원한 젊음, 무한한 열정, 미묘하고 은밀한 쾌락, 격렬한 기쁨, 그리고 더욱더 격렬한 죄악들. 이 모든 것을 소유하리라 결심했다. 그의 치욕스러운 짐은 초상화가 모두 짊어질 것이다. 그뿐이었다.

캔버스 위의 아름다운 얼굴에 예비되어 있는 신성모독을 생각하니 고통이 엄습했다. 한때는 소년처럼 나르시스를 흉내 내며, 지금은 잔인하게 그를 향해 미소 짓고 있는 저 그림 속 입술에 입을 맞추거나 입을 맞추는 척했었다. 매일 아침마다 그는 초상화 앞에 앉아 그 아름다움에 경탄하며 거의 매료되다시피 했고, 가끔은 완전히 반해버리곤 했었다. 이제 초상화는 그의 기분에 따라 매번 변하게 될까? 이제 그림은 기괴하고 역겨운 것이 될 테니, 잠긴 방 안에 숨겨두어야 하지 않을까? 물결이 이는 듯한 경이로운 머리카락을 종종 더욱더 반짝이는 금빛으로 물들였던 햇빛마저 차단해야만 하는 걸까? 안타까운 일이다! 안타까운 일이야!

한동안 그는 자신과 그림 사이에 존재하는 소름 끼치는 교감이 끝나기를 기도해볼까 생각했다. 그 그림은 기도에 응답해서 변한 것이었다. 그렇다면 어쩌면 기도에 대한 응답으로 그림이 더는 변하지 않을지도 모른다. 하지만 그 기회가 아무리 공상적이라 하더라도, 아무리 파멸적인 결과가 뒤따른다 할지라도, 인생에 대해 조금이라도 아는 사람이라면 영원히 젊음을 유지할 수 있는 기회를 그 누가 마다하겠는가? 게다가 그림이 정말 그의 통제하에 있을까? 정말로 기도했다고 해서 자신을 대신할 그림이 생겼다고 할 수 있을까? 혹시 이 모든 일에 어떤 신기한 과학적 이유가 있지 않을까? 생각이 살아 있는 유기체에 영향을 미칠 수 있다면, 생명이 없는 무생물에도 영향을 미칠 수 있지 않을까? 아니, 생각이나 의식적 욕망 없이도, 우리와 무관한 사물들이 우리의 기분이나 열정과 조화를 이루며 은밀한 사랑이나 기묘한 친화력 속에서 원자를 부르는 또다른 원자를 진동시키는 것은 아닐까? 하지만 그 이유가 중요하지는 않았다. 그는 다시는 기도로 무시무시한 힘을 유혹하지 않을 것이다. 만일 그림이 애초에 변할 예정이었다면 변할 수밖에 없었다. 그뿐이었다. 왜 그것을 아주 면밀히 조사하려 든단 말인가?

그림을 바라보는 것에서 진정한 기쁨을 느끼게도 될 것이다. 그는 자신의 마음을 따라 그 은밀한 곳들로 들어갈 수 있을 것이다. 이 초상화는 그의 가장 마술적인 거울이 될 것이다. 초상화는 그에게 자신의 몸을 보여주듯이 자신의 영혼도 보여줄 것이다. 초상화에 겨울이 닥쳤을 때도 그는 여름의 문턱에서 봄이 전율하는 자리에 여전히 서 있을 것이다. 초상화의 얼굴에 핏기가 사라지고 게슴츠레한 눈에 백악질의 창백한 마스크만 남았을 때도 그는 소년 시절의 매력을 간직할 것이다. 사랑스러운 그의 꽃은 한 송이도 영원히 시들지 않을 것이다. 그의 생명 고동은 결코 약해지지 않을 것이다. 그리스의 신들처럼 그는 강하고 빠르고 즐겁게 살 것이다. 캔버스 위에 채색한 이미지에 어떤 일이 생기든 무슨 상관인가? 그는 안전할 것이다. 바로 그 사실이 가장 중요한 점이었다.

그는 미소를 지으며 원래대로 그림 앞에 장막을 쳤다. 그리고 하인이 벌써 그를 기다리고 있는 침실로 향했다. 한 시간 후에 그는 오페라극장에 있었고, 헨리 경은 의자에 기대고 앉아 있었다.

9

다음 날 아침, 도리언 그레이가 아침을 먹기 위해 식탁에 앉아 있는데 바질 홀워드가 방 안으로 모습을 드러냈다.

"도리언, 자네를 보게 되어 정말 기쁘군."

그가 근심 어린 목소리로 말했다.

"어젯밤 자네를 찾아왔는데, 오페라극장에 갔다고 하더군. 물론 나는 그럴 리가 없다고 생각했지. 그렇지만 자네가 정말로 어디 갔는지 전갈이라도 남겨두었더라면 좋았을 텐데 그랬어. 하나의 비극이 또 다른 비극을 불러오지 않을까 걱정하며 끔찍한 저녁을 보냈다네. 자네, 그 소식을 들었다면 그 즉시 내게 전보를 보냈을 테지. 난 클럽에서 《더 글로브》의 최신판을 집어 들었다가 아주 우연히 소식을 읽게 됐네. 그 소식을 접하자마자 자네를 보러 왔는데, 자네가 없다는 말에 얼마나 불안감이 들었는지 모르네. 그 모든 일에 대해 듣고서 내가 얼마나 가슴 아팠는지 말로 다 표현할 수가 없어. 자네가 얼마나 괴로웠을지 알고 있네. 한데 어디에 있었나? 그 아가씨의 어머니를 뵈러 갔었나? 나도 자네를 따라 그곳에 가볼까 잠깐 생각하기도 했지. 신문에 주소가 나와 있더군. 유스턴 거리 어디라고 하던데, 그렇지 않나? 하지만 덜어주지도 못할 슬픔에 괜히 끼어드는 게 아닌가 싶더군. 불쌍한 여자야! 얼마나 가슴이 미어지겠는가! 더구나 외동딸이잖나! 아가씨의 어머니는 그 일에 대해 뭐라고 하던가?"

"이봐요, 바질, 내가 그걸 어떻게 알아요?"

도리언이 베네치아산 유리잔에 담긴, 은은한 금빛 구슬 같은 거품이 이는 연노란색 와인을 홀짝이며 불만 어린 목소리로 말했다. 그 순간 그는 아주 따분한 듯한 표정을 보였다.

"난 오페라극장에 있었어요. 당신도 그리로 왔으면 좋았을 텐데 그랬군요. 난 그곳에서 해리의 여동생인 그웬돌렌(Gwendolen) 부인을 처음 만났어요. 우리는 그녀의 특별석에 있었어요. 그녀는 무척 매력적이더군요. 패티의 노래는 성스러웠고요. 끔찍한 일에 대해선 말하지 말아요. 아무 말도 하지 않으면 결코 일어난 일이 아니죠. 해리가 했던 말처럼, 어떤 일들에 실체를 부여하는 건 단지 표현일 뿐이에요. 시빌이 그 여자의 유일한 자식은 아니라는 말은 해야 할 것 같군요. 아마 아들이 하나 있을 텐데, 아주 잘생긴 녀석일 거예요. 하지만 그는 무대에 서지 않아요. 선원이라나 뭐라나. 그건 그렇고, 요즘은 어떻게 지내죠? 무슨 그림을 그리는지 말해봐요."

"뭐, 오페라를 보러 갔었다고?"

홀워드가 아주 천천히 말했는데, 그의 목소리에는 고통스러운 긴장감이 묻어났다.

"시빌 베인이 초라한 극장 숙소에 죽은 채 누워 있는 동안 자네는 오페라를 보러 갔다고? 자네가 사랑했던 소녀가 무덤에서 평온히 잠들기도 전에 어떻게 다른 여자가 매력적이라고, 패티의 노래가 성스럽다고 말할 수 있는 건가? 아, 이봐, 시빌의 작은 하얀 시신에 끔찍한 일들이 일어날 거라고!"

"그만해요, 바질! 더는 듣고 싶지 않아요! 그런 얘기는 이제 내게 하지 말아요. 이미 벌어진 일은 벌어진 일이에요. 과거는 과거일 뿐이죠."

도리언이 자리에서 벌떡 일어나며 소리쳤다.

"자넨 어제를 과거라고 말하는가?"

"실제 시간이 얼마나 지났는지가 그 일과 무슨 상관이에요? 천박한 사람들이나 감정을 정리하는 데 몇 년씩 걸리는 거죠. 스스로의 주인인 사람은 기쁨을 만들어낼 수 있는 만큼이나 쉽게 슬픔도 끝낼 수 있어요. 난 감정에 휘둘리고 싶지 않아요. 난 감정을 이용하고, 즐기고, 지배하고 싶어요."

"도리언, 무서운 소릴 하는군! 무엇 때문인지 몰라도 자넨 완전히 딴사람이 되어버렸어. 지금 자네는 매일같이 내 화실에 찾아와 모델이 되어주던 멋진 소년의 모습 그대로인데 말이야. 하지만 그땐 수수하고 꾸밈없고 애정이 넘쳤지. 세상에서 가장 때 묻지 않은 존재였어. 한데 지금 자네에게 무슨 일이 일어났는지 모르겠군. 자넨 마음도, 연민의 감정도 없는 사람처럼 말하고 있잖아. 이건 모두 해리의 영향이야. 바로 그 때문이란 걸 알겠어."

얼굴이 붉어진 젊은이는 창가로 다가가 쏟아지는 햇빛을 받으며 아른거리는 초록색 정원을 잠시 바라봤다.

"바질, 난 해리에게 많은 신세를 졌어요. 당신에게 진 신세보다 훨씬 더 많아요. 당신은 내게 허세 부리는 것만 가르쳐줬죠."

그가 마침내 입을 열었다.

"음, 도리언, 그래서 지금 내가 벌을 받고 있는 거로군. 아니면 언젠가 벌을 받게 되거나 말이야."

"바질, 무슨 말을 하는지 모르겠군요. 당신이 원하는 게 뭔지 모르겠어요. 도대체 뭘 원하죠?"

도리언이 돌아서며 큰 소리로 말했다.

"내가 자네를 그리곤 했던 때의 도리언 그레이를 원해."

화가가 애처로운 목소리로 말했다.

"바질. 당신은 너무 늦게 왔어요. 어제 시빌 베인이 자살했다는 소식을 들었을 때……."

젊은이가 다가와 그의 어깨 위에 손을 얹으며 말했다.

"자살을 했다고! 맙소사! 그게 정말인가?"

홀워드가 공포 서린 표정으로 도리언을 쳐다보며 소리쳤다.

"이봐요, 바질! 통속적인 사고였다고 생각하는 건 아니겠죠? 당연히 그녀는 자살했어요."

바질은 두 손으로 얼굴을 감싸 안았다.

"정말 무서운 일이야."

바질이 중얼거리며 몸서리를 쳤다.

"아니에요. 무서워할 일은 아니에요. 이 일은 이 시대의 가장 낭만적인 비극 가운데 하나예요. 보통 연극을 하는 사람들은 가장 진부한 생활을 영위하죠. 그들은 좋은 남편이거나 충실한 아내거나, 그런 따분한 사람들이죠. 내 말 뜻을 알 거예요. 소위 중산층의 미덕이라든가, 그런 따위의 모든 것 말이에요. 시빌은 정말 달랐어요! 그녀는 자신만의 가장 아름다운 비극적인 삶을 살았어요. 그녀는 언제나 여주인공이었지요. 그녀가 마지막 연기를 한 그날 밤, 당신이 그녀를 본 그날 밤에 그녀의 연기가 형편없었던 이유는 사랑의 실체를 깨달았기 때문이에요. 그녀는 사랑이 실재하지 않는다는 걸 깨달았을 때, 줄리엣이 그랬듯이 죽음을 선택했어요. 그렇게 죽음을 선택함으로써 그녀는 다시 예술의 영역으로 들어선 거예요. 그녀에겐 순교자적인 면이 있어요. 그녀의 죽음에는 순교에서 느껴지는 애처로운 무익함, 헛된 아름다움만이 깃들어 있어요. 하지만 이렇게 말한다고 해서 내가 전혀 고통을 느끼지 않았다고 생각 하지는 말아요. 어제 특정한 시간, 그러니까 5시 30분이나 어쩌면 6시 15분쯤 왔더라면 내가 눈물을 흘리는 모습을 봤을 거예요. 심지어 그 소식을 가지고 이곳에 왔던 해리조차도 사실상 내가 얼마나 괴로워하고 있었는지 모르더군요. 난 무척 괴로웠어요. 그렇지만 이윽고 괴로움이 사라지더군요. 한 가지 감정을 되풀이할 순 없어요. 감상주의자가 아니고서야 누가 그러겠어요. 내 심장이 이런데, 바질, 당신의 행동은 정말 온당치 못하군요. 당신은 나를 위로하러 이곳에 왔죠. 그 점은 고마워요. 한데 내가 스스로 슬픔을 달래는 걸 알고는 그토록 화를 내나요? 그게 인정 많은 사람이 할 짓인가요! 당신은 해리가 내게 들려준 어떤 박애주의자 이야기를 상기시켜주는군요. 정확한 이유는 기억나지 않지만, 어떤 불만의 원인을 제거하기 위해서였는지 불법을 개정하기 위해서였는지 그 박애주의자는 20년 인생을 바쳤다는 거예요. 마침내 그는 추구하는 일에 성공했지만, 그때까지 느껴보지 못한 커다란 실망감을 느꼈다고 하더군요. 아무런 할 일이 없게 된 그는 권태로움에 죽을 지경이 되자 고질적인 염세주의자가 되었지요. 바질, 한 가지 꼭 부탁하고 싶은 말이 있어요. 진심으로 나를 위로하고 싶다면, 차라리 내게 닥친 지난 일을 잊는 방법이라든가, 아니면 올바른 예술적 관점에서 그 지난 일을 볼 수 있는 방법을 가르쳐줘요. '예술의 위안'에 대한 글을 쓴 사람이 고티에*였던가요? 언젠가 당신 화실에서 고급 피지로 표지를 만든 작은 책을 집어 들었다가, 우연히 유쾌한 구절을 읽은 기억이 나는군요. 글쎄요, 난 우리가 함께 말로(Marlow)에 내려갔을 때 당신이 말해주었던 그 젊은이와는 달라요. 살아가면서 닥친 어떤 불행이라도 노란색 공단만 있으면 위로를 받을 수 있다고 말하곤 했다던 그 젊은이와는 다르단 말이에요. 나는 만지고 다룰 수 있는 아름다운 물건들을 아주 좋아해요. 오래된 문직(紋織), 청동 제품, 칠기 작품, 상아 조각품, 아름다운 경치, 사치품, 화려한 것, 이 모든 것에서 많은 것을 얻을 수 있어요. 하지만 그것들이 창조해내는, 혹은 여하튼 드러내는 예술적 기운이 내게 훨씬 더 큰 위안을 줘요. 해리의 말처럼, 자기 인생의 구경꾼이 되는 것이 인생의 고통에서 벗어나는 길이지요. 이런 내 말에 당신이 무척 놀라고 있다는 걸 알아요. 당신은 내가 얼마나 성숙해졌는지 모를 거예요. 당신을 처음 만났을 때만 해도 난 그저 어린아이였죠. 하지만 이젠 남자가 되었어요. 새로운 열정, 새로운 생각, 새로운 의식을 갖게 됐어요. 난 달라졌지만 당신은 예전처럼 변함없이 날 좋아해야 돼요. 나는 변했지만 당신은 언제나 내 친

---

* 피에르 쥘 테오필 고티에(Pierre Jules Théophile Gautier, 1811~1872). 프랑스의 시인, 소설가, 비평가로 '예술을 위한 예술'을 주창한 탐미주의의 선구자이다.

구로 남아 있어야 해요. 물론 나는 해리를 무척 좋아해요. 하지만 당신이 해리보다 좋은 사람이라는 걸 알아요. 당신은 강하지는 않지만— 당신은 인생을 너무 두려워하잖아요— 더 좋은 사람이에요. 게다가 우리는 함께 정말 행복한 시간을 보냈지요! 바질, 내 곁을 떠나지 말아요. 우리 이제 더는 싸우지도 말아요. 잘 봐요, 지금의 내 모습이 나예요. 그 이상 무슨 말이 필요하겠어요."

도리언 그레이가 말했다.

화가는 이상하게도 마음이 움직이는 것을 느꼈다. 젊은이는 대단히 소중한 존재였고, 그만의 매력적인 개성은 화가의 예술에 커다란 전환점이 되어주었다. 화가는 차마 그런 도리언을 더는 꾸짖을 생각을 할 수가 없었다. 결국 도리언의 냉담함은 언젠가 사그라질 일시적인 심정에 불과할지 모른다. 도리언에게는 좋은 면이나 고상한 면도 대단히 많았다.

"그래, 도리언. 오늘 이후로 이 끔찍한 사건에 대해 다시는 말하지 않겠네. 그 사건과 관련해서 자네 이름이 오르내리는 일도 없을 거야. 오늘 오후에 수사가 있을 모양이야. 혹시 그들이 자네를 소환하진 않았나?"

마침내 화가가 서글픈 미소를 지으며 입을 열었다.

도리언은 고개를 저었는데, '수사'라는 말을 듣는 순간 그의 얼굴에 불쾌한 표정이 스쳐 지나갔다. 수사 따위의 일에 대해선 하나같이 뭔가 상스럽고 저속한 느낌이 들었다.

"그들은 내 이름을 몰라요."

그가 대답했다.

"하지만 그녀는 분명 알고 있었겠지?"

"성은 모르고 이름만 알고 있었죠. 그리고 틀림없이 그녀는 아무에게도 말하지 않았을 거예요. 언젠가 사람들이 모두 내가 누군지 몹시 궁금해한다고 그녀가 말한 적이 있죠. 그녀는 변함없이 나를 '백마 탄 왕자님'이라고 부른다고 했어요. 정말 귀여운 여자였죠. 바질, 내게 시빌 베인의 그림을 그려줘요. 몇 번의 키스와 깨져버린 가슴 아픈 약속들에 대한 기억 말고도 그녀를 더욱더 생생하게 기억으로 남길 만한 무언가를 간직하고 싶어요."

"도리언, 자네에게 기쁨을 줄 수 있다면 기꺼이 그려보겠네. 하지만 자네가 내 화실에 와서 다시 내 그림의 모델이 되어줘야 해. 자네 없이는 그림을 계속 그릴 수 없어."

"바질, 난 다시는 모델로 설 수 없어요. 그건 불가능해요!"

그가 무르춤하며 소리쳤다.

화가가 그를 노려봤다. 그리고 소리쳤다.

"이보게, 무슨 허튼소리인가! 내가 그려준 자네 초상화가 마음에 안 든다는 말인가? 초상화는 어디 있지? 왜 초상화 앞에 장막을 쳤나? 초상화를 보여주게. 그 초상화는 내 최고의 작품이야. 도리언, 어서 장막을 치우게. 자네 하인이 내 작품을 저렇게 가린 모양이지. 정말 수치스럽군. 어쩐지 이 방에 들어올 때 뭔가 달라 보이더니만."

"바질, 하인은 아무런 관련이 없어요. 혹시 내가 하인에게 방을 정리하게 시켰다고 생각하는 건 아니겠죠? 하인은 가끔 나를 위해 꽃을 꽂아둘 뿐이에요. 하인은 손도 안 댔고, 내가 직접 장막을 쳤어요. 초상화에 너무 강한 빛이 비쳐서요."

"빛이 너무 강하다고! 여보게, 친구, 그럴 리가 있나? 이 방은 초상화를 걸어놓기에 아주 적당한 장소야. 어디 한번 보여주게."

홀워드가 말을 마치고는 방의 구석으로 발걸음을 옮겼다.

바로 그때 도리언 그레이의 입에서 공포에 질린 비명이 터져 나왔고, 그는 일순간 화가와 장막 사이에 끼어들었다.

"바질. 그림을 보시면 안 돼요. 난 당신이 그림을 보는 걸 원하지 않아요."

그가 새파랗게 질린 얼굴로 말했다.

"나보고 내가 그린 작품을 보지 말란 말인가! 설마, 진담은 아니지? 왜 내가 그림을 보면 안 되지?"

홀워드가 웃으면서 큰 소리로 말했다.

"바질, 그림을 보겠다고 계속 고집하면, 맹세하건대 내가 살아 있는 한 다시는 당신과 말을 하지 않겠어요. 진심이에요. 난 어떤 설명도 하지 않을 테니, 아무것도 묻지 말아요. 하지만 명심하기 바라요. 만일 당신이 이 장막에 손을 댔다간 우리 사이가 완전히 끝나고 말리라는 것을."

홀워드는 기가 찼다. 그는 어처구니없다는 듯 도리언 그레이를 그저 망연히 바라보고만 있었다. 그는 지금까지 도리언의 이런 모습을 단 한 번도 본 적이 없었다. 젊은이는 너무나 흥분한 나머지 정말로 얼굴에 핏기 하나 보이지 않았다. 양손은 꽉 쥐어져 있었고, 두 눈동자는 파란 불꽃이 활활 타오르는 원반 같았다. 그는 온몸을 부들부들 떨고 있었다.

"도리언!"

"아무 말도 하지 말아요!"

"도대체 문제가 뭔가? 물론 난 자네가 원하지 않으면 그림을 보지 않겠어." 그가 홱 돌아 창가로 다가가며 다소 냉소적으로 말했다.

"하지만 내 작품을 내가 봐서는 안 된다니, 정말 어이가 없구먼. 게다가 난 그 그림을 올 가을에 파리에서 전시할 예정이야. 전시하기 전에 니스 칠을 한 번 더 해야 할 테니, 언제가 됐든 한 번은 봐야 할 거야. 그런데 왜 오늘은 보면 안 되는 거지?"

"그림을 전시한다고요! 이 그림을 전시할 생각이라고요?"

도리언 그레이는 자신을 향해 슬그머니 다가오는 기이한 공포감에 질겁하며 소리쳤다. 그렇게 되면 세상 사람들이 그의 비밀을 알게 될까? 사람들은 그의 인생의 수수께끼를 멍하니 바라보게 될까? 그럴 수는 없는 일이었다. 지금 당장 뭔가 조치를 취해야만 했다. 그 조치가 무엇인지는 모르지만.

"그럴 생각이네. 자네가 반대하리라고는 생각하지 않는데. 10월 첫째 주, 세즈 거리에서 특별 전시회를 열기로 했네. 조르주 프티 화랑은 그 전시회를 위해서 내 그림 중에 가장 훌륭한 작품들을 선정힐 거야. 초상화는 겨우 한 달쯤 떠나 있을 텐데, 그 정도 기간이라면 자네도 기꺼이 초상화를 빌려줄 거라고 생각하네. 사실 자넨 그때쯤이면 런던을 떠나 있을 거잖아. 게다가 항상 저렇게 그림을 장막으로 가려놓을 거라면 한 달 동안 여기에 없다고 해서 신경 쓸 일도 아닐 테지."

도리언 그레이는 손으로 이마를 어루만졌다. 이마에 땀방울이 맺혀 있었다. 이제 곧 끔찍한 위험이 닥칠 것만 같은 기분이 들었다. 그가 소리쳤다.

"한 달 전에는 이 그림을 절대로 전시하지 않겠다고 말했잖아요. 왜 마음을 바꾼 거죠? 일관성을 좋아하는 당신 같은 사람도 변덕이 심한 사람들과 별반 다를 게 없군요. 차이라고 해봐야, 당신의 변덕은 별로 의미가 없다는 거죠. 세상에 어떤 일이 일어난다고 할지라도 이 그림을 전시하는 일은 없을 거라고 아주 진지하게 했던 말을 벌써 잊은 건 아니겠죠? 해리에게도 똑같은 말을 했잖아요."

그는 갑자기 말을 멈추었다. 순간 그의 두 눈에서 한줄기 빛이 반짝였다. 언젠가 헨리 경이 농담 반 진담 반으로 자신에게 했던 말이 그의 뇌리를 스쳤다. '한 15분쯤 아주 색다른 경험을 해보고 싶다면, 바질에게 자네의 초상화를 전시하지 않으려는 이유를 물어보게. 그가 내게 그 이유를 말해줬는데, 정말 뜻밖의 이야기였어.' 그래, 어쩌면 바질에게도 비밀이 있을지 모른다. 도리언은 바질에게 물어보기로 했다.

"바질. 우리는 각자의 비밀이 있지요. 당신 비밀을 말해줘요. 그러면 나도 내 비밀을 말해줄게요. 무슨 이유로 내 초상화를 전시하려 하지 않았지요?"

도리언이 바질에게 바싹 다가와 그의 얼굴을 똑바로 쳐다보면서 말했다.

화가는 자기도 모르게 몸서리쳤다.

"도리언, 내가 자네에게 그 이유를 말해주면, 자네는 지금보다 더 나를 마음에 안 들어 할지도 모르네. 그리고 분명 나를 비웃을 거야. 자네가 둘 중 어떤 반응을 보이든 나는 정말 견딜 수 없을 걸세. 내가 자네의 초상화를 다시는 보지 않기를 원한다면, 자네 뜻에 따르겠네. 난 언제나 자네를 바라보면 되니까. 내가 그린 최고의 작품이 세상에서 감춰지길 원한다고 해도, 난 자네의 뜻에 만족하겠네. 내겐 명성이나 평판보다는 자네와의 우정이 더 소중해."

"아뇨, 바질, 꼭 말해줘야 해요. 난 알 권리가 있다고 생각해요."

도리언이 고집을 부렸다. 이제 그에게서 공포심은 사라지고 호기심이 대신 그 자리를 차지했다. 그는 바질 홀워드의 수수께끼를 밝혀내기로 마음먹었다.

"도리언, 자리에 앉지. 자, 앉자고. 그리고 한 가지만 대답해주게. 혹시 그림에서 뭔가 이상한 점을 발견하지 않았나? 아마 처음엔 눈에 띄지 않았지만, 언젠가 갑자기 모습을 보인 것 말이야?"

화가가 난처한 표정을 보이며 말했다.

"바질!"

젊은이는 떨리는 손으로 의자의 팔걸이를 꽉 움켜쥐고 깜짝 놀란 매서운 눈초리로 화가를 노려보며 소리쳤다.

"그럴 줄 알았네. 아무 말 말게. 자네에게 해야 할 말이 있으니, 내가 하는 말을 다 들을 때까지 기다리게. 도리언, 우리가 처음 만난 순간부터 자네의 독특한 개성은 내게 가장 비상한 영향을 미쳤어. 나의 영혼, 두뇌, 그리고 능력은 자네에게 지배당하고 말았지. 자네는 내게 눈에 보이지 않는 이상의 가시적인 화신이 되었어. 그런 이상에 대한 기억은 강렬한 꿈처럼 우리 예술가들의 머릿속에선 떠나지 않아. 결국 난 자네를 숭배하게 됐어. 그리고 자네와 이야기하는 모든 사람에게 질투심을 느끼기 시작했지. 난 자네를 나 혼자만 독차지하고 싶었던 거야. 자네와 함께 있을 땐 언제나 행복했어. 자네는 내 곁을 떠났을 때도 여전히 내 예술 안에 존재했었지……. 물론 나는 자네가 이런 사실을 전혀 모르도록 처신했어. 자네가 그런 사실을 아는 건 있을 수 없는 일이었지. 자네는 이해할 리 없으니 말일세. 실은 나도 나 자신을 이해하기 쉽지 않았어. 나는 완벽한 존재를 눈앞에서 마주봤다는 사실, 내 눈에 보이는 세상이 경이롭게 변했다는 사실만을 알고 있었지. 세상이 어찌나 경이롭게 보이던지, 그처럼 열광적인 숭배의 대상 뒤에는 위험이 도사리고 있는 것 같았어. 이를테면 그런 숭배의 대상을 지키는 데 따르는 위험 못지않게 그것을 잃을 수도 있는 위험 말이야……. 몇 주가 지나가면서 난 점점 더 깊이 자네에게 빠져들었지. 그러던 중에 새로운 진전이 있었어. 난 자네를 섬세한 갑옷을 입은 파리스*로, 사냥꾼의 망토를 걸치고 반짝이는 보어 스피어**를 손에 든 아도니스***로 그리고 있었지. 자네는 커다란 연꽃을 왕관으로 쓰고 하드리아누스*****의 거룻배 뱃머리에 앉아 탁한 녹색 나일 강을 응시했어. 자네는 그리스 어느 숲속의 조용한 연못에 몸을 굽히고 고요한 은빛 수면에 비친 자신의 얼굴을 보며 경탄하기도 했었지. 바로 그 모습은 전적으로 예술이 갖춰야 할 모든 것, 즉 무의식적이고 이상적이며 현실 저편에 있는 것이었지. 내가 가끔 운명의 날이라고 생각하던 어느 날, 나는 죽은 시대의 옷을 걸친 자네 모습이 아니라 바로 우리 시대에 현재 입고 있는 옷차림 그대로, 실제 자네의 모습 그대로 아름다운 초상화를 그리기로 결심했지. 그런 결심을 하게 된 이유가 방법적으로 사실주의의 그림을 그리고 싶었기 때문인지, 아니면 그저 안개나 베일 없이 그대로 내게 드러난 자네만의 개성에 대한 경이로움에 사로잡혔기 때문인지 나로서는 알 수 없네. 하지만 나는 초상화

---

*   그리스 신화에 나오는 트로이의 영웅. 아프로디테의 도움으로 스파르타의 왕
         비인 헬레네를 납치해서 트로이전쟁이 일어났다.
***   멧돼지 사냥에 쓰는 창이다.
****   그리스 신화에 나오는 미소년으로 아프로디테의 사랑을 받았다.
*****   로마 제국의 제14대 황제.

를 그리는 동안 분명히 알게 되었어. 물감의 얇은 조각이나 층 하나 하나가 내 비밀을 드러내는 것만 같았다는 사실 말이야. 열렬히 자네를 숭배하고 있는 내 감정을 다른 사람들이 알아채지 않을까 점점 두려웠어. 도리언, 난 내가 자네의 초상화에 너무나 많은 것을 표현했고, 나 자신을 너무 많이 투영했다는 것을 느꼈어. 그래서 그림을 전시하지 말아야겠다고 결심했던 거야. 그때 자네는 조금 화를 냈지만, 그림이 내게 어떤 의미가 있는지 전혀 알지 못했지. 해리에게 이 이야기를 했더니 그는 나를 비웃더군. 하지만 난 전혀 개의치 않았어. 그림이 완성되어서 혼자 그림을 마주하고 앉았을 때 내가 옳았다는 걸 느꼈어……. 음, 그림이 내 화실을 떠난 지 며칠이 지난 후에야 나는 그림의 존재가 뿜어내는 참을 수 없는 매혹에서 벗어났지. 그러자 그 즉시 자네가 너무나 잘생겼고 내가 자네의 초상화를 그릴 수 있었다는 사실 말고도 그림에서 무언가를 봤다고 상상한 일은 정말 어리석었다는 생각이 들더군. 지금도 나는 창작 과정에서 느끼는 열정이 창작한 작품 속에 고스란히 드러난다는 생각은 예술의 착각이라고 느낄 수밖에 없어. 항상 예술은 우리가 상상하는 것 이상으로 추상적이지. 형식과 색채는 형식과 색채만을 알려 줄 뿐이야. 그뿐이야. 예술은 예술가를 드러내기보다 훨씬 더 철저하게 예술가를 감춘다는 생각이 종종 들곤 해. 그래서 파리에서 그림 전시에 대한 제안을 받았을 때, 나는 내 작품 중에서 자네 초상화를 대표작으로 내걸기로 마음먹었다네. 자네가 거절하리라고는 전혀 생각하지 못했어. 하지만 지금 생각해보니, 자네 생각이 옳은 것 같군. 초상화는 전시되면 안 돼. 도리언, 자네에게 밝힌 내 이야기 때문에 화내지 말게. 언젠가 해리에게도 말했듯이, 자네는 운명적으로 숭배받을 자격이 있는 사람이야."

도리언 그레이가 길게 숨을 내쉬었다. 그의 양 볼에 다시 화색이 돌았고 입가에 미소가 떠올랐다. 위험은 끝났다. 그는 당분간 안전했다. 하지만 그는 방금 자신에게 이런 이상한 고백을 한 화가에게 무한한 연민을 느끼지 않을 수 없었다. 그리고 그 순간, 자신도 한 친구의 매력적인 독특한 개성에 지배받을 수 있을지 의구심이 들었다. 헨리 경은 아주 위험할 정도로 대단히 매력적인 사람이었다. 하지만 그뿐이었다. 진심으로 좋아하기에는 그는 너무 영리하고 너무 냉소적이었다. 자신의 마음을 기묘할 정도로 맹목적인 숭배로 가득 채워줄 사람이 존재할까? 그런 맹목적인 숭배의 감정이 바로 인생이 자신을 위해 준비해놓은 것들 중 하나가 아닐까?

"도리언, 정말 뜻밖이군. 초상화에서 자네도 그것을 발견했다니 말이야. 정말 그것을 봤나?"

홀워드가 말했다.

"뭔가를 봤어요. 그건 아주 기묘해 보였어요."

그가 대답했다.

"음, 그럼 이제 내가 자네 초상화를 봐도 되겠지?"

도리언이 고개를 저었다.

"바질, 내게 그런 부탁은 하지 말아요. 난 당신을 저 초상화 앞에 서게 해줄 수 없어요."

"그럼 언젠가는 볼 수 있겠지?"

"결코 보여줄 수 없어요."

"음, 자네 생각은 옳을 거야. 도리언, 그럼 난 이만 가보겠네. 자네는 내 인생에서 진정으로 내 예술에 영향을 미친 유일한 사람이었어. 내가 완성한 훌륭한 작품들은 무엇이 됐든 다 자네 덕이야. 아!
내가 자네에게 이 이야기들을 전부 털어놓기가 얼마나 힘들었는지
자네는 모를 거야."

"이봐요, 바질. 내게 무슨 말을 했다는 거죠? 당신이 나를 대단히
숭배했다는 말뿐이었어요. 그건 칭찬이라고도 할 수 없어요."

도리언이 말했다.

"찬사나 늘어놓으려고 한 말이 아니야. 그건 고백이었어. 고백을
하고 나니 내게서 뭔가가 빠져나간 것만 같아. 어쩌면 숭배의 감정
은 결코 말로 표현해서는 안 되는 것인지도 몰라."

"아주 실망스러운 고백이었어요."

"이런, 도대체 뭘 기대했었는데, 도리언? 자네, 그림에서 특별한
걸 보지 못했군, 그렇지? 별다른 걸 발견하지 못했지?"

"그래요, 특별한 걸 보지 못했어요. 그걸 왜 묻죠? 그건 그렇고, 당
신은 숭배라는 말을 해서는 안 돼요. 그런 말을 하다니, 정말 어리석
어요. 바질, 당신과 나는 친구예요. 그리고 앞으로도 영원히 친구여
야 해요."

"자네에게는 해리가 있잖아."

화가가 서글프게 말했다.

"아, 해리!"

젊은이가 잔잔하게 웃으며 큰 소리로 말했다.

"해리는 낮에는 믿기지 않는 이야기를 하면서 시간을 보내고, 저
녁에는 있을 법하지 않은 일을 하면서 시간을 보내요. 실은 내가 바
라는 삶이 바로 그런 삶이죠. 하지만 내가 곤경에 처하면 해리를 찾
아가지는 않을 거예요. 바질, 난 곧바로 당신을 찾아갈 거예요."

"다시 내 그림의 모델이 되어주겠나?"

"그럴 순 없어요!"

"도리언, 내 부탁을 거절한다면 자넨 예술가로서의 내 삶을 망치는 거야. 어떤 예술가도 이상적인 모델을 둘이나 만날 수는 없어. 사실상 한 명 만나기도 어렵지."

"바질, 이유는 밝힐 수 없지만 다시는 당신의 모델이 될 수 없어요. 초상화에는 뭔가 운명적인 것이 있어요. 초상화도 그 나름의 인생이 있어요. 아무튼 당신과 차나 마시러 찾아갈게요. 그것도 나름 즐거울 거예요."

"자네야 즐거운 일일 테지."

홀워드가 서운한 듯이 중얼거렸다.

"그럼 이만 가보겠네. 자네가 초상화를 다시는 보여주지 않으려 하니, 정말 유감이네. 하지만 어쩔 수 없지. 자네가 초상화에 대해 어떤 느낌을 받았는지 충분히 이해해."

홀워드가 방을 나서자 도리언 그레이는 혼자 미소를 지었다. 불쌍한 바질! 그는 진짜 이유에 대해서 아는 게 거의 없어! 그리고 그레이는 자신의 비밀을 드러낼 수밖에 없는 상황에 처했지만 결국 비밀을 밝히지 않고도 우연히 친구의 비밀을 캐낼 수 있었다. 이 얼마나 기묘한 일인가! 그 이상한 고백은 얼마나 많은 것을 설명해주는가! 화가의 터무니없는 질투심, 열광적인 헌신, 과도한 찬사, 호기심을 숨기고 있는 침묵. 도리언은 이제 이 모든 것을 이해하며 유감스러운 마음이 들었다. 로맨스로 물들어버린 우정에서 뭔가 모르게 비극적인 것이 느껴졌다.

그는 한숨을 내쉬고는 종을 쳤다. 무슨 수를 써서라도 초상화를 숨겨야만 했다. 그는 초상화가 발각될지도 모르는 위험을 더는 감수할 수 없었다. 단 한 시간이었을망정 자신의 친구들이 언제든 드나들 수 있는 방 안에 그림을 계속 둔 것은 정말 미친 짓이었다.

10

하인이 들어왔을 때, 도리언은 혹시 장막에 가려진 초상화를 엿
보려 하지는 않을까 걱정하며 그를 주시했다. 하인은 아주 침착하
게 도리언의 지시를 기다렸다. 도리언은 담배에 불을 붙이고는 거울
앞으로 다가가 거울을 흘긋 들여다봤다. 거울을 통해 빅터의 얼굴을
명확히 볼 수 있었다. 빅터의 얼굴은 마치 침착한 표정을 한 복종의
가면처럼 보였다. 그런 표정으로 보아 도리언이 걱정할 필요는 없을
듯싶었다. 하지만 그는 조심하는 것이 최선이라고 생각했다.

그는 아주 느린 말투로 빅터에게 가정부를 불러달라고 했다. 이
어 액자 제작자에게 가서 일꾼 두 명을 즉시 보내달라는 요구를 하
라고 일렀다. 하인이 방을 나서면서 초상화를 가린 장막 쪽을 두리
번거리며 살펴보는 것만 같았다. 아니면 도리언의 착각일 뿐이었
을까?

잠시 후 검은색 실크 드레스를 입고 주름진 양손에 실로 뜬 구식

벙어리장갑을 낀 리프(Leaf) 부인이 부산을 떨며 서재로 들어왔다. 그는 리프 부인에게 공부방 열쇠를 달라고 부탁했다.

"옛날 공부방 말씀인가요, 도리언 도련님? 아이고, 그 방은 지금 먼지로 가득해요. 제가 청소하고 정리 좀 한 후에 들어가셔야 할 것 같아요. 지금은 도련님이 들어갈 수 있는 상태가 아니에요. 도련님, 지금은 들어가실 수 없어요."

그녀가 소리쳤다.

"리프, 정리할 필요 없어. 그냥 열쇠만 있으면 돼."

"저, 도련님, 지금 그 방에 들어가시면 온통 거미줄을 뒤집어쓰실 거예요. 그러니까 주인어른이 돌아가신 후로 거의 5년 동안 그 방문을 열어본 적이 없어요."

도리언은 할아버지 얘기가 나오자 움찔했다. 그는 할아버지에 대한 기억이 몹시 싫었다.

"상관없어. 난 그저 그 방 안을 보고 싶을 뿐이야. 그뿐이라고. 내게 열쇠를 줘."

그가 대답했다.

"도련님, 열쇠 여기 있어요. 열쇠는 여기 있어요. 제가 꾸러미에서 곧 열쇠를 빼드리지요. 그런데 도련님, 설마 그 방에서 생활하실 생각은 아니시겠죠? 이 방이 무척 편안하시잖아요?"

노부인이 불안정하게 떨리는 손으로 열쇠 꾸러미를 살피며 말했다.

"아니, 그 방에서 생활할 일은 절대 없을 거야. 고마워, 리프. 이젠 됐어."

그가 퉁명스럽게 소리쳤다.

206

하지만 부인은 잠시 머뭇거리더니 집안의 잡다한 일들에 대해 수다를 늘어놓았다. 그는 한숨을 쉬고는 집안일일랑 그녀가 가장 좋다고 생각하는 대로 알아서 처리하라고 말했다. 그녀는 환하게 미소 지으며 방에서 나갔다.

문이 닫히자, 도리언은 열쇠를 주머니에 넣고는 방을 죽 둘러봤다. 그의 할아버지가 볼로냐 근처의 한 수녀원에서 발견한 17세기 후반 베네치아 양식의 커다란 자주색 공단 덮개로 시선이 갔다. 금빛으로 화려하게 수놓은 천이었다. 그래, 저걸로 그 끔찍한 그림을 덮어버리면 될 것이다. 아마도 옛날에 망자의 관을 덮는 데 종종 사용하던 천일 것이다. 이제 그 천은 죽음 자체의 부패보다도 더 심하게 스스로 부패해가는 것, 공포를 불러오지만 결코 죽지는 않을 것을 감추게 될 것이다. 시체에 구더기가 들끓듯, 캔버스에 물감으로 그린 이미지에는 그의 죄악이 들끓을 것이다. 그 죄악들이 초상화의 아름다움을 훼손하고 우아함을 갉아먹을 것이다. 결국엔 초상화를 완전히 더럽히고 수치스럽게 만들 것이다. 그럼에도 이 초상화는 계속 살아 있을 것이다. 초상화는 영원히 살아 있을 것이다.

그는 몸을 부들부들 떨었고, 자신이 그림을 감추려고 했던 진짜 이유를 왜 바질에게 말하지 않았는지 잠시 후회했다. 바질이라면 도리언 자신이 헨리 경의 영향뿐만 아니라 스스로의 기질에서 비롯된 훨씬 더 유해한 영향을 받지 않도록 도와주었을 것이다. 바질이 그에 대해 품은 사랑에는 고결하지 않고 지적이지 않은 점이 전혀 없었다. 실제로 그것은 사랑이었다. 그 사랑은 의식에서 생겨나 의식이 지치면 죽고 마는, 아름다움에 대한 육체적인 감탄에 불과한 것이 아니었다. 그 사랑은 미켈란젤로가 이미 알았고, 몽테뉴와 빙켈만*과 셰익스피어가 알고 있던 사랑이었다. 그렇다, 바질이라면 도리언 자신을 구해줄 수도 있었을 것이다. 하지만 이미 때가 늦었다. 과거는 언제나 소멸될 수 있었다. 후회나 부정이나 망각도 그럴 수 있다. 하지만 미래는 피할 도리가 없다. 그에게는 무시무시한 분출구를 찾아낼 열정이 있었고, 악의 그림자를 실제로 만들 수 있으리라는 꿈이 있었다.

그는 소파를 덮고 있던 자주색과 금색의 커다란 천을 벗겨내 두 손에 들고 장막 안으로 들어갔다. 캔버스 위의 얼굴은 전보다 더 사악한 모습으로 변했을까? 그림에 변한 것은 없는 듯 보였지만, 그것에 대한 혐오감은 더욱 강해졌다. 황금빛 머리카락, 푸른 눈동자, 장밋빛 붉은 입술. 모두 그대로였다. 변한 것은 표정뿐이었다. 그 잔인한 표정은 소름이 끼쳤다. 그 표정에 드러난 비난과 질책에 비하면, 시빌 베인에 대한 바질의 질책은 얼마나 가벼웠던가! 얼마나 가볍고, 또 얼마나 사소한 것이었던가! 캔버스에 그려진 그림에 담긴 그의 영혼이 그를 바라보면서 심판했다. 순간 그의 얼굴에 고통스러운 표정이 스쳐갔고, 그는 그 화려한 천을 그림 너머로 던져 덮었다. 바로 그때 노크 소리가 들렸다. 하인이 들어오자, 그는 얼른 그림에서 물러났다.

"도련님, 일꾼들이 왔습니다."

그는 하인을 즉시 밖으로 내보내야겠다고 생각했다. 그림을 어디로 치웠는지 하인이 알게 해서는 안 되었다. 그 하인에게는 뭔가

---

* 요한 요아힘 빙켈만(Johann Joachim Winckelmann, 1717~1768). 독일의 고고학자, 미술사가.

교활한 면이 있었다. 생각이 많은 그의 눈빛은 믿음이 가지 않았다.

도리언은 필기용 테이블 앞에 앉아 헨리 경에게 보내는 짧은 편지를 휘갈겨 썼다. 읽을 만한 것을 보내달라는 요청과 함께 그날 저녁 8시 15분에 만나기로 한 약속을 잊지 말라는 내용의 편지였다.

"기다렸다가 답장을 받아 오게. 그리고 일꾼들을 이리로 들여보내."

그가 하인에게 짧은 편지를 건네며 말했다.

2, 3분 뒤에 또다시 노크 소리가 들려오더니, 사우스 오들리(South Audley) 가의 이름난 액자 제작자인 허버드 씨가 생김새가 다소 거칠어 보이는 젊은 조수와 함께 안으로 들어왔다. 허버드 씨는 혈색 좋은 얼굴에 붉은 구레나룻을 기른 작은 키의 남자였는데, 자신이 거래하는 대부분의 예술가들이 만성적인 가난뱅이였던 탓에 예술에 대한 찬양을 상당히 자제했다. 그는 평소 가게를 벗어나지 않는 편이었다. 그는 그저 손님들이 자신의 가게로 찾아오기를 기다렸지만, 도리언 그레이의 경우는 언제나 예외였다. 도리언에게는 뭔가 모든 사람을 매혹하는 면이 있었다. 사람들은 그를 보는 것만으로도 유쾌해했다.

"뭘 도와드릴까요, 그레이 씨?"

그가 반점투성이의 포동포동한 두 손을 비비면서 말했다.

"직접 찾아뵙는 게 도리라고 생각했습니다. 마침 아주 아름다운 액자가 들어왔기에 말씀드릴 겸 해서요. 경매를 통해서 입수한 것입니다. 옛날 피렌체 액자이지요. 아마 폰트힐 대저택에서 나온 걸 겁니다. 그레이 씨, 종교화에 딱 알맞은 액자이지요."

"번거로울 텐데 이렇게 직접 오게 해서 미안해요, 허버드 씨. 나중에 꼭 가게에 들러 액자를 보도록 하겠지만, 오늘은 맨 위층으로 그림 한 점을 옮겨주셨으면 해요. 지금 당장은 종교화에 별 관심이 없어요. 그림이 꽤 무거워서 당신의 일꾼 두 사람을 쓸 수 있을까 부탁하려 했지요."

"그레이 씨, 얼마든지 도와드리겠습니다. 어떤 일이든 기꺼이 도와드리겠습니다. 어떤 작품인가요?"

"이겁니다. 이 그림을 덮고 있는 천과 함께 이 상태 그대로 옮길 수 있을까요? 위층으로 올라가는 동안 흠집이 나는 일이 없었으면 해서요."

도리언이 장막을 뒤쪽으로 밀며 말했다.

"어려울 거 없습니다."

친절한 액자 제작자가 말했다. 그는 조수의 도움을 받아 초상화를 걸어놓은 긴 놋쇠 사슬을 풀기 시작했다.

"자, 그럼 이제 이 그림을 어디로 옮길까요, 그레이 씨?"

"허버드 씨, 제가 안내하죠. 그냥 저를 따라오면 됩니다. 아니, 허버드 씨가 앞장서는 게 낫겠군요. 유감스럽지만 꼭대기 층이라 그게 좋을 것 같아요. 정면 계단으로 올라가도록 하죠. 그쪽이 더 넓거든요."

도리언은 그들을 위해 문을 열어주었고, 그들은 복도로 나와 계단을 오르기 시작했다. 진정한 장사꾼답게 신사가 조금이라도 거드는 걸 원하지 않았던 허버드 씨가 고분고분한 태도로 도리언을 만류했음에도 정교하게 제작된 액자 특성상 그림의 부피가 상당히 컸기에 그는 이따금씩 그림을 잡아주며 그들을 거들었다.

"옮기기에 꽤 무거운 물건이군요."

맨 위층 층계참에 도착했을 때 작은 몸집의 일꾼이 숨을 헐떡이며 말했다. 그러고는 번들거리는 이마를 닦았다.

"유감스럽지만, 꽤 무거워요."

도리언이 자기 인생의 기이한 비밀을 간직하고 자신의 영혼을 다른 사람들의 시선에서 숨겨줄 방으로 들어가는 문을 열며 나지막이 말했다.

그가 그 방에 들어가본 지 4년이 넘었다. 어릴 적에 놀이방으로 처음 사용했고, 이후 어느 정도 자라 공부방으로 이용한 뒤로 정말 한 번도 들어가본 적이 없었다. 넓고 균형이 잘 잡힌 그 방은 고인이 된 켈소 경이 어린 손자를 위해 특별히 마련해준 것이었다. 켈소 경은 손자가 이상할 정도로 자기 딸과 닮았다는 점과 그 밖에 이러저러한 이유로 그를 항상 몹시 미워하며 거리를 두려 했었다. 도리언의 눈에 방은 변한 게 거의 없어 보였다. 어릴 때 종종 숨곤 했던 커다란 이탈리아산 카소네*가 눈에 띄었는데, 정면의 판자에는 환상적인 그림들이 그려져 있고 금박을 입힌 쇠시리**는 색이 바래 있었다. 모서리가 접힌 그의 교과서들로 가득 찬 마호가니 재질의 책꽂이도 있었다. 그 뒤 벽에는 빛바랜 왕과 여왕이 정원에서 체스를 두는 가운데 한 무리의 매 사냥꾼들이 긴 장갑을 낀 손목 위에 두건을 씌운 새들을 올려놓은 채 말을 타고 옆을 지나가고 있는 그림이 수놓아져 있는 플랑드르산 태피스트리가 예전 그대로 걸려 있었다.

---

* 직사각형 모양의 긴 궤(櫃)로, 위쪽 널빤지에 뚜껑이 달려 있어 경첩을 달아 위쪽으로 여닫게 한 고대 이탈리아식 가구다.
** 나무의 모서리나 면을 도드라지게 또는 오목하게 깎아 모양을 내는 것이다.

물론 지금은 너덜너덜해져 있었다. 이 모든 것이 얼마나 생생히 기억나는가! 방 안을 둘러보고 있으려니 외롭던 어린 시절의 기억이 하나하나 떠올랐다. 도리언은 티끌 하나 없이 순수하던 유년기를 떠올리자, 운명적인 초상화를 이곳에 숨겨둘 수밖에 없다는 사실에 소름이 끼쳤다. 어릴 적 그 시절에는 자신에게 앞으로 어떤 일이 일어날지 전혀 예상하지 못했을까!

하지만 엿보는 시선들로부터 피할 안전한 장소로 집 안에서 이곳만 한 곳은 없었다. 그가 열쇠를 가지고 있었기에 다른 누구도 이 방에 들어올 수 없었다. 캔버스에 그려진 얼굴은 자줏빛 덮개 속에서 점차 흉포하고 흉측하고 생기 없는 더러운 모습으로 변해갈 것이다. 하지만 그게 무슨 상관이겠는가? 어차피 누구도 이 초상화를 볼 수 없을 텐데 말이다. 그 자신조차 보지 않을 것이다. 자신의 영혼이 썩어가는 소름 끼치는 모습을 굳이 지켜볼 이유가 뭐가 있겠는가? 그는 젊음을 간직하고 있었다. 그것으로 충분했다. 게다가 결국 본성이 점점 더 좋아질지도 모를 일 아닌가? 미래가 치욕스러움만으로 가득한 삶이 될 이유는 없었다. 인생에 다시 사랑이 찾아와 그를 정화해주고, 이미 영혼과 육체 속에서 꿈틀거리는 죄악들로부터, 그림에는 묘사되지 않았지만 너무나 불가사의해 알 수 없는 미묘함과 더없는 매력을 주는 기이한 죄악들로부터 자신을 지켜줄지도 모를 일이었다. 어쩌면 언젠가는 섬세한 진홍빛 입가에서 잔인한 표정이 사라질지도 모른다. 그러면 그는 바질 홀워드의 걸작을 세상에 공개할 수도 있을 것이다.

아니, 그런 일은 일어날 리 없었다. 시시각각 한 주 두 주 지나면서 캔버스 위의 얼굴은 점점 늙어가고 있었다. 죄악의 추악함은 피할 수 있을지 모르지만, 나이를 먹어 추해진 몰골은 절대 피할 수 없었다. 두 뺨이 움푹 꺼지거나 축 늘어질 것이다. 생기를 잃은 눈동자 주변에 누런 잔주름이 늘어나며, 두 눈은 흉측해질 것이다. 머리카락은 윤기를 잃고, 입은 헤벌어지거나 축 처져서 늙은이들의 입이 그렇듯이 멍청하고 추잡해 보일 것이다. 그가 기억하고 있는, 어린 시절 자신에게 그토록 엄했던 할아버지의 모습처럼 목에는 주름이 생기고 차가운 손에는 푸른 정맥이 드러나며 몸뚱이는 구부정해질 것이다. 저 초상화는 꼭 숨겨두어야만 한다. 그것 말고 다른 방법은 없었다.

"허버드 씨, 안으로 가지고 들어와요. 너무 오래 기다리게 해서 미안해요. 잠시 딴생각을 하고 있었어요."

그가 돌아서며 지친 목소리로 말했다.

"휴식은 언제나 반가운 일이지요, 그레이 씨. 그림을 어디에 놓을까요?"

액자 제작자가 여전히 숨을 헐떡이며 대답했다.

"아, 그냥 아무 데나 놓으세요. 음, 여기요. 여기가 좋겠어요. 걸어놓을 건 아니에요. 그냥 벽에 기대놓으세요. 고마워요."

"이 작품 한번 봐도 괜찮을까요?"

도리언은 깜짝 놀랐다.

"허버드 씨, 그리 흥미로운 작품이 아닙니다."

그가 경계의 눈빛으로 허버드를 바라보며 말했다. 도리언은 만일 자기 삶의 비밀을 감추고 있는 저 화려한 휘장을 허버드가 감히 걷어내기라도 한다면, 당장 달려들어 그를 바닥에 쓰러뜨릴 태세였다.

"이제 더는 수고하지 않아도 되겠어요. 친절하게도 이렇게 와줘서 정말 감사합니다."

"천만에요. 뭐든 괜찮습니다, 그레이 씨. 언제든 불러만 주시면 도와드릴 준비가 되어 있습니다."

허버드 씨는 말을 마치고는 쿵쿵거리며 계단을 내려갔고, 조수는 그 뒤를 따랐다. 투박하고 좀 못생긴 조수는 수줍은 듯 놀란 표정을 지으며 도리언 그레이를 슬쩍 돌아보기도 했다. 조수는 도리언처럼 놀라울 정도로 잘생긴 사람을 본 적이 없었다. 그들의 발자국 소리가 사라지자, 도리언은 방문을 잠그고 열쇠를 주머니에 넣었다. 그제야 안심이 되었다. 이제 누구도 그 끔찍한 물건을 보지 못할 것이다. 그 자신 말고는 누구도 자신의 치욕을 볼 수 없을 것이다.

서재에 이르자 어느새 5시가 막 지났고, 벌써 차가 차려져 있었다. 향기 나는 검은색 목재에 진주로 촘촘히 장식된 작은 탁자는 그의 후견인의 아내인 래들리 부인이 선물한 것이었다. 아주 만성적으로 병을 달고 살던 그녀는 지난겨울을 카이로에서 보냈었다. 지금 바로 그 탁자 위에는 헨리 경이 보낸 짧은 편지와 함께, 표지가 약간 찢어지고 모서리가 때로 얼룩진 누런 종이로 장정된 책 한 권이 놓여 있었다. 그리고 차 쟁반 위에는 《세인트 제임스 가제트(*St. James's Gazette*)》 3판 한 부가 놓여 있었다. 빅터가 돌아온 게 분명했다. 도리언은 액자 제작자와 조수가 집을 나설 때 홀에서 빅터와 마주치지는 않았는지, 빅터가 그들에게 무슨 일을 했는지 캐묻지 않았는지 몹시 궁금했다. 빅터는 그림이 없어진 것을 분명 알아챌 것이다. 아니, 차와 책을 가져다 놓으면서 벌써 알아챈 것이 분명했다. 장막은 본래대로 있지 않았고, 그림이 있던 벽의 한 공간은 텅 비어

214

있었다. 어쩌면 그는 어느 날 밤에 몰래 계단을 올라가 방문을 억지로 열어보려 할지도 모른다. 집 안에 염탐꾼을 두는 것은 무서운 일이었다. 도리언은 편지를 훔쳐보거나 대화를 엿듣거나, 주소가 적힌 카드를 주웠거나 베개 밑에서 시든 꽃이나 구겨진 레이스 조각을 찾아낸 하인에게 평생 협박을 당했다는 부자들의 이야기를 들어본 적이 있었다.

그는 한숨을 쉬고는, 차를 좀 따르고 나서 헨리 경이 보낸 짧은 편지를 펼쳤다. 석간신문과 그가 흥미로워할 만한 책 한 권을 보냈으며, 8시 15분에는 자신이 클럽에 있을 거라는 간단한 내용이 적혀있었다. 그는 《세인트 제임스 가제트》를 맥없이 펼치고는 쭉 훑어봤다. 5면, 붉은 색연필로 표시한 부분이 눈길을 끌었다. 그리고 다음 내용이 그의 눈길을 사로잡았다.

여배우에 관한 검시(檢屍). 오늘 오전 혹스턴 거리의 벨 테이번에서 지역 검시관 댄비(Danby)의 주관하에 최근까지 홀번의 로열 극단에 소속되어 있던 젊은 여배우, 시빌 베인의 사체에 대한 검시가 시행되었다. 검시 결과, 사인은 우발 사고로 밝혀졌다. 자신이 직접 증언을 하는 동안에, 그리고 고인의 사체 부검을 맡은 비렐 박사의 증언을 듣는 동안에 큰 충격을 받은 고인의 어머니에게 깊은 조의가 표해졌다.

그는 인상을 찌푸렸다. 그리고 방을 가로질러 가면서 신문을 두 갈래로 찢어 내던져버렸다. 이 모든 것이 정말 추악했다! 정말이지 어쩜 이렇게 끔찍할 정도로 추악하게 일을 꾸몄단 말인가! 그는 헨리 경이 자신에게 그런 기사를 보낸 데 조금 화가 났다. 게다가 붉은 색연필로 표시까지 하다니, 정말 멍청한 짓이었다. 어쩌면 빅터가 이 기사를 읽었을지도 모른다. 그는 그 정도 영어는 충분히 이해할 수 있었다.

빅터는 그 기사를 읽고서 뭔가 의심하기 시작했을지도 모른다. 뭐, 그렇다 하더라도 그것이 무슨 문제가 되겠는가? 도리언 그레이가 시빌 베인의 죽음과 무슨 상관이 있단 말인가? 두려워할 것은 없다. 도리언 그레이가 그녀를 죽인 것이 아니니까.

그의 시선은 헨리 경이 보내준 노란색 책으로 향했다. 무슨 책인지 궁금했다. 그는 진주색의 작은 팔각형 스탠드 쪽으로 다가갔다. 그에게 그 스탠드는 언제나 은으로 만들어진, 이상한 이집트 벌들의 작품처럼 보였다. 그는 스탠드에서 책을 집어 들고 안락의자에 털썩 앉은 뒤, 책장을 넘기기 시작했다. 몇 분이 지나자 그는 책 속에 빠져들었다. 지금까지 읽어본 책 중에서 가장 이상한 책이었다. 세상의 온갖 죄악들이 아주 아름다운 옷을 입고 섬세한 플루트 소리에 맞추어 그의 앞에서 무언극을 하며 지나가고 있는 것처럼 느껴졌다. 그가 막연히 꿈꾸었던 일들이 갑자기 현실이 되어 나타났다. 결코 꿈꿔본 적 없는 일들이 서서히 그 모습을 드러냈다.

그 책은 등장인물이 단 한 명뿐인 플롯 없는 소설이었다. 간단히 말해, 파리의 한 젊은이에 대한 심리 연구서라고 할 수 있다. 그 젊은이는 자신이 살고 있는 세기를 제외한 모든 세기에 속했던 온갖 열정과 사고방식을 19세기에 실현시키려 애쓰기도 하고, 현명한 사람들이 여전히 죄악이라고 부르는 본능적인 반항만큼이나 사람들이 어리석게도 미덕이라고 불러온 금욕을 그저 인위적이라는 이유로 사랑하면서, 세계정신이 관통하는 다양한 정서를 자기 내면에 이른바 집대성하려 힘쓰면서 평생을 보냈다. 그 소설의 문체는 진기한 보석으로 장식한 듯 선명한 동시에 모호했으며, 프랑스 상징주의자들 중에 가장 훌륭한 몇몇 예술가들의 작품을 특징짓는 은어와 고어, 전문적인 표현과 정교한 부연으로 가득했다. 그 소설에는 난초처럼 기이하고, 색채에 있어선 미묘한 은유들이 있었다. 감각적인 삶이 신비주의 철학의 용어로 기술되었다. 때로는 중세 성인(聖人)의 정신적인 황홀경을 읽고 있는지, 아니면 현대 죄인의 병적인 고백을 읽고 있는지 알 수 없었다. 독성이 있는 책이었다. 페이지마다 짙은 향기가 배어 있어 두뇌를 괴롭히는 것만 같았다. 문장은 정교하게 반복되는 복잡한 후렴과 템포로 가득 차 있어 페이지 한 장 한 장을 넘기는 사이에 문장의 단순한 운율, 즉 문장이 가진 미묘한 음악적 단조로움이 젊은이의 마음속에 일종의 몽상을, 날이 저무는 것도, 어둠의 그림자가 스멀스멀 다가오는 것도 의식하지 못하게 만드는 병적인 몽상을 심어주었다.

구름 한 점 없고 외로운 별 하나만이 구멍을 낸 듯한 황록색 하늘이 창문 사이로 어렴풋이 빛났다. 그는 가냘픈 빛에 의지해서 더는 읽을 수 없을 때까지 계속해서 책을 읽었다. 하인이 약속 시간에 늦었다고 몇 번이나 상기시켜준 후에야 그는 자리에서 일어나 옆방으로 들어갔다. 그는 항상 침대 곁에 놓여 있는 작은 피렌체산 테이블 위에 책을 내려놓고 만찬에 입고 갈 옷으로 갈아입기 시작했다.

거의 9시가 다 되어 클럽에 도착했을 때, 그는 아주 지루한 표정으로 거실에 혼자 앉아 있는 헨리 경을 발견했다.

"정말 미안해요, 해리. 하지만 사실 이번엔 전적으로 당신 잘못이에요. 당신이 보내준 그 책이 어찌나 매혹적이던지 시간 가는 줄 몰랐거든요."

도리언이 큰 소리로 말했다.

"그래, 자네가 좋아할 줄 알았어."

헨리 경이 의자에서 일어나며 대답했다.

"해리, 그 책을 좋아한다고 말하지는 않았어요. 그냥 매혹적이라고 했지요. 좋아하는 것과 매혹적인 것은 큰 차이가 있어요."

"아, 자네, 그걸 깨달았나?"

헨리 경이 나지막이 말했다. 곧 두 사람은 식당으로 들어갔다.

11

도리언 그레이는 몇 년 동안 그 책의 영향에서 벗어날 수가 없었다. 아니, 어쩌면 그가 그 책의 영향에서 벗어나려고 해본 적이 없다고 말하는 편이 더 정확한 표현일지도 모른다. 그는 파리에서 그 책의 대형 초판본을 아홉 권이나 구입해 각각 다른 색깔로 장정했다. 자신의 다양한 기분과 때때로 통제력을 거의 상실하고 마는 듯한 천성적인 변덕스러운 성향에 맞춰 읽기 위해서였다. 소설 속 주인공인, 낭만적이고 과학적인 기질이 아주 기묘하게 뒤섞인 파리의 멋진 젊은이가 도리언에게는 자신의 앞날을 예고해주는 인물로 보였다. 게다가 사실상 이 책 전체가 살아보기 전에 미리 쓰인 자기 인생 이야기를 담고 있는 것만 같았다.

한 가지 점에서 그는 소설 속의 환상적인 주인공보다 운이 좋았다. 도리언은 파리의 젊은이가 한때 아주 빼어나게 아름다웠던 미모를 갑자기 잃게 되면서 너무 이른 나이에 알아버린 공포, 즉 거울과 윤이 나는 금속 표면과 잔잔한 수면에 대한 다소 그로테스크한 공포를 전혀 알지 못했으며, 사실상 알아야 할 이유도 결코 없었던 것이다. 다소 과장되게 그려지긴 했지만 다른 사람들 틈에서, 그리고 세상 속에서 자신이 가장 소중하게 여긴 것을 잃어버린 사람의 슬픔과 절망 때문에 도리언은 그 책의 후반부를 아주 비극적인 감성으로 읽곤 했다. 그럴 때마다 잔인한 기쁨을 느끼곤 했다. 사실 모든 기쁨이란 것에는 모든 쾌락과 마찬가지로 잔인함이 깃들어 있었다.

바질 홀워드는 말할 것도 없고, 주변의 다른 많은 사람들마저도 그토록 매혹시킨 놀라운 아름다움이 도리언 그레이에게서는 결코 떠난 적이 한 번도 없는 것 같았기 때문이다. 심지어 그에게 적대적인, 악랄할 대로 익릴한 이야기를 들은 사람조차도, 간혹 그의 생활 방식에 관한 이상한 소문이 런던 일대에 퍼져 클럽의 이야깃거리가 됐을 때도, 일단 그를 직접 보게 되면 그의 명예를 실추시킬 만한 어떠한 소문도 믿을 수 없었다. 그에게서는 언제나 세속의 때에 물들지 않은 사람의 표정이 느껴졌다. 상스러운 말을 하던 사람들은 도리언이 방에 들어서기만 하면 입을 다물었다. 그의 얼굴에는 그들을 꾸짖는 뭔가 순결한 표정이 깃들어 있었다. 그가 곁에 있는 것만으로도 사람들은 자신들이 더럽혀놓은 순진무구한 시절에 대한 기억이 떠오르는 듯했다. 그들은 그가 천박하고 육욕적인 더러움에서 벗어나 어떻게 그토록 매력적이고 우아할 수 있는지 의아하게 여겼다.

도리언 그레이는 종종 그의 친구들이나 친구라고 생각하는 사람들 사이에 이상한 억측들을 불러일으키는 장기간의 외출을 비밀리에 하곤 했다. 그리고 다시 집에 돌아오면 슬그머니 계단을 올라 항상 몸에 지니고 있는 열쇠로 잠겨 있는 방의 문을 열고 들어가, 바질 홀워드가 그려준 자신의 초상화 앞에 거울을 가지고 섰다. 그렇게 서서 캔버스 위의 사악하고 늙어버린 얼굴을 바라보다가, 어느새 윤이 나는 거울 속에서 자신을 향해 활짝 웃고 있는 젊고 아름다운 얼굴을 바라보곤 했다. 그처럼 극명한 대조가 그의 쾌감을 자극하곤 했다. 그는 점차 자신의 아름다움에 매혹되었고, 점점 자신의 영혼이 타락하는 것에 흥미를 느꼈다. 그는 주름진 이마에 낙인을 찍거나 대단히 음란한 입가에 스멀거리는 흉측한 선을 세심하게 관찰하며 때로는 기괴하고 소름 끼치는 환희를 느꼈고, 때로는 죄악의 흔적이나 노화의 흔적 중 어느 쪽이 더 끔찍할지 궁금해하기도 했다. 그는 그림 속의 거칠고 부은 손 옆에 자신의 하얀 손을 놓으며 미소를 짓곤 했다. 그림 속의 보기 흉한 몸과 노쇠한 팔다리를 조롱하기도 했다.

밤이면 은은한 향기가 감도는 자신의 방이나 가명으로 변장을 한 채 뻔질나게 드나들곤 하는 악명 높은 작은 선창가 선술집의 누추한 방에 누워 잠을 이루지 못하면서, 순전히 이기적이었기에 더더욱 마음 아픈 연민을 느끼며 자신의 영혼을 키운 타락에 대한 생각에 잠기는 순간도 있었다. 하지만 그런 순간들은 흔치 않았다. 친구의 정원에서 자리를 함께했을 때 헨리 경이 처음으로 도리언의 마음속에 불어넣어주었던 인생에 대한 호기심은 충족될수록 더욱더 커지는 것만 같았다. 알면 알수록 더욱더 많은 것을 알고 싶었다. 채우면 채울수록 미칠 듯한 허기는 점점 더 심해졌다.

하지만 그는 적어도 사교계에 관련해서는 무모한 짓을 하지 않왔다. 겨울에는 매달 한두 번씩, 사교 시즌에는 매주 수요일 저녁마다 세상 사람들에게 자신의 아름다운 저택을 공개했고, 당대의 가장 유명한 음악가들을 불러들여 그들이 선보이는 예술의 경이로움으로 손님들을 매료시키곤 했다. 언제나 헨리 경의 도움을 받아 열리곤 했던 조촐한 그의 만찬은 이국적인 꽃들과 수를 놓은 식탁보와 금은제 골동품 접시들이 미묘하게 조화를 이룬 테이블 장식에서 느껴지는 섬세한 취향과, 그에 못지않게 초대할 손님들을 세심하게 선정하고 그들의 자리를 각별히 신경 써 정하는 것으로 유명했다. 실제로 많은 사람들, 특히 아주 젊은 사람들은 자신들이 이튼이나 옥스퍼드 시절에 자주 꿈꾸었던 전형적인 실제 인물, 학자가 갖춰야 할 진정한 교양과 세계 시민으로서 갖춰야 할 우아함과 뛰어난 기품과 완벽한 예절을 두루 겸비한 전형적인 인물을 도리언 그레이에게서 봤거나 봤다고 생각했다. 그들에게 도리언은 단테가 묘사한 '미를 숭배함으로써 완벽해지고자' 하는 사람들에 속하는 것처럼 보였다. 고티에처럼, 그는 '눈에 보이는 세계의 존재' 이유가 될 만한 사람이었던 것이다.

분명 그에게는 삶 자체가 모든 예술 중에 첫손 꼽히며 가장 위대한 예술이었다. 그런 점에서 다른 모든 예술은 그저 준비 과정에 지나지 않아 보였다. 실은 환상에 불과한 것이지만 잠시나마 보편성을 띠는 유행, 그리고 나름대로는 아름다움의 절대적인 현대성을 주장하려는 시도인 댄디즘은 당연히 그를 매혹했다. 그가 옷을 입는 방식, 그리고 이따금씩 그가 즐겼던 독특한 스타일은 메이페어의 무도회와 팰멜 가의 여러 클럽을 드나드는 젊은 멋쟁이들에게 커다란 영향을 미쳤다. 그들은 그가 하는 모든 것을 그대로 따라하며, 그로서는 그리 진지하지 않지만 우아하게 멋을 부린 일의 의도하지 않은 매력마저도 똑같이 재현하려 애썼다.

그는 성년이 되자 곧 자신에게 주어진 지위를 기꺼이 받아들일 준비가 되어 있었고, 또 자신이 네로 황제 시대에 로마에서 《사티리콘(Satyricon)》*의 저자가 보여준 인간형을 오늘날 런던에서 그대로 재현할 수 있을지 모른다는 생각에 정말로 묘한 쾌감을 느꼈던 반면에, 마음 깊은 곳에서는 단순한 '심미안의 권위자', 즉 보석으로 치장하거나 넥타이를 매거나 지팡이를 다루는 방법 따위에 대해 상담해주는 사람 이상의 무언가가 되기를 열망했다. 그는 이치에 맞는 철학과 정연한 원칙을 갖춘 새로운 인생 계획을 정교하게 고안하고, 감각을 정화하는 것으로 그 계획을 최대한 실현하고자 했다.

인간이 자신들보다 강해 보이는 열정과 감각에 대해 본능적으로 공포를 느끼고, 그런 열정과 감각을 자신들보다 열등한 존재인 유기체와 공유하고 있다고 생각하면서, 감각에 대한 숭배는 아주 정당하게 공공연한 비난을 받아왔다. 하지만 도리언에게 감각의 진정한 본질은 결코 이해된 적이 없는 것처럼 보였고, 감각은 그저 야생적이고 동물적인 것으로 남아 있는 듯했다. 왜냐하면 세상은 감각을 아름다움에 대한 섬세한 본능이 지배적인 특성이라 할 수 있는 새로운 영적 정신의 구성 요소로 삼으려 하기보다는, 감각을 굶겨서 굴복시키거나 고통으로 감각을 죽이려고 애써왔기 때문이다. 그는 지난 역사를 거쳐온 인간을 돌이켜보면서 상실감에 시달렸다.

---

* 고대 로마의 정치가이자 작가인 페트로니우스의 풍자소설.

너무 많은 것을 내주지 않았던가! 그토록 하찮은 목적을 위해서 말이다! 고집스러운 광적인 거부가 있었고 소름 끼치는 형태의 고행과 자기부정이 있었는데, 그 근원은 공포였으며 그 결과는 인간들이 무지 때문에 탈출하려고 애썼던 상상 속의 타락보다 훨씬 더 끔찍한 타락이었다. 놀라울 정도로 아이러니하게도 자연은 은둔자를 내몰아 사막의 야생동물들과 함께 음식을 먹게 했고, 수행자들에게는 들판의 짐승들을 친구로 삼게 만들었다.

그렇다, 헨리 경이 예견했듯이 삶을 재창조할 새로운 쾌락주의가 도래하여 우리의 현 시대에 기이하게 소생하고 있는 가혹하고 시대착오적인 청교도주의로부터 삶을 구해내야 한다. 쾌락주의는 분명 지성에 도움을 주기도 할 것이다. 그렇지만 어떠한 방식이든 열정적인 경험의 희생이 수반되는 이론이나 체계를 받아들여서는 안 된다. 쾌락주의의 목표는 실로 경험 자체가 되어야 하지, 달든 쓰든 경험의 열매가 되어서는 안 된다. 쾌락주의는 감각을 무디게 만드는 방탕만큼이나 감각을 죽이는 금욕 또한 전혀 알지 못할 것이다. 하지만 쾌락주의는 인간에게 그저 한순간에 지나지 않는 인생의 매 순간에 전념하도록 가르쳐줄 것이다.

죽음에 마음을 빼앗기다시피 꿈도 없는 밤을 보내거나 공포스럽고 기형적인 기쁨의 밤을 보낸 후에, 즉 모든 기괴함에 숨어 있는 강렬한 생명력으로, 특히나 몽상이라는 질병 때문에 정신적으로 커다란 고통을 겪는 사람들의 예술이라고 하는 고딕 예술에 영원한 생명력을 부여한다는 본능과, 현실 자체보다 더 소름 끼치는 환영을 찾기 위해 뇌 구석구석을 뒤져본 후에, 이따금 새벽이 오기 전에 잠에서 깨어나보지 않은 사람은 거의 없을 것이다. 하얀 손가락들이 커튼 사이로 느릿느릿 슬그머니 들어오자, 커튼이 파르르 떨리는 것만 같다. 검은 환상적인 형체의 말 없는 그림자들이 방구석으로 기어 들어와 그곳에 웅크렸다. 밖에서는 새들이 나뭇잎 사이로 바스락거리며 날아가는 소리, 사람들이 일터로 향하는 소리, 또는 언덕에서 내려와 조용한 집 주위를 떠돌며 어떻게든 꼭 자줏빛 동굴에서 잠을 불러내야만 할 텐데 하면서도 잠자는 사람들을 깨우는 게 두려운지 한숨을 쉬고는 흐느끼는 바람 소리가 들린다. 여러 겹의 장막과 같은 어스레한 엷은 안개가 걷히고 사물의 형체와 색깔들이 점차 제 모습을 드러내면, 우리는 새벽이 이 세상을 원래의 옛모양으로 되살리는 것을 지켜본다. 희미한 거울은 잃었던 모방적인 삶을 되찾는다. 불이 꺼진 작은 초는 원래 있던 자리에 그대로 서 있고, 그 곁에는 우리가 공부하다 반쯤 펼쳐둔 책이나 무도회에서 옷에 꽂았던 철사로 엮은 꽃, 혹은 읽기가 두렵거나 너무 자주 읽었던 편지가 놓여 있다. 변한 것은 아무것도 없어 보인다. 비현실적인 밤의 그림자들에서 익히 잘 알고 있는 실제 삶으로 돌아온 것이다. 우리는 떠나왔던 곳에서 실제 삶을 다시 시작해야 한다. 바로 그곳에서 우리는 판에 박힌 습관의 반복되는 지루한 일상을 영위하기 위해 끊임없이 에너지를 소비해야만 하는 사실에 대한 두려움이 엄습해오는 것을 느끼거나, 어쩌면 어느 날 아침 눈을 떴을 때 세상이 우리의 쾌락을 위해 어둠 속에서 완전히 새롭게 탈바꿈했기를, 혹은 세상의 사물들이 새로운 모양과 색깔로 변했거나 다른 비밀들을 간직하게 됐기를, 혹은 세상의 과거는 설 자리가 거의 없거나 전혀 없든지, 어쨌든 남아 있다면 의무나 후회를 의식하지 않는 형태로, 이를테면 슬픔을 지닌 기쁨에 대한 기억과 고통을 지닌 쾌락에 대한 추억으로 조화롭게 살아남아 있기를 열렬히 갈망할지도 모른다.

바로 이러한 세상을 창조하는 것이 도리언 그레이에게는 인생의 진정한 목적, 또는 진정한 목적들 중 하나로 여겨졌다. 그는 새로우면서도 유쾌하고, 로맨스에 꼭 필요한 생소함의 요소를 지닌 감각을 찾으면서, 정말로 자신의 본성과는 다르다고 생각했던 특정한 사고방식을 자주 선택했고, 그 미묘한 영향에 자신을 내던지고 나서 그 영향력의 색채를 파악하며 자신의 지적 호기심을 만족시켰다. 그러곤 생생한 열정적 기질과 양립할 수 있는, 어떤 현대 심리학자들의 말처럼 종종 열정적인 기질의 조건이기도 한 기묘한 무관심으로 그 사고방식을 내버리곤 했다.

한때는 그가 머지않아 로마 가톨릭 교회의 신자가 될 것이라는 소문이 돌았다. 사실 그는 항상 로마 가톨릭 교회의 예식에 커다란 매력을 느꼈다. 고대 세계의 그 모든 희생제보다 훨씬 더 큰 경외감을 일으키는 매일의 희생제는, 그의 마음을 흔들어놓았다. 이 희생제, 요소요소들의 원시적인 단순함과 희생제가 상징화하려는 인간의 비극에 대한 비애감, 그리고 감각의 증거에 대한 장려한 거부 때문이었다. 그는 차가운 대리석 바닥에 무릎을 꿇고 앉아, 빳빳한 꽃무늬 달마티카*를 입은 신부가 하얀 손으로 감실(龕室)의 베일을 천천히 옆으로 밀어젖히거나, 때때로 사람들이 실제로 '천상의 양식' 곧 천사들의 빵이라고 기꺼이 믿는 파리한 성체(聖體)가 담긴 보석으로 장식한 랜턴 모양의 성체 안치기를 높이 들어 올리거나, 그리

---

*   장엄미사나 대례미사 때 부제가 입는 예복.

스도의 수난 의복을 입은 채 성체를 쪼개서 성배에 담고 지은 죄 때문에 가슴을 치는 모습을 지켜보기를 좋아했다. 레이스가 달린 주홍색 복사복을 입은 엄숙한 표정의 소년 복사들이 연기 나는 향로를 커다란 금빛 꽃인 양 허공에 흔드는 모습은 묘하게 매혹적이었다. 그는 성당을 나설 때면 어두운 고해소를 경이감으로 바라보며, 그곳 어느 한 자리 어두운 그림자 속에 앉아 낡은 격자무늬 창을 통해 자신들의 진실한 삶을 속삭이는 남자와 여자들의 이야기를 엿듣고 싶은 마음이 간절했다.

하지만 그는 교리나 체제를 형식적으로 받아들임으로써 자신의 지적인 발전을 저해하는 실수를 범하거나, 자신이 계속 살아가야 할 집과 단지 하룻밤 묵거나 별도 없고 달은 아직 산고를 겪고 있는 한밤중에 고작 몇 시간쯤 머무르기에 알맞은 여관을 혼동하는 잘못을 저지르지 않았다. 평범한 것을 기이한 것으로 만드는 놀라운 힘을 지닌 신비주의와, 언제나 그런 신비주의와 동반하는 듯 보이는 미묘한 도덕률 폐기론(antinomianism)이 한동안 그의 마음을 움직였다. 그리고 한동안은 독일의 다원주의 운동인 유물론적 학설에 심취해, 정신이란 것도 우울하거나 건강하다든지 정상적이거나 질병이 있다든지 하는 어떤 특정한 신체 상태에 전적으로 의존한다는 개념에 대해 무척 흥미를 느끼면서, 인간의 사고와 열정을 두뇌의 진줏빛 세포나 인체의 백색 신경에 이르기까지 추적하는 것에 묘한 쾌감을 느꼈다. 하지만 앞서 언급했던 것처럼, 그에게는 삶에 관한 어떠한 이론도 삶 자체와 비교하면 전혀 중요한 것 같지 않았다. 그는 어떤 지적인 사색이라도 행동 및 실험과 분리될 때는 얼마나 무력한지 예리하게 인식하고 있었다. 그는 영혼 못지않게 감각 또한 밝혀져야 할 정신적인 미스터리들을 지녔다는 것을 알고 있었다.

그래서 이제 그는 짙은 향기가 나는 오일을 증류해보거나 동양에서 들여온 향기 나는 수지를 태워보면서 향수와 향수 제조의 비밀을 연구하기 시작했다. 그는 정신의 모든 기분은 감각적인 삶 속에서 대응되는 것을 가지고 있음을 깨닫고 그 둘 사이의 진정한 관계를 밝히는 일에 착수했다. 그러면서 유향 속의 어떤 물질이 신비스러운 기분이 들게 만드는지, 용연향(龍涎香) 속의 어떤 물질이 열정을 자극하는지, 제비꽃의 어떤 물질이 끝난 연애에 대한 기억을 일깨우는지, 사향의 어떤 물질이 두뇌를 어지럽게 하는지, 금후박(金厚朴)*의 어떤 물질이 상상력을 약화시키는지 의문을 품기도 했다. 그는 종종 실질적인 향기의 심리학을 정교화하려고 애쓰며, 감미로운 향이 나는 뿌리와 향기가 나는 꽃가루가 잔뜩 있는 꽃들, 향기로운 향유, 거무스름한 향나무들, 메스꺼움을 느끼게 하는 감송향**, 사람을 미치게 하는 헛개나무***, 영혼에서 우울증을 놓아낼 수 있다고 알려진 알로에 등이 미치는 여러 가지 영향을 평가하고자 노력했다.

또 어떤 때는 음악에 완전히 빠져, 천장은 주홍색과 황금색이고 벽은 황록색 래커 칠이 되어 있으며 긴 격자창이 있는 방에서 기묘한 연주회를 열곤 했다. 제정신이 아닌 집시들이 작은 치터를 뜯으며 거친 음악을 만들어내거나, 칙칙한 노란색 숄을 걸친 튀니지인

---

* 목련과의 나무.
** 중국의 구이저우와 쓰촨 등지에서 나는, 향기 나는 풀.
*** 갈매나뭇과의 낙엽 활엽 교목.

들이 기괴하게 생긴 류트의 팽팽한 현을 튕기는가 하면, 이를 드러
내고 히죽거리는 흑인들은 구리로 된 북을 단조롭게 두드렸고, 터
번을 두른 호리호리한 인도인들은 주황색 깔개 위에 쭈그리고 앉
아 갈대나 황동으로 만든 길쭉한 피리를 불면서 머리에 마치 두건
을 쓴 듯한 커다란 뱀과 소름 끼치게 생긴 뿔 달린 살무사들에게 주
문을 걸거나 주문을 거는 척했다. 슈베르트의 우아한 선율과 쇼팽
의 아름다운 슬픔, 그리고 베토벤의 힘찬 하모니마저도 귀에 별 감
흥을 주지 못할 때면, 야만적인 음악의 거친 음정과 날카로운 불협
화음을 들으며 깊은 감동을 받곤 했다. 그는 멸망한 나라의 무덤이
나 서구 문명과 접촉한 후에도 살아남은 소수의 야만인들에게 구할
수 있는 가장 희한한 악기들을 세계 각지에서 수집해서, 그것들을
만져보고 연주하는 것을 무척 좋아했다. 그는 아르헨티나 리오네그
로 인디언의 신비한 악기인 주르파리스를 소장하고 있었는데, 그것
은 원래 여자들에게는 보는 것이 허용되지 않았고 젊은이들조차 금
식을 하거나 징벌을 받은 후에야 볼 수 있었다고 한다. 그는 새들의
날카로운 울음소리를 내는 흙으로 만든 페루의 단지, 알폰소 데 오
발레*가 칠레에서 그 소리를 들었다는 인간의 뼈로 만든 플루트, 쿠
스코 근방에서 발견된 것으로 낭랑한 특유의 감미로운 소리를 내
는, 녹색의 벽옥으로 만든 악기들도 소장하고 있었다. 조약돌을 가
득 채워 흔들면 달가닥 소리가 나는 채색한 조롱박, 연주자가 숨을
불어넣는 게 아니라 악기를 통해 공기를 들이마셔 소리를 내는 멕시

---

* 알폰소 데 오발레(Alfonso de Ovalle, 1603~1651). 칠레의 예수회 신부.

코 악기인 기다란 클라린, 하루 종일 높은 나무 위에 앉아 있는 파수꾼들이 불면 3리그* 떨어진 곳에서도 들린다는, 귀에 거슬리는 음을 내는 아마존 부족의 악기 튜레, 나무로 만든 진동하는 혀 두 개가 있고 식물의 유액에서 추출한 탄성고무를 바른 막대기로 두드려 소리를 내는 테포나스틀리(teponaztli), 포도송이처럼 송이송이 매달린 모양의 아즈텍 악기인 요틀벨, 그리고 베르날 디아스**가 코르테스***와 함께 멕시코 사원에 들어갔을 때 봤던 악기로 거대한 뱀 가죽을 씌워 만든 원통 모양의 커다란 북도 소장하고 있었다. 베르날 디아스는 그 북이 내는 애처로운 소리에 관해 생생히 묘사한 기록을 남겼다. 이러한 악기들의 환상적인 특징이 도리언을 매료시켰고, 그는 자연과 마찬가지로 예술에도 야만적인 형태와 섬뜩한 소리를 지닌 특유의 괴물적인 속성들이 있다는 생각을 하며 묘한 기쁨을 느꼈다. 하지만 얼마 지나지 않아 이런 악기들에도 싫증이 난 그는 혼자서 혹은 헨리 경와 함께 오페라극장의 특별관람석에 앉아 넋을 잃고 〈탄호이저〉****를 들으며 황홀한 기쁨을 느꼈고, 그 위대한 예술 작품의 서곡에서 자기 영혼의 비극이 상연되는 것을 봤다.

언젠가 그는 보석을 연구하더니, 560개의 진주가 박힌 의상을 입은 프랑스의 제독 안 드 주아예즈(Anne de Joyeuse)의 모습으로 가장

---

*   거리의 단위로, 1리그는 약 3마일.

**   베르날 디아스 델 카스티요(Bernal Díaz del Castillo, 1492~1581). 코르테스의 멕시코 원정대에 참여한 이후에《신(新) 에스파냐 정복의 진상》을 남겼다.

***   에르난 코르테스(Hernán Cortés)는 아스테카 왕국을 정복한 스페인의 정복자로 멕시코에 스페인 식민지를 건설하고 총독을 지냈다.

****   바그너의 오페라.

무도회에 나타나기도 했다. 이런 취미는 몇 년 동안 그의 마음을 사로잡았으며, 사실상 그런 취미에서 결코 벗어나본 적이 없다고 해도 좋을 것이다. 그는 등불을 비추면 붉은색으로 변하는 황록색 크리소베릴, 철사처럼 생긴 은색 선이 들어 있는 사이모페인, 담황록색의 감람석(橄欖石), 장미의 연분홍색과 와인의 노란색을 띤 토파즈, 떨리며 반짝이는 네 개의 별이 박힌 불꽃같은 진홍색 홍옥, 불타는 듯한 빨간색 육계석(肉桂石), 주황색과 보라색이 어우러진 첨정석(尖晶石), 그리고 루비와 사파이어가 교대로 층을 이룬 자수정 등등, 자신이 수집한 여러 가지 보석들을 상자 안에 넣었다가 꺼냈다가 하며 정리하는 일로 하루 온종일을 보내는 일이 잦았다. 그는 일장석(日長石)의 붉은 황금빛과 월장석(月長石)의 진주처럼 새하얀 빛깔, 그리고 유백색 단백석(蛋白石) 속에 산산이 흩어져 있는 무지개 빛을 무척 좋아했다. 암스테르담에서 엄청나게 크고 색채가 화려한 세 개의 에메랄드를 입수했고, 보석 감정가라면 누구나 부러워할 유서 깊은 터키옥(玉)도 소장했다.

또한 그는 보석에 관한 놀라운 이야기들도 찾아냈다. 알폰소의 《성직자 교육(Clericalis Disciplina)》에는 진짜 히아신스석(石)의 눈을 가진 뱀이 언급되어 있고, 알렉산더 대왕의 영웅적인 역사서에는 에마티아(Emathia)*의 정복자가 요르단 계곡에서 '등에 진짜 에메랄드가 칼라처럼 자란' 뱀들을 발견했다고 쓰여 있었다. 필로스트라투스(Philostratus)가 전한 바에 따르면, 뇌에 보석이 박힌 용이 있었

---

* 마케돈, 테살리아, 파르살리아를 가리키는 말.

는데 이 괴물은 '황금색 글자와 주황색 의복을 보여주면' 마법에 걸려 잠들었기에 그사이에 괴물을 죽일 수 있었다. 그리고 위대한 연금술사 피에르 드 보니파스(Pierre de Boniface)에 따르면, 다이아몬드는 사람을 보이지 않게 만들고 인도의 마노(瑪瑙)는 사람을 웅변가로 만들어주었다. 홍옥수(紅玉髓)는 분노를 달래주고, 히아신스석은 잠이 오게 하며, 자수정은 술독(毒)을 없애주었다. 석류석(石榴石)은 악령을 몰아내고, 하이드로피쿠스는 달빛을 빼앗았다. 투명 석고는 달과 함께 찼다 이울었다 했고, 도둑을 찾아내는 멜로세우스는 오직 새끼 염소의 피에만 영향을 받았다. 레오나르두스 카밀루스(Leonardus Camillus)는 방금 죽은 두꺼비의 뇌에서 꺼낸 하얀 돌을 목격했는데, 그 돌은 해독 작용이 있었다. 아라비아 사슴의 심장에서 발견된 베조아르*는 페스트를 치료할 수 있는 부적으로 이용되었다. 아라비아 새들의 둥지 속에는 아스필라테스가 들어 있는데, 데모크리토스**에 따르면 그것을 지닌 사람은 어떠한 불의 위험에서도 보호를 받을 수 있었다.

실론***의 왕은 대관식 때 손에 커다란 루비를 들고서 말을 타고 시내를 돌았다. 사제 요한의 궁전의 문들은 '누구도 독을 품은 채 들어올 수 없도록 하기 위해서 홍옥수(紅玉髓)로 만들고, 그 안에 뿔 달린 뱀의 뿔을 박아 넣었다.' 그 궁전의 박공 위에는 '두 개의 홍옥(紅玉)이 박힌 황금 사과 두 개가 장식되어 있어' 낮에는 황금이, 밤

에는 홍옥이 반짝였다. 로지가 쓴 기이한 로맨스 〈아메리카의 마거라이트(A Margarite of America)〉에는, 여왕의 침실에서는 '세상의 모든 정숙한 부인들이 귀감람석(貴橄欖石), 홍옥, 사파이어, 녹색의 에메랄드로 만든 아름다운 거울을 들여다보고 있는 모습이 은으로 돋을새김돼 있는 것을' 볼 수 있다고 언급되어 있다. 마르코 폴로는 지팡구(Zipangu)*의 거주자들이 죽은 자의 입속에 장밋빛 진주를 넣는 광경을 봤다. 어떤 바다 괴물이 진주에 매혹되었는데, 한 잠수부가 그 진주를 훔쳐 페로제스(Perozes) 왕에게 바치자, 괴물은 그 도둑을 살해하고 일곱 달 동안이나 진주를 빼앗긴 일에 대해 한탄했다고 한다. 프로코피우스**가 전하는 이야기에 따르면, 훈족이 그 왕을 커다란 구덩이로 유인했을 때 왕은 그 진주를 내던졌고, 훗날 아나스타시우스(Anastasius) 황제가 그 진주를 찾는 자에게 500관(貫)의 황금을 주겠다고 공표했음에도 다시는 찾을 수가 없었다. 말라바(Malabar)***의 왕은 어떤 베네치아 사람에게 304개의 진주로 만든 묵주를 보여주었는데, 진주 하나하나가 왕이 숭배하는 신에 해당되었다.

브랑톰(Brantome)****에 따르면, 알렉산더 6세의 아들 발렌티누아 공작이 프랑스의 루이 12세를 방문했을 때 공작의 말은 온통 금박으로 치장되고 그가 쓴 모자에는 찬란한 빛을 발하는 두 줄의 루비

---

* 마르코 폴로가 일본을 가리킨 말.
** 비잔틴제국의 역사가.
*** 인도의 남서부 지역.
**** 피에르 드 부르데유 브랑톰(Pierre de Bourdeille Brantome, 1540~1614). 프랑스의 군인이자 연대기 작가.

가 박혀 있었다. 영국의 찰스 왕은 421개의 다이아몬드로 치장한 등자를 두 발로 디딘 채 말을 달렸다. 리처드 2세는 3만 마르크 가치의 외투가 있었는데, 그것은 발라스 루비로 뒤덮여 있었다. 홀(Hall)이 남긴 기록에 따르면, 헨리 8세는 대관식에 앞서 런던 타워로 가던 중에 "금으로 돋을새김 무늬를 넣은 재킷을 입고, 다이아몬드와 다른 화려한 보석들로 치장한 표찰을 달고, 커다란 발라스 루비들로 만든 목걸이를 걸고 있었다." 제임스 1세의 총신(寵臣)들은 금 줄 세공을 한 에메랄드 귀걸이를 착용했다. 에드워드 2세는 피어스 가베스턴(Piers Gaveston)에게 히아신스석(石)을 점점이 박아 넣은 금과 구리의 합금 갑옷 한 벌과, 터키석을 박은 황금 장미 문양의 목걸이, 그리고 진주들이 점점이 박혀 있는 스컬캡*을 선물했다. 헨리 2세는 보석으로 장식된 팔꿈치까지 닿는 긴 장갑을 꼈으며, 루비 12개와 동양산의 커다란 고급 진주 52개로 장식한 매 사냥용 장갑을 소지하고 있었다. 가문의 마지막 공작인 부르고뉴 공작, 일명 '경솔한 샤를'의 모자에는 서양 배 모양의 진주들이 달리고 사파이어가 점점이 박혀 있었다.

그 옛날 삶은 얼마나 아름다웠던가! 그 화려함과 장식은 얼마나 찬란했던가! 그 죽은 이들이 누린 향락에 관해 읽는 것만으로도 정말 굉장한 경험이었다.

이후 도리언은 자수품과, 북유럽 국가의 서늘한 방에서 프레스코 벽화 역할을 했던 태피스트리로 관심을 돌렸다. 그는 어떠한 주

---

* 테두리 없는 베레모.

제에 대해서건 관심을 가지는 순간만큼은 언제나 완전히 몰입하는 놀라운 재능이 있었다. 그는 이 주제를 탐구하면서 아름답고 경이로운 것들에 시간이 안겨준 파멸에 대해 생각하자 서글퍼지려고 했다. 하지만 그는 어쨌든 그러한 파멸을 모면했다. 여름이 가고 또다시 여름이 와도, 노란 수선화가 몇 번이나 피고 져도, 공포의 밤들이 자신의 수치스러운 이야기를 몇 번이고 반복했지만 그는 조금도 변하지 않았다. 매년 겨울이 찾아와도 그의 얼굴은 망가지지 않았고 꽃처럼 활짝 핀 아름다운 모습이 더러워지지 않았다. 하지만 물질적인 것들은 그런 그의 경우와는 완전히 달랐다! 그것들은 대체 어디로 사라져버렸을까? 갈색 피부의 소녀들이 아테네 여신을 기쁘게 하기 위해 만든, 거인들과 맞서 싸우는 신들의 모습을 수놓은 적황색의 커다란 의복은 어디에 있는 걸까? 네로 황제가 로마의 콜로세움에 드리웠던 거대한 차일은, 별이 빛나는 밤하늘과 금빛 고삐에 매인 하얀 군마들이 끄는 마차를 몰고 있는 아폴로의 모습이 묘사된 바로 그 타이탄의 자줏빛 돛은 어디에 있을까? 도리언은 향연에 필요한 모든 산해진미를 표현해놓은, 태양의 사제를 위해서 만든 기묘한 식탁용 냅킨을 보고 싶은 마음이 간절했다. 그는 또한 300마리의 황금벌이 수놓인 실페릭(Chilperic) 왕의 수의와, 폰투스 주교의 분노를 일으켰으며 '사자, 표범, 곰, 개, 숲, 바위, 사냥꾼 등 사실상 화가가 자연에서 모방할 수 있는 모든 것'을 그려놓은 환상적인 의복들도 몹시 보고 싶었다. 그리고 샤를 오를레앙이 입었던 외투도 보고 싶었는데, 그 외투의 양쪽 소매에는 "부인, 나는 정말 기쁘오"로 시작되는 가사와 함께 그 가사에 곡을 붙인 악보가 금색 실로 수놓아져 있으며, 당시 사각형 모양이던 각각의 음표는 네 개의 진주로 표시되어 있었다. 그는 부르고뉴의 조앙 왕비가 사용하도록 랭스의 궁전에 마련한 방에 대해서도 읽었는데, 이 방은 '왕의 문장과 함께 1,321마리의 앵무새를, 왕비의 문장과 함께 561마리의 나비를 수놓아' 장식되었다고 한다. '그 모든 나비들의 날개는 똑같이 전부 금색 실로 수놓아져 있었다.' 카트린 드 메디시스*는 상중에 이용하는 초승달과 태양이 가득 수놓아진 검은색 벨벳 침대를 구비하고 있었다. 그 침대의 휘장은 다마스크직(織)으로 만들어졌는데, 금과 은의 바탕 위에 나뭇잎이 많은 화환과 화관 문양이 있으며, 그 가장자리는 진주로 수놓아져 있었다. 그리고 그 침대가 있는 방 안에는 검정 벨벳 조각으로 만든 왕비의 문장들이 은색 천 위에 줄지어 걸려 있었다. 루이 14세는 자신의 방에 금으로 장식한 15피트 높이의 여인상 기둥들을 두었다. 폴란드 왕 소비에스키(Sobieski)의 의전용 침대는 코란의 구절들이 터키옥으로 수놓아진, 스미르나산 금빛 문직(紋織)으로 만들어져 있었다. 침대의 지지대는 은박을 입히고 아름답게 돋을새김 무늬를 넣었으며, 에나멜로 광택을 내고 보석으로 장식한 커다란 메달들이 잔뜩 붙어 있었다. 이 침대는 비엔나 전방 터키 군 주둔지에서 빼앗아 온 것인데, 침대 덮개의 흔들리는 금박 장식 아래에는 마호메트의 군기가 세워져 있었었다.

도리언은 꼬박 1년 동안 직물과 자수품 중에서 자신이 찾을 수 있는 한 가장 훌륭한 표본들을 수집했다. 결국 그는 손바닥 모양의 나뭇잎들을 금실로 정교하게 수놓고 그 위에 무지갯빛 딱정벌레 날개

---

*　카트린 드 메디시스(Catherine de Medicis, 1519~1589). 프랑스 앙리 2세의 왕비.

를 한 땀 한 땀 바느질해 넣은 델리산(産)의 우아한 모슬린, 특유의 투명함 때문에 동양에서는 '공기로 짜 넣은 천', '흐르는 물', '저녁 이슬' 등으로 알려진 다카*산 거즈, 기묘한 문양이 있는 자바산 직물, 정교하게 수놓은 노란색 중국 벽걸이 천, 황갈색 공단이나 산뜻한 푸른색 실크로 장정하고 백합 문장(紋章)과 새와 기타 여러 가지 이미지들을 수놓은 책들, 헝가리제 뜨개바늘로 뜬 레이스 베일, 시칠리아의 문직(紋織)과 빳빳한 스페인 벨벳, 금박 입힌 동전이 이용된 조지 왕조 시대의 자수품, 초록빛이 감도는 황금과 경탄을 자아내는 깃털 달린 새들을 수놓은 일본 보자기 등을 입수했다.

또한 그는 정말로 교회의 예식과 관련된 것이라면 무엇이든 각별한 관심을 가지고 있었듯이 성직자의 예복에도 남다른 열정을 보였다. 그는 자신의 저택 서쪽 복도에 늘어선 기다란 삼나무 옷장에 '그리스도의 신부(新婦)'가 입는 예복의 표본이라고 할 만한 아름다운 옷들을 잔뜩 보관하고 있었는데, 그 '신부'는 스스로 찾은 고행으로 야위고 스스로 자초한 고통으로 상처 받고 쇠약해져 창백한 몸을 감추기 위해서라도 보석으로 치장하고 자줏빛의 섬세한 아마포 옷을 입어야만 했다. 도리언은 진홍색 비단실과 금실로 수놓인 다마스크 천으로 만든 화려한 긴 사제복도 가지고 있었는데, 그 의복에는 여섯 개의 꽃잎을 가진 일정한 모양의 꽃들에 황금빛 석류 무늬들이 반복해서 나타나 있고, 그 뒤로 양쪽에 작은 진주알로 파인애플 무늬가 수놓아져 있었다. 성직자의 제복에 두르는 장식띠, 그

---

* 방글라데시의 수도.

천의 여러 부분들에는 성모마리아의 일생을 표현한 장면들이 수놓아져 있었다. 그리고 두건의 색색의 실크에는 성모마리아의 대관식 장면이 수놓아져 있었다. 이 사제복은 15세기 이탈리아의 작품이었다. 또 다른 사제복은 녹색 벨벳이었는데, 줄기가 긴 하얀 꽃들이 뻗어 나온 아칸서스* 잎들이 모여 형성된 하트 모양이 은색 실과 색색의 수정들로 아주 섬세하게 수놓아져 있었다. 제의(祭衣)에 달린 보석 단추에는 치품천사의 머리가 금실로 도드라지게 수놓아져 있었다. 이 사제복에 두르는 장식띠는 붉은색과 금색 비단이 마름모꼴로 짜여 있었고, 성 세바스찬을 비롯한 많은 성인과 순교자들의 초상화들이 원형으로 돋을새김되어 있었다. 그는 호박색 실크와 파란색 실크, 금색 문직과 노란색 실크 다마스크, 그리고 금색 천으로 만든 제의도 가지고 있었는데, 그 위에는 그리스도가 수난을 겪고 십자가에 못 박힌 장면이 묘사되어 있었고 사자와 공작을 비롯한 여러 가지 상징들이 수놓아져 있었다. 흰색 공단과 분홍색 비단 다마스크에 튤립과 돌고래, 백 합 문장이 장식된 부제복(副祭服)과, 진홍색 벨벳과 파란색 리넨으로 만든 제단의 앞 장식 천, 성체포(聖體布)와 성배 덮개, 그리고 성녀 베로니카의 손수건들도 많이 가지고 있었다. 이러한 것들이 사용되는 신비한 의식에는 그의 상상력을 자극하는 무언가가 존재했다.

　이러한 귀중품들과 그가 자신의 아름다운 저택에 수집해둔 모든 것은 그에게 망각의 수단이 되었고, 때로 감당하기에는 너무 크게

---

* 　지중해 연안 지방에 자생하는, 가시가 있는 다년초 식물이다.

느껴지는 공포에서 잠시나마 벗어날 수 있게 해주는 방편이었다. 그는 어린 시절 그토록 많은 시간을 보냈던 방, 지금은 외롭게 잠겨 있는 방 벽에 자기 인생의 진정한 퇴락을 보여주는, 얼굴이 변해가는 끔찍한 초상화를 자기 손으로 직접 걸고, 그 앞에 자주색과 금색의 장막을 커튼처럼 쳤다. 몇 주 동안은 그 방 안에 들어가지 않고 그 소름 끼치는 그림을 까맣게 잊어버린 채, 다시 가벼운 마음과 황홀한 기쁨을 되찾아 오로지 삶에 열정적으로 몰입하곤 했다. 그러다가 어느 날 밤 갑자기 슬그머니 집을 빠져나와 블루 게이트 필즈* 근처의 무서운 지역으로 내려가서, 쫓겨날 때까지 몇 날 며칠이고 머물렀다. 그러고 나서 집에 돌아오면, 그림 앞에 앉아 때로는 그림과 자신을 혐오할 때도 있지만 보통은 어느 정도 죄악의 황홀함이라고 할 수 있는 이기적인 자만심으로 가득 차, 자신이 짊어졌어야 할 짐을 대신 짊어지고 있는 흉측한 그림자를 바라보며 은밀한 쾌감에 환한 미소를 짓곤 했다.

몇 년이 흐른 후 오랫동안 영국을 떠나 있는 것을 견딜 수 없게 된 도리언은 헨리 경과 함께 여러 해 겨울을 보냈던, 하얀 담을 가진 알제의 작은 저택뿐만 아니라 역시 그와 함께 생활했던 트루빌의 별장도 처분했다. 그는 자기 인생의 일부가 된 초상화와 떨어져 있기가 싫었고, 꼼꼼하게 방문에 빗장들을 설치하긴 했지만 자신이 없는 동안 누군가 그 방에 접근하지는 않았을까 두렵기도 했던 것이다.

그는 사람들이 초상화로 아무것도 알아내지 못하리라는 것을 잘

---

* 당시 빈민굴, 아편굴이다.

알고 있었다. 아무리 불결하고 흉측한 얼굴이라 하더라도 초상화의 표정 아래 여전히 자신과 뚜렷하게 닮은 구석이 남아 있는 것은 사실이다. 하지만 그렇더라도 그 정도로 사람들이 뭘 알아낼 수 있겠는가? 자신을 헐뜯는 사람이 있다면 그자를 비웃어줄 터이다. 그 초상화는 자신이 그린 것도 아니었다. 초상화가 얼마나 혐오스럽게 생겼든, 얼마나 수치스럽게 생겼든, 그것이 자신과 무슨 상관이란 말인가? 설령 사람들에게 사실 그대로 털어놓는다고 해도, 누가 그 말을 믿겠는가?

하지만 그래도 그는 두려웠다. 가끔 노팅엄셔에 있는 자신의 대저택에 머물면서 주로 어울리는 자신과 같은 계급의 사교계 젊은이들을 대접하다가도, 유난히 사치스럽고 호화로운 생활 방식으로 그 지역 사람들을 깜짝 놀라게 하다가도, 그는 갑자기 손님들을 내버려두고 서둘러 런던으로 돌아와 혹시라도 누가 문을 건드리진 않았는지, 그림은 여진히 방 안에 그대로 있는지 확인하곤 했다. 그림을 도둑맞으면 어쩌지? 그저 그런 생각만으로도 두려움에 등골이 오싹했다. 그림을 도둑맞는다면 틀림없이 세상 사람들이 그의 비밀을 알게 될 것이다. 어쩌면 벌써 세상 사람들이 자신의 비밀을 알아챘을지도 모른다.

왜냐하면 그에게 매혹된 사람들도 많았지만 그를 신뢰하지 않는 사람도 적지 않았기 때문이다. 그는 출신과 사회적 지위로 볼 때 회원이 될 자격이 충분히 있는데도 웨스트엔드 클럽에서 하마터면 배척당할 뻔했었다. 그리고 언젠가 한 친구에 이끌려 처칠 클럽의 흡연실에 들어갔을 때는 베릭 공작과 다른 신사 한 명이 노골적으로 불쾌한 기색을 보이며 자리에서 벌떡 일어나 나가버렸다. 스물다섯 살이 된 이후로 그에 관한 묘한 이야기들이 나돌기 시작했다. 화이트채플 변두리의 추잡한 소굴에서 외국 선원들과 싸움을 벌이는 모습을 봤다거나, 도둑들이나 화폐 위조범들의 돈벌이 비밀을 속속들이 알 만큼 그런 자들과 자주 어울린다는 소문이 돌기도 했다. 그가 이상할 정도로 자주 오랫동안 집을 비우는 일에 대해 나쁜 소문이 돌았고, 그가 다시 사교계에 나타날 때면 사람들이 구석에서 자기들끼리 쑥덕거리거나, 비웃으며 그의 곁을 지나치거나, 그의 비밀을 알아내기로 마음먹은 듯 차갑고 날카로운 눈초리로 그를 바라보곤 했다.

물론 그처럼 무례한 태도라든가 의도적으로 멸시하는 행동에 대해 그는 전혀 신경을 쓰지 않았다. 대부분의 사람들의 견해에 따르면, 그의 솔직하고 정중한 태도, 매력적인 천진난만한 미소, 결코 그에게서 떠나지 않을 것 같은 아름다운 젊음에 깃든 한없는 우아함이 그의 주변을 떠도는 비방에 대한 충분한 답변이 되었다. 하지만 얼마 후에 그와 친하게 지냈던 사람들 중 일부가 그를 멀리하는 모습을 보였다. 그를 열광적으로 흠모하고 그를 위해서라면 어떠한 사회적 비난도 감수하며 관습 따위는 무시했던 여자들도, 도리언 그레이가 방에 들어서면 수치심이나 혐오감으로 싸늘한 표정을 짓곤 했다.

하지만 많은 사람의 눈에는 이처럼 소문으로 떠도는 추문들이 오히려 그의 기이하고 위태로운 매력만 더욱 강화시켜줄 뿐이었다. 그의 막대한 재산이 그를 보호해주는 요소가 되기도 했다. 사회, 적어도 문명사회는 부자인 데다 매력적인 사람에게 해를 입힐 만한 일은 결코 믿으려 하지 않는다. 문명사회는 도덕보다는 태도가 더 중요하다고 본능적으로 느끼며, 가장 고결한 인격을 갖추는 것보다 훌륭한 요리사들을 두는 것이 훨씬 가치 있는 일이라고 여긴다. 결국 형편없는 식사나 싸구려 와인을 대접한 사람에 대해 그래도 사생활에서는 흠잡을 데 없는 사람이라고 말하는 것은 아주 서툰 위로라는 것이다. 언젠가 이런 주제에 대해서 토론했을 때 헨리 경이 말했듯이, 인간의 기본 덕목도 반쯤 식은 앙트레*를 보상해주지는 못한다. 헨리 경의 견해에는 수긍할 만한 점들이 많아 보인다. 좋은 사회의 규범은 예술의 규범과 같거나 같아야 하기 때문이다. 형식은 규범에 반드시 필요한 요소이다. 형식은 비현실성뿐만 아니라 의식적인 위엄도 지녀야 하고, 낭만주의 연극의 가식적인 특성과 함께 그러한 연극을 보며 즐거움을 느낄 수 있게 해주는 재치와 아름다움도 두루 겸비해야 한다. 그런데 가식이 그토록 끔찍한 것인가? 그렇지 않다. 가식은 각자의 개성을 증대시켜주는 하나의 방법에 지나지 않는다.

어쨌든 도리언 그레이의 견해는 그러했다. 그는 인간의 자아를 단순하고, 영원하고, 신뢰할 수 있는 하나의 본질을 지닌 것으로 여기는 사람들의 얄팍한 심리에 대해 놀라워하곤 했다. 그에게 인간은 무수한 삶과 무수한 감각을 지닌 존재이며, 내면에 사고와 열정들의 이상한 유산을 품고 죽은 이들의 기괴한 질병들로 감염된 육체를 가진 복잡다기한 생물체였다. 그는 시골 저택의 쓸쓸한 느낌이 드는 서늘한 화랑을 천천히 거닐면서 자신의 혈관에 흐르는 피

---

* 생선이 나온 다음 구운 고기가 나오기 전에 나오는 요리다.

를 물려준 조상들의 다양한 초상화들을 살펴보는 것을 무척 좋아했다. 그중에는 프랜시스 오즈번(Francis Osborne)이 자신의 저서《엘리자베스 여왕과 제임스 왕 치세에 대한 회고록》에 '잘생긴 외모로 왕실의 총애를 받았으나 그리 오래가지는 못한' 인물로 기록한 필립 허버트의 초상화도 있었다. 혹시 도리언 자신이 이따금 젊은 허버트의 삶을 살고 있는 것은 아닐까? 어떤 이상한 독성 균이 몸에서 몸으로 퍼져 결국 자신의 몸으로 전해진 것은 아닐까? 바질 홀워드의 화실에서 자신의 인생을 바꿔놓은 얼빠진 기도를 너무나 갑작스럽게 거의 아무런 이유도 없이 내뱉은 것이 시들어버린 자신의 매력에 대한 어렴풋한 예감 때문은 아니었을까? 그곳에는 앤서니 셰라드(Anthony Sherard) 경의 초상화도 있었다. 그는 금실로 수놓인 붉은색 더블릿*에 보석 박힌 겉옷을 입고, 주름진 칼라와 소매 끝동에 금테를 두르고 있었다. 그의 발치에는 은색과 검은색 갑옷 한 벌이 포개져 놓여 있었다. 이 남자에게서 도리언 자신이 물려받은 유산은 무엇일까? 나폴리의 조반나(Giovanna) 여왕의 연인이었던 그는 자신에게 죄악과 수치를 유산으로 남겨준 것일까? 자신의 행동들은 죽은 이들이 실현시키지 못한 꿈에 불과한 것이 아닐까? 거즈로 만든 두건을 쓰고, 진주로 치장한 가슴받이를 착용하고, 소맷부리를 살짝 터놓은 분홍색 옷을 입은 엘리자베스 데버루(Elizabeth Devereux) 부인이 빛바랜 캔버스 속에서 미소 짓고 있었다. 그녀는 오른손에 꽃 한 송이를, 왼손에는 흰색과 연분홍색 장미 장식이 있

---

* 14~17세기에 남성들이 입던 짧고 꼭 끼는 상의다.

는 에나멜 목걸이를 쥐고 있었다. 그녀의 옆 테이블 위에는 만돌린과 사과가 하나씩 놓여 있었다. 끝이 뾰족한 작은 구두에는 초록색의 커다란 장미 모양 리본이 장식되어 있었다. 그는 그녀의 일생과, 그녀의 연인들에 대한 이상한 소문들을 알고 있었다. 자신에게도 그녀의 독특한 기질이 있는 것은 아닐까? 타원형의 두꺼운 눈꺼풀을 가진 두 눈이 호기심 어린 눈빛으로 자신을 바라보고 있는 것만 같았다. 머리에 분을 바르고 얼굴에 기이하게 생긴 반점들이 난 조지 월러비(George Willoughby)는 어떠한가? 어찌 이토록 사악하게 생겼을까! 거무스레한 얼굴은 음침해 보이고, 육감적인 입술은 경멸감에 일그러진 듯 보였다. 섬세한 레이스 주름 장식이 지나칠 정도로 많은 반지를 낀 여윈 누런 손 위로 흘러내려 있었다. 그는 18세기 유럽 내륙풍에 젖은 멋쟁이였으며, 젊은 시절에는 페라스(Ferrars) 경의 친구였다. 그럼 섭정(攝政) 왕자*가 가장 방탕했던 시절에 그의 벗이었으며, 왕자가 피츠허버트(Fitzherbert) 부인과 비밀 결혼을 할 때 증인들 중 한 명으로 참석하기도 했던 베케넘(Beckenham) 2세는 어떠한가? 밤색 고수머리에 거만한 자세를 취한 그는 얼마나 당당하고 잘생겼는가! 그는 어떤 열정들을 물려주었을까? 세상은 그를 파렴치한 인간으로 봤다. 그는 칼턴 하우스(Carlton House)에서 광란의 주연을 벌였었다. 그의 가슴에서는 가터 훈장의 별이 빛나고 있었다. 그의 옆에는 그의 아내, 검은 옷차림에 창백하고 입술이 얇은 여인의 초상화가 걸려 있었다. 그녀의 피 역시 도리언의 몸속

---

* 나중에 영국의 왕이 된 조지 4세.

에서 꿈틀거리고 있었다. 이 모든 일이 얼마나 기이해 보이는가! 그리고 해밀턴 부인의 얼굴을 닮은 자신의 어머니, 와인을 적신 듯 촉촉한 입술을 가진 자신의 어머니도 있었다. 그는 자신이 어머니에게 무엇을 물려받았는지 알았다. 그는 자신의 미모와 다른 사람들의 미모에 대한 열정을 어머니에게 물려받았다. 어머니는 바쿠스신 여사제의 헐렁한 드레스를 입고 그를 바라보며 미소를 짓고 있었다. 그의 어머니의 머리카락은 포도나무 잎들로 치장되어 있었다. 그녀가 들고 있는 잔에서는 진홍색 포도주가 흘러넘쳤다. 그림 속 카네이션은 색이 바랬지만, 눈동자의 색깔만은 여전히 놀랄 만큼 깊고 또렷하게 반짝였다. 그녀의 두 눈동자는 그가 어디로 향하든 그를 쫓는 것만 같았다.

하지만 혈통뿐만 아니라 문학적인 면에서도 조상은 있기 마련이다. 유형과 기질에서 대다수의 문학적 조상과 더 많이 닮았을 수 있으며, 그런 조상들은 후손이 훨씬 더 완벽하게 인식할 수 있는 영향력을 확실히 갖추고 있을 것이다. 도리언 그레이는 실제로 행동해 보거나 환경에 몸을 담고 모든 역사를 살아보지는 못했지만, 상상력으로 역사를 창조했고, 그의 두뇌와 열정 속에 그러한 역사가 존재했기에 전체 역사가 마치 자신의 인생 기록에 불과한 것처럼 느껴지던 때가 있었다. 그는 이 역사 속의 모든 사람들, 세계무대를 가로지르며 죄악을 그토록 경이로운 것으로 만들고 악을 그토록 신비함이 가득 차 있는 것으로 만든 그 무시무시하고 기묘한 인물들 모두를 예전부터 잘 알고 있었던 것만 같았다. 왠지 신비롭게도 그들의 삶이 자신의 삶이었던 것처럼 느껴졌다.

그의 삶에 그토록 커다란 영향을 미쳤던 그 놀라운 소설의 주인공 역시 이처럼 기이한 공상을 경험했었다. 7장에서 주인공은 난쟁이들과 공작새들이 뽐내며 자신의 주변을 돌아다니고 피리 부는 사람이 향로를 흔드는 사람을 조롱하는 동안, 자신이 어떻게 벼락을 맞지 않기 위해 월계관을 쓰고 티베리우스*처럼 카프리 섬 정원에서 엘레판티스(Elephantis)**의 외설적인 책들을 읽고 있었는지를 말한다. 주인공은 칼리굴라***처럼 녹색 셔츠를 입은 경마 기수들과 함께 그들의 마구간에서 진탕 술을 마시기도 하고, 이마를 보석으로 장식한 말 한 마리와 함께 상아 여물통에서 저녁 식사를 하기도 했다. 또 도미티아누스****처럼 살아오면서 아무것도 거부당해본 적이 없는 사람에게 찾아오는 권태로움, 그 끔찍한 권태에 시달리며 자신의 생애를 마감해줄 단검이 거울에 비치지 않을까 광포한 눈빛으로 주변을 둘러보면서 대리석 거울이 즐비하게 늘어선 복도를 배회하기도 했다. 또한 투명한 에메랄드를 통해 원형극장의 피로 물든 유혈 장면을 들여다보기도 했고, 그 이후 은으로 만든 편자를 박은 노새들이 끄는 진주색과 자주색 가마를 타고 석류나무의 거리를 지나 황금의 집까지 이동하면서 사람들이 네로 황제를 외쳐대는 소리를 듣기도 했다. 그리고 엘라가발루스*****처럼 색색으로 얼굴을 화장

---

*   티베리우스(Tiberius Caesar Augustus, B.C. 42~A.D. 37). 로마의 제2대 황제.

**   그리스의 여류 시인으로 성(性)생활 입문서로 이름을 알렸다고 전해진다. 로마의 역사가 수에토니우스에 따르면, 티베리우스는 자신의 휴양지인 카프리 섬에서 보낼 때면 엘레판티스의 전집을 가져가 읽었다고 한다. 하지만 현재 전하는 작품은 없다.

*** 로마의 제3대 황제(12~41).

**** 로마의 제10대 황제(51~96).

***** 로마의 황제(204~222).

했고, 여자들 틈에 끼어 물레를 돌렸고, 카르타고에서 달을 데려와 해에게 시집을 보내기도 했다.

　도리언은 이 환상적인 장(章)과 이어지는 두 개의 장을 여러 번 반복해서 읽곤 했는데, 그 두 개의 장은 어떤 진귀한 태피스트리나 정교하게 만든 에나멜 세공품들처럼 악덕과 피와 피로로 인해 괴물이 되거나 미쳐버린 사람들의 끔찍하고 아름다운 모습을 묘사하고 있었다. 밀라노의 공작 필리포(Filippo)는 아내를 살해하고, 아내의 입술에 주홍색 독을 발라 아내의 연인이 시체를 끌어안고 입을 맞출 때 죽음을 빨아들이게 했다. 바오로 2세로 알려진 베네치아 사람 피에트로 바르비(Pietro Barbi)는 허영심 때문에 포르모소(Formosus)* 의 자리를 차지하려 애썼는데, 20만 플로린 가치의 교황직은 무서운 죄의 대가로 얻은 것이었다. 지안 마리아 비스콘티(Gian Maria Visconti)는 사냥개들을 이용해 살아 있는 사람들을 뒤쫓게 했었다. 결국 그는 살해됐는데, 그를 사랑했던 어느 매춘부가 그의 시체를 장미꽃으로 덮어주었다. 형제를 죽인 살해범을 거느리고 백마를 타고 달리던 보르자**의 망토는 페로토의 피로 얼룩져 있었다. 교황 식스투스 4세가 총애하는 아들이자 피렌체의 젊은 추기경이었던 피에트로 리아리오(Pietro Riario)는 대단히 아름다운 용모만큼이나 방

---

*　제111대 교황으로 891~896년 동안 재위했으나 죽은 뒤 스테파노 6세가 교황 직위를 무효화하고 시체를 테베레강에 버렸다. 이후 그의 시체는 테오도르 2세 때 제대로 수습되었다.

**　체사레 보르자(Cesare Borgia, 1475~1507). 르네상스 시대 이탈리아의 전제군주. 목적을 위해서는 수단과 방법을 가리지 않았던 그를 마이카벨리는 이상적 전제군주로 보기도 했다.

탕했는데, 님프와 켄타우로스로 분장한 사람들로 가득한, 흰색과 진홍색 비단으로 된 큰 천막 안에서 아라곤의 레오노라를 맞아들였다. 그리고 연회에서 시중드는 소년을 가니메데스*나 힐라스**처럼 치장시켰다. 사람이 죽는 광경을 보아야만 우울증이 가라앉았던 에첼린***은 다른 사람들이 붉은 포도주에 열광하듯 붉은 피에 열광했다. 전하는 바에 따르면 그는 악마의 아들로, 자신의 영혼을 걸고 아버지와 도박을 할 때 주사위에 속임수를 썼다고 한다. 조롱을 받으며 인노첸시오라는 이름을 얻어낸 잠바티스타 치보****는 유대인 의사의 도움으로 혈액의 움직임이 원활하지 않았던 혈관에 소년 세 명의 피를 수혈받았다. 이소타(Isotta)의 연인이며 리미니의 영주였던 시지스몬도 말라테스타는 신과 인간의 적대자로 여겨져 로마에서 그의 형상이 불태워졌다. 그는 폴리세나(Polyssena)를 냅킨으로 목 졸라 죽였고, 에메랄드 컵에 독을 넣어 지네브라 데스테(Ginevra d'Este)에게 건넸으며, 자신의 수치스러운 열정을 기념하여 그리스도를 숭배하는 이단 교회를 건립했다. 샤를 6세는 형수를 광적으로 흠모했는데, 나환자가 그에게 닥칠 광기를 예언했다. 그 예언대로 마침내 뇌에 병이 생겨 점차 이상행동을 보이게 되었을 때, 그는 사랑과 죽음과 광기의 상(像)이 그려진 사라센 카드로만 마음을 달랠 수 있었다. 깔끔하게 손질한 짧은 상의를 입고 보석으로 장식한

---

*　　　그리스 신화에서 신들을 위해 술을 따르던 미소년.
**　　그리스 신화에서 헤라클레스가 사랑한 미소년.
***　폭군이었던 이탈리아 파두아의 공작(1194~1259).
****　교황 인노첸시오 8세. 추기경 지울리아노 델라 로베레(훗날 교황 율리우스 2세)
　　　의 조종으로 교황이 된 이후로 평생 그의 꼭두각시 노릇을 했다고 한다.

248

모자를 썼으며, 아칸서스 모양의 곱슬머리를 하고 있던 그리포네토 바글리오니(Grifonetto Baglioni)는 아내와 함께 아스토레를 살해했고, 시동과 함께 시모네토를 살해했다. 그렇지만 그의 빼어난 외모가 얼마나 아름답던지 노란색의 페루자 광장에 누워 죽어갈 때는 그를 증오하던 사람들조차도 눈물을 터뜨리지 않을 수 없었고, 그를 저주하던 아탈란타도 명복을 빌어주었다.

이들 모두에게는 섬뜩한 매력이 있었다. 도리언은 밤에 이들을 봤고, 낮에는 이들이 그의 상상력을 괴롭혔다. 르네상스 시대의 사람들은 기묘한 독살 방법들을 알고 있었다. 투구와 불타는 횃불에 의한 독살, 수놓은 장갑과 보석으로 장식한 부채에 의한 독살, 그리고 금박을 입힌 포맨더*에 의한 독살, 호박 목걸이에 의한 독살 따위의 방법이 있었다. 도리언 그레이는 한 권의 책에 중독되어 빠져나오지 못하고 있었다. 가끔 그는 악이란 그저 아름다움에 대한 자신의 개념을 현실화해주는 하나의 방식일 뿐이라고 여기곤 했다.

---

* 향이 좋은 말린 꽃, 나뭇잎 등을 넣어 옷장이나 방 안에 두는 통. 목이나 허리띠에 매달거나 반지 형태로 손가락에 끼고 다니기도 했다. 그러면 질병의 전염이나 악취를 막아준다고 여겼다.

12

그닐은 11월 9일, 훗날 도리언이 종종 떠올리곤 했던 것처럼 서른여덟 번째 생일의 전날이었다.

그는 헨리 경의 집에서 저녁을 먹고 11시경에 집으로 돌아가는 길이었다. 춥고 안개가 자욱하게 깔린 밤이었기에 그는 두꺼운 모피로 온몸을 감싸고 있었다. 그로스브너 광장과 사우스 오들리 가 사이의 모퉁이에 이르렀을 때, 안개 속에서 회색 얼스터코트의 옷깃을 세운 한 남자가 아주 빠른 걸음으로 그를 스쳐 지나갔다. 남자는 손에 가방 하나를 들고 있었다. 도리언은 그 남자가 누구인지 알아봤다. 바로 바질 홀워드였다. 뭐라 말로 설명할 수 없는 기이한 공포감이 도리언을 엄습했다. 그는 아는 체하지 않고 집을 향해 계속해서 걸음을 재촉했다.

하지만 홀워드도 그를 알아봤다. 도리언은 홀워드가 보도에서 발걸음을 멈추고 서둘러 자신을 뒤쫓아오는 소리를 들었다. 잠시 후 도리언은 홀워드에게 팔을 붙잡혔다.

"도리언! 이런, 정말 운이 좋군! 난 9시부터 자네 서재에서 자네를 기다렸었어. 그런데 결국은 하인의 지친 기색이 너무 딱해 보여 이제 가볼 테니 그만 잠자리에 들라고 말했다네. 오늘 밤에 자정 열차를 타고 파리로 떠날 거야. 그래서 떠나기 전에 특별히 자네를 만나보고 싶었지. 자네가 내 곁을 스쳐 지나가는 순간 혹 자네가 아닐까, 자네의 모피 코트가 아닐까, 하고 생각했지. 하지만 확신은 못했지. 자넨 나를 알아보지 못했나?"

"바질, 이런 안개 속에서 알아봤냐고요? 음, 난 그로스브너 광장인 줄도 몰랐어요. 내 집이 이 근처 어디쯤에 있다는 건 알지만 위치를 정확히 알 수 없을 정도예요. 오랜만에 만났는데, 멀리 떠난다니 정말 유감이군요. 하지만 곧 돌아올 거죠?"

"아니, 6개월 동안 영국을 떠나 있을 거라네. 파리에 화실을 하나 구해 머릿속에 담아두고 있는 위대한 그림을 완성할 때까지 그곳에 틀어박혀 지낼 작정이네. 하지만 내가 자네를 찾은 건 내 이야기를 하고 싶어서가 아니야. 어느새 자네 집 앞에 왔군그래. 잠깐 들렀다 가도 되겠나. 자네에게 할 말이 있거든."

"그럼요. 한데 그러다가 기차를 놓치는 거 아니에요?"

도리언 그레이는 계단을 올라가 현관 열쇠로 문을 열며 심드렁하게 물었다.

램프 불빛이 간신히 안개를 뚫고 희미하게 비쳤고, 그 불빛으로 홀워드는 시계를 봤다. 그가 대답했다.

"시간은 많이 남았어. 기차는 12시 15분은 돼야 출발할 테고, 지금은 겨우 11시야. 실은 아까 만났을 때 자네를 찾으러 클럽에 가던 중이었네. 자네도 알다시피, 무거운 짐들은 미리 보내놓았기에 짐 때문에 시간이 지체될 일은 없어. 가져갈 것은 이 가방 안에 있는 게 전부야. 빅토리아 역까지는 넉넉잡아 20분이면 갈 수 있어."

도리언이 그를 보며 미소를 지었다.

"최고 화가의 여행 방식이로군요! 글래드스턴 여행 가방 하나와 얼스터 외투 한 벌이라! 자, 들어와요. 안 그러면 안개가 집 안으로 들어오겠어요. 그리고 심각한 이야기는 하지 않았으면 좋겠어요. 요즘엔 심각한 게 없어요. 어쨌든 심각할 필요는 없잖아요."

홀워드는 고개를 저으며 집 안으로 들어섰다. 그리고 곧 도리언을 따라 서재로 들어갔다. 커다란 개방형 벽난로에는 장작불이 환하게 빛을 밝히며 활활 타오르고 있었다. 램프들은 불이 켜져 있고, 상감세공을 한 작은 탁자 위에는 은빛의 네덜란드산 술 상자가 열린 채로 소다수 병들과 커다란 컷글라스 컵들과 함께 놓여 있었다.

"도리언, 이처럼 자네 하인이 아주 편안하게 해주었어. 금빛 물부리가 달린 자네의 최고급 담배를 비롯해 내가 원하는 건 뭐든지 갖다 주었어. 그는 정말 친절한 사람이야. 자네의 예전 하인이었던 프랑스인보다 훨씬 마음에 들어. 말이 났으니 말인데, 그 프랑스인 하인은 어찌 되었나?"

도리언은 어깨를 으쓱했다.

"래들리 부인의 하녀와 결혼한 후 파리로 가서 아내에게 영국식 양장점을 차려줬나 봐요. 듣기론 요즘 그곳에선 영국풍이 대단히 유행한다죠. 프랑스 사람들, 멍청한 것 같아요. 안 그래요? 하지만 그가 결코 나쁜 하인은 아니었어요. 당신도 알잖아요? 내가 그를 좋아한 적은 없었지만 불평할 일도 없었지요. 사람들은 종종 아주 터무니없는 일들을 상상하기도 하죠. 그는 정말로 내게 아주 헌신적이었고, 떠날 땐 매우 섭섭해하는 것 같더군요. 소다수를 탄 브랜디 한 잔 더 할래요? 아니면 셀처 탄산수를 혼합한 라인 지방산(産) 백포도주는 어때요? 난 항상 바로 그 혼합 백포도주를 마시거든요. 옆방에 좀 있을 거예요."

"고맙지만 그만 마시겠네. 이보게, 그럼 이제 자네에게 진지하게 말하고 싶네. 그렇게 인상을 찌푸리지 말게. 자네가 그러면 내가 말을 꺼내기가 훨씬 어려워지잖아."

화가가 모자와 외투를 벗어 구석에 두었던 가방 위로 던지며 말했다.

"대체 무슨 말을 하려는 건데요? 나에 대한 이야기는 아니었으면 해요. 오늘 밤은 나 자신이 지겨워요. 아예 다른 사람이 되고 싶은 심정이에요."

도리언이 소파에 털썩 앉으며 특유의 성마른 목소리로 소리쳤다.

"자네에 대한 이야기야. 꼭 그 이야기를 해야겠어. 그러니 30분만 시간을 내주게."

홀워드가 심상치 않은 낮은 목소리로 대답했다.

도리언은 한숨을 쉬고는 담배에 불을 붙였다.

"30분이라고요!"

그가 중얼거렸다.

"도리언, 그 정도면 무리한 부탁은 아니겠지. 그리고 내가 말하려는 건 전적으로 자네를 위해서야. 내 생각에, 자네에 대한 아주 끔찍한 이야기들이 런던에 나돌고 있다는 걸 자네도 알아야 할 것 같아서 말이야."

"그런 소문 따위는 알고 싶지 않아요. 다른 사람들의 추문은 좋아하지만 나 자신에 대한 추문엔 관심 없어요. 나에 대한 추문은 신선한 매력이 없거든요."

"도리언, 자넨 분명 관심을 갖게 될 거야. 신사라면 누구나 자신의 평판에 관심을 가질 수밖에 없지. 사람들이 자네에 대해 비열하다느니 타락했다느니 하고 수군거리는 걸 좋아하진 않겠지. 물론 자네는 지위와 재산도 있고, 그 밖에 필요한 모든 걸 가지고 있어. 하지만 지위와 재산이 다가 아니야. 아무튼 내가 그런 소문을 전혀 믿지 않는다는 걸 알아주게. 적어도 자네를 보고 있으면 그런 소문을 도저히 믿을 수 없어. 죄라는 건 사람의 얼굴에 그대로 드러나기 마련이야. 감출 수가 없지. 사람들은 이따금 드러나지 않는 은밀한 익딕에 대해 말하곤 하지만, 그런 건 없어. 어떤 비열한 인간이 악행을 범했다면 입술 선에, 축 처진 눈꺼풀에, 심지어 손 모양에 저절로 니다나게 되지. 어떤 사람이 작년에 내게 찾아와 초상화를 그려달라고 했었네. 이름을 밝히지는 않겠네만 자네도 아는 사람이야. 그전까지 나는 그를 본 적도 없고, 그에 대해 아무 이야기도 들은 게 없었네. 물론 그 이후로 많은 소문을 듣긴 했지만 말이야. 그는 내게 엄청난 액수를 제시했지. 하지만 나는 거절했네. 그의 손가락 생김새가 왠지 마음에 들지 않았거든. 이젠 그에 대한 나의 생각이 정말로 옳았다는 걸 알아. 지금 그의 삶은 끔찍하거든. 하지만 도리언, 자넨 순수하고 밝고 천진난만한 얼굴을, 놀라울 정도로 평온한 젊음을 간직하고 있어. 자네를 보고 있으면 자네에 대한 험악한 소문들을 조금도 믿을 수 없지. 하지만 난 자네를 거의 보지 못하고 있고, 자넨 이제 내 화실에 찾아오지 않고, 내가 자네와 떨어져 있는데, 사람들이 자네에 대해 수군대는 끔찍한 말들이 들려올 때면 난 뭐라고 말을 해야 할지 모르겠어. 자네가 클럽의 실내에 들어서면 베릭 공작 같은 사람이 나가버린다니, 도리언, 대체 어찌 된 일인가? 또한 런던의 많은 신사들이 자네 집에 오지도 않고 자신들의 집에 자네를 초대하지도 않는다니, 어찌 된 일인가? 자네는 스태블리(Staveley) 경의 친구였지. 지난주 만찬회에서 그를 만났다네. 자네가 더들리 화랑의 전시회에 빌려준 세밀화들과 관련해서 대화를 나누던 중에 우연히 자네 이름이 나왔지. 근데 스태블리가 입술을 삐죽거리더니, 자네의 예술적 취향은 최고일지 모르지만 자네는 절대로 순결한 아가씨에게 소개시켜서는 안 될 인물이며 정숙한 여인과 한 방에 있게 해서도 안 될 인물이라고 말하더군. 그에게 내가 자네의 친구라는 걸 상기시키고는 무슨 뜻으로 그런 말을 했는지 물어봤어. 그가 내게 말하더군. 다른 모든 사람 앞에서 분명히 말했어. 정말 끔찍한 얘기였지! 젊은이들과 맺은 자네의 우정은 왜 그토록 그들에게 치명적인 결과를 가져왔나? 근위대 소속의 한 불행한 청년은 자살을 했다면서. 자넨 그와 절친한 친구였다지. 그리고 헨리 애슈턴(Henry Ashton) 경은 명예를 더럽히고 영국을 떠나야만 했다면서. 자넨 그와도 아주 친한 사이였다고 하더군. 에이드리언 싱글턴(Adrian Singleton)과 그가 맞은 끔찍한 최후는 어떻게 된 일인가? 켄트 경의 외아들과 그의 경력에 관한 얘기는 대체 뭔가? 나는 어제 세인트 제임스 가에서 그의 아버지를 만났네. 그의 아버지는 수치심과 슬픔으로 몸과 마음이 온전치 않은 듯했어. 젊은 퍼스(Perth) 공작 얘기는 또 뭔가? 요즘 그의 생활이 어찌 된 건가? 그런 지경인 그와 어떤 신사가 어울리려 하겠는가?"

"그만해요, 바질. 당신은 아무것도 모르는 일에 대해 말하고 있군요."

도리언 그레이가 입술을 깨물며 경멸을 잔뜩 담은 음색으로 말했다.

"당신은 내가 클럽의 실내에 들어서면 왜 베릭이 나가냐고 묻는군요. 그건 그가 내 사생활에 대해 알기 때문이 아니라 내가 그의 사생활을 모조리 알고 있기 때문이에요. 그의 혈관에 흐르는 피가 그 따위인데, 그의 이력이 어떻게 깨끗할 수 있겠어요? 헨리 애슈턴과 젊은 퍼스에 대해서도 물어봤지요. 내가 애슈턴에게 악행을 가르치고, 퍼스에게 방탕한 생활을 가르치기라도 했단 말인가요? 켄트의 멍청한 아들이 거리의 여자를 아내로 삼든 말든, 그게 나와 무슨 상관인가요? 에이드리언 싱글턴이 청구서에 자기 친구의 이름을 쓰든 말든, 나와 무슨 상관이 있겠어요? 내가 그의 보호자라도 됩니까? 영국 사람들이 어떻게 지껄여대는지 알아요. 중산층 사람들은 저속한 저녁 식사 자리에서 자기들의 도덕적 편견들을 늘어놓으며 세련된 사람들에 속하는 척, 자신들이 비방하는 사람들과 친한 사이인 척 과시하기 위해 상류층의 소위 방탕한 생활에 대해 수군거리죠. 이 나라에선 외모가 빼어나거나 두뇌가 비상해도 평범한 사람들의 입방아에 오르내리곤 해요. 도덕군자인 척하는 이 사람들은 대체 어떻게 살아가기에 그런답니까? 이봐요, 바질, 당신은 우리가 위선의 본고장에 살고 있다는 사실을 잊고 있어요."

"도리언."

홀워드가 크게 소리쳤다.

"그게 문제가 아니야. 영국은 부정한 나라라는 걸, 영국 사회가 정말 심각한 문제를 안고 있다는 걸 나도 잘 알아. 바로 그렇기 때문에 나는 자네가 올바르게 살아가길 원하는 거야. 하지만 자넨 올바르게 살고 있지 않아. 우리는 어느 한 사람을 그가 자신의 친구들에게 미치는 영향을 보고 판단할 권리가 있어. 그런데 자네의 친구들은 명예, 선함, 그리고 순수함 같은 감각들을 모두 잃어버린 것 같더군. 자네는 그들을 쾌락에 광적으로 빠져들게 했어. 그들은 깊은 수렁에 빠지고 만 거야. 자네가 그들을 수렁으로 이끈 거야. 그래, 자넨 그들을 수렁으로 이끌어놓고선 지금처럼 그렇게 미소를 짓고 있는 거야. 하지만 이보다 훨씬 더 나쁜 일도 있다지. 자네가 해리와 떼려야 뗄 수 없는 절친한 사이라는 걸 알아. 다른 건 차치하더라도 바로 그런 이유 하나 때문에라도 자넨 그의 누이동생의 이름을 웃음거리로 만들지 말았어야 했어."

홀워드가 말했다.

"바질, 말조심해요. 너무 지나치군요."

"꼭 이 말을 해야겠네. 자네는 내 말을 들어야 해. 자, 들어보게. 자네가 그웬돌렌 부인을 만났을 때 그녀는 추문과는 전혀 연루된 적이 없는 여자였어. 한데 지금 하이드파크에서 그녀와 어울려 다니던 여자들 중에 정숙한 여자가 한 명이라도 있는가? 음, 심지어 그녀는 자식들과 함께 사는 것조차 금지되었어. 다른 이야기들도 있어. 새벽녘에 자네가 아주 추잡한 매음굴에서 슬그머니 빠져나오는 걸 봤다든가, 변장을 하고서 런던에서 가장 역겨운 소굴로 몰래 들어가는 걸 봤다는 얘기들 말이야. 이런 소문들이 사실인가? 사실이냔 말이야? 처음에 그런 이야기들을 들었을 땐 그저 웃고 말았지. 하지만 지금 그런 이야기를 들으면 몸서리가 나. 자네의 시골 저택은 어떤가? 그곳에서의 생활은 어떻고? 도리언, 자넨 자네에 대해 어떤 소문이 나돌고 있는지 몰라. 자네에게 설교할 마음이 없다고 말하지는 않겠네. 언젠가 해리가 했던 말이 생각나는군. 누구나 처음엔 항상 설교할 마음이 없다는 말로 시작하지만, 어느새 자신이 한 말을 어기고는 미숙한 목사로 돌변한다고 말이야. 나는 자네에게 설교를 하고 싶네. 난 자네가 세상 사람들에게 존경을 받을 만한 삶을 살아갔으면 좋겠어. 자네가 고결한 명성을 얻고, 아주 좋은 경력을 쌓기를 바라네. 자네가 어울리는 아주 못된 사람들을 그만 멀리했으면 좋겠네. 그렇게 어깨를 으쓱하지 말게. 자네완 상관없다는 표정을 짓지 말게. 자네에겐 굉장한 영향력이 있어. 그걸 악이 아닌 선을 위해 발휘하게. 자네가 친밀하게 지내는 사람들을 모두 타락시킨다고 하더군. 자네가 어떤 집에 들어가기만 하더라도 그 집에 수치심이 따라붙는다고 사람들이 숙덕거리고 있어. 사람들의 말이 사실인지 아닌지 난 모르겠어. 내가 어찌 알겠나? 하지만 사람들이 자네에 대해 그렇게 수군거리고 있는 건 사실이야. 의심의 여지가 없는 것 같은 말들도 들었어. 글로스터 경은 옥스퍼드대학 시절에 가장 친한 친구들 중 한 명이었지. 그 친구가 자신의 아내가 멘톤(Mentone)의 별장에서 혼자 죽어갈 때 쓴 편지를 내게 보여주었어. 난생처음 읽어보는 너무나 끔찍한 고백이 담겨 있었는데, 거기 자네 이름이 언급돼 있더군. 난 그 친구에게 터무니없는 얘기라고 말했지. 내가 자네를 잘 아는데 절대로 그런 짓을 할 사람이 아니라고 말했어. 한데 내가 자네를 제대로 알긴 하는 건가? 내가 정말 자네를 제대로 알고 있는 건지 나도 궁금해. 이 의문에 답을 하려면, 난 자네의 영혼을 봐야만 할 거야."

"내 영혼을 보겠다고요!"

도리언 그레이는 소파에서 벌떡 일어나더니, 두려움에 얼굴이 하얗게 질린 채 떠듬떠듬 말했다.

"그래, 자네의 영혼을 봐야겠어. 하지만 신만이 그럴 수 있겠지."

홀워드가 슬픔이 배어 있는 낮은 목소리로 진지하게 대답했다.

젊은이의 입술에서 조롱 어린 쓴웃음이 터져 나왔다.

"당신은 오늘 밤 내 영혼을 보게 될 겁니다!"

그가 탁자에 놓인 램프를 움켜쥐며 소리쳤다.

"그럼 따라와요. 당신의 작품이니 보여주죠. 당신이 봐서 안 될 이유는 없겠지요? 원한다면, 보고 난 후에 온 세상에 내 영혼에 대해 떠들어대도 좋아요. 아마 누구도 당신 말을 믿지 않을 겁니다. 설사 당신의 말을 믿는다 하더라도, 사람들은 그 때문에 훨씬 더 나를 좋아하게 될 거예요. 당신은 어쩌고저쩌고 장황하게 떠들어댈지 모르지만, 이 시대에 대해서는 당신보다 내가 더 잘 알아요. 이리 와요. 말해줄게요. 그 정도면 타락에 대해 이미 충분히 떠들어댔잖아요. 이제는 타락을 직접 대면해봐야지요."

그가 내뱉은 말 한 마디 한 마디에는 광기 어린 자만심이 배어 있었다. 그는 소년 같은 오만한 태도로 바닥에 발을 쿵쿵 굴렀다. 자신의 비밀을 다른 사람과 공유하리라 생각하니, 자신의 모든 수치의 근원인 초상화를 그린 인물이 그가 했던 일에 대한 끔찍한 기억을 여생 동안 짊어지고 살게 되리라 생각하니, 소름이 돋을 정도로 희열감이 느껴졌다.

"그래요. 내 영혼을 보여주지요. 당신이 신만이 볼 수 있을 거라 생각하는 내 영혼을 보게 될 겁니다."

도리언이 화가에게 가까이 다가서서, 그의 엄한 눈빛을 똑바로 쳐다보며 말을 이었다.

홀워드는 뒷걸음쳤다.

"도리언, 그런 말은 신성모독이야! 그런 말을 해서는 안 돼. 끔찍하고, 아무런 의미도 없는 말이야."

그가 소리쳤다.

"그렇게 생각해요?"

그가 다시 웃으며 말했다.

"물론이야. 오늘 밤 내가 자네에게 한 말은 전부 자네를 위해서였어. 알다시피 난 언제나 자네의 충실한 친구야."

"나한테 손대지 말아요. 할 말이 있으면 마저 하기 바라요."

일순간 고통에 일그러진 표정이 화가의 얼굴에 떠올랐다 사라졌다. 잠시 입을 다물고 있는 사이에 격렬한 연민의 감정이 그에게 엄습했다. 자신이 무슨 권리로 도리언 그레이의 생활을 꼬치꼬치 캐내려 한단 말인가? 그에 관해 떠도는 소문의 10분의 1이라도 실제로 저질렀다면, 그 자신도 얼마나 고통을 겪었겠는가! 화가는 똑바로 일어서더니, 벽난로로 다가가 서리 같은 재들로 덮인 채 불타고 있는 통나무와 너울거리는 불꽃을 바라보며 서 있었다.

"바질, 들을 테니, 할 말 있으면 어서 해요."

젊은이가 단호하고 또렷한 목소리로 말했다.

바질이 몸을 돌렸다.

"내가 하고자 하는 말은 이렇네. 자넨 자네에 대해 쏟아지는 끔찍한 비난에 대해 어떻게든 해명을 해야만 한다는 거야. 자네가 그런 비난들은 처음부터 끝까지 새빨간 거짓말이라고 말한다면, 난 자네의 말을 믿겠네. 그러니 도리언, 아니라고 말하게! 아니라고 말해! 자넨 내가 얼마나 고통스러워하고 있는지 보이지 않는가? 제발! 자네가 악하고, 타락하고, 치욕스러운 자라고 말하지 말게."

그가 큰 소리로 말했다.

도리언 그레이는 미소를 지었다. 그는 경멸의 표정으로 입술을 비쭉거렸다.

"바질, 위층으로 올라가죠. 나는 내 삶을 매일 기록해둔 일기가 있어요. 그 방에서 쓴 그 일기는 단 한 번도 그 방을 벗어난 적이 없어요. 나하고 함께 올라가면 그걸 보여줄게요."

그가 조용히 말했다.

"도리언, 자네가 원하면 같이 가겠네. 기차는 이미 놓친 것 같군. 하지만 괜찮아. 내일 가면 되니까. 그렇지만 오늘 밤에 조금이라도 읽어보라고 청하진 말게. 난 그저 내 질문에 대한 솔직한 대답을 듣고 싶을 뿐이야."

"위층에 가면 대답을 얻을 겁니다. 여기에선 대답할 수 없어요. 읽는 데 오래 걸리진 않을 겁니다."

13

도리언 그레이가 방을 나와 계단을 오르기 시작했고, 바질 홀워드는 그 뒤를 바싹 뒤따랐다. 밤에는 누구든 본능적으로 그러히듯 그들은 조용히 계단을 올라갔다. 램프 불빛이 벽과 계단에 환상적인 그림자를 던졌다. 불어오는 바람에 몇몇 창문들이 덜컹거렸다.

두 사람이 위층 꼭대기에 도착했을 때, 도리언은 램프를 바닥에 내려놓고는 열쇠를 꺼내 자물쇠에 넣고 돌렸다. "바질, 정말 알고 싶어요?" 그가 낮은 목소리로 물었다.

"그래."

"그렇다면야, 전 기뻐요."

그가 미소를 지으며 대답했다. 그러고는 퉁명스러운 목소리로 덧붙였다.

"당신은 이 세상에서 나에 대해 모든 걸 알 자격이 있는 유일한 사람이에요. 당신은 자신이 생각하는 것보다 훨씬 더 많이 내 인생에 관련되어 있으니까요."

얘기를 마친 그는 램프를 들더니 방문을 열고 안으로 들어갔다. 차가운 공기가 두 사람을 스쳐 지나갔고, 램프 불빛이 한순간 짙은 오렌지색 불꽃을 발하며 확 타올랐다. 그는 몸서리쳤다.

"문을 닫아요."

그가 탁자에 램프를 올려놓으며 낮은 목소리로 말했다.

홀워드는 어리둥절한 표정으로 주위를 둘러봤다. 방은 몇 년 동안 아무도 살지 않은 듯 보였다. 색이 바랜 플랑드르산 태피스트리, 커튼이 쳐진 그림 한 점, 오래된 이탈리아산 카소네, 그리고 거의 텅 비어 있는 책장. 의자 하나와 탁자 하나를 제외하면 이 물건들이 전부인 것 같았다. 도리언 그레이가 벽난로 선반 위에 놓인 반쯤 탄 초에 불을 붙이자, 온통 먼지로 뒤덮인 방 안의 모습과 여기저기 구멍이 나 있는 카펫이 눈에 들어왔다. 쥐 한 마리가 징두리 벽판 뒤로 휙 달아났다. 퀴퀴한 곰팡이 냄새도 났다.

"바질, 그러니까 당신은 신만이 영혼을 볼 수 있다고 생각하는 거죠? 저 커튼을 젖혀봐요. 그러면 내 영혼이 보일 거예요."

말을 내뱉는 도리언의 목소리는 차갑고 독기가 서려 있었다.

"도리언, 자네 미쳤군. 아니면 미친 척하는 거겠지."

홀워드가 눈살을 찌푸리며 나지막이 말했다.

"커튼을 젖히지 않을래요? 그럼 내가 직접 젖히죠."

젊은이가 말하고는 커튼 걸이대에서 커튼을 잡아채 바닥에 내던졌다.

어렴풋한 빛 속에서 자신을 향해 싱긋 웃고 있는 캔버스 위의 섬뜩한 얼굴을 보는 순간, 화가의 입술 사이로 공포의 외마디 비명이 터져 나왔다. 그림의 표정에서 뭔가 모르게 역겨움과 혐오감이 느껴졌다. 아니, 이럴 수가! 그가 보고 있는 것은 바로 도리언 그레이의 얼굴 아닌가! 실체가 무엇이든 간에 소름 끼치는 그것은 빼어난 도리언의 미모를 아직 완전히 망가뜨리지는 않았다. 숱이 줄어든 머리카락에는 아직 금발이 제법 남아 있었고, 육감적인 입술은 여전히 약간의 진홍빛을 띠고 있었다. 생기를 잃은 눈동자에는 사랑스러운 푸른빛이 아직도 조금 남아 있었고, 조각 같은 코와 매끈한 목의 우아한 곡선도 아직 완전히 사라지지는 않았다. 그렇다, 이 그림은 도리언이었다. 하지만 대체 누가 이렇게 그렸을까? 바질은 자신의 화풍을 알아보는 것 같았다. 그리고 액자는 자신이 직접 고안한 것이었다. 생각만 해도 끔찍했지만, 자신이 그린 그림이 아닐까 하는 두려운 생각이 엄습했다. 그는 불을 붙인 초를 움켜쥐고 그림 가까이에서 비춰 봤다. 왼쪽 구석에 선명한 주홍색으로 글자를 길쭉하게 쓴 자신의 이름이 있었다.

이것은 아주 음험한 패러디였으며, 대단히 파렴치하고 저열한 풍자였다. 자신은 결코 이따위 그림을 그린 적이 없었다. 하지만 분명 자신의 그림이었다. 그는 그 사실을 깨달았다. 그러자 몸속의 불같은 피가 일순간 얼음으로 변하며 혈관을 거의 흐르지 못하는 것만 같았다. 자신이 그린 그림이었다! 대체 어찌 된 일일까? 그림이 어떻게 이처럼 변했을까? 그는 뒤돌아 병든 사람과 같은 눈으로 도리언 그레이를 바라봤다. 입에서 경련이 일었고, 혀가 바짝 말라 명확하게 발음을 할 수 없을 것 같았다. 손으로 이마를 문질러봤다. 이마는 식은땀으로 축축했다.

젊은이는 벽난로 선반에 기대어 서서, 위대한 배우가 연기하는 연극에 빠져든 사람의 얼굴에서 엿보이는 괴상한 표정을 지으며 화가를 바라봤다. 그 표정에는 진정한 슬픔도, 진정한 기쁨도 없었다. 표정엔 관객의 열정만이 엿보였고 두 눈동자엔 승리의 빛이 어려 있었다. 그는 외투에서 꽃을 빼내 냄새를 맡고 있었다. 아니, 냄새를 맡는 척했다.

"이게 어찌 된 일이지?"

마침내 홀워드가 외쳤다. 그의 목소리는 자신의 귀에도 날카롭고 기이하게 들렸다.

"오래전, 내가 소년이었을 때 당신을 만났죠."

도리언 그레이가 손에 쥔 꽃을 뭉개며 말했다.

"그때 당신은 나를 치켜세우며 외모에 허영심을 갖도록 가르쳐 주었지요. 그러던 어느 날, 당신은 내게 친구를 소개해주었죠. 그리고 그가 내게 젊음의 경이로움을 설명해주었고, 당신은 내게 아름다움의 경이로움을 알려준 나의 초상화를 완성했지요. 제정신이 아니었던 순간에, 지금도 후회하는지 후회하지 않는지 판단이 서지 않는 바로 그 순간에 난 소원을 빌었어요. 어쩌면 당신은 그걸 기도라고 말할지도 모르겠군요……."

"나도 기억해! 오, 아주 분명하게 기억해! 아냐! 그런 일은 불가능해. 그건 그렇고, 방이 몹시 습하군. 환경이 이러니 캔버스에 곰팡이가 피었지. 내가 사용했던 페인트에 지독한 유독성 광물질이 함유되어 있었을 거야. 분명히 말하건대, 그림이 이렇게 변했다는 건 불가능한 일이지."

"아, 뭐가 불가능하죠?"

젊은이는 창문가로 다가가, 안개가 서린 차가운 창문에 이마를 기대고 선 채 중얼거렸다.

"자네, 그림을 없앴다고 했잖아."

"내 생각이 틀렸어요. 그림이 나를 없앤 거예요."

"이것이 내가 그린 그림이라는 게 믿기지 않아."

"그 그림엔 당신의 이상이 보이지 않나 보군요?"

도리언이 신랄하게 말했다.

"자네가 부르듯 내 이상이라는 건……."

"당신이 그렇게 불렀죠."

"내 이상에는 사악한 것도, 수치스러운 것도 전혀 없었어. 자네야 말로 내가 다시는 만날 수 없는 이상이었어. 한데 이 그림은 호색한 의 얼굴이야."

"내 영혼의 얼굴이에요."

"맙소사! 내가 정말 이런 것을 숭배했단 말인가! 이건 악마의 눈 동자를 가지고 있잖아."

"바질, 우리는 누구나 마음속에 천국과 지옥을 지니고 있어요."

도리언이 절망적인 거친 몸짓을 하며 외쳤다.

홀워드는 다시 초상화 쪽으로 돌아서서 그림을 빤히 응시했다.

"맙소사! 이것이 사실이라면……. 그리고 이것이 자네가 살아온 삶을 그대로 반영한 것이라면, 자네는 자네를 험담한 사람들이 상 상하는 것보다 훨씬 더 추악한 인간이 분명해!"

그가 크게 소리쳤다. 그는 다시 촛불을 들고는 캔버스에 가까이 비추며 초상화를 자세히 살펴봤다. 표면은 손댄 흔적이 전혀 없어 보였고, 예전 상태 그대로인 것 같았다. 추악함과 소름 끼치는 혐오 스러움은 분명 그림 속에서 나온 것이었다. 내면의 삶이 뭔가 기괴한 생명력을 얻자 나병과 같은 죄악이 서서히 그림을 좀먹고 있었던 것이다. 물에 잠긴 무덤에서 썩어버린 시체도 저토록 무섭지는 않았다.

그의 손이 떨리는 바람에 초가 촛대에서 바닥으로 떨어지면서 바지직 소리를 냈다. 그는 발로 초를 밟아 불을 껐다. 그러고는 탁자 옆에 놓여 있던 낡아빠진 의자에 털썩 주저앉아 양손에 얼굴을 묻었다.

"세상에, 도리언. 이런 교훈을! 정말 무시무시한 교훈이야!"

아무런 대답이 없었지만, 그는 젊은이가 창가에서 흐느끼는 소리를 들을 수 있었다.

"도리언, 기도하게, 기도해."

그가 중얼거렸다.

"어린 시절에 배웠던 기도문이 어떻게 됐지? '우리를 시험에 들게 하지 마옵소서. 우리의 죄를 사하여주옵소서. 우리의 죄를 씻어주소서.' 자, 같이 기도하세. 자네의 오만한 기도도 들어주셨잖아. 회개의 기도도 들어주실 거야. 난 자네를 지나치게 숭배했네. 그래서 그것에 대한 벌을 받고 있는 거지. 자네도 자신을 지나치게 숭배했었지. 결국 우리는 모두 벌을 받고 있는 거야."

도리언 그레이는 천천히 돌아서서 눈물 때문에 흐려진 눈으로 화가를 바라봤다.

"너무 늦었어요, 바질."

그가 더듬더듬 말했다.

"결코 늦지 않았어, 도리언. 자, 무릎을 꿇고 기억나는 기도문이 있는지 생각해보자고. 어디에 이런 구절이 있지 아마? '너희 죄가 주홍 같을지라도 눈과 같이 희어지리라.'*"

"그런 말들은 지금 내게 아무런 의미가 없어요."

"쉿! 그런 말 말게. 자넨 지금까지 살아오면서 지은 죄악으로도 충분해. 맙소사! 우리를 흘겨보는 저 저주받은 놈이 보이지 않는가?"

도리언 그레이는 그림을 흘긋 쳐다봤다. 그러자 마치 캔버스 위의 이미지가 그렇게 하라고 암시를 주기라도 한 듯, 씩 웃고 있는 그 입술이 자신의 귀에 그렇게 하라고 속삭이기라도 한 듯, 불현듯 바질 홀워드를 향해 주체할 수 없는 증오심이 엄습했다. 사냥꾼에 쫓기는 동물처럼 미칠 듯한 분노가 그의 마음을 휘저어놓아, 지금껏 살아오면서 혐오했던 그 무엇 이상으로 탁자 옆에 앉아 있는 인물이 참을 수 없을 정도로 혐오스러웠다. 그는 사나운 표정으로 주위를 둘러봤다. 그의 정면에 놓인 페인트칠이 된 상자 맨 위에서 무언가가 번득였다. 그의 시선이 그것에 고정됐다. 그는 그것이 무엇인지 알고 있었다. 며칠 전에 끈을 자르려고 가지고 올라왔다가 치우는 것을 잊고 그냥 두었던 나이프였다. 그는 홀워드를 지나쳐 천천히 나이프 쪽으로 다가갔다. 이윽고 홀워드의 등 뒤에 이르자, 당장에 칼을 쥐고 돌아섰다. 홀워드는 이제 일어나려는 듯 의자에서 몸을 움직였다. 바로 그때 도리언이 홀워드에게 달려들어, 그의 귀 뒤쪽 대정맥에 나이프를 찔렀다. 이어 화가의 머리를 탁자 위에 처박고 힘껏 짓누르고는 나이프로 연거푸 찔러댔다.

---

* 성경 〈이사야서〉 1장 18절.

질식하는 듯한 신음 소리, 피로 숨통이 막혀서 나오는 소름 끼치는 소리가 들렸다. 쭉 뻗은 두 팔은 세 차례 경련을 일으키며 솟아오르고, 기괴한 모양의 뻣뻣한 손가락이 허공을 휘저었다. 도리언은 홀워드를 두 번 더 찔러봤지만 그는 이미 움직임을 멈춘 상태였다. 무언가가 바닥으로 뚝뚝 떨어지기 시작했다. 도리언은 여전히 홀워드의 머리를 짓누른 채 잠시 그대로 있었다. 곧이어 탁자 위에 나이프를 던지고는 귀를 기울였다.

낡아 올이 다 드러난 카펫 위로 무언가가 뚝뚝 떨어지는 소리 말고는 아무 소리도 들리지 않았다. 그는 문을 열고 층계참으로 다가갔다. 집 안은 고요했다. 주위에는 아무도 없었다. 그는 계단의 난간 너머로 몸을 구부리고는, 층계 사이로 보이는 소용돌이 모양의 뚫린 공간을 잠시 내려다봤다. 새까만 어둠만이 보였다. 그는 얼른 열쇠를 꺼내고, 다시 방으로 들어가 평소처럼 걸어 잠갔다.

시체는 여전히 의자에 앉아 고개를 숙이고 등을 굽힌 채 기이한 모양의 기다란 팔을 늘어뜨리고 탁자 위에 뻗어 있었다. 나이프로 들쭉날쭉하게 베여 생긴 목의 상처 자국과 탁자 위로 서서히 번지는 검붉은 피 응어리가 아니었다면, 그저 잠을 자는 것처럼 보였을 것이다.

이 모든 일이 정말 순식간에 일어났다! 도리언은 이상할 정도로 침착했다. 그는 창가로 다가가 창문을 열고 발코니로 나섰다. 바람은 안개를 날려버렸고, 하늘은 수많은 황금빛 눈동자들이 반짝이는 거대한 공작의 꼬리 같았다. 그는 경찰이 마을을 돌아다니면서 정적에 싸인 집들의 현관에 일일이 랜턴의 기다란 불빛을 비추는 모습을 내려다봤다. 길모퉁이에서는 돌아다니는 이륜마차의 새빨간 한 점의 불빛이 번쩍이더니 이내 사라졌다. 펄럭이는 숄을 걸친 한 여자가 난간을 따라 비틀거리며 천천히 걷고 있었다. 그녀는 이따금 멈추어 뒤를 돌아보곤 했다. 그러다가 쉰 목소리로 노래를 부르기 시작했다. 경찰관이 천천히 다가오더니, 그녀에게 무슨 말인가 했다. 그녀는 웃으면서 비틀거리며 걸어갔다. 매서운 돌풍이 광장을 휩쓸고 지나갔다. 가스등이 깜빡이더니 푸른빛을 뿜었고, 벌거숭이 나무들은 쇠와도 같은 검은 나뭇가지들을 이리저리 흔들었다. 도리언은 몸을 부르르 떨면서 다시 안으로 들어와 창문을 닫았다.

문 앞에 와서 열쇠를 돌려 문을 열었다. 살해당한 남자의 시체에는 눈길 한번 주지 않았다. 모든 일을 비밀로 숨겨두면 이 상황은 결코 밝혀지지 않을 것이라는 생각이 들었다. 그의 모든 불행의 원인이었던 치명적인 초상화를 그린 친구가 세상을 떠났다. 그것으로 됐다.

그의 머릿속에 곧 램프가 떠올랐다. 램프는 무어인의 솜씨로 만든 세공품으로 다소 기이하게 생겼고, 윤기 없는 은에 광택이 나는 강철로 아라베스크 무늬를 상감세공하고 조악한 터키옥이 박혀 있었다. 어쩌면 하인이 램프가 없어진 것을 알고 물어볼지도 모른다. 그는 잠시 망설이다가 다시 돌아가 탁자 위에 놓인 램프를 집어 들었다. 그는 시체를 보지 않을 수 없었다. 정말로 평온해 보이지 않는가! 하얀 기다란 손은 정말로 끔찍해 보였다! 마치 무시무시한 밀랍 형상 같았다.

방문을 잠그고 그는 계단을 조용히 내려왔다. 나무 계단이 내는 삐걱거리는 소리가 마치 고통으로 울부짖는 비명 소리처럼 들렸다.

그는 여러 번 멈추고는 무슨 소리가 들리는지 그대로 있어 보기도 했다. 아무 소리도 들리지 않았다. 사방이 조용했다. 그저 자신의 발자국 소리만이 들릴 뿐이었다.

서재에 들어왔을 때, 방 한구석에 놓여 있는 가방과 외투가 눈에 띄었다. 이것들을 어딘가에 숨겨야 했다. 그는 자신의 기괴한 변장 도구를 보관해둔, 징두리 벽판 안에 있는 비밀 옷장을 열고 그 안에 물건들을 집어넣었다. 그는 나중에 그것들을 쉽게 태울 수 있을 것이다. 그는 시계를 꺼내 봤다. 2시 20분 전이었다.

그는 자리에 앉아 생각하기 시작했다. 영국에서는 매년, 아니 거의 매달 그가 저질렀던 일을 범한 사람들을 교수형에 처했다. 한때 대기엔 살인의 광기가 감돌았었다. 어떤 붉은 별이 지구에 너무 가까이 다가왔던 것이다……. 하지만 자신에게 불리한 증거가 무엇이 있단 말인가? 바질 홀워드는 11시에 집을 나섰다. 집으로 돌아온 그를 본 사람은 아무도 없었다. 하인들은 대부분 셀비 로열에 있었다. 그의 하인은 이미 잠자리에 든 상태였다……. 파리! 그렇다, 바질은 예정대로 자정에 기차를 타고 파리로 간 것이다. 바질은 유별나게 내성적인 성격 탓에 두문불출했기에 뭔가 의혹이 일려면 몇 달이 걸릴 것이다. 몇 달! 그 기간이 지나기 훨씬 전에 모든 증거물을 없앨 수 있을 것이다.

불현듯 어떤 생각이 뇌리를 스쳤다. 그는 모피 코트를 입고 모자를 쓰고선 홀로 나갔다. 그리고 잠시 그 자리에 멈춰 서서 집 밖 보도를 걸어가는 경찰관의 느리고 묵직한 발자국 소리를 들었고, 창문에 반사되는 각등(角燈)의 불빛을 봤다. 숨을 죽이며 그는 그렇게 서 있었다.

얼마 후, 그는 빗장을 젖히고 슬그머니 밖으로 나가 아주 조용히 문을 닫았다. 그러곤 종을 울렸다. 약 5분 뒤에 하인이 옷을 제대로 걸치지도 못한 채 무척 졸린 표정으로 나타났다.

"프랜시스, 깨워서 미안해. 깜빡 잊고 현관문 열쇠를 안 가지고 외출했거든. 몇 시지?"

도리언이 집 안으로 들어서며 말했다.

"2시 10분입니다, 나리."

하인은 벽시계를 보고는 두 눈을 깜박이며 대답했다.

"2시 10분이라고? 벌써 시간이 이렇게 됐나! 내일 아침 9시에 깨워줘. 할 일이 좀 있거든."

"알겠습니다, 나리."

"오늘 저녁에 찾아온 사람은 없었나?"

"홀워드 씨가 다녀가셨습니다, 나리. 11시까지 기다리시다가 기차를 타야 한다며 가셨습니다."

"오! 그를 보지 못해 섭섭하군. 무슨 전갈이라도 남기지 않았나?"

"아뇨, 나리. 클럽에서 나리를 만나지 못하면 파리에 가서 편지를 쓰겠다는 말씀 말고 별다른 얘기는 없으셨습니다."

"그럼 됐어, 프랜시스. 내일 아침 9시에 깨우는 거 잊지 말게."

"예, 나리."

하인은 실내화를 끌며 비틀비틀 복도를 걸어갔다.

도리언 그레이는 모자와 코트를 벗어 탁자 위에 던져놓고는 서재로 들어갔다. 그는 15분 동안 입술을 깨물고 생각에 잠긴 채 방 안을 이리저리 서성거렸다. 그러다가 책꽂이에 꽂힌 명사 인명록을 뽑아 책장을 넘기기 시작했다.

"앨런 캠벨(Alan Campbell), 메이페어 하트퍼드 가 152번지."

그렇다. 자신에게 필요한 사람은 바로 이 사람이었다.

14

다음 날 아침 9시, 하인은 초콜릿 음료 한 잔을 쟁반에 받치고 들어와서는 덧창을 열었다. 도리언은 오른쪽으로 돌아누워 한 손으로 뺨을 받친 채 아주 평온하게 자고 있었다. 그의 그런 모습은 마치 놀거나 공부하느라 녹초가 된 소년 같았다.

하인이 두 번이나 그의 어깨를 흔든 뒤에야 그는 잠에서 깼고, 눈을 뜰 때는 마치 기분 좋은 꿈속에 푹 빠져 있었기라도 한 듯 입가에 엷은 미소를 띠었다. 하지만 그는 아무런 꿈도 꾸지 않았다. 기분 좋은 꿈이든 고통스러운 꿈이든 어떤 꿈에도 방해받지 않았다. 청춘은 아무런 이유 없이도 미소를 짓기 마련이다. 그것이 청춘의 가장 큰 매력 중 하나이다.

그는 돌아누워 팔꿈치에 몸을 의지하고는 초콜릿 음료를 홀짝이며 마시기 시작했다. 11월의 부드러운 햇살이 방 안으로 흘러 들어왔다. 하늘은 맑고, 대기에는 온화한 온기가 감돌았다. 5월의 아침과 같은 날씨였다.

지난밤의 사건들이 서서히 피에 얼룩진 두 발을 끌고 두뇌 속으로 기어 들어와 무서울 정도로 또렷하게 되살아났다. 그는 어젯밤에 겪은 일들이 전부 떠오르자 움찔했다. 바질 홀워드가 의자에 앉는 동안 그를 살해하게 만들었던 기괴한 증오심, 바로 그와 똑같은 증오심이 되살아났다. 그러자 분노로 마음이 싸늘해졌다. 죽은 남자는 여전히 그 자리에 앉아 있을 테고, 지금은 햇빛을 받고 있을 것이다. 정말 소름이 끼쳤다! 그런 끔찍한 것들은 어둠과 어울릴 만하지 대낮과는 어울리지 않는 법이다.

지난밤에 겪은 일을 곰곰이 생각하다가는 병이 나거나 미쳐버릴 것만 같았다. 실제로 저지를 때보다는 그것을 떠올릴 때 더 큰 황홀감을 느끼는 죄악이 있다. 또한 열정보다는 자만심을 만족시키고, 감각에 전해주거나 전해줄 수 있는 어떤 기쁨보다도 훨씬 더 큰, 활기찬 기쁨을 지성에 부여하는 묘한 승리감이 있다. 하지만 이번에 겪은 일은 그런 것이 아니었다. 그 일은 마음속에서 없애야 하고, 아편의 힘으로 마비시켜야 하고, 그것에 질식당하지 않으려면 먼저 그것을 질식시켜야만 하는 일이었다.

시계가 9시 30분을 알리는 종을 울리자 그는 손으로 이마를 훔치고는 서둘러 일어났다. 그리고 넥타이와 스카프 핀을 아주 세심하게 신경 써 고르고 반지를 이것저것 껴보는 등 평소보다 훨씬 정성을 들여 옷을 차려입었다. 또한 다양한 음식을 맛보고, 셸비에 있는 하인들에게 어떤 새로운 복장을 만들어줄지에 대한 자신의 생각을 하인에게 이야기하고, 자신 앞으로 온 서신을 찬찬히 읽어보면서 아침 식사 시간을 길게 보냈다. 어떤 편지를 읽을 때는 미소를 짓기도 했다. 세 통의 편지는 지루했다. 그리고 한 통의 편지는 여러 번 반복해서 읽다가 좀 짜증스러운 표정을 지으며 찢어버렸다. "여자들의 기억력이란 정말 끔찍해!" 언젠가 헨리 경이 했던 말이었다.

그는 블랙커피 한 잔을 마신 후 냅킨으로 천천히 입을 닦았다. 그러곤 하인에게 기다리라는 손짓을 한 후에 탁자로 다가가 그 앞에 앉아 두 통의 편지를 썼다. 그중 한 통은 자신의 주머니에 넣고, 다른 한 통은 하인에게 건네주었다.

"프랜시스, 이걸 하트퍼드 가 152번지에 전해줘. 그리고 캠벨 씨가 런던에 없다면 지금 머물고 있는 곳 주소를 알아 와."

혼자가 된 그는 곧 담배에 불을 붙이고 한 장의 종이에 스케치를 시작했다. 처음에는 꽃과 건물의 일부를 그리다가 사람 얼굴을 그렸는데, 갑자기 자신이 그린 얼굴들이 모조리 바질 홀워드와 이상할 정도로 빼닮았다는 것을 알아차렸다. 그는 인상을 찌푸리고는 지리에서 일어나, 책장으로 다가가 잡히는 대로 아무 책이나 한 권을 꺼내 들었다. 꼭 그래야 할 필요성을 느끼기 전까지는 지난밤 일어난 일에 대해 생각하지 않기로 마음먹었다.

소파에서 기지개를 켜고 나서 책 표지를 봤다. 고티에의 시집《에나멜과 카메오(*Émaux et Camées*)》인데, 샤르팡티에의 일본제 종이판으로 자크마르의 에칭 판화가 장식되어 있었다. 그 책은 금박을 입힌 격자무늬 세공에 석류 무늬가 도안되어 있는, 담황색이 감도는 녹색의 가죽으로 장정되었다. 에이드리언 싱글턴에게서 받은 책이었다. 그는 책장을 넘기다가 라스네르(Lacenaire)*의 손에 대한 시, 붉은 솜털이 나고 '파우누스의 손가락과 같은 손가락'을 가진, '아직 씻지 않은 고뇌'를 가진 차가운 노란 손에 대한 시에 눈길이 갔다. 그는 가느다란 자신의 하얀 손가락을 흘끗 쳐다보며 저도 모르게 조금 몸서리치면서 책장을 넘기다가, 이윽고 베네치아에 대한 아름다운 시 구절과 만났다.

반음계의 선율을 타고
젖가슴에선 진주알을 흘러내리면서
아드리아 해의 비너스가
분홍빛과 흰색 살결을 물 밖으로 드러내네.

푸른 물결의 파도 위로 드러나는 둥근 지붕은
악절의 순결한 윤곽을 따라,
사랑의 한숨으로 부푼
둥근 젖가슴처럼 부풀어 오르네.

작은 보트가 육지에 닿아
분홍빛 건물 정면,
계단의 대리석 위에 있는,
기둥에 밧줄을 던져 걸곤
나를 내려주네.

이 시구절이 얼마나 아름다운가! 누구라도 이 시를 읽노라면, 뱃

---

*　피에르 프랑수아 라스네르(Pierre François Lacenaire, 1800~1836). 19세기 프랑스의 시인이자 살인범.

머리가 은색을 띠며 긴 휘장이 드리운 검은색 곤돌라에 앉아 분홍빛과 진주색이 어우러진 도시의 초록빛 수로를 따라 떠내려가는 듯한 기분이 들 것 같다. 단순한 시구가 그에게는, 배가 리도˚로 향하면서 뒤에 일직선으로 길게 남기는 터키옥 같은 푸른 물결처럼 보였다. 별안간 번쩍이는 색채는 벌집 모양의 높은 종탑 주위를 날개치며 날아다니거나, 어둡고 먼지 자욱한 아케이드 사이를 아주 당당하고 우아한 자태로 성큼성큼 걸어 다니는 오팔색과 무지갯빛 목을 지닌 새들에게서 나는 어렴풋한 빛을 연상시켰다. 그는 소파에 등을 기대고 눈을 반쯤 감은 채 혼잣말로 계속 시구를 읊조렸다.

> 분홍빛 건물 정면,
> 계단의 대리석 위에 있는,

이 두 행에 베네치아의 모든 것이 담겨 있었다. 도리언은 그곳에서 보낸 가을, 그리고 자신의 마음을 뒤흔들며 광적이면서도 희열감을 주는 어리석은 짓으로 이끌었던 아름다운 사랑을 떠올렸다. 어디에나 로맨스는 있기 마련이다. 하지만 옥스퍼드처럼 베네치아에도 로맨스를 위한 배경이 있었다. 진정한 낭만주의자에게 배경은 모든 것이거나 거의 모든 것이었다. 그 시절에는 바질도 얼마간 도리언과 함께 보내면서 틴토레토(Tintoretto)˚˚에 사로잡혀 있었다. 불쌍한 바질! 한 인간이 어찌 그토록 끔찍하게 죽었단 말인가!

---

* 휴양지로 베네치아 남동으로 뻗은 긴 섬.
** 16세기 이탈리아의 화가(1518~1594).

그는 한숨을 쉬고는 다시 책을 집어 들고 그 끔찍한 일을 잊으려 애썼다. 하지*들이 앉아서 호박 구슬을 세고, 터번을 두른 상인들이 장식 술이 달린 기다란 파이프로 담배를 피우며 진지하게 대화를 나누던 곳인 스미르나의 작은 카페에 들락거리며 날아다니는 제비들에 관한 이야기를 읽었다. 햇빛이 안 드는 외로운 망명지에서 화강암의 눈물을 흘리는, 콩코르드 광장의 오벨리스크에 관해서도 읽었다. 오벨리스크는 연꽃에 덮인 강렬한 햇빛의 나일강 곁으로, 스핑크스가 있고 장미꽃처럼 붉은 따오기와 황금빛 발톱을 가진 흰독수리와 김이 피어오르는 녹색 진창 위를 기어 다니는 담청색 작은 눈동자를 지닌 악어들이 있는 나일강 곁으로 간절히 돌아가고 싶었다. 또한 키스 자국으로 얼룩진 대리석에서 음악을 끌어내며, 고티에가 콘트랄토 음성에 비교했던 기묘한 조각상, 즉 루브르의 반암(斑岩)실에 웅크리고 있는 '매혹적인 괴물'**에 대해 노래한 시(詩)를 곰곰이 생각하기 시작했다. 하지만 시간이 좀 지나자 책이 손에 잡히지 않았다. 그는 점점 신경이 예민해졌고, 발작적으로 끔찍한 공포감에 사로잡혔다. 앨런 캠벨이 영국에 없으면 어쩌나? 돌아오려면 며칠이 걸릴 것이다. 어쩌면 오지 않겠다고 할지도 모른다. 그가 오지 않으면 어쩌지? 매 순간이 대단히 중요했다.

한때, 그러니까 5년 전만 해도 두 사람은 절친한 친구, 떼려야 뗄 수 없는 사이였다. 그런데 그 친밀한 관계가 어느 날 갑자기 끝나고

---

* 메카 순례를 마친 남자 이슬람교도.
** 그리스 신화에서 남녀 양성을 지닌 인물인 헤르마프로디토스의 그리스 조각상을 복제한 로마의 조각상.

말았다. 이제 사교계에서 서로 만나면 도리언 그레이만 미소를 지을 뿐 앨런 캠벨은 결코 웃는 법이 없었다.

앨런 캠벨은 시각 예술에 대한 안목이 없으며, 시에 대한 미적 감각도 도리언에게서 배운 것이 전부였지만, 대단히 영리한 젊은이였다. 그는 유독 과학에 대한 지적 열정이 대단했다. 케임브리지대학에 다니던 시절 그는 대부분의 시간을 실험실에서 연구를 하며 보냈고, 자연과학 우등 졸업 시험에서 우수한 성적을 받기도 했다. 사실 지금도 그는 화학 연구에 몰두하고 있으며, 개인 실험실을 갖추고 하루 종일 그곳에 틀어박혀 지내곤 했다. 그런 아들을 바라보는 그의 어머니는 아들이 의회에 입성하기를 간절히 원하는 데다, 화학자는 약이나 처방해주는 사람쯤으로 막연히 생각하고 있었기에 몹시 골치 아파했다. 하지만 그는 뛰어난 음악가이기도 해서 바이올린과 피아노는 대부분의 아마추어들보다 훨씬 더 훌륭히 연주했다. 사실 그와 도리언이 처음 인연을 맺게 된 계기도 음악이었다. 물론 음악 외에 뭐라 표현할 수 없는 도리언의 독특한 매력도 그 계기가 되었다. 사실 도리언은 자신만의 매력을 원하기만 하면 언제라도 발산할 수 있을 것 같았지만, 실제로는 그 자신도 의식하지 못하는 사이에 그런 매력을 발산했다. 두 사람은 버크셔(Berkshire) 부인의 저택에서 루빈스타인이 연주하던 날 밤에 처음 만났고, 그날 이후로 오페라극장은 물론이고 훌륭한 음악이 연주되는 곳이라면 어디든 항상 함께 다니곤 했다. 그들의 친분은 1년 6개월 동안 지속되었다. 캠벨은 언제나 셀비 로열이나 그로스브너 광장에 있었다. 다른 많은 사람에게 그렇듯이 그에게도 도리언 그레이는 인생에서 경이롭고 매혹적인 모든 것의 전형이었다. 두 사람 사이에 어떤 다툼이 있었는지는 아무도 몰랐다. 하지만 두 사람이 만나도 거의 말을 하지 않는다거나, 어느 파티든 도리언 그레이가 참석하기만 하면 캠벨은 일찌감치 자리를 뜨는 것 같다는 말들이 갑자기 사람들의 입에 오르내리기 시작했다. 캠벨 역시 변했다. 때로는 이상할 정도로 우울해져 음악을 듣는 것조차 꺼려하는 듯 보였고, 누군가 연주를 청하기라도 하면 과학 연구에 몰두하느라 연습할 시간이 없었다는 핑계를 대며 연주를 하지 않으려 했다. 이 말은 틀림없는 사실이기도 했다. 그는 날이 갈수록 점점 더 생물학에 관심을 갖는 듯했고, 특별히 호기심을 끄는 실험과 관련해서 어느 과학 평론지에 한두 차례 이름이 실리기도 했다.

도리언 그레이가 기다리는 사람이 그였다. 도리언은 시시각각 시계를 힐끔거리며 쳐다봤다. 시간이 갈수록 몹시 초조해졌다. 급기야 자리에서 일어나 우리에 갇힌 아름다운 동물처럼 방 안을 이리저리 서성이기 시작했다. 그는 소리 내지 않으며 성큼성큼 걸었다. 두 손이 이상할 정도로 몹시 차가웠다.

결국 불안감은 견딜 수 없는 지경에 이르렀다. 자신이 거대한 광풍에 휩쓸려 절벽이 벌리고 있는 삐쭉삐쭉한 아가리의 어두운 심연 속으로 빨려드는 동안, 시간은 납으로 된 두 발을 끌면서 기어가는 것만 같았다. 그는 그곳에서 자신을 기다리는 것이 무엇인지 잘 알고 있었고, 실제로 그것을 봤다. 그는 마치 뇌의 시각 영역을 없애버리고 안구를 안공 속으로 되돌려 넣으려는 듯, 몸서리치며 뜨거운 눈꺼풀을 축축한 손으로 짓눌렀다. 하지만 소용없었다. 두뇌는 제나름의 양식을 가지고 있어 스스로 살을 찌웠고, 공포로 기괴해진 상상력은 살아 있는 짐승처럼 고통을 못 견뎌 온몸을 뒤틀고 비트는가 하면, 무대 위의 천한 꼭두각시 인형처럼 춤을 추면서 움직이는가 면 사이로 이를 드러내고 히죽거렸다. 그렇다, 느리게 호흡하던 눈먼 괴물은 더는 기어오지 않았다. 그러자 시간이 죽어버렸다는 무시무시한 생각이 재빠르게 앞으로 질주하더니, 시간의 무덤에서 소름 끼치는 미래를 끄집어내어 그에게 보여주었다. 그는 그것을 빤히 쳐다봤다. 그것에서 엄습하는 엄청난 공포에 그는 돌처럼 굳어버렸다.

마침내 문이 열리더니, 하인이 들어왔다. 그는 멍한 눈빛으로 하인에게 시선을 돌렸다.

"캠벨 씨가 오셨습니다, 나리."

하인이 말했다.

바싹 마른 입술 사이로 안도의 한숨이 터져 나왔고, 두 뺨에 다시 화색이 돌았다.

"프랜시스, 당장 안으로 늘어오라고 해."

그는 본래의 모습을 회복한 것만 같았다. 겁에 질렸던 기분은 완전히 사라졌다.

하인은 고개를 숙여 인사하고는 방을 나갔다. 잠시 후 앨런 캠벨이 아주 단호한 표정을 지으며 걸어 들어왔다. 그의 표정은 다소 창백했는데, 새까만 머리카락과 검은 눈썹 때문에 더욱더 두드러져 보였다.

"앨런! 자네, 이렇게 올 줄 알았어. 와줘서 정말 고마워."

"그레이, 자네 집에 다시는 오지 않을 생각이었어. 하지만 생사가 걸린 문제라기에 온 거야."

그의 목소리는 딱딱하고 차가웠다. 그는 천천히 신중하게 말했다. 도리언을 쳐다보는 침착하고 엄중한 시선에는 경멸이 깃들어 있었다. 그는 아스트라한 모직 외투의 주머니에 두 손을 찔러 넣은 채 자신을 환영하는 도리언의 제스처에 무관심한 척하는 것 같았다.

"그래, 앨런, 생사가 걸린 문제야. 게다가 여러 사람의 생사가 걸린 문제지. 자, 앉아."

캠벨은 탁자 옆 의자에 앉았고, 도리언은 그의 맞은편에 앉았다. 두 사람의 시선이 마주쳤다. 도리언의 시선에는 무한한 연민이 깃들어 있었다. 그는 캠벨이 하게 될 일이 무서운 일이라는 것을 잘 알고 있었다.

잠시 긴장된 침묵이 흐른 뒤 도리언은 앞으로 몸을 기울이고는 아주 천천히, 하지만 자신의 말 한 마디 한 마디에 상대방의 얼굴에 어떤 표정 변화가 생기는지 유심히 관찰하면서 말했다.

"앨런, 이 집 맨 꼭대기에 있는 잠긴 방 안에, 나 말고는 아무도 들어갈 수 없는 그 방 안에 한 남자가 죽은 채 탁자에 앉아 있어. 그가 죽은 지 이제 열 시간이 지났어. 놀라지 마. 그런 표정으로 쳐다보지 마. 그 남자가 누구며 왜 죽었는지, 어떻게 죽었는지는 자네가 신경 쓸 문제가 아니야. 자네가 해야 할 일은……."

"그만해, 그레이. 더는 아무것도 알고 싶지 않아. 자네가 한 말이 사실이든 아니든 나와는 아무 상관없어. 자네 인생에 말려드는 일이라면 단호히 거절하겠어. 자네의 무서운 비밀들은 자네 혼자서 간직해. 난 이제 자네 비밀에 관심 없어."

"앨런, 내 비밀들은 분명 자네에게 흥미로울 거야. 물론 이번 비밀도 자네에게 흥미로울 게 분명해. 앨런, 자네에게 정말 미안해. 하지만 나로선 어쩔 수가 없어. 나를 구해줄 사람은 오직 자네뿐이야. 난 자네를 이 문제에 끌어들일 수밖에 없어. 다른 대안이 없거든. 앨런, 자네는 과학자야. 자넨 화학이라든가, 그런 따위에 대해 잘 알고 있지. 여러 번 실험도 해봤고. 지금 자네가 해야 할 일은 위층에 있는 시체를 없애는 거야. 흔적이 조금도 남지 않도록 시체를 처리해주는 거지. 그 사람이 집 안으로 들어오는 걸 본 사람은 아무도 없어. 사실 그는 지금 이 순간에 파리에 있는 걸로 되어 있어. 사람들은 몇 달 동안은 그를 볼 수 없는 거야. 그가 없어졌다는 걸 사람들이 눈치챌 때쯤 이곳에서 그에 대한 흔적이 발견되어선 안 돼. 앨런, 자네가 그 남자와 그 남자의 소지품 전부를 내가 공중에 흩뿌릴 수 있는 한 줌의 재로 만들어줘."

"도리언, 자네 미쳤군."

"아! 자네가 날 도리언이라고 불러주길 정말 기다렸어."

"정말, 자넨 미쳤어. 내가 자네를 돕기 위해 손가락 하나라도 까딱할 거라고 상상하다니, 자넨 정말 미쳤어. 이런 어처구니없는 고백을 하다니, 자넨 미친 거야. 무슨 일인지 몰라도 난 이 일에 전혀 상관하지 않겠어. 내가 자네를 위해서 내 명예에 해를 끼칠 짓을 할 것 같은가? 자네가 어떤 악마 같은 일을 꾀하든 그게 나와 무슨 상관이란 말인가?"

"그건 자살이었어, 앨런."

"그럼 다행이군. 하지만 누가 그를 자살로 몰았지? 바로 자네라고 생각하는데."

"자네, 이 일을 끝내 거절할 생각인가?"

"물론이야. 거절하겠어. 이런 일에는 절대로 연루되고 싶지 않아.

자네에게 어떤 치욕스러운 일이 생기든 난 상관하지 않겠어. 그건 자네가 다 감수할 일이야. 자네가 망신을 당하고 공개적으로 치욕을 겪는 꼴을 본다 해도 나는 자네를 가엾게 여기지 않을 거야. 어떻게 감히, 세상에 그 많은 사람들 중에 내게 이처럼 끔찍한 사건에 연루되는 일을 부탁할 수 있지? 난 자네가 사람의 성격에 대해선 훨씬 더 잘 알 거라고 생각했어. 자네 친구인 헨리 워튼 경은 다른 건 다 가르쳐주고 심리학에 대해서는 별로 가르쳐주지 않은 모양이군. 어떤 것으로 날 꼬드겨도 난 자네를 돕기 위해 한 발자국도 움직이지 않을 거야. 자네, 사람을 잘못 찾았어. 자네 친구들을 찾아가보게. 내게 이러지 말고 말이야."

"앨런, 그건 살인이었어. 내가 그를 죽였어. 그가 날 얼마나 괴롭혔는지 자넨 몰라. 내 인생이 어떠했든, 그는 불쌍한 해리보다 더 깊게 내 인생을 형성하거나 망치는 데 기여했어. 의도적으로 그런 건 아니었을 테지만, 아무튼 결과는 바로 그렇게 됐어."

"살인이라고! 맙소사, 도리언, 어떻게 자네가 그런 짓까지 저질렀나? 자네를 고발하지는 않겠네. 내가 상관할 바 아니니까. 게다가 내가 그 사건에 대해 입도 뻥긋하지 않더라도 자넨 잡힐 게 뻔하거든. 누구든 범죄를 저지르는 자는 어리석은 짓을 하기 마련이지. 하지만 난 이 일엔 절대로 개입하지 않겠어."

"자넨 이 일에 어떻게든 관여해야 해. 기다려, 잠깐만 기다려. 내말 좀 들어봐. 앨런, 그냥 듣기만 해. 내가 자네에게 부탁하려는 건 어떤 과학 실험일 뿐이야. 자네는 병원과 시체 안치소에 드나들곤하지만, 그래도 그곳에서 하는 끔찍한 일들이 자네에게 아무런 영향을 미치지 않지. 소름 끼치는 해부실이나 악취가 나는 실험실에서, 피가 흐르도록 파놓은 붉은 홈이 있는 납으로 만든 수술대 위에서 이 남자가 누워 있는 걸 발견한다면, 자네는 그를 그저 훌륭한 실험 대상으로 여길 테지. 아마 조금도 놀라지 않을 거야. 자넨 나쁜 짓을 하고 있다고 생각하지 않을 거야. 오히려 인류를 위한 일을 하고 있다거나 이 세상에 더 많은 지식을 축적시키거나 지적인 호기심을 만족시키거나, 그런 따위의 이로운 일을 하고 있다고 느끼게 될 거야. 자네가 해주었으면 하는 일이라는 게, 예전에도 자네가 자주 했던 일이야. 사실 시체 하나쯤 없애는 건 자네가 지금까지 익히 해오던 일들에 비하면 별로 끔찍한 일도 아닐 텐데. 그리고 기억하기 바라는데, 내게 불리한 증거는 바로 이 시체뿐이야. 시체가 발견되면 나는 끝장이야. 자네가 나를 도와주지 않으면 시체가 발견될 게 분명해."

"난 자네를 돕고 싶지 않아. 자넨 그걸 잊고 있군. 나는 이 모든 일에 진혀 관심 없어. 이 일은 나와 아무 상관없어."

"앨런, 이렇게 간청하네. 지금 내가 어떤 처지에 놓여 있는지 생각해줘. 자네가 오기 직전까지만 해도 난 두려움 때문에 거의 기절할 지경이었어. 자네도 언젠가는 두려움이 뭔지 알게 될지도 몰라. 아니! 그런 건 생각하지 말게. 이 문제를 순수하게 과학적인 관점에서 봐주면 돼. 자넨 실험용 시체들이 어디에서 왔는지 묻지 않잖아. 지금도 물을 필요는 없어. 실은 내가 너무 많은 걸 말해버렸지. 어떻든 이 일을 도와주길 이렇게 간청하네. 앨런, 우리는 한때 친구였잖아."

"도리언, 지난 시절 일은 말하지 마. 이미 죽은 과거니까."

"때때로 죽은 것도 좀처럼 사라지지 않아. 위층의 남자는 절대로 사라지지 않을 거야. 그는 머리를 처박고 두 팔을 뻗은 채 탁자에 앉아 있어. 앨런! 앨런! 자네가 도와주지 않으면 난 파멸하고 말 거야. 아, 앨런! 사람들은 날 교수형에 처할 거야. 이해하지 못하겠어? 내가 저지른 짓 때문에 사람들은 날 교수형에 처할 거란 말이야."

"이런 상황을 길게 끌어봐야 좋을 게 없겠어. 딱 잘라 말하는데, 난 이 일에 말려들지 않겠어. 자네, 내게 이런 부탁을 하다니, 정말 제정신이 아니군."

"정말 거절하겠다는 건가?"

"그래."

"앨런, 정말 간청하네."

"그래봐야 소용없어."

도리언 그레이의 두 눈에 조금 전과 같은 연민의 빛이 나타났다. 이내 그는 손을 뻗어 종이 한 장을 집더니 무언가를 썼다. 그는 그 내용을 두 번 읽고 나서 조심스럽게 접어 탁자 맞은편으로 내밀었다. 그러고 나서 자리에서 일어나 창가로 다가갔다.

캠벨은 깜짝 놀라 도리언을 쳐다보고는 종이를 집어 펼쳐봤다. 그는 종이에 적힌 내용을 읽는 사이에 얼굴이 사색이 되더니 의자에 털썩 주저앉았다. 구역질이 나는 끔찍한 기분이 엄습했다. 마치 심장이 텅 빈 구멍 속에서 죽도록 제멋대로 고동치고 있는 것 같았다.

2, 3분 동안 무서운 침묵이 이어졌다. 마침내 도리언이 몸을 돌려 캠벨에게 다가와 그의 뒤에 서더니, 한 손을 그의 어깨 위에 올려놓았다.

그가 속삭이듯 말했다.

"앨런, 정말 미안해. 하지만 자네가 다른 대안을 제시해주지 않는 구면. 난 이미 편지를 썼어. 바로 이거야. 자네 눈에도 주소가 보일 거야. 자네가 날 도와주지 않으면 난 그 편지를 보낼 수밖에 없어. 자넨 그 결과가 어떨지 알 거야. 하지만 자네는 날 도와주게 될 거 야. 이젠 내 부탁을 거절하기란 불가능할 거야. 난 자네에게 피해를 주지 않으려 노력했어. 자네도 그건 기꺼이 인정해야 할 거야. 자네 는 단호하고, 가혹하고, 무례했어. 지금까지 감히 나를 그렇게 대한 사람은 아무도 없었어. 적어도 살아 있는 사람들 중에는 말이야. 난 그 모든 걸 참았어. 이젠 내가 조건을 제시할 차례야."

캠벨은 두 손에 얼굴을 묻으며 몸서리쳤다.

"그래, 이젠 내가 조건을 제시할 차례야, 앨런. 어떤 조건인지는 잘 알 거야. 일은 아주 간단해. 자, 그렇게 흥분할 거 없어. 어차피 해 야 할 일인데 뭘 그래. 그냥 부딪쳐서 하면 돼."

캠벨은 입술 사이로 신음을 내뱉으며 온몸을 부들부들 떨었다. 벽난로 선반 위에 놓인 시계의 똑딱거리는 소리가 시간을 고통의 원자들로 산산이 부숴버리는 것만 같았다. 그는 그 원자 하나하나 가 너무나 무서워 도저히 견딜 수가 없었다. 마치 쇠고리가 자신의 이마를 서서히 옥죄는 것만 같았고, 자신이 위협받고 있는 치욕이 이미 엄습한 것만 같았다. 어깨 위의 손이 마치 납덩이로 만든 양 무 겁게 느껴졌다. 견딜 수가 없었다. 그 손이 자신을 짓누르는 것만 같 았다.

"자, 앨런, 당장 결정해야 해."

"난 할 수 없어."

마치 이 말이 상황을 바꿀 수 있기라도 한 듯 그는 기계적으로 말했다.

"꼭 해야 해. 선택의 여지가 없어. 시간 끌지 마."

그는 잠시 주저했다. "위층 그 방엔 불이 있나?"

"그래, 석면 심지의 가스난로가 있어."

"집에 다녀와야겠어. 실험실에서 도구를 가져와야 하거든."

"안 돼, 앨런, 자넨 이 집을 떠나선 안 돼. 필요한 게 있으면 메모지에 적어. 그러면 내 하인에게 마차를 타고 가서 그것들을 가져오게 시킬게."

캠벨은 몇 줄 휘갈겨 쓰고 압지로 잉크를 빨아들인 후에 봉투에 조수의 주소와 이름을 적었다. 도리언은 메모를 받아 들고 주의 깊게 읽었다. 그런 다음 종을 울려 하인에게 그 메모지를 건네며, 거기에 적힌 물건을 가지고 가능한 한 빨리 돌아오라고 지시했다.

현관문이 닫히자 캠벨은 신경질적으로 몸을 움찔하더니, 의자에서 일어나 벽난로 선반으로 다가갔다. 그는 학질이라도 걸린 듯 온몸을 부들부들 떨었다. 두 사람은 거의 20분 동안 아무 말이 없었다. 파리 한 마리가 시끄럽게 윙윙거리며 방 안을 날아다녔고, 시계가 똑딱거리는 소리는 망치를 두드리는 소리처럼 들렸다.

시계의 종이 1시를 알렸을 때, 캠벨은 뒤돌아 도리언 그레이를 쳐다봤다. 그의 두 눈에 눈물이 가득 고여 있었다. 그 슬픈 얼굴의 청순하고 우아한 모습에는 그를 화나게 만든 뭔가가 깃들어 있었다.

"자넨 파렴치한 인간이야, 지독하게 파렴치한 인간이라고!"

그가 나지막이 말했다.

"쉿, 앨런, 자넨 내 목숨을 구해줬어."

도리언이 말했다.

"자네의 목숨을? 맙소사! 목숨은 무슨 목숨! 자네는 타락에 타락을 계속하다가 이제는 범죄까지 저질렀어. 자네가 내게 강요하고 있는 일, 그 일을 내가 한다고 해서 자네 목숨을 염두에 두고 하는 건 아니야."

"아, 앨런."

도리언이 한숨을 쉬며 중얼거렸다.

"내가 자네에게 느끼는 연민의 천 분의 1만이라도 내게 연민을 느껴주면 좋겠어."

그는 이렇게 말하며, 서서 고개를 돌리곤 정원을 내다봤다. 캠벨은 아무런 대답도 하지 않았다.

10분쯤 후에 문을 두드리는 소리가 들렸고, 하인이 한 사리의 기다란 철제와 백금으로 만든 철사, 아주 기묘하게 생긴 강철 죔쇠 두 개와 함께 커다란 마호가니제 화학약품 상자 하나를 들고 들어왔다.

"여기에 둘까요, 나리?"

하인이 캠벨에게 물었다.

"그래."

도리언이 대답했다.

"그리고 프랜시스, 미안하지만 심부름 하나를 더 해줘야 할 것 같네. 셀비에 난초를 공급하는, 리치먼드에 사는 그 남자 이름이 뭐지?"

"하든입니다, 나리."

"그래, 하든. 지금 즉시 리치먼드로 가서 직접 하든을 만나 이르게. 내가 애초에 주문한 난초를 두 배로 보내주고, 흰색 난초는 되도록 적게 보내라고 말이야. 사실 난 흰색 난초는 전혀 원하지 않거든.

프랜시스, 날씨가 정말 좋아. 리치먼드는 아주 멋진 곳이지. 그렇지 않았다면 내가 이런 일로 자네를 귀찮게 하지는 않았을 거야."

"나리, 천만에요, 귀찮지 않습니다. 몇 시쯤 돌아오면 될까요?"

도리언이 캠벨을 쳐다봤다.

"앨런, 자네 실험은 얼마나 걸리지?"

그는 동요 없이 차분한 목소리로 물었다. 방 안에 제삼자가 있다는 사실이 그에게 커다란 용기를 준 모양이었다.

캠벨은 인상을 찌푸리며 입술을 깨물었다.

"다섯 시간쯤 걸릴 거야."

그가 대답했다.

"프랜시스, 그렇다면 7시 30분에 돌아오면 충분할 거야. 아니면 하룻밤 묵고 오든지. 다만 갈아입을 옷을 챙겨놓아줬으면 좋겠어. 오늘 밤은 자네 마음껏 시간을 보내도록 해. 난 집에서 저녁을 먹지 않을 테니, 자네가 없어도 돼."

"고맙습니다, 나리."

하인이 방을 나서며 말했다.

"자, 앨런, 한순간도 지체할 시간이 없어. 이 상자는 왜 이리 무거운 거야! 상자는 내가 들고 가겠네. 자넨 나머지 물건들을 가지고 와."

그는 위압적인 태도로 재빨리 말했다. 캠벨은 도리언에게 지배당하는 느낌이 들었다. 그들은 함께 방을 나섰다.

그들이 맨 위 층계참에 도착하자, 도리언이 열쇠를 꺼내 자물쇠에 넣고 돌렸다. 그런 다음 가만히 멈춰 섰는데, 그의 눈빛에 곤혹스러운 기색이 어렸다. 그는 몸서리를 쳤다.

"앨런, 난 들어갈 수 없을 것 같아."

그가 중얼거렸다.

"상관없어. 자네가 필요한 건 아니니까."

캠벨이 냉소적으로 말했다.

도리언은 문을 반쯤 열었다. 그러면서 햇빛 속에서 자신을 흘겨보고 있는 초상화의 얼굴을 봤다. 초상화 앞쪽 바닥에는 찢겨진 커튼이 놓여 있었다. 순간 이 숙명적인 캔버스를 가리는 일을 어젯밤에 처음으로 잊고 말았다는 사실이 떠올랐다. 그는 당장 앞으로 달려가고 싶었지만, 결국 몸서리를 치며 뒤로 물러섰다.

캔버스가 마치 피땀이라도 흘리는 듯 그림 속 한 손에서 어렴풋이 반짝이는 축축한 저 붉고 역겨운 방울들은 무엇인가? 정말 끔찍하다! 그 순간은 탁자 위에 쭉 뻗어 있는 말 없는 시체보다도 이 끔찍한 초상화가 훨씬 더 무서웠다. 피로 얼룩진 카펫 위에 드리워진 기괴하고 기형적인 그림자로 볼 때, 시체는 지난밤 남겨둔 그 자세 그대로 꼼짝하지 않고 있었다.

그는 크게 심호흡을 하고 문을 조금 더 열었다. 그리고 죽은 남자에게는 눈길 한번 주지 않으리라 결심한 듯 실눈을 하고 고개를 돌린 채 재빨리 방 안으로 들어갔다. 그런 다음 허리를 굽혀 금색과 자주색의 커튼을 집어 들어 그림 위에 정확하게 덮어씌웠다.

그는 돌아서기가 두려워 그 자리에 그대로 선 채 바로 눈앞에 보이는 정교한 문양에 시선을 고정시켰다. 그러고 있으려니 곧 캠벨이 무거운 상자와 철제 기구들, 자신이 해야 할 무서운 일을 위해 필요한 그 밖의 다른 장비들을 가지고 들어오는 소리가 들렸다. 도리언은 캠벨과 바질 홀워드가 만난 적이 있었는지, 만난 적이 있다면 서로를 어떻게 생각했었는지 궁금해지기 시작했다.

"이제 그만 나가게."

그의 등 뒤에서 단호한 목소리가 들렸다.

도리언은 몸을 돌려 급하게 나왔는데, 그 와중에도 시체가 의자 등받이 쪽으로 밀쳐지는 모습과 캠벨이 번들거리는 누런 얼굴을 빤히 응시하는 모습을 봤다. 아래층으로 내려가는데 방문의 열쇠가 잠기는 소리가 들렸다.

7시가 훨씬 지나서야 캠벨은 서재로 돌아왔다. 그의 얼굴은 창백했지만 무척 침착한 태도를 보였다.

"자네가 부탁한 일을 끝냈어."

그가 낮은 목소리로 말했다.

"자, 그럼 난 이만 가보겠네. 다시는 서로 만날 일이 없었으면 하네."

"앨런, 자넨 날 파멸에서 구해주었어. 이 일은 잊지 않겠네."

도리언이 솔직하게 말했다.

캠벨이 떠나자마자 도리언은 위층으로 올라갔다. 방 안에선 지독한 질산 냄새가 났다. 하지만 탁자에 앉아 있던 시체는 사라지고 없었다.

15

그날 밤 8시 30분, 아주 멋지게 차려입고 커다란 단춧구멍에 파르마 바이올렛 몇 송이를 꽂은 도리언 그레이는 머리 숙여 인사하는 하인들의 안내를 받으며 나버러(Narborough) 부인 저택의 거실로 들어섰다. 신경이 예민해질 대로 예민해진 터라 이마가 욱신거렸고 몹시 흥분된 상태였지만, 허리를 굽혀 여주인의 손에 입맞춤하는 그의 태도는 여느 때처럼 여유 있고 우아했다. 어쩌면 사람이 어떤 역할을 할 때만큼 여유 있는 순간은 없는지도 모른다. 그날 밤에 도리언 그레이를 본 사람이라면, 누구라도 그가 우리 세대의 그 어떤 비극 못지않게 끔찍한 비극을 겪었으리라고는 생각하지 못했을 것이다. 그 섬세한 모양의 손가락들이 나이프를 움켜쥐고 죄를 범했으리라고는, 저 미소가 깃든 입술이 신과 선을 향해 울부짖었으리라고는 아무도 생각하지 못했을 것이다. 도리언 그도 자신의 침착한 태도를 의아하게 생각하지 않을 수 없었으며, 순간적으로

294

이중생활이 주는 소름 끼치는 쾌락을 강렬히 느꼈다.

이날 모임은 나버러 부인이 다소 서둘러 마련한 작은 파티였다. 그녀는 대단히 영리한 여성이었는데, 헨리 경의 말에 따르면 정말 지독하게 못생긴 외모를 유산으로 물려받은 여자였다. 그녀는 아주 지루한 대사들 중 한 명에게 훌륭한 아내 역할을 입증해 보여주었고, 자신이 직접 설계한 대리석 무덤에 남편을 잘 묻었으며, 다소 나이가 많지만 꽤 부유한 남자들에게 딸들을 시집보냈다. 그리고 이제는 프랑스 소설과 프랑스 요리, 그리고 가능할 때마다 프랑스 '정신'이 주는 쾌락에 빠져들었다.

도리언은 그녀가 특별히 좋아하는 사람들 중 한 명이었다. 그녀는 항상 젊은 시절 그를 만나지 않은 것이 천만다행이라고 말하곤 했다.

"이봐요, 난 당신에게 완전히 반했을 거예요. 당신을 위해서라면, 풍차방앗간에서 당장에 보닛을 벗어던졌을 거예요. 그 시절에 당신 생각에 빠져 있지 않았던 건 천만다행한 일이에요. 사실 그 시절에 우리가 쓰던 보닛은 아주 볼품없고 풍차는 바람을 일으키느라 여념이 없었기에 난 누구와도 연애 놀음을 해보지 못했어요. 하지만 그건 전부 나버러의 탓이기도 했어요. 그 사람은 지독한 근시였기에, 아무것도 보이지 않은 남편을 속여봐야 재미가 있을 리 없었죠."

그녀는 이렇게 말하곤 했다.

이날 저녁 나버러 부인의 파티에 온 손님들은 꽤나 따분한 사람들이었다. 부인이 낡은 부채로 얼굴을 가리고 도리언에게 설명한 바에 따르면, 결혼한 딸들 중 하나가 불시에 그녀의 집에 찾아와 머무르고 있으며, 설상가상으로 사위까지 함께 지내게 되었다는 것이다. 부인이 속삭였다.

"이봐요, 내 딸이지만 정말 고약하기 짝이 없죠. 물론 나도 홈부르크에서 돌아오면 매년 여름마다 딸네 집에 가서 머무르곤 하지만, 나처럼 늙은 여자는 가끔 신선한 공기를 쐴 필요가 있지요. 게다가 나는 그럴 때마다 딸들을 깨우쳐주기도 하고요. 당신은 그 애들이 그곳에서 어떻게 생활하는지 모를 거예요. 정말 순수한 시골 생활이지요. 할 일이 많기 때문에 아침에는 일찍 일어나고, 생각할 것이 별로 없으니 일찍 잠자리에 들죠. 엘리자베스 여왕 시대 이후로 마을 부근까지 추문 한번 없었죠. 그러니 저녁을 먹고 나면 모두 잠자리에 들죠. 그 애들 옆에 앉지 말아요. 내 옆에 앉아서 나를 즐겁게 해줘야 해요."

도리언은 적당히 맞장구를 치고는 방 안을 둘러봤다. 그렇다, 정말 지루한 파티였다. 손님들 가운데 두 명은 한 번도 본 적 없는 사람이 있고, 나머지 사람들 중에는 너무나 평범한 중년 남자 축에 끼는 어니스트 해로든(Ernest Harrowden)이 있었다. 그는 런던의 클럽들에서 흔히 볼 수 있는, 딱히 적은 없지만 친구들에게는 철저히 미움을 샀던 인물이다. 또 한 명의 손님인 럭스턴 부인은 매부리코에 지나치게 몸치장을 한 마흔일곱 살의 여성으로, 추문의 주인공이 되어보려고 항상 애쓰곤 했지만 워낙 못생겼기 때문에 그녀로서는 대단히 실망스럽게도 누구도 그녀에게 추문을 일으킬 일이 있을 거라고는 생각하지 않았다. 거무스름한 주황색 머리칼의 얼린(Erlynne) 부인은 뭐가 좋은지 쾌활한 표정으로 주제넘게 혀 짧은 소리로 떠들어댔고, 여주인의 딸인 앨리스 채프먼 부인은 전형적인 영국인 얼굴로 한 번 봐서는 결코 기억하지 못할 것처럼 촌스럽고 둔하게 생긴 젊은 여자였다. 그리고 그녀의 남편은 붉은 뺨에 하얀 구레나룻을 기르고 있었는데, 그와 같은 계급 사람들이 흔히 그러하듯 생각이라곤 조금도 없는 골 빈 머리를 과도한 유쾌함으로 가릴 수 있을 것이라고 믿고 있었다.

그가 이 파티에 온 것을 좀 후회하고 있으려니, 마침내 나버러 부인이 연한 자주색 덮개로 씌운 벽난로 선반 위에 화려한 곡선을 과시하며 버티고 있는 커다란 도금 시계를 바라보며 외쳤다.

"이런, 헨리 워튼이 너무 늦는군요! 오늘 아침에 혹시나 해서 사람을 보냈을 땐 나를 실망시키지 않겠다고 철석같이 약속을 해놓고 말이야."

도리언은 헨리가 온다는 사실이 다소 위안이 되었다. 이내 문이 열리고 성의 없는 사과 몇 마디 말을 늘어놓는, 매력적인 헨리 특유의 느리고 음악적인 목소리가 들렸다. 그 소리를 듣자 지루했던 기분이 순식간에 사라졌다.

하지만 만찬 자리에서 도리언은 아무것도 먹을 수가 없었다. 그는 나오는 접시마다 먹지 않고 그대로 물려 보내야 했다. 나버러 부인은 '특별히 당신을 위해 메뉴를 짠 불쌍한 아돌프에 대한 모욕'이라며 계속해서 그를 나무랐고, 헨리 경은 맞은편에 앉은 그를 가끔 바라보며 아무런 말도 하지 않고 멍하니 있는 그의 태도를 이상하게 생각했다. 때때로 집사가 그의 잔에 샴페인을 따라주었다. 그는 주는 대로 샴페인을 들이켰지만, 그럴수록 갈증은 더해가는 것만 같았다.

"도리언. 오늘 밤 무슨 일 있나? 기분이 꽤 안 좋아 보이는군."

소스를 친 냉육(冷肉) 요리가 돌고 있을 때 마침내 헨리 경이 입을 열었다.

"사랑에 빠진 게로군. 혹시 내가 질투할까 봐 두려워서 말하길 꺼리는 모양이군요. 도리언의 생각이 옳아요. 난 틀림없이 질투하고 말 거예요."

나버러 부인이 큰 소리로 말했다.

"친애하는 나버러 부인. 난 지난 일주일 내내 사랑이란 것에 빠져보지 못했어요. 실은 페롤 부인이 런던을 떠난 이후로 사랑이란 걸 해보지 못했지요."

도리언이 미소를 지으며 낮은 목소리로 말했다.

"당신들 남자들은 어떻게 그런 여자와 사랑에 빠질 수 있죠! 나는 정말 이해할 수 없어요."

노부인이 큰 소리로 소리쳤다.

"나버러 부인, 그건 그저 그 여자가 부인의 어린 소녀 시절의 모습을 기억하고 있기 때문이지요. 그녀가 우리와 부인이 소녀 시절 입으셨던 짧은 드레스를 잇는 일종의 고리니까요."

헨리 경이 말했다.

"헨리 경, 그녀는 내 짧은 드레스 따위는 전혀 기억하지 못해요. 하지만 나는 30년 전 빈에 있을 때 그녀의 모습이 어땠는지, 그 당시 그녀가 얼마나 가슴이 파인 옷을 입었는지 생생히 기억하고 있어요."

"페롤 부인은 지금도 가슴이 파인 옷을 입지요."

헨리 경이 긴 손가락으로 올리브 한 알을 집으며 대답했다.

"그리고 아주 맵시 있는 드레스를 입고 있으면, 저급한 프랑스 소설을 호화판으로 장정한 것처럼 보이죠. 그녀는 정말 경이로운 여자예요. 항상 사람들을 놀라게 하잖아요. 가족에 대한 애정은 정말 대단하죠. 세 번째 남편이 사망했을 때는 슬픔 때문인지 머리카락이 온통 금발로 변해버렸지요."

"해리, 어떻게 그런 말을!"

도리언이 외쳤다.

"정말 로맨틱한 설명이에요. 하지만 헨리 경, 세 번째 남편이라니요! 설마 페롤이 네 번째라는 뜻은 아니겠지요?"

여주인이 웃었다.

"물론 네 번째지요, 나버러 부인."

"그 말에 대해선 한마디도 못 믿겠어요."

"자, 그럼, 그레이 씨에게 물어보죠. 그레이 씨는 페롤 부인과 가장 친한 친구들 중 한 분이니까요."

"그게 사실인가요, 그레이 씨?"

"그녀가 내게 분명히 그렇게 말했습니다, 나버러 부인. 내가 부인께, 마르그리트 드 나바르*처럼 남편들의 심장을 방부 처리해서 허리띠에 매달고 다니시는지 물어본 적도 있어요. 부인은 남편들 중에 어느 누구도 심장을 가진 자가 없었기 때문에 그렇게 하지 못했다고 말하더군요."

도리언이 말했다.

"네 명의 남편이라! 그거 참 대단한 열정이군요."

"난 그녀에게 정말 대담하다고 말해주었지요."

---

* 마르그리트 드 나바르(Marguerite de Navarre, 1492~1549). 프랑수아 1세의 누이로 16세기 전반기 프랑스의 작가이자 시인이었다.

"오! 이봐요, 그녀는 무슨 일에든 대담해요. 그런데 페롤은 어떤 사람이죠? 난 그에 대해선 몰라요."

"아주 아름다운 여인의 남편들은 범죄 계급에 속하지요."

헨리 경이 포도주를 홀짝이며 말했다.

나버러 부인이 부채로 그를 쳤다.

"헨리 경, 세상이 당신을 아주 사악한 인간이라고 말하는 것도 전혀 놀라운 일이 아니에요."

"그런데 어떤 세상이 그런 말을 하는 거죠? 아마 다음 세상에서나 그런 말이 나올 겁니다. 지금 세상과 저는 아주 사이가 좋거든요."

헨리 경이 눈썹을 치키며 물었다.

"내가 아는 사람들은 모두 당신이 무척 사악한 인간이라고 말하던데요."

노부인이 고개를 저으며 큰 소리로 말했다.

헨리 경은 잠시 진지한 태도를 보였다.

"정말 어처구니없군요. 전적으로 틀림없는 사실인 것에 대해 등 뒤에서 험담을 일삼는 요즘 사람들의 행태 말입니다."

마침내 그가 입을 열었다.

"헨리 경은 정말 구제불능 아닌가요?"

도리언이 의자에서 몸을 앞으로 내밀며 큰 소리로 말했다.

"그런 것 같군요. 하지만 당신들이 모두 그런 우스꽝스러운 이유 때문에 페롤 부인을 숭배하는 거라면, 나도 유행에 따라 재혼을 해야겠군요."

여주인이 웃으면서 말했다.

"나버러 부인, 부인께서는 절대로 재혼하지 않으실 겁니다."

헨리 경이 말을 가로막았다.

"부인께서는 무척 행복하셨으니까요. 여자가 재혼을 할 땐 첫 남편을 몹시 싫어했기 때문이에요. 반면 남자가 재혼을 할 땐 첫 부인을 몹시 사랑했기 때문이지요. 여자들은 운을 시험해보지만, 남자들은 자신들의 운을 건답니다."

"나버러가 완벽한 남편은 아니었어요."

노부인이 큰 소리로 말했다.

"완벽하셨다면, 부인께서는 남편을 사랑하지 않으셨을 겁니다. 여자들은 우리 남자들에게 있는 결점 때문에 우리를 사랑하지요. 우리가 결점투성이라고 하더라도 여자들은 모든 걸, 심지어 우리의 지성까지도 용서할 겁니다. 이런 말을 해서, 부인께서 다시는 저를 만찬에 초대하지 않으시는 건 아닌지 걱정되는군요. 하지만 나버러 부인, 제 말은 분명한 사실입니다."

헨리 경이 대답했다.

"헨리 경, 물론 당연히 사실이지요. 우리 여자들이 결점 때문에 당신들을 사랑하지 않았다면, 당신들은 모두 어떻게 됐겠어요? 그랬다면 당신들 중에 누구도 결혼하지 못할 거예요. 모두 불행한 독신자 신세가 될 테죠. 하지만 그런 상황이라도 남자들은 별로 달라지지 않아요. 요즘엔 결혼한 남자들이 모두 독신자처럼 살고, 독신 남자들은 모두 결혼한 남자들처럼 살잖아요."

"세기말이잖아요."

헨리 경이 중얼거렸다.

"말세예요."

여주인이 대답했다.

"차라리 말세라면 좋겠어요. 삶이 커다란 실망뿐이에요."

도리언이 한숨을 쉬며 말했다.

"오, 여봐요."

나버러 부인이 장갑을 끼며 큰 소리로 말했다.

"지칠 대로 지친 삶을 산다고 말하는 건 아니겠죠. 남자가 그런 말을 하면, 사람들은 삶이 그를 피폐하게 만든 줄로 알 거예요. 헨리 경은 아주 사악한 사람이고, 나도 가끔은 사악해지고 싶을 때가 있지만, 당신은 근본적으로 선한 사람이잖아요. 당신은 너무나 선하게 생겼어요. 내가 멋진 신붓감을 구해줘야겠어요. 헨리 경, 그레이 씨도 이젠 결혼해야 한다고 생각하지 않나요?"

"나버러 부인, 저도 늘 그렇게 말하고 있습니다."

헨리 경이 고개를 숙여 인사하며 말했다.

"자, 그럼, 우리가 그레이 씨에게 어울리는 짝을 찾아봐야겠군요. 오늘 밤 당장 〈디브렛 귀족 연감〉을 주의 깊게 샅샅이 훑어보고 신붓감으로 적격인 젊은 숙녀들의 목록을 작성해야겠어요."

"나버러 부인, 나이도 나와 있나요?"

도리언이 물었다.

"물론이에요. 실제와는 약간 다르게 나와 있을 테지만요. 하지만 무슨 일이든 서두를 필요는 없어요. 나는《더 모닝 포스트(The Morning Post)》가 부르는 대로, 서로 어울리는 한 쌍이 되어 두 사람 모두 행복했으면 좋겠어요."

"사람들이 행복한 결혼에 대해 하는 말들은 정말 터무니없어요! 남자는 어떤 여자와도 행복해질 수 있어요. 그 여자를 사랑하지 않는 한 말이에요."

헨리 경이 큰 소리로 말했다.

"오! 당신은 정말 냉소적이군요!"

노부인이 의자를 뒤로 빼고 럭스턴 부인에게 고개를 끄덕이며 소리쳤다.

"조만간 다시 우리 집에 와서 저녁 식사를 함께해요. 당신은 정말 훌륭한 강장제예요. 앤드루 경이 처방해주는 것보다 훨씬 더 나아요. 그래도 당신이 어떤 사람들과 만나고 싶은지 꼭 말해줘야 해요. 난 즐거운 모임이 되길 바라거든요."

노부인이 말했다.

"전 미래가 있는 남자들과 과거가 있는 여자들을 좋아해요. 아니면 아예 여자들만의 파티로 만들면 어떨까요?"

그가 대답했다.

"그렇게 되지 않을까 걱정이에요."

노부인이 자리에서 일어서면서 웃으며 말했다.

"정말 미안해요, 럭스턴 부인. 아직까지 담배를 다 피우지 않은 걸 몰랐어요."

그녀가 덧붙여 말했다.

"괜찮아요, 나버러 부인. 제가 원래 담배를 많이 피우잖아요. 앞으론 담배를 줄여볼까 해요."

"럭스턴 부인, 제발 그런 말씀 마세요. 절제야말로 치명적인 것이에요. 족함은 한 끼 식사만큼이나 나쁜 겁니다. 과함이야말로 잔칫상만큼 좋은 것이죠."

헨리 경이 말했다.

럭스턴 부인이 호기심 어린 눈빛으로 헨리 경을 쳐다봤다.

"헨리 경, 언제 오후에 우리 집에 와서 그 말씀을 설명해주셨으면
해요. 아주 흥미로운 이론 같아요."

그녀가 미끄러지듯 방을 나가며 낮은 목소리로 말했다.

"이제 정치나 추문에 대한 이야기는 너무 오래 끌지 말아요. 그
얘기를 너무 오래 끌다보면, 우리는 위층에서 말다툼을 벌일 게 뻔
해요."

나버러 부인이 문 앞에서 큰 소리로 말했다.

남자들은 웃었고, 채프먼 씨는 진지한 표정을 지으며 식탁 끝 자
리에서 일어나 맨 윗자리 쪽으로 다가갔다. 도리언 그레이는 자리
를 바꿔 헨리 경 옆자리로 가서 앉았다. 채프먼 씨는 영국 하원의 상
황에 대해 큰 소리로 말하기 시작하더니, 자신의 정적(政敵)에 대해
서 말할 때는 실없이 크게 웃어댔다. 그가 쏟아내는 말들 사이사이
에 이따금 '공론가(空論家)'라는 단어가, 영국인의 마음에 공포를
불러일으키는 이 단어가 계속 등장하곤 했다. 두운을 맞춘 접두어
는 그의 웅변을 장식하는 역할을 했다. 그는 사상의 정점에 유니언
잭(Union Jack)*을 내걸었다. 조상에게서 물려받은 영국 민족의 우
둔함— 그가 영국인의 건전한 상식이라고 유쾌하게 명명했던 — 이
사회를 지키는 적절한 보루로 보였다.

헨리 경이 입가에 미소를 지으며 몸을 돌려 도리언을 쳐다봤다.

"이보게, 이제 좀 기분이 나아졌나? 식사 땐 기분이 꽤나 언짢아

---

* 영국 국기.

보이던데."

그가 물었다.

"한결 좋아졌어요, 해리. 사실 피곤해서 그래요. 그뿐이에요."

"어젯밤엔 자네, 정말 매력적이었어. 그 어린 공작 부인이 자네에게 푹 빠졌더군. 셸비에 한번 내려가보겠다고 말하던데."

"20일에 찾아오기로 약속했어요."

"먼머스도 함께 말인가?"

"아, 예, 해리."

"먼머스 때문에 지루해 죽는 줄 알았어. 공작 부인도 나와 같은 기분이었지. 그건 그렇고, 공작 부인은 정말 영리한 여자야. 여자로선 지나칠 만큼 영리하지. 너무 똑똑하다보니 연약함이라고 하는, 말로 설명하기 힘든 매력이 부족한 편이지. 금으로 된 성상(聖像)을 고귀하게 하는 건 진흙으로 만들어진 발이라네. 그녀의 발은 아주 예쁘지만 진흙으로 만든 발이 아니야. 이렇게 불러도 좋다면, 하얀 도자기로 만든 발이라고나 할까. 그 발은 불길을 거쳐온 거야. 불길은 그 발을 파괴하기보다는 오히려 더 단단하게 만들었지. 그녀는 많은 걸 경험했어."

"그녀는 결혼한 지 얼마나 됐죠?"

도리언이 물었다.

"영겁의 세월이라고 말하더군. 〈귀족 연감〉에 따르면 10년이지만, 먼머스와 함께 산 10년이라면, 덤으로 엄청난 시간이 보태져 영원처럼 느껴졌을 만해. 한데 누가 더 오기로 되어 있지?"

"오, 윌러비(Willoughby) 부부, 럭비 경과 그의 부인, 우리의 안주인, 제프리 클루스턴(Geoffrey Clouston), 이렇게 늘 모이던 사람들이죠. 그로트리언(Grotrian) 경도 오시라고 했어요."

"그 사람 마음에 들어. 그를 좋아하지 않는 사람들이 아주 많은데 내가 보기엔 아주 매력적인 사람이야. 가끔 옷차림이 과하기도 하지만, 그 정도야 언제나 보여주는 수준 높은 교양으로 충분히 상쇄되지. 그는 정말 현대적인 인물의 전형이야."

헨리 경이 말했다.

"해리, 그분이 올 수 있을지는 몰라요. 부친과 함께 몬테카를로에 갈지도 모르거든요."

"아! 가족이란 정말 성가신 존재들이야! 그가 올 수 있게 최대한 애써봐. 그건 그렇고, 도리언, 자네 어젯밤에는 아주 일찍 갔어. 11시도 안 되어 자리를 떴지. 그 후에 뭘 했나? 곧바로 집에 갔나?"

도리언이 황급하게 헨리 경을 흘끗 보며 눈살을 찌푸렸다.

"아니에요, 해리. 거의 3시가 되어서야 집에 도착했어요."

마침내 그가 입을 열었다.

"클럽에 갔었나?"

"예."

그가 대답했다. 그러곤 입술을 깨물었다.

"아뇨, 아니에요. 클럽에 가지 않았어요. 그냥 여기저기 돌아다녔어요. 뭘 했는지 기억이 나지 않아요……. 한데 해리, 뭘 그리 캐물어요! 당신은 언제나 누가 뭘 하는지 알고 싶어 하죠. 난 뭘 했는지 언제나 잊고 싶어 해요. 정확한 시간을 알고 싶다면 말해주죠. 어젯밤 난 2시 30분에 집에 들어갔어요. 현관문 열쇠를 집에 두고 나와서 하인이 문을 열어주었지요. 그 사실에 대한 확실한 증거를 원한다면, 내 하인에게 물어봐도 좋아요."

헨리 경은 어깨를 으쓱했다.

"이보게, 내가 그런 걸 낱낱이 알고 싶어 했던 것처럼 돼버렸군그 래! 그만 거실로 올라가자고. 채프먼 씨, 고맙지만 셰리주는 그만 마 시겠어요. 도리언, 자네, 무슨 일이 있는 것 같은데. 무슨 일인지 말 해봐. 오늘 밤은 영 딴사람 같아."

"해리, 신경 쓰지 말아요. 신경이 예민한 데다 기분이 좋지 않아 서 그래요. 내일이나 모레쯤 들르죠. 나버러 부인께는 내 사정을 잘 말해줘요. 난 2층엔 못 올라가겠네요. 이만 집에 가야 될 것 같아요. 집에 가야겠어요."

"좋아, 그렇게 하게, 도리언. 그럼 내일 차 마실 때쯤 보자고. 아마 공작 부인도 올 거야."

"되도록이면 그때쯤 가도록 할게요, 해리."

그가 방을 나서며 말했다.

마차를 타고 집으로 돌아가는 길에 도리언은 억눌러버렸다고 생 각했던 공포가 다시 엄습해오는 것을 느꼈다. 헨리 경이 무심결에 던진 질문에 순간적으로 기겁했었다. 이제 그는 신경이 안정되길 바랐다. 위험한 물건들을 없애야 했다. 그는 움찔했다. 그 물건들에 손을 대야 한다는 생각만으로도 끔찍했다.

그러나 해야만 하는 일이었다. 그는 그 사실을 깨달았다. 그래서 그는 서재 문을 잠근 다음 바질 홀워드의 외투와 가방을 쑤셔 넣어 두었던 비밀 옷장을 열었다. 벽난로의 불이 활활 타오르고 있었다. 그는 불길 위에 장작 하나를 더 올렸다. 옷이 그을리고 가죽이 타는 냄새가 아주 지독했다. 전부 태워 없애는 데 45분이 걸렸다. 그 일을 마치고 났을 때, 그는 머리가 어지럽고 속이 메스꺼움을 느꼈다. 그

래서 구멍이 뚫린 구리 향로에 알제리산 향을 피운 후에 사향 냄새
가 나는 차가운 식초로 손과 이마를 닦았다.

그는 별안간 깜짝 놀랐다. 그는 두 눈을 이상할 정도로 번득이며
신경질적으로 아랫입술을 깨물었다. 창문과 창문 사이에는 흑단으
로 만들고 상아와 청금석으로 상감세공한 커다란 피렌체 양식의 장
식장이 놓여 있었다. 그는 마치 그것이 자신을 호려 두려움을 갖게
하는 물건이기라도 한 듯, 그 물건 안에 자신이 몹시 원하는 동시에
몹시 싫어하는 뭔가가 들어 있기라도 한 듯 그 장식장을 주시했다.
그의 호흡이 빨라졌다. 미칠 듯한 갈망에 사로잡혔다. 그는 담배에
불을 붙이고는 그냥 내던져버렸다. 눈꺼풀이 축 처져 기다란 속눈
썹이 거의 뺨에 닿을 정도였다. 하지만 그는 여전히 장식장을 바라
보고 있었다. 마침내 누워 있던 소파에서 일어난 그는 장식장 쪽으
로 다가가 그 문을 열고 감춰진 용수철을 건드렸다. 그러자 삼각형
모양의 서랍이 서서히 앞으로 나왔다. 그의 손가락은 본능적으로
서랍으로 향하더니 그 안을 파고들어 뭔가를 꼭 쥐었다. 그것은 검
은 옷칠과 금가루를 칠해 정성 들여 만든 중국제의 작은 상자로, 옆
면에는 곡선의 물결무늬 문양이 새겨져 있고 비단 끈에는 둥근 수
정 구슬이 꿰어져 있으며 여러 개의 금속 실을 땋은 술 장식이 달려
있었다. 그는 상자를 열었다. 그 안에는 광택이 나는 밀랍 같은 녹색
반죽이 있었는데, 이상할 정도로 짙고 가시지 않는 냄새를 풍겼다.

그는 얼굴에 기이한 미소를 지은 채 표정 변화 없이 잠시 주저했
다. 이윽고 방 안 공기가 몹시 더운데도 몸을 부들부들 떨다가 자세
를 바로잡더니 시계를 흘끗 봤다. 12시 20분 전이었다. 그는 상자를
다시 집어넣고 장식장 문을 닫은 다음, 침실로 향했다.

어스레한 밤공기를 가르며 청동 종이 자정을 알리며 울리자, 도리언 그레이는 평범한 옷차림에 목도리를 두르고서 조용히 집을 빠져나왔다. 본드 가에서 훌륭한 말이 끄는 2인승 이륜마차를 발견했다. 그는 마차를 불러 세우고는 낮은 목소리로 마부에게 주소를 말했다.

마부는 고개를 가로저었다.

"너무 멀어요."

마부가 중얼거렸다.

"1파운드짜리 금화를 주겠소. 빨리 달리면 하나 더 주겠소."

도리언이 말했다.

"좋습니다, 나리. 한 시간 내에 도착할 겁니다."

마부가 대답했다. 마부는 요금을 받은 다음, 말 머리를 돌려 재빨리 강을 향해 달렸다.

16

차가운 빗방울이 떨어지기 시작했고, 흐릿한 가로등이 축축한 안개비 속에서 유령처럼 보였다. 술집들은 막 문을 닫을 순간이었고, 어렴풋이 보이는 남사와 여자들이 술집 입구 주변 여기저기에 무리지어 모여 있었다. 어떤 술집에서는 소름 끼치는 웃음소리가 들리는가 하면, 어떤 술집에서는 주정뱅이들이 싸우며 고래고래 고함을 지르는 소리가 들렸다.

모자를 이마까지 눌러쓴 채 마차 안 의자에 기대 누운 도리언 그레이는 거대한 도시의 더러운 치욕을 피곤한 눈빛으로 바라보면서, 헨리 경을 처음 만난 날 그가 했던 말을 이따금씩 혼잣말로 반복하곤 했다. "감각으로 영혼을 치유하고, 영혼으로 감각을 치유하는 것." 그렇다, 바로 이것이 비법이었다. 그는 이 비법을 자주 시도해봤고, 지금 또다시 그것을 시도해보려 했다. 누구든 망각을 살 수 있는 아편굴이, 새로운 죄악의 광기로 낡은 죄악에 대한 기억을 말끔히 없앨 수 있는 공포의 소굴이 있었다.

하늘에는 누런 해골 같은 달이 낮게 걸려 있었다. 가끔 흉측하게 생긴 거대한 구름이 긴 팔을 뻗어 달을 가리곤 했다. 불 켜진 가스등이 점차 줄어들면서 거리는 점점 더 좁고 음산해졌다. 마부는 한 차례 길을 잃어 반 마일가량 돌아가야 했다. 철벅철벅 웅덩이를 지날 때는 말의 몸뚱이에서 김이 피어올랐다. 잿빛 플란넬 같은 안개가 마차의 옆 창문의 시야를 부옇게 가렸다.

"감각으로 영혼을 치유하고, 영혼으로 감각을 치유하는 것!"

이 말이 그의 귓가에 얼마나 울려댔던가! 분명 그의 영혼은 병들 대로 병들어 있었다. 감각이 영혼을 치유할 수 있다는 말은 사실일까? 죄 없는 사람들이 피를 흘려야 했다. 그것을 무엇으로 보상할 수 있을까? 아! 그것에 대해 속죄할 길은 없다. 하지만 용서는 받을 수 없을지라도 망각은 언제든지 가능한 일이다. 결국 그는 잊어버리기로, 과거 일에 대한 기억을 짓밟아 없애버리기로, 사람을 문 살무사를 짓밟아 뭉개듯 기억을 짓밟아 뭉개버리기로 결심했다. 바질이 자신에게 던진 말들, 사실 바질은 그에게 무슨 권리로 그런 말을 했단 말인가? 대체 누가 바질에게 다른 사람들을 판단할 수 있는 권리를 주었단 말인가? 바질은 끔찍하고 잔인하고 도저히 참을 수 없는 말을 내뱉었던 것이다.

마차는 계속해서 터벅터벅 달렸지만, 그에게는 말이 한 걸음 한 걸음을 내딛을 때마다 점점 더 느려지는 것만 같았다. 그는 자신과 마부 사이의 칸막이 문을 들어 올리며 좀 더 빨리 달리라고 재촉했다. 아편을 향한 무서운 욕망이 그를 물어뜯기 시작했다. 목이 타들어갔고, 섬세한 두 손은 신경질적으로 경련을 일으켰다. 그는 지팡이로 미친 듯이 말을 후려쳤다. 마부가 웃더니 말에게 채찍질을 했다. 도리언이 웃음으로 답하자, 마부는 입을 다물었다.

길은 가도 가도 끝이 없는 것 같았고, 거리는 기어 다니는 거미가 지어놓은 검은 거미집 같았다. 그는 그 거리의 단조로운 풍경을 참을 수 없었고, 안개가 짙게 깔리자 두려움이 엄습했다.

이윽고 마차는 외딴 벽돌 공장 곁을 지나갔다. 이제 안개가 옅어져서 이상하게 생긴 병 모양의 벽돌 가마가 보였다. 그 가마 속에서는 불길이 오렌지색 부채처럼 타오르며 널름거렸다. 그들이 지나가자 개 한 마리가 짖어댔고, 저 멀리 어둠 속에서 이리저리 날아다니는 갈매기가 날카롭게 울어댔다. 말은 파인 바큇자국에 빠져 비틀거리더니, 이내 옆으로 빠져나와 전속력으로 내달렸다.

얼마간 시간이 지나자, 마차는 황톳길을 벗어나 거친 포장길을 다시 덜컹거리며 달렸다. 대부분의 창문은 어둠에 싸여 있었지만, 가끔 램프 불이 비추는 창문의 블라인드에 환상적인 그림자가 드리워져 있기도 했다. 그는 신기한 듯 그림자들을 바라봤다. 그림자들이 기괴한 꼭두각시처럼 움직였는데, 그 모습이 마치 살아 있는 생물의 몸짓처럼 보였다. 그는 그 광경이 혐오스러웠다. 마음속에서 뭔가 알 수 없는 막연한 분노가 일었다. 모퉁이를 돌자 한 여자가 열린 문을 통해 그들을 향해 뭔가 소리쳤고, 두 남자가 약 100야드 정도 마차를 뒤쫓아왔다. 마부가 채찍으로 그들을 후려쳤다.

열정은 주기적으로 반복적인 생각에 빠져들게 한다고들 한다. 확실히 도리언 그레이는 입술을 깨물며 영혼과 육체에 관한 그 미묘한 말을 끔찍할 정도로 무수히 내뱉었고, 그러다가 마침내 그 말이 자신의 기분을 완벽하게 표현하고 있음을 깨닫고는 지성의 승인을 통해 열정 — 그렇게 정당화하지 않으면 자신의 기질을 계속 지배할 — 을 정당화했다. 한 가지 생각이 그의 뇌세포를 이리저리 기어 다녔다. 그리고 인간의 모든 욕망 중에 가장 무서운 욕망인 살아야겠다는 강렬한 욕망이 떨리는 신경과 신경섬유 하나하나에 활기를 불어넣고 있었다. 모든 것을 현실로 만들어버린다는 이유로 그가 한때 혐오했던 추악함이, 이제는 바로 그 이유 때문에 소중한 것이 되었다. 이제는 추악함이 유일한 현실이었다. 상스러운 말다툼, 역겨운 소굴, 무질서한 생활에서 벌어지는 사나운 폭력, 바로 그 도둑과 부랑자들의 비열함은 인상적인 강렬한 현실감 속에서, 오히려 예술에서 보이는 그 어떤 우아한 형태보다도, 노래의 선율에서 느껴지는 꿈결 같은 환영보다도 훨씬 더 생생하게 다가왔다. 바로 이런 것들이야말로 망각을 위해서 그에게 필요한 것이었다. 사흘만 지나면 그는 자유로워질 것이다.

어두운 골목 끝에서 마부가 갑자기 고삐를 당겨 마차를 멈추었다. 집들의 나지막한 지붕들과 들쭉날쭉한 굴뚝들 너머로 솟아 있는 배들의 검은 돛대들이 보였다. 희뿌연 안개의 소용돌이가 유령선처럼 활대에 걸려 있었다.

"나리, 이 근처 어디죠, 그렇지 않나요?"

마부가 칸막이 문을 통해 쉰 목소리로 물었다.

도리언은 깜짝 놀라며 주변을 자세히 둘러봤다.

"여기에서 내리겠네."

그가 대답했다. 그리고 서둘러 마차에서 내려, 약속한 대로 마부에게 추가 요금을 건네고 부두 쪽으로 재빨리 걸음을 옮겼다. 여기저기에 정박되어 있는 상당히 큰 상선의 고물에서 랜턴 빛이 희미하게 반짝였다. 빛은 물웅덩이들 속에서 흔들리며 갈라지곤 했다. 석탄을 적재한 외항 증기선에서는 붉은 섬광이 반짝였다. 진흙투성이의 인도는 비에 젖은 방수포처럼 보였다.

그는 혹시나 자신을 미행하는 사람이 있지 않은지 살피기 위해 가끔 뒤쪽을 흘끔거리며 서둘러 왼쪽으로 걸음을 옮겼다. 그렇게 7, 8분쯤 걸어가자 황량한 공장 두 개 사이에 처박혀 있는 작고 초라한 집 앞에 도착했다. 맨 위층 창문들 중 하나에 램프가 세워져 있었다. 그는 걸음을 멈추고는 자신만의 독특한 방식으로 문을 두드렸다.

조금 지나자 복도를 걸어오는 발자국 소리에 이어 문을 잠근 쇠사슬을 푸는 소리가 들렸다. 조용히 문이 열렸고, 도리언은 안으로 들이가 아무런 말도 하지 않은 채 자신의 그림자 안에 붙어 있는 듯 웅크리고 앉아 있는 기형적인 형체 곁을 지나쳤다. 복도 끝에 걸려 있는 낡을 대로 낡은 녹색 커튼이 거리에서 그를 뒤따라온 돌풍에 이리저리 흔들렸다. 그는 커튼을 옆으로 젖히고는 한때 삼류 댄스홀이었을 것처럼 보이는 길쭉하고 천장이 낮은 방 안으로 들어갔다. 벽 사방으로 늘어서 있던 가스등의 너울거리는 강렬한 불빛이 맞은편에 놓인 불결한 거울 속에서 뒤틀린 모습으로 희미하게 보였다. 골이 진 주석 거울의 기름투성이 반사경이 가스등 뒤에서 떨리는 원형의 빛을 비추었다. 바닥은 황토색 톱밥으로 덮여 있고, 여기저기 진흙이 짓뭉개져 있었으며, 술을 엎지른 듯한 흔적이 시커먼 원으로 얼룩져 있었다. 작은 숯 난로 곁에는 몇몇 말레이 사람들이 쭈그리고 앉아 뼈를 산가지로 활용해 노름을 하고 있었다. 그들은 하얀 이를 드러내며 수다를 떨기도 했다. 한쪽 구석에는 선원 한 명

314

이 두 팔에 머리를 묻은 채 탁자 위에 뻗어 있었고, 한쪽 면에 끝까지 가로놓여 있던 요란한 색채의 바 곁에는 초췌한 여자 두 명이 서 있었는데, 그들은 역겨운 표정으로 외투의 소매를 털어내고 있는 노인을 놀려댔다.

"붉은 개미들이라도 있는 줄 아나 봐."

도리언이 그들 곁을 지나칠 때 한 여자가 웃으면서 말했다. 노인은 겁에 질린 표정으로 그녀를 바라보다가 훌쩍이기 시작했다.

방 한쪽 끝에는 어두운 방으로 이어지는 작은 계단이 있었다. 서둘러 낡아빠진 계단 세 단을 오르자 짙은 아편 냄새가 그를 맞았다. 그는 숨을 깊이 들이마셨다. 그러자 콧구멍이 쾌락으로 떨렸다. 그가 방 안으로 들어서자, 부드러운 노랑머리의 젊은이가 램프 위로 몸을 숙이고 앉아 길고 가는 파이프에 불을 붙이다가 도리언을 올려다보고는 머뭇거리더니 고개를 끄덕여 인사했다.

"여기 있었나, 에이드리언?"

도리언이 낮은 목소리로 말했다.

"내가 갈 곳이 달리 어디 있겠나? 이젠 어떤 놈들도 내게 말을 걸지 않을 거야."

그가 힘없이 대답했다.

"난 자네가 영국을 떠난 줄 알았어."

"달링턴이 아무것도 해주려 하지 않더군. 결국 형이 청구서를 지불했어. 조지도 나와는 말을 하지 않으려 하고…… 상관없어."

그가 한숨을 쉬며 덧붙였다.

"이놈만 있으면 친구 따윈 바라지도 않아. 사실 친구가 너무 많았던 것 같아."

도리언은 주춤하더니, 너덜너덜한 매트리스 위에 아주 괴상한 자세로 누워 있는 기괴한 몸뚱이들을 둘러봤다. 뒤틀린 팔다리, 헤벌어진 입, 그리고 빤히 쳐다보고 있는 생기를 잃은 눈들이 그를 매혹시켰다. 그는 이들이 어떤 낯선 천국에서 고통을 겪고 있는지, 어떤 따분한 지옥이 이들에게 새로운 기쁨의 비밀을 가르쳐주고 있는지 잘 알고 있었다. 그들은 자신보다 훨씬 형편이 나았다. 그는 생각의 감옥에 갇혀 지냈다. 무서운 질병처럼 기억이 그의 영혼을 조금씩 갉아먹고 있었다. 그는 이따금 자신을 바라보는 바질 홀워드의 두 눈을 쳐다보고 있는 것만 같았다. 그렇지만 이곳에 머물 수는 없을 것 같았다. 에이드리언 싱글턴의 존재가 그를 괴롭혔다. 그는 아무도 자신을 알지 못하는 곳에 있고 싶었다. 자기 자신에게서 도피하고 싶었다.

　"난 다른 곳으로 가겠어."

　잠시 침묵이 흐른 뒤에 도리언이 말했다.

　"부두로 가려고?"

　"그래."

　"그 미친 고양이 같은 년이 분명 그곳에 있을 거야. 이젠 이곳에도 그년을 원하는 자들이 없거든."

　도리언은 어깨를 으쓱했다.

　"사랑을 애걸하는 여자라면 이제 신물이 나. 오히려 증오심을 가진 여자들에게 훨씬 더 구미가 당겨. 게다가 약도 더 낫고."

　"거기나 여기나 똑같아."

　"난 그쪽이 더 좋아. 자, 이리 와서 뭐라도 마시지. 난 뭐든 들이켜야겠어."

316

"난 생각 없어."

젊은이가 중얼거렸다.

"괜찮아."

에이드리언 싱글턴은 지친 듯 기운 없이 자리에서 일어나 도리언을 뒤따라 바로 향했다. 낡을 대로 낡은 터번을 두르고 누더기 얼스터코트를 입은 혼혈인이 그들 앞에 브랜디 한 병과 큰 컵 두 개를 내밀며 흉측한 표정으로 싱긋이 웃으면서 인사했다. 여자들이 슬그머니 다가와서는 수다를 늘어놓기 시작했다. 도리언은 그 여자들에게 등을 돌린 채 에이드리언 싱글턴에게 낮은 목소리로 이런저런 말을 했다.

한 여자의 얼굴 위로 말레이 사람의 주름 같은 뒤틀린 미소가 꿈틀거렸다.

"오늘 밤 찾아주셔서 정말 영광이에요."

여자가 비웃으며 말했다.

"제발 내게 말 걸지 마. 원하는 게 뭐야? 돈? 자, 돈이면 여기 있어. 두 번 다시 내게 말 시키지 마."

도리언이 발로 바닥을 구르며 소리쳤다.

여자의 생기 없는 두 눈에서 잠시 붉은 섬광이 번득이는가 싶더니, 이내 푹 꺼져버리며 생기 없고 흐리멍덩한 눈빛으로 되돌아왔다. 그녀는 머리를 쳐들고는 계산대 위의 동전들을 탐욕스러운 손가락으로 긁어모았다. 다른 여자가 시기 어린 눈빛으로 그녀를 바라봤다.

"소용없어. 난 돌아가고 싶지 않아. 어디든 무슨 상관이야? 난 여기에서 아주 행복해."

에이드리언 싱글턴이 한숨을 쉬며 말했다.

"뭐든 필요한 게 있으면 내게 편지를 써, 알겠지?"

도리언이 잠시 침묵을 시키고 있다가 입을 열었다.

"어쩌면."

"그럼 잘 있어."

"잘 가."

젊은이는 계단을 올라가며 바싹 마른 입술을 손수건으로 닦으면서 대답했다.

도리언은 얼굴에 고통스러운 표정을 지으며 문을 향해 걸어갔다. 곧 그가 커튼을 옆으로 젖히자, 좀 전에 그에게서 돈을 받은 여자의 립스틱 칠한 입술에서 소름 끼치는 웃음소리가 터져 나왔다.

"저기 악마하고 거래한 자가 가는구나!"

그녀가 쉰 목소리로 딸꾹질을 하며 소리쳤다.

"데질 넌! 날 그런 식으로 부르지 마."

그가 대답했다.

그러자 그녀가 두 손가락을 마주쳐 딱 소리를 내며 말했다.

"백마 탄 왕자님이라고 불러드려야 마음에 드시려나, 그런 거야?"

그녀가 그의 등 뒤에 대고 고함을 질렀다.

그녀가 이렇게 말하는 순간 졸고 있던 한 선원이 벌떡 일어나더니 사나운 표정으로 정신없이 주위를 둘러봤다. 곧이어 그 선원의 귀에 현관문이 닫히는 소리가 들렸다. 그러자 선원은 누군가를 추격하는 사람처럼 재빨리 뛰쳐나갔다.

도리언 그레이는 부슬비를 뚫고 부두를 따라 발걸음을 재촉했다.

에이드리언 싱글턴과 만났기 때문인지 이상하게도 그의 마음이 동
요했고, 자신에게 오명을 씌운 바질 홀워드의 모욕적인 말처럼 그
젊은이의 파멸이 사실상 자신의 탓은 아니었을까 하는 의구심이 들
었다. 그는 입술을 깨물었다. 잠시 그의 두 눈에 슬픔이 깃들었다.
하지만 결과적으로 그것이 자신과 무슨 상관이란 말인가? 다른 사
람의 잘못까지 짐으로 짊어지기에는 인생이 너무 짧다. 사람은 각
자 자신의 인생을 살고 있으며, 그 인생에 대한 대가를 지불한다. 하
지만 한 가지 유감스러운 일이라면, 단 한 번의 실수 때문에 빈번하
게 대가를 지불해야만 한다는 점이다. 그런 일 때문에 정말로 수없
이 반복해서 대가를 지불해야만 한다. 운명의 여신은 인간과의 거
래에서 결코 청산하는 법이 없었다.

　심리학자들의 말에 따르면, 죄 혹은 세상이 죄라고 부르는 것에
대한 열정이 본성을 지나치게 지배한 나머지 모든 뇌세포는 물론
이고 몸속의 모든 섬유조직까지도 무서운 충동들로 가득 차는 듯한
순간이 있다고 한다. 그런 순간을 맞이하면, 남자든 여자든 의지의
자유를 잃어버린다. 그들은 자동 인형처럼 끔찍한 종말을 향해 움
직인다. 선택의 기회를 빼앗기고, 양심 또한 파괴되거나 혹 양심이
살아 있다고 할지라도 그저 반항을 매혹으로, 위반을 매력으로 여
기기 위해서만 살고 있을 뿐이다. 신학자들이 수도 없이 우리에게
상기시켰듯이, 모든 죄악은 불복종의 죄이기 때문이다. 저 고귀한
정신, 저 악의 샛별이 하늘에서 떨어졌을 때, 그것은 반항으로 떨어
진 것이다.

　도리언은 무감각해져서 더럽혀진 정신과 반항에 굶주린 영혼으
로 악에 집중하면서 서둘러 걸음을 재촉했다. 그는 지금 가고 있는

저 악명 높은 장소에 도착하기 위해 평소 자주 이용하던 대로 지름 길을 택했다. 그렇게 지름길로 걸음을 옮겨 마침내 어둑한 아치 길 로 막 들어서는 순간, 갑자기 누군가가 뒤에서 붙잡는 것을 느꼈고 미처 방어할 새도 없이 벽에 밀쳐지며 거친 손에 목이 졸렸다.

그는 살기 위해 미친 듯이 몸부림치면서, 단단히 죄어오는 손가 락들을 온 힘을 다해 비틀어 떼어놓았다. 다음 순간 연발 권총이 딸 깍하는 소리가 들렸고, 도리언의 눈앞에 총신에서 번쩍이는 어슴푸 레한 빛과 자신을 마주 보고 서 있는 작고 땅딸막한 남자의 거무스 름한 형체가 나타났다.

"원하는 게 뭐요?"

도리언이 숨을 헐떡이며 소리쳤다.

"입 닥쳐. 움직이면 쏠 거야."

남자가 말했다.

"미쳤군. 내가 뭘 어쨌다고 이러는 거야?"

"네놈은 시빌 베인의 인생을 망쳤어. 시빌 베인은 내 누나였어. 누나는 자살했어. 나도 그건 알아. 하지만 누나가 죽은 건 네놈 때문 이야. 난 네놈을 죽여 복수하기로 맹세했어. 그래서 난 몇 년이나 네 놈을 찾아다녔어. 아무런 단서도, 흔적도 없었지. 네놈에 대해 말해 줄 수 있는 두 사람은 이미 죽었더군. 누나가 네놈을 부르던 애칭 말 고는 아는 게 아무것도 없었어. 한데 말이야, 오늘 밤 우연히 그 이 름을 듣게 되었지. 자, 이제 모든 걸 잊고 고이 눈감으시지. 오늘 밤 이 네놈의 제삿날이 될 테니까."

남자가 대답했다.

도리언 그레이는 겁에 질려 속이 울렁거렸다.

"난 그런 여자 몰라. 그런 여자에 대해선 들어본 적도 없어. 당신은 미쳤어."

그가 더듬더듬 말했다.

"차라리 솔직하게 죄를 털어놓는 게 좋을 거야. 내가 제임스 베인인 게 분명하듯 오늘 밤 네놈이 골로 가는 건 분명할 테니까."

무서운 순간이었다. 도리언은 무슨 말을 해야 할지, 어떻게 행동해야 할지 전혀 알 수가 없었다.

"무릎 꿇어!"

남자가 고함쳤다.

"1분의 여유를 줄 테니 그동안 평안을 빌도록 해. 그 이상은 안돼. 난 오늘 밤 인도로 출항해야 하는데, 우선 이 일부터 끝내야 해. 1분밖에 안 돼. 그뿐이야."

도리언의 두 팔이 양옆으로 축 늘어졌다. 공포로 온몸이 마비되면서 어찌해야 할지 몰랐다. 바로 그때 불현듯 강렬한 희망이 섬광처럼 뇌리를 스쳤다.

"잠깐만. 당신 누나가 죽은 지 얼마나 됐지? 어서 말해봐!"

그가 외쳤다.

"18년이야. 한데 그건 왜 묻는 거야? 몇 년이 됐든 그게 무슨 상관이야?"

남자가 말했다.

"18년이라고."

도리언 그레이가 웃으며 의기양양한 목소리로 말했다.

"18년이란 말이지! 등불 아래로 나를 데려가서 내 얼굴을 보시지!"

제임스 베인은 무슨 뜻인지 제대로 이해하지 못한 듯 잠시 머뭇거렸다. 하지만 이내 도리언 그레이를 움켜잡고 아치 길에서 끌고 나왔다.

바람에 흔들려 등불의 빛이 흐릿하고 가물거리긴 했지만, 자신이 끔찍한 잘못을 저질렀음을 보여줄 정도는 되었다. 자신이 죽이려고 찾아 헤매던 남자라고 생각한 인물은 활짝 피어난 소년의 얼굴, 때 묻지 않은 젊은이의 순결한 얼굴이었던 것이다. 기껏해야 스무 살 안팎의 청년으로밖에 보이지 않았으며, 설사 그보다 더 나이가 많다 하더라도 오래전에 누나와 헤어졌던 때의 누나 나이보다 별로 많아 보이지도 않았다. 이 사람이 누나의 인생을 망친 남자가 아니라는 것은 분명했다.

그는 움켜잡고 있던 손을 놓고는 비틀거리며 물러섰다.

"맙소사! 이럴 수가! 하마터면 내가 당신을 살해할 뻔했어요!"

그가 소리쳤다.

도리언 그레이는 길게 숨을 내쉬었다.

"이봐, 당신은 무서운 범죄를 저지를 뻔했어."

도리언이 냉혹한 눈빛으로 상대방을 쏘아보며 말했다.

"이번 일을 교훈으로 삼고 멋대로 복수할 생각일랑 거두길 바라요."

"선생님, 저를 용서하십시오. 제가 오해를 했습니다. 저 저주받을 소굴에서 우연히 들은 말 한마디 때문에 착각하고 말았습니다."

제임스 베인이 낮은 목소리로 말했다.

"이제 그만 집으로 돌아가 그 권총을 없애는 게 좋을 거요. 안 그랬다간 말썽을 일으킬지도 모르오."

도리언이 이렇게 말을 내뱉고는 홱 돌아서서 천천히 거리를 내려 갔다.

제임스 베인은 공포에 사로잡힌 채 도보에 우두커니 서 있었다. 머리부터 발끝까지 온몸이 부들부들 떨렸다. 시간이 조금 지나자 빗물이 떨어지는 벽을 따라 슬그머니 다가오는 검은 그림자 하나가 불빛 안으로 모습을 드러냈다. 그러곤 살금살금 그에게 가까이 다 가왔다. 팔을 건드리는 누군가의 손길을 느끼고는 깜짝 놀라며 돌 아봤다. 바에서 술을 마시던 여자들 중 하나였다.

"왜 그자를 죽이지 않았지?"

그 여자가 초췌한 얼굴을 그에게 들이밀며 조롱 섞인 목소리로 물었다.

"델리의 술집에서 뛰쳐나가기에 그자를 뒤쫓는 줄 알았는데. 멍 청한 놈! 넌 그자를 죽였어야 해. 그자는 돈도 많은 데다 아주 나쁜 놈이야."

"내가 찾는 남자가 아니야. 그리고 난 남의 돈 따위엔 관심 없어. 내게 필요한 건 한 인간의 목숨이야. 내가 목숨을 노리는 그자는 지 금쯤 마흔 가까이 됐을 거야. 한데 그 사람은 아직 소년 티도 벗지 못 했던데. 내 손에 그 사람의 피를 묻히지 않은 게 천만다행이야."

그가 대답했다.

여자가 쓴웃음을 지었다.

"소년 티도 못 벗었다고!"

그녀가 비웃었다.

"이봐, 그 백마 탄 왕자님이 나를 이 꼴로 만든 게 거의 18년 전이 었어."

"거짓말!"

제임스 베인이 소리쳤다.

그녀가 한 손을 하늘로 향해 쳐들었다.

"하느님 앞에 맹세코 진실만을 말하겠어."

그녀가 외쳤다.

"하느님 앞에라고?"

"내 말이 거짓이라면, 날 벙어리로 만들어도 좋아. 그자는 이곳에 들락거리는 인간들 중에 최악이야. 소문에 의하면 그자는 아름다운 얼굴에 대한 대가로 악마에게 영혼을 팔았다지. 내가 그자를 만난 건 거의 18년 전이었어. 한데 그자는 그날 이후 지금까지 전혀 변하지 않았어. 난 이 모양으로 변했는데 말이야."

그녀는 핼쑥한 얼굴로 흘겨보며 덧붙였다.

"그 말을 맹세할 수 있어?"

"맹세해."

그녀의 납작한 입에서 쉰 목소리가 울려 나왔다.

"하지만 그자에게 내 얘기는 하지 마."

그녀가 애처로운 목소리로 말했다.

"난 그자가 두려워. 아무튼 어디서든 하룻밤 묵게 돈 좀 줘."

그는 욕설을 퍼부으며 그녀에게서 벗어나 거리의 모퉁이 쪽으로 재빨리 달려갔지만, 도리언 그레이의 모습은 보이지 않았다. 그가 뒤를 돌아봤을 때는 여자도 사라지고 없었다.

17

일주일 후 도리언은 셀비 로열의 온실에 앉아 아름다운 먼머스 공작 부인과 대화를 나누고 있었다. 그녀는 지쳐 보이는 예순 살의 남편과 함께 도리언의 손님으로 초대를 받아 왔다. 지금은 차 마시는 시간이었다. 레이스 갓을 씌운 탁자 위 커다란 램프의 부드러운 불빛이 그녀가 내놓으려 준비하고 있던 섬세한 도자기와 은을 두드려 만든 접시를 밝게 비추었다. 그녀의 하얀 손은 여러 찻잔 사이로 우아하게 움직였고, 도톰하고 붉은 입술은 좀 전에 도리언이 속삭인 말 때문인지 미소를 머금고 있었다. 헨리 경은 비단을 씌운 고리 버들 세공 의자에 기대 앉아 그들을 바라봤다. 나버러 부인은 복숭앗빛 소파에 앉아 먼머스 공작이 최근에 자신의 수집 목록에 추가한 브라질의 딱정벌레에 대해 설명하는 말을 경청하는 척하고 있었다. 정성 들여 만든 스모킹 슈트를 입은 세 명의 젊은이가 몇몇 여자들에게 티 케이크를 건네고 있었다. 초대 파티에는 열두 명이 모였고, 다음 날 몇 사람이 더 올 예정이었다.

"두 사람, 무슨 이야기를 하고 있나?"

헨리 경이 식탁 쪽으로 어슬렁거리고 다가와 찻잔을 내려놓으며 말했다.

"글래디스, 모든 것에 새로운 이름을 붙이려는 내 계획에 대해 도리언이 들려주었더라면 좋았을 텐데. 정말 재미있는 생각이지."

"하지만 해리 오빠, 난 이름을 바꾸고 싶지 않아요. 난 내 이름에 아주 만족하고 있어요. 그레이 씨도 분명 자신의 이름에 만족할 거예요."

공작 부인이 아름다운 눈동자로 그를 올려다보며 대답했다.

"오, 글래디스, 난 두 사람의 이름을 결코 바꿀 생각이 없어. 두 사람의 이름은 모두 아주 완벽해. 난 주로 꽃에 새 이름을 붙일 생각이야. 어제 단춧구멍에 꽂을 난초로 보이는 꽃 한 송이를 꺾었는데, 그 멋진 꽃에 알록달록한 반점 무늬들이 있는 게 7대 죄악만큼이나 인상적이더구나. 그냥 무심코 정원사에게 그 꽃을 뭐라고 부르냐고 물어봤지. 그는 로빈소니아나(Robinsoniana)라든가 뭐라든가 하는 아주 지독한 이름의 훌륭한 표본이라고 말하더군. 슬픈 일이지만, 사실 우리는 사물에 아름다운 이름을 부여하는 능력을 잃고 말았어. 이름이야말로 가장 중요한 거야. 나는 결코 행동을 놓고 불평하지는 않아. 내가 불평하는 이유는 오로지 단어 때문이야. 내가 저속한 사실주의 문학을 싫어하는 이유도 바로 그 때문이지. 삽을 삽이라고 부를 수 있는 사람은 삽만을 사용할 수밖에 없어. 그에게 어울리는 건 오로지 삽뿐이기 때문이지."

"해리 오빠, 그럼 오빠를 뭐라고 부르면 좋을까요?"

그녀가 물었다.

"헨리 경의 이름은 역설의 왕자죠."

도리언이 말했다.

"난 해리 오빠가 어떤 사람인지 금방 알겠어요."

공작 부인이 큰 소리로 말했다.

"그따위 이름은 듣지 않겠어. 한번 그런 딱지가 붙으면 벗어날 수가 없거든! 난 칭호를 거부해."

헨리 경이 의자에 풀썩 주저앉으며 웃었다.

"왕족의 칭호는 포기하지 않을 테죠."

아름다운 입술에서 훈계조의 말이 흘러나왔다.

"그럼 넌 내가 왕좌를 지키길 바라는구나?"

"그럼요."

"내일의 진실을 말해주지."

"난 차라리 오늘의 착오가 더 좋아요."

그녀가 대답했다.

"글래디스, 나를 완전히 무장해제시키는군."

그는 고집부리는 그녀의 기분을 눈치채고는 큰 소리로 말했다.

"방패만이죠, 해리 오빠. 오빠는 여전히 창은 들고 있잖아요."

"난 미인에겐 절대로 창을 겨누지 않아."

그가 손을 내저으며 말했다.

"해리 오빠, 그게 바로 오빠의 잘못이에요. 정말이에요. 오빠는 아름다움을 너무 과대평가해요."

"어떻게 그런 말을 할 수가 있지? 난 선함보다 아름다움이 훨씬 낫다고 생각한다는 걸 인정해. 하지만 반면에 추함보다는 선함이

휠씬 더 낫다는 걸 나만큼 기꺼이 인정하는 사람도 없을 거야."

"추함이 7대 죄악에 속한단 말인가요? 그럼 난초에 관한 오빠의 비유는 어떻게 되는 거죠?"

공작 부인이 큰 소리로 물었다.

"글래디스, 추함은 일곱 가지 치명적인 미덕 중 하나야. 넌 충실한 토리 당원으로서 그런 미덕을 과소평가해서는 안 돼. 맥주와 성경, 그리고 일곱 가지 치명적인 미덕들이 현재 우리 영국의 모습을 만들었지."

"그럼 오빠는 이 나라를 좋아하지 않는군요?"

그녀가 물었다.

"난 이 나라에 살고 있어."

"그래서 오히려 더더욱 이 나라를 비난하는 거겠군요."

"유럽이 영국을 어떻게 평가하는지 말해도 될까?"

그가 물었다.

"유럽이 우리나라에 대해 뭐라고 하는데요?"

"타르튀프*가 영국으로 이주해서 상점을 열었다고 하더군."

"해리 오빠, 그건 오빠의 평가 아닌가요?"

"난 유럽 사람들의 평가를 말해주는 것뿐이야."

"그런 평가는 써먹을 수 없겠어요. 너무나 사실적이에요."

"겁낼 필요는 없어. 우리나라 사람들은 절대로 그런 말뜻을 이해하지 못할 테니까."

---

* 몰리에르의 희극 〈타르튀프(Le Tartuffe)〉의 주인공인 위선자.

"우리나라 사람들은 실용적이죠."

"실용적이라기보다는 교활하지. 우리나라 사람들은 원장(元帳)을 작성할 때 어리석음은 부로, 악덕은 위선으로 해서 대차를 대조하지."

"그래도 우리는 위대한 일들을 이루었어요."

"글래디스, 그 위대한 일들이란 건 그저 우리가 별 도리 없이 떠안게 된 것뿐이야."

"우리는 그런 일들에 대한 부담도 짊어졌어요."

"증권거래소에 한해서는 그렇지."

그녀가 고개를 가로저었다.

"난 우리 민족을 믿어요."

그녀가 큰 소리로 말했다.

"우리 민족은 이리저리 밀치며 생존해온 대표적인 민족이야."

"그렇게 발전해왔죠."

"쇠퇴가 오히려 더 매혹적이지."

"그럼 예술의 경우는 어떤가요?"

그녀가 물었다.

"그건 병폐지."

"사랑은?"

"환각이지."

"종교는요?"

"믿음을 대용하는 유행품이지."

"오빠는 회의론자로군요."

"천만에! 회의론이야말로 믿음의 시작이지."

"그럼 오빠는 어떤 사람이지요?"

"정의하는 것은 한정 짓는 것이지."

"내게 실마리를 줘요."

"실은 끊어지는 법이야. 그럼 넌 미로에서 길을 잃고 말 거야."

"오빠는 나를 혼란스럽게 하는군요. 이젠 다른 사람 이야기를 해보죠."

"이 집 주인이야말로 정말 마음에 드는 주제이지. 오래전에 '백마 탄 왕자님'이라는 칭호를 얻었거든."

"아! 그 이름을 내게 상기시키지 말아줘요."

도리언 그레이가 외쳤다.

"오늘 저녁 우리 집주인께서 꽤나 언짢으신가 보군요. 먼머스가 순전히 과학적인 원칙에 따라, 그러니까 나를 현대의 나비 중에서 먼머스가 발견할 수 있는 최고의 표본으로 여겨 나와 결혼했다고 생각해서 그런 것 같아요."

공작 부인이 얼굴을 붉히며 말했다.

"글쎄요, 공작 부인, 공작께서 당신을 핀으로 찔러 고정시키지 않으시길 바랍니다."

도리언이 웃었다.

"오! 도리언 씨, 그건 하녀가 이미 내게 한 말이에요. 내게 짜증 낼 때면 그런 말을 한답니다."

"공작 부인, 무슨 이유로 하녀가 부인께 짜증을 내는 거죠?"

"정말로 아주 사소한 일들 때문이에요, 도리언 씨. 보통 내가 9시 10분 전에 집에 들어가서 하녀에게 8시 30분까지 옷을 차려입어야만 한다고 말할 때 그렇지요."

"정말 분별없는 하녀로군요! 훈계를 하셔야겠네요."

"그레이 씨, 그럴 순 없어요. 음, 그 애가 내게 모자를 만들어주거든요. 힐스턴 부인 댁에서 열린 가든파티 때 내가 썼던 모자 기억하세요? 기억 못하시는군요. 하지만 기억하는 척이라도 해주셔서 고마워요. 음, 내 하녀는 별거 아닌 재료로 그 모자를 만들었어요. 사실 좋은 모자들은 모두 별거 아닌 재료로 만든 것이지요."

"글래디스, 좋은 평판이란 것도 마찬가지야." 헨리 경이 끼어들었다. "사람이 영향력을 발휘할 때마다 적이 한 명씩 생기기 마련이야. 평판 좋은 사람이 되려면 평범해야만 해."

"여자들의 경우엔 그렇지 않아요."

공작 부인이 고개를 저으며 말했다.

"그러니 여자들이 세계를 지배하는 거예요. 분명히 말하는데, 우리 여자들은 평범한 걸 참지 못해요. 누구 말마따나 우리 여자들은 귀로 사랑을 해요. 남자들이 눈으로 사랑을 하는 것처럼요. 남자들이 사랑이란 걸 하기라도 한다면 말이에요."

공작 부인이 말했다.

"우리 남자들은 사랑 말고는 아무것도 하지 않는 것 같은데요."

도리언이 중얼거렸다.

"아! 그렇다면 당신은 결코 진심으로 사랑하고 있지 않아요."

공작 부인이 슬픈 척하며 대답했다.

"글래디스!"

헨리 경이 소리쳤다.

"어떻게 그런 말을 할 수 있니? 로맨스는 반복을 통해서 생존하고, 반복은 욕망을 예술로 승화시키지. 게다가 매번 사랑을 할 때마

다 그 순간만큼은 처음 경험하는 유일한 사랑인 거야. 사랑하는 대
상이 바뀐다고 해서 유일한 열정이 달라지는 건 아니야. 오히려 열
정은 더욱더 강렬해질 뿐이지. 우리는 평생 대단한 경험이란 걸 기
껏해야 한 번밖에 할 수 없어. 그러니 그런 경험을 가능한 자주 재현
하는 것이야말로 인생의 비결이지."

"헨리 오빠, 바로 그 경험 때문에 누군가가 상처를 받아도 그럴
까요?"

잠시 침묵이 이어진 뒤 공작 부인이 물었다.

"그 때문에 누군가가 상처를 받는다면 특히 그렇지."

헨리 경이 대답했다.

공작 부인이 머리를 돌려 호기심 어린 눈빛으로 도리언 그레이를
바라봤다.

"그레이 씨, 당신은 이 문제에 대해 어떻게 생각하시죠?"

그녀가 물었다.

도리언은 잠시 머뭇거렸다. 그리고 이내 고개를 뒤로 젖히고는
웃었다.

"공작 부인, 난 언제나 헨리의 말에 동의해요."

"헨리 오빠의 생각이 틀렸을 때조차도 말인가요?"

"공작 부인, 헨리는 결코 틀린 말을 한 적이 없어요."

"그렇다면 오빠의 철학이 당신을 행복하게 해주나 보군요?"

"나는 행복해보고자 했던 적이 없어요. 대체 누가 행복을 원하지
요? 난 쾌락을 추구해왔어요."

"그레이 씨, 그래서 찾았나요?"

"자주 찾았죠. 아주 자주요."

공작 부인은 한숨을 쉬었다.

"난 평화를 찾고 있어요. 그리고 이제 가서 옷을 갈아입지 않으면 오늘 밤엔 평화를 조금도 얻지 못할 것 같아요."

그녀가 말했다.

"공작 부인, 난초를 좀 갖다 드리지요."

도리언이 큰 소리로 말하며 벌떡 일어나더니 온실로 걸어 내려 갔다.

"수치스럽게 넌 도리언과 연애 놀이를 하고 있구나. 조심하는 게 좋을 거야. 도리언은 대단히 매력적이거든."

헨리 경이 사촌 누이에게 말했다.

"그에게 매력이 없다면 사람들이 다툴 일도 없겠죠."

"그럼 그리스인과 그리스인의 만남이란 건가?"

"난 트로이 사람들의 편이에요. 그들은 한 여자 때문에 싸웠어요."

"트로이 사람들은 패배했어."

"점령당하는 것보다 더 나쁜 일들도 있어요."

그녀가 대답했다.

"넌 고삐를 늦추고 전속력으로 달리는구나."

"속도가 활력을 주죠."

그녀가 재치 있게 반격했다.

"오늘 밤 일기에 적어야겠다."

"뭘요?"

"불에 덴 아이는 불을 사랑한다고 말이야."

"난 불에 그슬리지도 않았는걸요. 내 날개도 멀쩡해요."

"넌 모든 일에 날개를 이용하지. 날 때만 빼고 말이다."

"용기가 남자들로부터 여자들에게 넘어왔어요. 용기는 우리에게 새로운 경험이에요."

"네게 적수가 한 명 있지."

"누구요?"

그가 웃었다. 그리고 속삭였다.

"나버러 부인. 그녀는 도리언을 아주 흠모하고 있거든."

"오빠는 내게 걱정만을 가득 안겨주는군요. 옛사람을 매료시킨다는 건 우리 같은 낭만주의자들에게 치명적이에요."

"낭만주의자라니! 넌 완전히 과학적인 사고방식을 갖고 있는 여자잖아."

"남자들이 우리 여자들을 교육시켜서 그래요."

"하지만 너희 여자를 설명은 해주지 않았지."

"성(性)으로 우리 여자를 실명해봐요."

그녀가 도전적으로 말했다.

"비밀 없는 스핑크스지."

공작 부인이 미소를 지으며 그를 바라봤다.

"그레이 씨가 너무 오래 걸리는군요! 가서 그를 도와주죠. 아직 그에게 내가 무슨 색 드레스를 입을지 말해주지 않았어요."

그녀가 말했다.

"아아! 글래디스, 넌 도리언이 꺾어 올 꽃에 어울리는 드레스를 입어야 할걸?"

"그건 너무 일찍 항복하는 거예요."

"낭만주의 예술은 절정에서부터 시작하지."

"물러설 기회를 남겨둬야 하지요."

"파르티아*식으로?"

"그들은 사막에서도 피난처를 찾았어요. 나는 그렇게 할 수 없어요."

"여자들에게 언제나 선택의 기회가 허용되는 건 아니지."

그가 더 대답을 하려 했다. 하지만 그가 말을 끝내기도 전에 온실 맨 끝에서 숨이 막히는 듯한 신음 소리가 들렸고, 이어서 무거운 뭔가가 쓰러지는 것 같은 둔탁한 소리가 들렸다. 모두 깜짝 놀라 벌떡 일어섰다. 공작 부인은 공포에 휩싸여 꼼짝하지 못한 채 그대로 서 있었다. 두 눈에 공포가 어린 채 헨리 경이 축 늘어진 종려나무 잎을 헤치고 황급히 달려갔다. 곧 그의 두 눈에 죽은 사람처럼 타일 바닥에 엎드려 기절해 있는 도리언 그레이의 모습이 들어왔다.

도리언은 즉시 푸른색 객실로 옮겨져 소파에 눕혀졌다. 잠시 후 그는 의식을 회복하고는 멍한 표정으로 주위를 둘러봤다.

"무슨 일이 있었나요? 아! 기억나는군요. 해리, 여기는 안전하겠지요?"

그가 물었다. 그리고 온몸을 부들부들 떨기 시작했다.

"이보게, 도리언. 자넨 그저 기절했을 뿐이야. 그뿐이라고. 자네, 너무 과로한 게 분명해. 만찬 자리엔 내려가지 않는 게 좋겠어. 내가 자네를 대신해서 손님들을 접대할게."

헨리 경이 대답했다.

---

* B.C. 247년에 이란계 유목민이 카스피해 동남쪽에 세운 고대 국가.

"아뇨, 내려갈게요."

그가 몸을 일으키려 애쓰며 말했다.

"내려가는 게 낫겠어요. 혼자 있고 싶지 않아요."

그는 자기 방으로 들어가 옷을 갈아입었다. 그리고 식탁에 앉게 되자 아무런 일도 없었다는 듯 굉장히 쾌활한 태도를 보였다. 하지만 자신이 발견했던 제임스 베인의 얼굴, 하얀 손수건처럼 온실 창문에 착 달라붙어 자신을 지켜보던 그자의 모습을 이따금 떠올릴 때면 온몸에 공포의 전율이 흘렀다.

18

다음 날 도리언 그레이는 집 밖으로 한 발짝도 나가지 않았다. 죽음에 대한 극심한 두려움을 느끼면서도 삶 자체에 대해서는 무관심한 듯한 태도로 대부분의 시간을 방에 틀어박혀 지냈다. 그는 누군가에게 쫓기고 있고, 함정에 걸려들었고, 추적당하고 있다는 생각에 사로잡히기 시작했다. 태피스트리가 바람에 흔들리기만 해도 온몸을 떨었다. 바람에 날려 납 창틀에 부딪히는 낙엽들도 그에게는 헛된 결심과 황량한 회한처럼 느껴졌다. 눈을 감으면 안개로 뿌연 유리창을 통해 자신을 들여다보던 선원의 얼굴이 자꾸만 떠올랐고, 공포가 다시 한번 심장을 조이는 것만 같았다.

하지만 밤의 어둠 속에서 복수를 불러내 자신 앞에 끔찍한 모습의 처벌을 드러낸 것은, 어쩌면 자신의 공상에 불과한지도 몰랐다. 실제 삶은 혼란스러웠지만 상상 속에는 끔찍할 정도로 논리적인 것이 있었다. 오히려 양심의 가책이 죄악의 발꿈치를 졸졸 따라다니게 한 것은 상상력이었다. 각각의 범죄로 하여금 기형적인 새끼를 낳게 만든 것도 상상력이었다. 하지만 평범한 현실 세계에서는 악인이 처벌을 받는 것도, 선한 사람이 보상을 받는 것도 아니었다. 성공은 강한 자에게 돌아갔고 실패는 약자에게 떠맡겨졌다. 그뿐이었다. 더구나 누군가 낯선 자가 집 근처를 기웃거렸다면 하인이나 관리인들에게 들켰을 것이다. 화단에서 발자국이 하나라도 발견되었다면 정원사들이 보고를 했을 것이다. 그렇다, 그날 일은 그저 공상에 불과한 것이었다. 시빌 베인의 남동생이 그를 죽이려고 돌아왔을 리는 없다. 그는 배를 타고 항해에 나섰다가 어느 겨울 바다에서 침몰했을지도 모른다. 상황이 어떻든 시빌 베인의 남동생에게 살해당할 위험은 없었다. 그자는 도리언이 누군지도 모르고 있고, 누군지 알 수도 없을 테니 말이다. 예전에 젊은이의 가면이 그를 구해주지 않았던가.

하지만 그것이 단지 환상이었다 해도, 양심이 그토록 무서운 환영들을 불러내어 눈에 보이는 형체를 부여하고 사람 앞에 움직이게 할 수 있었다는 것은 생각만 해도 너무나 끔찍한 일이다! 밤낮없이 범죄의 그림자가 조용한 구석에서 그를 응시하고, 은밀한 장소에서 그를 조롱하고, 연회장의 자리에 앉아 있는 그의 귓가에 속삭여대고, 잠자리에 누우면 차가운 손가락으로 그를 깨우기라도 한다면, 그의 삶은 대체 어떻게 되겠는가! 이런 생각들이 그의 두뇌 속으로 슬그머니 파고들자, 그는 공포로 얼굴이 창백해지고 주변 공기가 갑자기 싸늘해지는 기분을 느꼈다. 아! 한순간 얼마나 광폭한 광기에 휩싸였으면 친구를 죽였단 말인가! 그 장면을 떠올리기만 해도 얼마나 소름이 끼치는가! 그는 그때 그 장면을 모두 다시 떠올려봤다. 섬뜩한 장면들이 세세히 하나하나 떠오르면서 공포가 그만큼 더 커졌다. 자신의 죄악의 형상이 검은 시간의 동굴 밖으로 온통 주홍빛인 소름 끼치는 모습을 드러냈다. 헨리 경이 6시에 들어왔을 때, 도리언은 가슴이 찢어질 듯이 엉엉 울고 있었다.

사흘째가 되어서야 그는 용기를 내어 외출했다. 소나무 향기가 나는 겨울의 맑은 아침 공기에서 느껴지는 뭔가가 그에게 삶을 향한 기쁨과 열정을 되살려주었다. 하지만 이 같은 변화가 단순히 물리적인 환경의 조건 때문만은 아니었다. 본능적으로 그가 완벽한 평온을 깨뜨리고 망치려는 지나친 고뇌에 구역질을 느꼈던 것이다. 섬세하고 정교한 기질을 지닌 사람의 경우에는 언제나 그런 법이다. 그런 사람들의 강렬한 열정은 상처를 입거나 구부러지기 마련이다. 그런 열정은 사람을 살해하든지 스스로 죽든지 둘 중 하나다. 얄팍한 슬픔과 얄팍한 사랑은 계속 살아남지만, 위대한 사랑과 깊은 슬픔은 스스로 너무나 충만해서 파괴되고 만다. 더구나 그는 자신이 공포에 휩쓸린 상상의 희생자라고 확신하게 되었고, 이제는 자신이 느껴온 공포를 조금도 모욕감 없이 연민 어린 시선으로 돌아봤다.

아침 식사 후 그는 공작 부인과 한 시간 정도 정원을 산책했다. 그리고 사냥에 참여하기 위해 마차를 몰고 사냥터를 가로질러 달렸다. 밟으면 바스락거리는 서리가 깔아놓은 소금처럼 풀 위에 내려앉아 있었다. 하늘은 푸른 빛깔의 금속 컵을 엎어놓은 것만 같았다. 갈대가 무성하게 자랐던 잔잔한 호수 위에는 살얼음이 얼어 있었다.

공작 부인의 남동생인 제프리 클루스턴 경이 다 쓴 탄약통 두 개를 총에서 잡아 빼는 모습이 소나무 숲의 한구석에 있던 도리언의 시선을 끌었다. 도리언은 마차에서 뛰어내리고는 마부에게 말을 집으로 끌고 가라고 말한 뒤에 시든 고사리와 억센 덤불을 헤치며 자신의 손님에게로 다가갔다.

"제프리, 많이 잡았나?"

도리언이 물었다.

"별로 잡은 게 없어, 도리언. 새들이 대부분 평야로 날아가버린 것 같아. 점심을 먹고 다른 장소로 옮기면 나아질 거야."

도리언은 그의 곁을 거닐었다. 코를 찌르는 향기로운 공기, 숲속에서 깜빡이는 갈색과 붉은색이 어우러진 빛, 가끔 울려 퍼지는 몰이꾼들의 목 쉰 외침들, 그리고 이어지는 날카로운 총성에 그는 매료되며 즐거운 해방감에 흠뻑 취했다. 그는 무심한 행복감과 아무것에도 신경이 쓰이지 않는 기쁨에 완전히 사로잡혔다.

그때 갑자기 그들로부터 약 20야드 전방의 바람에 흔들리는 덤불숲에서, 끝이 검은 두 귀를 쫑긋 세운 산토끼가 긴 뒷다리를 앞으로 쭉 뻗으며 껑충 뛰어올랐다. 그 녀석은 오리나무 덤불을 향해 달아났다. 제프리 경이 어깨 위에 총을 밀착시켰다. 하지만 도리언 그레이는 불가사의하게도 그 토끼의 우아한 동작에서 느껴지는 뭔가에 매혹되어 즉시 외쳤다.

"쏘지 마, 제프리. 살려줘."

"허튼소리 마, 도리언!"

제프리 경이 웃더니, 토끼가 덤불 속으로 뛰어드는 순간에 총을 쏘았다. 그러자 두 가지 비명 소리가 들렸는데, 하나는 고통에 찬 토끼의 소름 끼치는 비명 소리였고, 다른 하나는 죽음의 고통에서 터져 나오는 한 남자의 비명 소리로 더욱 끔찍하게 들렸다.

"이런, 맙소사! 내가 몰이꾼을 쏘았어!"

제프리 경이 소리쳤다.

"멍청한 사람 같으니, 어째서 총 앞쪽에 있었던 거야! 거기 사격을 멈춰요! 사람이 다쳤어요."

제프리 경이 한껏 목청을 높여 외쳤다.

그러자 우두머리 사냥터지기가 손에 막대기를 들고 달려왔다.

"어디에 있습니까, 나리? 몰이꾼이 어디에 있습니까?"

그가 소리쳤다. 그와 동시에 주변에서 총성이 일제히 멈추었다.

"여기야. 도대체 왜 몰이꾼들을 뒤로 물러나게 하지 않았나? 오늘 사냥은 망쳤군."

제프리 경이 덤불 쪽으로 서둘러 달려가면서 성난 목소리로 대답했다.

도리언은 그들이 유연하게 흔들리는 나뭇가지를 헤치며 오리나무 덤불 속으로 뛰어 들어가는 모습을 지켜봤다. 잠시 후 그들은 햇빛이 비치는 곳으로 시체를 끌고 나왔다. 도리언은 무서워 고개를 돌렸다. 자신이 가는 곳마다 어디든 불행이 따라다니는 것만 같았다. 사람이 정말 죽었는지 묻는 제프리 경의 목소리와, 그렇다고 대답하는 사냥터지기의 목소리가 들렸다. 그때 별안간 숲이 얼굴 모양을 갖추며 살아 움직이는 것만 같았다. 수많은 발들이 쿵쿵거리며 걷는 소리와 와글거리는 낮은 목소리들이 들렸다. 구릿빛 가슴털의 커다란 꿩 한 마리가 머리 위로 뻗은 큰 가지들 사이로 날개를 푸덕거리며 날았다.

짧은 시간이었지만, 불안감에 휩싸인 도리언에게는 끝없는 고통의 시간이 이어지는 것만 같았다. 얼마 후 누군가가 그의 어깨 위에 손을 얹자, 그는 깜짝 놀라며 뒤돌아봤다.

"도리언. 사람들에게 오늘 사냥은 이만 접자고 말하는 게 낫겠어. 사냥을 계속 하는 건 모양새가 좋지 않을 거야."

헨리 경이 말했다.

"해리, 이젠 영원히 사냥을 그만두고 싶어요. 모든 일이 소름 끼치고 잔인해요. 그 남자는……?"

그가 비통한 심정으로 대답했다. 도리언은 채 말을 끝맺지 못했다.

"유감스럽지만, 그렇게 된 것 같아. 가슴에 정통으로 총을 맞았어. 아마도 즉사했을 거야. 자, 이만 집으로 가지."

헨리 경이 대답했다.

그들은 큰 거리 방향으로 약 50야드 정도를 말없이 나란히 걸었다. 어느 순간 도리언이 헨리 경을 쳐다보며 깊은 한숨과 함께 입을 열었다.

"나쁜 징조예요, 해리, 아주 나쁜 징조요."

"뭐가 말인가?"

헨리 경이 물었다.

"아! 이 사건을 말하나 보군. 이보게, 이 사건은 어쩔 수 없는 일이었어. 죽은 그자에게 잘못이 있었어. 도대체 왜 사냥꾼들의 총 앞에서 있느냐 말이야? 게다가 이 일은 우리와 아무 상관도 없어. 물론 제프리에겐 다소 난처한 일이지. 몰이꾼들을 욕할 일은 아니지. 사람들은 사냥꾼이 무턱대고 총을 쐈다고 생각할 거야. 그렇다고 해서 제프리가 무턱대고 총을 쏘는 사람은 아니지. 오히려 목표물에 정확히 명중시키는 사람이지. 하긴 이제 와서 이런 이야기를 해봐야 무슨 소용이 있겠나."

도리언이 고개를 가로저었다.

"해리, 불길한 징조예요. 우리 중에 누군가에게 뭔가 끔찍한 일이 일어날 것만 같은 느낌이 들어요. 어쩌면 내게 일어날지도 모르고요."

그가 고통스러운 듯 한 손으로 두 눈을 쓸어내리며 말했다.

그러자 연장자인 헨리 경이 웃었다.

"도리언, 세상에서 유일하게 끔찍한 것이 있다면 그건 권태라네. 권태야말로 용서할 수 없는 유일한 죄악이지. 하지만 오늘 만찬에서 친구들이 이 사건에 대해 수다를 늘어놓지만 않는다면, 우리가 권태로 고통 받을 일은 없을 것 같네. 아무래도 친구들에게 이 주제는 피하자고 말해야겠어. 아, 그리고 징조라는 건 말이야, 없어. 운명의 여신은 우리에게 전혀 예고를 하지 않아. 그러기에는 운명의 여신이 지나치게 영리하거나 지나치게 잔인하지. 게다가 대체 자네에게 무슨 일이 일어날 수 있겠나? 자네는 이 세상에서 사람이 원할 수 있는 건 모두 다 가졌잖아. 자네와 처지가 바뀐다면 기뻐하지 않을 사람이 아무도 없을 거야."

"해리, 난 어느 누구와도 처지를 바꾸겠어요. 그렇게 웃지 말아요. 난 진실을 말하고 있는 거예요. 방금 죽은 저 불쌍한 촌사람도 나보다는 처지가 좋아요. 난 죽음을 두려워하는 게 아니에요. 내가 두려워하는 건 죽음이 서서히 다가오고 있는 거예요. 죽음의 괴물 같은 날개가 나를 둘러싸고 있는 답답한 대기를 맴돌고 있는 것 같아요. 맙소사! 저기 저 나무들 뒤에 움직이는 남자, 나를 지켜보며 기다리고 있는 저 남자가 보이지 않나요?"

헨리 경은 장갑을 낀 도리언의 손이 떨면서 가리키고 있는 방향을 바라봤다.

"그래. 정원사가 자네를 기다리고 있는 게 보이는군그래. 오늘 밤 식탁에 어떤 꽃을 장식하고 싶은지 자네에게 물어보려는 거겠지. 이보게, 자넨 터무니없이 불안해하고 있군! 런던으로 돌아가면 내 주치의에게 가서 진찰을 받아보는 게 좋겠어."

그가 미소를 지으며 말했다.

도리언은 정원사가 다가오는 모습을 보고서야 안도의 한숨을 내 쉬었다. 정원사는 모자를 만지작거리며 머뭇거리는 태도로 잠시 헨리 경을 힐끗 보더니, 편지를 꺼내 자기 주인에게 건넸다.

"공작 부인께서 답장을 받아 오라고 하셨습니다."

정원사가 낮은 목소리로 말했다.

도리언은 편지를 주머니에 넣었다.

"곧 가겠다고 공작 부인께 전해드려."

그가 냉담하게 말했다. 정원사는 돌아서서 저택 쪽으로 재빨리 걸음을 옮겼다.

"여자들은 정말 위험한 일들을 좋아한단 말이야!"

헨리 경이 웃었다.

"그것이야말로 내가 가장 감탄하는 여자들의 특징들 중 하나지. 여자는 다른 사람들이 지켜보고 있는 한 세상 누구와도 연애를 해 보려 하거든."

"해리, 당신은 어찌 그렇게 위험한 말을 하길 좋아하나요! 이번엔 당신이 완전히 잘못 짚었어요. 난 공작 부인을 무척 좋아하지만, 그녀를 사랑하지는 않아요."

"그리고 공작 부인은 자네를 무척 사랑하지만 좋아하지는 않고 말이지. 그래서 두 사람이 아주 어울리는 한 쌍이라는 거야."

"해리, 당신은 추문을 말하고 있군요. 하지만 추문이 날 만한 근거는 전혀 없어요."

"모든 추문의 근거는 부도덕한 확신이지."

헨리 경이 담배에 불을 붙이며 말했다.

"해리, 당신은 경구를 지어내기 위해서라면 누구라도 희생시킬 겁니다."

"세상 사람들은 제 발로 제단에 오르는 거야."

그가 대답했다.

"사랑을 할 수 있으면 좋겠어요."

도리언이 깊은 비애감이 깃든 목소리로 소리쳤다.

"하지만 난 열정을 잃어버렸고, 욕망을 잊은 것 같아요. 난 나 자신에게 지나치게 몰두하고 있어요. 나만의 개성이 이제는 내게 짐이 되어버렸어요. 달아나고 싶어요. 어딘가로 멀리 도망가서 잊어버리고 싶어요. 이곳으로 내려온 건 너무 어리석었어요. 하비에게 요트를 준비해놓으라고 전보를 보내야겠어요. 요트 위에서라면 안전할 거예요."

"무엇에서 안전하다는 말인가, 도리언? 자네, 뭔가 걱정거리가 있군그래. 무슨 일인지 내게 말하는 게 어때? 내가 도와줄 거라는 걸 알잖아."

"해리, 말할 수 없어요. 어쩌면 나의 환상에 불과할지도 몰라요. 오늘 일어난 불행한 사고 때문에 내가 너무 당황했던 것 같아요. 그런 일이 내게도 일어날 것 같은 무서운 예감이 들어요."

그가 애처로운 목소리로 말했다.

"말도 안 되는 소리!"

"그게 정말 말도 안 되는 소리였으면 좋겠어요. 하지만 그 예감을 떨쳐낼 수가 없어요. 아! 저기 공작 부인이 계시네요. 특별히 맞춘 드레스를 입은 아르테미스* 같군요. 공작 부인, 우리가 돌아왔어요."

"사고 얘기 다 들었어요, 그레이 씨. 가엾은 제프리는 몹시 혼란스러워하고 있어요. 한데 당신이 그에게 토끼를 쏘지 말라고 사정했다면서요. 정말 기이한 일이군요!"

그녀가 말했다.

"예, 정말 기이한 일이죠. 무슨 이유로 내가 그런 말을 했는지 모르겠어요. 아마 일시적인 기분으로 그랬던 것 같아요. 그 작은 생물이 너무나 사랑스러워 보였거든요. 아무튼 사람이 죽었다는 소식을 듣게 해드려 미안합니다. 정말 끔찍한 사고예요."

"성가신 일이지. 그 일에 심리적인 가치는 전혀 없어. 만일 고의로 그 사고를 저질렀다면 제프리는 정말 흥미로운 인물이 됐을 거야! 사실 난 실제 살인을 저지른 사람과 알고 지냈으면 하는 마음이 있거든."

헨리 경이 끼어들었다.

"해리 오빠, 정말 너무하는군요! 그렇지 않아요, 그레이 씨? 해리

---

* 그리스 신화에 나오는 달과 사냥, 야생동물의 여신.

오빠, 그레이 씨의 몸이 또 안 좋아 보여요. 실신할 것만 같아요."

공작 부인이 큰 소리로 말했다.

도리언은 애써 몸을 바로잡으며 미소를 지었다.

"아무렇지 않아요, 공작 부인."

그가 중얼거렸다.

"요즘 들어 신경이 무척 예민해져 있어요. 그뿐이에요. 오늘 아침엔 너무 많이 걸었나 보네요. 한데 해리가 무슨 말을 했는지 못 들었어요. 아주 고약한 말을 했나요? 나중에 꼭 말해줘야 해요. 당장은 들어가서 좀 누워야 할 것 같아요. 널리 양해해주세요, 그래주시겠죠?"

그들은 온실에서 테라스로 이어지는 커다란 계단 앞에 도착했다. 도리언이 유리문을 닫고 들어가자, 헨리 경이 고개를 돌려 졸린 듯한 눈으로 공작 부인을 바라봤다.

"도리언을 아주 많이 사랑하니?"

그가 물었다.

그녀는 잠시 아무런 대답도 하지 않은 채 풍경만을 응시하며 서 있었다.

"나도 알고 싶어요."

마침내 그녀가 입을 열었다.

그가 고개를 저었다.

"안다는 건 치명적이야. 인간을 매혹하는 것은 불확실성이야. 안개가 사물을 아름답게 보이도록 하거든."

"길을 잃을 수도 있어요."

"글래디스, 결국 모든 길은 같은 지점에서 끝나기 마련이야."

"어떤 지점이요?"

"환멸이지."

"난 인생을 시작할 때부터 환멸을 느꼈어요."

그녀가 한숨을 쉬었다.

"덕분에 공작 부인의 지위를 얻은 거야."

"딸기잎*에 신물이 나요."

"네게 어울려."

"사람들 앞에서나 그렇죠."

"딸기잎이 그리워질 거야."

헨리 경이 말했다.

"그렇다고 해서 그 잎 하나라도 버릴 생각은 없어요."

"먼머스가 들어."

"늙으면 귀가 멀어요."

"그가 질투한 적은 없니?"

"질투라도 했으면 좋겠어요."

헨리 경이 뭔가를 찾는지 주변을 흘끔거렸다.

"뭘 찾고 있는 거예요?"

그녀가 물었다.

"네 딸기잎 장식에서 떨어진 단추. 넌 그걸 떨어뜨렸잖아."

그가 대답했다.

"난 아직 가면을 쓰고 있어요."

그녀가 웃었다.

---

* 고위 귀족 신분을 일컫는데, 공작이 쓰는 관에 딸기잎 문양이 새겨져 있다.

"그 가면 덕분에 네 눈동자가 더욱 아름다워 보이는구나."

헨리 경이 대답했다.

그녀가 다시 웃었다. 그녀의 치아가 진홍색 과일에 박힌 새하얀 씨앗처럼 보였다.

도리언 그레이는 2층 자기 방 소파에 누워 있었는데, 온몸의 섬유질 하나하나가 욱신거릴 만큼 공포감을 느꼈다. 갑자기 삶이 그로서는 짊어질 수 없는 섬뜩한 짐이 되어버렸다. 야생동물처럼 덤불 속에서 총에 맞아 죽은 불행한 몰이꾼의 끔찍한 죽음 또한 자신의 죽음을 예고하는 것만 같았다. 그는 헨리 경이 우연히 내뱉은 냉소적인 농담에도 기절할 지경이었다.

5시에 도리언은 종을 울려 하인을 부르고는, 그에게 런던으로 가는 야간 급행열차를 탈 수 있도록 짐을 꾸리고 8시 30분까지 현관 앞에 마차를 대기시키라고 지시했다. 그는 셀비 로열에서 하룻밤도 더 묵지 않기로 결심했다. 그곳은 불길한 곳이었다. 그곳에서는 햇빛 속에서도 죽음이 걸어 다니고 있었다. 숲속의 풀잎이 피로 물든 곳이었다.

그는 헨리 경에게 짧은 편지를 남겨, 주치의에게 진찰을 받으러 런던으로 가고 있으니 자신이 자리를 비우는 동안 대신해서 손님들을 대접해달라고 부탁했다. 그가 봉투에 그 편지를 넣고 있을 때 방문을 두드리는 소리가 들렸고, 이어 하인들이 들어와 우두머리 사냥터지기가 그를 만나고 싶어 한다는 말을 전했다. 그는 인상을 찌푸리며 입술을 깨물었다. "들여보내." 그는 잠시 망설인 다음 차갑게 말했다.

남자가 들어서자마자 도리언은 서랍에서 수표책을 꺼내 자기 앞에 펼쳤다.

"손튼, 오늘 아침에 일어난 불행한 사고 때문에 왔을 테지?"

그가 손에 펜을 쥐면서 말했다.

"그렇습니다, 나리."

사냥터지기가 대답했다.

"그 불쌍한 친구가 결혼은 했나? 딸린 식구는?"

도리언이 따분해하는 표정으로 물었다.

"그렇다면 그들을 곤궁한 처지에 내버려두어선 안 되지. 얼마가 됐든 자네가 필요하다고 생각하는 돈의 액수를 보내주겠네."

도리언이 말했다.

"나리, 우리는 그자가 누군지 모릅니다. 실례를 무릅쓰고 이렇게 찾아뵌 것도 그 때문입니다."

"그자가 누군지 모른다고? 대체 무슨 말인가? 자네가 데리고 있던 사람이 아니었나?"

도리언이 냉담하게 말했다.

"아닙니다, 나리. 처음 보는 자였습니다. 선원처럼 보였습니다, 나리."

사냥터지기의 말이 떨어지는 순간 도리언의 손에서 펜이 툭 떨어졌다. 도리언은 심장박동이 갑자기 멎는 것만 같았다.

"선원이라고? 분명 선원이라고 말했나?"

그가 소리쳤다.

"예, 나리. 선원 따위로 보였습니다. 양쪽 팔에 문신도 있고, 이런 저런 모양새로 보아 그런 것 같습니다."

"그에 대해 더 알아낸 건 없나? 혹 그의 이름이 적힌 물건은 없었나?"

도리언이 몸을 앞으로 기울이며 놀란 눈으로 남자를 쳐다보며 물었다.

"그저 약간의 돈과 6연발 권총이 있었습니다, 나리. 하지만 어디에도 이름 같은 건 없었습니다. 거칠어 보이긴 했지만, 얼굴은 꽤 괜찮게 생겼습니다. 저희는 선원이나 뭐 그런 일을 하는 자일 거라고 생각했습니다."

순간 도리언은 자리에서 벌떡 일어섰다. 무서운 희망이 고동치며 그의 마음을 스쳤다. 그는 그 희망에 미친 듯이 매달렸다.

"시체는 어디에 있지? 어서 말해! 지금 당장 시체를 봐야겠어."

그가 소리쳤다.

"자작 농장의 빈 마구간에 있습니다, 나리. 그런 시체를 자기 집에 두고 싶어 하는 사람이 없어서요. 시체는 불운을 가지고 온다고들 하거든요."

"자작 농장이라고! 당장 그리로 가서 나를 기다리게. 마부들 중에 아무에게나 내 말을 가지고 오라고 전하게. 아니, 됐네. 내가 직접 마구간으로 가지. 시간을 절약할 수 있을 테니."

15분도 채 지나지 않아 도리언 그레이는 말을 타고 긴 가로수 길을 전속력으로 힘껏 내달리고 있었다. 나무들이 행렬을 지은 유령처럼 획획 지나가는 듯했고, 황량한 그림자들이 그가 가는 길을 가로질러 몸을 던지는 것만 같았다. 어느 순간에는 암말이 흰색 문기둥에서 갑자기 방향을 트는 바람에 하마터면 말에서 떨어져 나갈 뻔했다. 그는 채찍으로 말의 목덜미를 후려쳤다. 말은 어스레한 공기를 가르며 화살처럼 달렸다. 돌멩이들이 말발굽에 밟히며 튕겨 날아갔다.

마침내 그는 자작 농장에 도착했다. 두 남자가 마당에서 서성이고 있었다. 그는 안장에서 뛰어내려 두 남자 중 한 명에게 고삐를 던졌다. 가장 멀리 떨어진 마구간에서 희미한 빛이 비치고 있었다. 마치 시체가 그곳에 있음을 알려주는 것만 같았다. 그래서 그는 마구간 문을 향해 서둘러 걸음을 옮기고는 빗장에 손을 얹었다.

그는 곧 자신의 인생을 살리거나 망칠 수 있는 무언가를 발견할 순간을 앞두고 있다는 것을 느끼면서 잠시 멈추어 섰다. 그리고 이윽고 문을 밀치고 마구간으로 들어섰다.

맨 끝 한쪽 구석에 쌓아놓은 부대 천 더미 위에 허름한 셔츠에 파란색 바지를 입은 남자의 시체가 누워 있었다. 시체의 얼굴 위에는 얼룩진 손수건 한 장이 덮여 있었다. 그 시체 옆에는 병에 꽂은 조악한 한 자루 양초가 탁탁 소리를 내며 타고 있었다.

도리언 그레이는 온몸을 부들부들 떨었다. 그는 도저히 자기 손으로 손수건을 치울 수 없을 것 같아서 농장의 하인 한 명을 소리쳐 불러 들어오게 했다.

"저걸 얼굴에서 걷어보게. 얼굴을 보고 싶어."

그는 몸을 지탱하기 위해 문기둥을 꽉 붙잡으며 말했다.

농장의 하인이 손수건을 치우자, 도리언은 앞으로 다가섰다. 순간 그의 입술 사이로 기쁨의 탄성이 터져 나왔다. 덤불숲에서 총에 맞아 죽은 사람은 바로 제임스 베인이었다.

그는 시체를 바라보며 한동안 그 자리에 서 있었다. 말을 타고 집으로 돌아오는 동안 그의 두 눈에는 눈물이 가득 고였다. 자신이 안전하다는 것을 깨달았기 때문이다.

19

"자네, 앞으로 선량해지겠다고 말해봐야 소용없네. 자네는 아주 완벽해. 부디 변하지 말게."

헨리 경이 장미 향수가 담긴 붉은색 구리 사발에 하얀 손가락들을 담그며 큰 소리로 말했다.

도리언 그레이는 고개를 저었다.

"아니에요, 해리. 난 살아오면서 무서운 짓을 너무 많이 저질렀어요. 이제 더는 그렇게 살지 않을 거예요. 어제부터 선행을 시작했어요."

"어제는 어디에 있었나?"

"시골에요, 해리. 작은 여인숙에 혼자 묵었어요."

"이보게. 시골에선 누구나 선해질 수 있어. 거기에는 유혹하는 게 없거든. 도시 밖에 사는 사람들이 대단히 미개한 것도 바로 그래서야. 문명을 성취하는 일은 결코 쉬운 게 아니야. 인간이 문명에 도달

하는 방법은 두 가지뿐이지. 하나는 교양을 쌓는 것이고, 다른 하나
는 타락하는 것이지. 한데 시골 사람들은 어느 쪽도 경험해볼 기회
가 없는 거야. 그러니 그토록 정체되는 거야."

헨리 경이 미소를 지으며 말했다.

"교양과 타락이라."

도리언이 헨리 경의 말을 반복했다.

"난 나름대로 두 가지 모두를 알아요. 한데 지금 두 가지 요소를
한꺼번에 판단해야 하고 보니, 소름이 끼치는 것 같아요. 해리, 이제
내겐 새로운 이상이 있어요. 난 달라질 거예요. 아니, 이미 달라진
것 같아요."

도리언이 말했다.

"자넨 무슨 선행을 했는지 아직 말하지 않았어. 아니, 이미 여러
번 선행을 했다고 말했던가?"

헨리 경이 새빨갛게 익은 작은 피라미드 모양의 딸기들을 접시에
쏟아붓고, 구멍이 숭숭 뚫린 조개 모양의 숟가락으로 접시의 딸기
위에 흰 설탕을 뿌리며 물었다.

"해리, 당신에게는 말할 수 있어요. 다른 사람들에게는 말할 수
없는 이야기예요. 나는 누군가에게 인정을 베풀었어요. 허식으
로 들리겠지만 내 말뜻을 이해할 거예요. 그녀는 무척 아름다웠어
요. 정말 놀라울 정도로 시빌 베인을 빼닮았어요. 내가 그녀에게 처
음 끌린 것도 바로 그 때문일 거예요. 시빌 베인, 기억하죠? 기억나
지 않나요? 그러고 보니 참 오래전 일인 것 같군요! 음, 물론 헤티
(Hetty)는 우리 같은 귀족 출신이 아니었어요. 그저 시골 마을에 사
는 소녀였어요. 하지만 난 그녀를 정말로 사랑했어요. 그녀를 사랑

했다는 걸 난 확신해요. 우리가 함께 보냈던 이 아름다운 5월 내내, 난 일주일에 두세 번씩 시골에 내려가 그녀를 봤어요. 어제는 작은 과수원에서 그녀를 만났어요. 사과꽃이 계속해서 그녀의 머리카락 위로 떨어졌고, 그녀는 연실 웃었지요. 사실 우리는 오늘 아침에 동이 트는 대로 함께 달아날 예정이었죠. 한데 불현듯 나는 처음 그녀를 만났을 때의 꽃같이 아름다운 모습 그대로 그녀를 지켜주어야겠다고 결심하게 됐어요."

"도리언, 그러한 감정의 새로움이 분명 자네에게 진정한 쾌락의 스릴을 맛보게 해주었을 테지. 하지만 내가 자네를 대신해 그 전원시를 마무리할 수 있겠네. 자네는 그녀에게 좋은 충고를 해서 그녀의 마음에 깊은 상처를 냈겠지. 바로 이것이 자네 변심의 시작이지."

헨리 경이 말을 가로막았다.

"해리, 정말 너무하는군요! 그런 무서운 말은 제발 하지 말아요. 헤티는 마음의 상처를 입지 않았어요. 물론 그녀가 울긴 했지만 그뿐이에요. 그녀가 수치심을 느낄 만한 건 아무것도 없어요. 그녀는 박하와 금잔화가 피어 있는 자신의 정원에서 페르디타*처럼 살 수 있어요."

"그리고 믿을 수 없는 플로리젤** 때문에 애통해하며 눈물을 흘릴 테지."

헨리 경은 의자에 등을 기대고 앉아 웃으면서 말했다.

---

* 셰익스피어의 희곡 〈겨울밤 이야기〉에 나오는 소녀로, 공주로 태어났지만 양치기의 손에서 자란다.
** 셰익스피어의 희곡 〈겨울밤 이야기〉에 나오는 보헤미아의 왕자.

"이보게, 도리언, 자네는 대단히 소년다운 감성을 지녔어. 자넨 이제 그 아가씨가 자신과 같은 신분의 남자에게 정말로 만족할 것 같은가? 언젠가 그녀는 험악한 짐꾼이나 이를 드러내고 히죽거리는 농부하고 결혼하게 되겠지. 한데 자네를 만나 사랑한 적이 있었기에 그녀는 남편을 멸시하게 될 테고, 결국엔 불행해지고 말 거야. 도덕적인 관점에서 보더라도 난 자네의 대단한 금욕 생활을 높이 평가할 수 없을 것 같네. 시작부터 초라해. 게다가 지금 이 순간에 헤티가 오필리어처럼 별이 빛나는 물방아용 연못에서 아름다운 수련에 둘러싸인 채 둥둥 떠다니고 있을지 어떨지 자네가 어떻게 아는가?"

"해리, 그런 말은 이제 더는 못 듣겠어요! 당신은 뭐든지 조롱하고는, 가장 심각한 비극늘을 암시하는군요. 당신에게 괜히 말한 것 같아요. 아무튼 난 당신이 뭐라고 말하든 상관하지 않겠어요. 내 행동이 옳다는 걸 알고 있으니까요. 가여운 헤디! 오늘 아침 말을 타고 농장을 지나가면서 난 창가에 서 있는 그녀의 재스민 꽃잎 같은 새하얀 얼굴을 봤어요. 이 이야기는 이제 그만하지요. 그리고 내가 몇 년 만에 처음으로 한 선행이, 내가 난생처음 알게 된 작은 자기희생이 실은 일종의 죄악이라고 나를 설득하려 들지 말아요. 나는 더 선하게 살고 싶어요. 난 더 선한 사람이 될 거예요. 이제 내 얘기는 그만하고 당신 얘기를 들려줘요. 런던은 요즘 어떤가요? 클럽에 안 간 지도 며칠 됐군요."

"여전히 사람들은 불쌍한 바질의 실종 사건에 대해 이야기하고 있어."

"이제 그 사건이 싫증 날 때도 됐을 텐데요."

도리언이 포도주를 따르면서 살짝 인상을 찌푸리고 말했다.

"이보게, 사람들은 지난 6주 동안 오로지 그 이야기만 떠들어댔어. 사실 영국 사람들은 석 달에 하나 이상의 화제가 생기면 정신적인 긴장을 감당하지 못하잖아. 하지만 최근엔 아주 운이 좋았어. 내 이혼 소송이 있었고, 앨런 캠벨의 자살 사건이 있었거든. 게다가 이제 한 예술가의 미궁의 실종 사건까지 일어났지. 런던 경찰청은 11월 9일 밤 파리행 열차를 탄 회색의 얼스터코트를 입은 남자가 불쌍한 바질이라고 계속 주장하고 있는 반면에, 파리 경찰 측에서는 바질이 절대 파리에 도착하지 않았다고 밝혔어. 아마도 2주일쯤 지나면 샌프란시스코에서 그를 봤다는 소식을 듣게 될지도 몰라. 희한한 일이지만, 실종된 사람들은 전부 샌프란시스코에서 목격됐다고 하잖아. 샌프란시스코는 정말 유쾌한 도시지. 저승의 매력까지도 전부 갖추고 있잖아."

"바질에게 무슨 일이 일어났을 거라고 생각하나요?"

도리언이 부르고뉴 포도주를 들고 불빛에 비추어 보면서 물었다. 그는 이런 문제를 이토록 침착하게 논할 수 있다는 사실을 의아하게 여겼다.

"나로서야 전혀 알 수 없지. 바질이 숨어 있으려 한다고 한들, 나와는 상관없는 일이지. 만일 그가 죽었다면, 그에 대해 더는 생각하고 싶지 않아. 죽음이야말로 내가 두려워하는 유일한 거거든. 죽음은 정말 끔찍해."

"왜요?"

젊은이가 지친 목소리로 물었다.

"왜냐하면……."

헨리 경이 격자 세공하고 금박을 입힌 각성제 상자의 뚜껑을 열어 코밑에 대면서 말했다.

"오늘날엔 이겨내지 못할 게 없을 테지만, 죽음만은 예외거든. 19세기에 결코 설명할 길 없는 두 가지 사실이 있는데, 바로 죽음과 천박함이지. 도리언, 이제 그만 음악실에 가서 커피나 마시자고. 내게 쇼팽을 연주해줘야 해. 내 아내와 함께 도망친 남자는 쇼팽을 아주 아름답게 연주했지. 불쌍한 빅토리아! 난 아내를 무척 좋아했어. 아내가 없으니 집이 좀 쓸쓸해. 물론 결혼 생활이란 그저 습관, 나쁜 습관에 불과하지. 그렇지만 인간이란 최악의 습관조차도 상실하고 나면 후회하기 마련이지. 어쩌면 그런 최악의 습관을 상실했을 때 가장 후회가 되는지도 몰라. 최악의 습관이야말로 인간의 개성에서 가장 본질적인 부분이거든."

도리언은 아무 말도 없이 탁자에서 일어나 옆방으로 건너갔다. 그러곤 피아노 앞에 앉아 상아로 만든 흰 건반과 검은 건반 위로 손가락을 움직였다. 커피가 들어오자 그는 연주를 멈추고는 헨리 경을 올려다보며 입을 열었다.

"해리, 혹시 바질이 살해됐을 거라는 생각은 안 해봤어요?"

헨리 경은 하품을 했다.

"바질은 평판이 아주 좋았을뿐더러 언제나 워터베리(Waterbury) 시계*를 차고 다녔어. 그런 바질이 무슨 이유로 살해를 당했겠나? 게다가 그는 적을 만들 만큼 영리하지도 못했어. 물론 그림에는 대

---

* 당시에 유행한 싸구려 손목시계.

단히 천부적인 재능이 있었지. 하지만 벨라스케스처럼 그릴 줄 안다고 하더라도 너무나 따분한 사람이 있지. 바질은 정말 아주 따분한 사람이었네. 그가 딱 한 번 흥미로운 적이 있었는데, 수년 전에 자네를 열렬히 숭배한다고 말했을 때였어. 그 시절, 자네가 그의 예술의 지배적인 모티브였거든.”

“난 바질을 무척 좋아했어요. 한데 바질이 살해당했다는 말은 없던가요?”

도리언이 슬픔이 밴 목소리로 말했다.

“아, 몇몇 신문이 그런 언급을 하긴 했지. 하지만 그런 일은 절대 있을 수 없을 거야. 파리에도 무서운 곳들이 있다는 걸 알지만, 바질은 그런 곳에 갈 만한 위인이 아니잖나. 그에겐 호기심이란 게 없어. 그게 그의 가장 큰 결점이었지.”

“해리, 내가 바질을 살해했다고 말한다면, 뭐라고 하겠어요?”

젊은이가 말했다. 그는 이렇게 말하고는 헨리 경을 빤히 쳐다봤다.

“이보게, 그렇다면 난 이렇게 말해주겠네. 자넨 말이야, 어울리지 않는 인물인 척하고 있어. 모든 천박한 짓이 범죄이듯이, 모든 범죄는 천박한 거야. 도리언, 자넨 결코 살인을 저지를 사람이 아니야. 이런 말로 자네의 허영심에 상처를 주어 미안하네만, 틀림없는 사실이야. 범죄는 전적으로 하층민들이 하는 짓이지. 그렇다고 해서 그들을 비난할 생각은 추호도 없어. 우리에게 예술이 특별한 감흥을 얻기 위한 방법일 뿐이듯 그들에게는 범죄가 바로 그런 것이거든.”

“감흥을 얻기 위한 방법으로요? 그렇다면 한 번 살인을 저지른 사람은 또다시 살인을 저지를 수 있다고 생각하는 건가요? 제발 그런 소리 말아요."

"아, 어떤 일이든 너무 자주 반복하다 보면 쾌락이 되는 거야."

헨리 경이 웃으면서 큰 소리로 말했다.

"그것이 인생의 가장 중요한 비밀 중 하나이지. 하지만 난 살인은 언제나 실수라고 생각하네. 만찬 후에 이야기할 수 있는 화젯거리가 아니라면, 절대로 해서는 안 되지. 불쌍한 바질 이야기는 이제 그만하기로 하지. 나도 자네의 생각처럼 바질이 아주 낭만적으로 세상을 떠났다고 믿을 수 있으면 좋겠지만, 그럴 순 없네. 행여 그가 승합마차에서 떨어져 센강에 빠졌는데, 마부가 입 다물고 그 불의의 사고를 쉬쉬해버렸다면야 모를 일이지. 그래, 그의 최후를 그렇게 생각하는 게 낫겠군. 그가 지금 탁한 초록색 강 밑에 누워 있고, 그의 몸뚱이 위로 육중한 바지선들이 떠다니고, 기다란 수초들이 그의 머리카락을 휘감고 있는 모습이 선명하게 그려지는군. 자네 아는가, 내 생각에 바질은 장차 그리 좋은 작품을 남길 수 없었을 거야. 지난 10년 동안 그가 그린 그림들은 아주 형편없었거든."

도리언은 깊은 한숨을 내쉬었고, 헨리 경은 방을 천천히 가로질러 가더니 기묘하게 생긴 자바산 앵무새의 머리를 쓰다듬기 시작했다. 잿빛 깃털에 분홍색 볏과 꼬리를 지닌 커다란 앵무새는 대나무 횃대 위에 균형을 잡고 앉아 있었다. 그가 뾰족한 손가락으로 앵무새의 머리를 건드리자, 유리구슬 같은 검은 눈동자를 덮은 주름진 눈꺼풀에서 하얀 비듬이 떨어졌다. 동시에 앵무새는 앞뒤로 몸을 흔들기 시작했다.

"맞아."

그가 돌아서서 주머니에서 손수건을 꺼내며 말을 이었다.

"그의 그림은 정말 형편없었어. 뭔가가 사라져버린 것만 같았어. 이상을 잃어버렸던 거야. 자네와 그 친구가 맺었던 좋은 친구 관계에 금이 가자, 그는 훌륭한 화가로서 끝장나고 말았던 거야. 그런데 무엇 때문에 둘 사이에 금이 간 건가? 아마 그 친구가 자네를 무척이나 따분하게 했을 테지. 그랬다면 그는 절대로 자네를 그냥 눈감아주지 않았을 거야. 그게 따분한 사람들의 습성이지. 그건 그렇고, 그가 그린 아름다운 자네 초상화는 어떻게 됐나? 그가 초상화를 완성한 후로 난 한 번도 보지 못한 것 같군. 아! 이제 기억나는군. 몇 년 전에 자넨 그 그림을 셀비로 보냈다고 했었지. 어디에 두었는지 잊어버렸다든가 셀비로 보내는 도중에 도둑을 맞았다든가 했잖아. 그럼 그 초상화를 찾지 못했나? 애석한 일이야! 그 그림은 정말 걸작이었어. 내가 그 그림을 사고 싶어 했던 게 기억나는군. 지금이라도 구할 수 있으면 좋을 텐데. 그 그림은 바질이 전성기 때 그린 작품이었어. 그 후로 그의 작품은 형편없는 화법과 훌륭한 의도의 기묘한 결합이었지. 그건 대표적인 영국 화가라고 불릴 만한 인물에게 항상 따라붙는 특징이었어. 혹시 그림을 찾는 광고는 냈었나? 한번 광고를 내보지 그랬어."

"잊고 있었어요. 아마 광고를 하기도 했을 거예요. 하지만 실은 난 그 초상화를 전혀 좋아하지 않았어요. 초상화 모델을 했던 일도 후회스러워요. 그 일을 생각만 해도 짜증이 나요. 한데 왜 초상화 이야기를 하는 거죠? 그 그림을 생각하면, 나는 늘 어떤 연극— 아마 〈햄릿〉일 거예요— 의 기묘한 대사들이 떠오르곤 했어요. 그 대사가 뭐였더라?

슬픔을 그린 그림처럼

심장이 없는 얼굴.

그래요, 초상화는 바로 그런 느낌이었어요."

도리언이 말했다.

헨리 경이 웃었다.

"만일 인생을 예술적으로 대하는 사람이 있다면, 그의 뇌는 곧 심장인 거야."

헨리 경이 안락의자에 털썩 주저앉으며 대답했다.

도리언 그레이는 고개를 가로저었다. 그러고 나서 피아노로 부드러운 화음을 연주했다.

"슬픔을 그린 그림처럼 심장이 없는 얼굴."

그가 반복해서 말했다.

연장자인 헨리 경은 의자에 등을 기대고 앉아 실눈으로 도리언을 바라봤다.

"도리언, 한데 말이야……."

잠시 침묵이 이어진 후에 그가 말했다.

"'사람이 온 천하를 얻고도……' 음, 이다음이 어떻게 되지? '영혼을 잃으면 무슨 소용이 있으랴'*이던가?"

피아노의 음이 귀에 거슬리는 소리로 바뀌더니, 도리언 그레이는 깜짝 놀란 표정으로 헨리 경을 빤히 쳐다봤다.

---

* 〈마가복음〉 8장 36절.

"해리, 왜 그런 걸 묻지요?"

"이봐."

헨리 경이 깜짝 놀라 눈썹을 치키며 말했다.

"난 그저 자네가 대답해줄 수 있을 거라고 생각해서 물어본 거야. 그뿐이라고. 지난주 일요일에 하이드파크를 지나가다가 마블 아치에 가까이 갔었지. 작은 무리를 지은 초라한 행색의 사람들이 어떤 비천한 거리 설교자의 설교에 귀를 기울이고 있더군. 그 사람들의 곁을 지나가는데, 그 설교자가 목청을 높여 청중에게 바로 그 질문을 던졌어. 그 질문이 꽤나 극적이라는 생각이 들더군. 런던에는 그처럼 기묘하게 영향을 미치는 일들이 아주 많아. 비 내리는 일요일 비옷을 입은 기괴한 기독교인, 빗방울이 뚝뚝 떨어지는 찢어진 우산 아래에서 병약한 허연 얼굴로 둥그렇게 모여 서 있는 사람들, 병적으로 흥분한 사람의 입에서 허공으로 토해지는 날카로운 목소리의 아름다운 성경 구절. 설교자의 입에서 나오는 그 성경 구절은 나름대로 무척 훌륭했지. 대단히 암시적이었어. 나는 그 예언자에게 예술에는 영혼이 있지만 인간에게는 영혼이 없다고 말해줄까 생각했었지. 하지만 유감스럽게도 그가 내 말을 이해하지 못할 것 같더군."

"그렇지 않아요, 해리. 영혼은 무서운 실체예요. 영혼은 사거나 팔 수도 있고, 서로 바꿀 수도 있어요. 중독될 수도 있고 완벽해질 수도 있지요. 우리 각자에겐 영혼이 있어요. 난 알아요."

"정말 그걸 확신하나, 도리언?"

"물론이지요."

"아! 그렇다면 그건 분명 착각일 거야. 사람들이 절대적으로 확신하는 것들은 결코 사실이 아니거든. 그것이 바로 믿음의 숙명이고 로맨스의 교훈이지. 자네, 너무 진지하군그래! 그렇게 심각해하지 말게. 자네나 내가 우리 시대의 미신에 무슨 상관이 있다고 그러나? 미신 따위에 신경 쓸 필요는 없네. 우리는 영혼에 대한 믿음을 단념했잖아. 무슨 곡이든 연주해주게. 도리언, 야상곡으로 해주게. 그리고 연주하면서 자네가 어떻게 젊음을 유지해왔는지 낮은 목소리로 말해주게. 분명 어떤 비결이 있겠지. 난 자네보다 겨우 열 살밖에 안 많은데, 이렇게 주름지고 야위고 피부가 누렇게 떴잖아. 도리언, 자넨 정말 아름다워. 자네가 오늘 밤처럼 매력적으로 보인 적이 없었어. 오늘 밤 자네를 보니, 우리가 처음 만난 날이 생각나는군. 자넨 다소 건방지면서도 매우 수줍음이 많았지. 그리고 놀랄 만큼 비범해 보였어. 물론 자네도 변했지만 외모만큼은 전혀 변하지 않았어. 자네의 비결을 듣고 싶네. 내 젊음을 되찾을 수만 있다면, 운동이나 일찍 일어나는 일이나 존경받는 일 말고는 무슨 일이든 하겠어. 젊음! 젊음만 한 것은 없어. 젊은이의 무지니 뭐니 하는 말은 다 어리석은 소리야. 요즘 내가 존경심을 갖고 경청할 만한 의견을 말하는 사람들은 나보다 훨씬 어린 사람들뿐이야. 오히려 젊은이들이 나보다 나은 것 같아. 젊은이들의 앞에는 새로운 인생의 경이로움이 펼쳐져 있지. 늙은이들에 대해서라면, 나는 언제나 그들의 의견에 반박하지. 그게 바로 내 원칙이야. 자네가 그들에게 어제 일어난 일에 대해 의견을 묻는다면, 그들은 1820년, 그러니까 사람들이 꼭 맞는 목도리를 두르고 모든 걸 믿으면서도 아는 거라곤 전혀 없던 그 시절에 통용되던 의견을 엄숙하게 말해줄 거야. 아, 자네 지금 정말 아름다운 곡을 연주하고 있군! 궁금해지는걸, 별장 주위로 바다 물결이 울부짖고 바닷물의 물보라가 창유리에 부딪히는 마요르카에서 쇼팽이 이 곡을 작곡한 것일까? 놀랄 만큼 낭만적인 곡이야. 모방작이 아닌 예술이 우리에게 하나라도 남아 있으니 얼마나 큰 축복인가! 멈추지 말고 계속 연주하게. 오늘 밤엔 음악을 듣고 싶네. 자네는 젊은 아폴로이고, 나는 자네가 연주하는 음악을 듣고 있는 마르시아스* 같군. 도리언, 내게는 자네조차 전혀 알지 못하는 나만의 슬픔이 있어. 노년의 비극은 늙었다는 데 있는 게 아니라 여전히 젊다는 데 있어. 나는 가끔 나 자신의 진심에 놀라곤 해. 아, 도리언, 자네는 얼마나 행복한가! 자넨 정말 아름다운 삶을 살아왔지! 자넨 모든 것을 깊이 들이마셨지. 자넨 포도송이들을 입 안에 넣고 으깨어 맛봤지. 자네 앞에선 그 무엇도 모습을 숨기지 않았어. 그리고 그 모든 것이 자네에게는 그저 음악 소리일 뿐이었지. 그 무엇도 자네를 조금도 손상시키지 못하지. 자네는 항상 똑같아."

"똑같지 않아요, 해리."

"아니, 자네는 똑같아, 변한 게 없어. 난 자네의 여생이 어떻게 될지 정말 궁금해. 제발 금욕 따위로 여생을 망치려 하지 말게. 지금 자네는 완벽한 유형의 인간이야. 자신을 불완전하게 만들지 말게. 자네에겐 지금 전혀 흠이 없어. 그렇게 고개 저을 필요 없네. 자네도 자신을 알 거 아닌가. 더구나 도리언, 자신을 속이지 말게. 인생은 의지나 의도에 지배되는 게 아니야. 인생은 신경과 섬유조직, 천천히 형성되는 세포들의 문제야. 그런 것들 안에서 생각이 숨기도 하

---

* 그리스 신화 속 반인반수인 사티로스의 하나로, 아폴로와 음악 시합을 벌였다.

고, 열정이 꿈을 꾸기도 하지. 자네는 자기 자신이 안전하다고 자만할 수도 있고, 자신이 강하다고 생각할지도 모르겠군. 하지만 방 안이나 아침 하늘에서 우연히 목격한 어떤 색채, 한때 무척 좋아해 그 향기를 맡기만 하면 아련한 추억이 떠오르곤 하는 특별한 향수, 까맣게 잊고 있다가 우연히 다시 떠오른 시의 한 구절, 자네가 연주하지 않게 된 어떤 음악 한 소절의 가락. 도리언, 내가 말하겠는데, 우리의 삶을 지탱해주는 게 바로 이런 것들이라네. 브라우닝*도 어디에선가 바로 이런 것에 관해서 쓴다네. 하지만 우리 자신의 감각으로도 그런 것들이 우리에게 어떤 것인지 상상할 수 있지. 하얀 라일락 향기가 불현듯 코끝을 스치는 순간들이 있곤 하지. 그런 순간이 찾아오면, 나는 또다시 내 인생에서 가장 기묘했던 한 달을 틀림없이 살아가게 되지. 도리언, 나와 자네의 자리를 바꿀 수만 있다면 정말 좋은 텐데. 세상 사람들이 우리 두 사람 모두에 대해 험담을 하긴 하지만, 사람들은 언제나 자네를 숭배하지. 자네는 영원히 숭배를 받을 거야. 자네는 이 시대가 찾고 있는 것의 전형적인 인물이며, 유감스럽게도 이 시대가 이미 찾은 것의 전형적인 인물이기도 해. 나는 자네가 어떤 일도 하지 않은 것이, 조상을 새기거나 그림을 그린 적도 없으며 자기 자신 말고는 그 무엇도 만들어본 적이 없다는 것이 무척 기쁘네! 삶 자체가 자네의 예술이었지. 자네는 자기 자신을 음악으로 만들었어. 자네가 살아가는 매일매일이 곧 소네트이지."

도리언이 피아노 앞자리에서 일어나 손으로 머리카락을 쓸어 넘

---

* 로버트 브라우닝(Robert Browning, 1812~1889). 영국 빅토리아 시대를 대표하는 시인.

겼다.

"그래요, 살아온 인생은 참 아름다웠죠."

그가 중얼거렸다.

"하지만 이젠 그런 삶을 살지 않을 거예요, 해리. 그러니 내게 그런 터무니없는 말은 하지 말아요. 당신이 나에 대해 전부 아는 건 아니에요. 나에 대해 전부 안다면, 당신이라도 나를 외면할 겁니다. 웃는군요. 웃지 말아요."

도리언이 말했다.

"왜 연주를 멈추었나, 도리언? 피아노 앞에 다시 앉아 야상곡을 한 번 더 연주해주게. 저 어스레한 하늘에 걸려 있는 꿀과 같은 빛깔의 커다란 달을 보게. 저 달은 자신에게 자네가 매혹되길 기다리고 있어. 자네가 피아노를 연주하면 달은 지상에 조금 더 가까이 다가올 거야. 연주하지 않을 건가? 그럼 함께 클럽에 가지. 매혹적인 밤이었으니, 매혹적으로 마무리 지어야지. 화이트 클럽에 자네를 몹시 궁금해하는 사람이 있어. 풀(Poole) 경이라는 젊은이로, 본머스(Bourne-mouth)의 장남이지. 그는 벌써부터 자네와 똑같은 넥타이를 매고 나니면서 자네를 소개해달라고 졸라대더군. 아주 유쾌한 젊은이지. 게다가 여러 면에서 자네를 연상시킨다네."

"내키지 않아요."

두 눈에 슬픈 표정이 깃든 채 도리언이 말했다.

"해리, 오늘 밤은 너무 피곤해요. 난 클럽에 가지 않겠어요. 벌써 11시가 다 됐으니 오늘은 일찍 잠자리에 들고 싶어요."

"그래, 그럼 집에 있게. 오늘 밤 자네의 연주는 그 어느 때와 비교해도 단연 최고였네. 자네의 연주 솜씨에 경이로움이 느껴졌네. 지금까지 들어본 그 어떤 연주보다도 표현력이 풍부했어."

"선량한 사람이 되려고 마음먹었기 때문이에요. 벌써 조금 변했어요."

도리언이 미소를 지으며 대답했다.

"도리언, 내가 보기에 자넨 변할 수 없어. 자네와 나는 언제나 친구일 거야."

헨리 경이 말했다.

"하지만 당신은 언젠가 책 한 권으로 나를 중독시켰어요. 그 점은 결코 용서하지 않을 겁니다. 해리, 누구에게도 그 책을 빌려주지 않겠다고 내게 약속해줘요. 그 책은 해로워요."

"이봐, 자넨 정말 설교를 하려 드는군. 자네, 조만간 개종자나 신앙 부흥 운동자처럼, 자네가 싫증을 느낀 온갖 죄악들에 대해 사람들에게 경고하고 돌아다니겠어. 하지만 그러기에는 자네가 너무 유쾌한 사람이야. 게다가 그래봐야 아무런 소용이 없어. 자네나 나나 지금 이대로가 우리의 본래 모습이고, 앞으로도 변함이 없을 거야. 책 한 권의 해악에 중독되다니, 그런 일은 없어. 예술은 행동에 전혀 영향을 미치지 않아. 오히려 예술은 행동하고 싶은 욕망을 무력하게 만들지. 예술이란 가장 영향력이 없는 것이야. 세상이 부도덕하다고 말하는 책들은 바로 세상의 치욕을 까발리는 책들이지. 그뿐이야. 하지만 문학 이야기는 거론하지 말자고. 내일 들르게. 11시에 승마를 할 생각이야. 함께해도 좋을 것 같군그래. 승마를 마친 뒤에 같이 가서 브랭크섬 부인과 함께 점심을 들자고. 그녀는 매력적인 여인인데, 어떤 태피스트리를 구입하면 좋을지 자네의 조언을 듣고 싶어 하더군. 그러니 꼭 오게. 아니면 우리의 귀여운 공작 부인과 점심을 먹을까? 요즘 자네를 보지 못했다고 하더군. 혹시 자네, 글래디스에게 싫증이 난 건가? 그럴 줄 알았어. 그 애의 교활한 말솜씨가 사람 신경을 건드리곤 하지. 자, 아무튼 11시에 여기로 오게나."

"내가 꼭 와야 하나요, 해리?"

"물론이지. 요즘 하이드파크가 무척 아름답다네. 자네를 만났던 그해 이후로 라일락이 이처럼 아름답게 핀 적은 없었던 것 같아."

"좋아요, 11시에 여기로 오지요. 그럼 잘 있어요, 해리."

도리언이 말했다. 문 앞에 이르렀을 때, 도리언은 뭔가 더 할 말이 있는 듯 잠시 머뭇거렸다. 그리고 이내 한숨을 쉬고는 밖으로 나섰다.

20

아름다운 밤이었다. 너무나 따뜻해 그는 외투를 벗어 한쪽 팔에 걸치고 목에 두른 실크 스카프도 풀었다. 담배를 피우면서 집을 향해 천천히 걸어가고 있는데, 야회복을 입은 두 젊은이가 그의 곁을 지나쳤다. 도리언의 귀에 그들 중 한 사람이 다른 사람에게 속삭이는 말소리가 들렸다.

"저 사람이 도리언 그레이야."

도리언은 누군가가 자신을 가리키거나, 자신을 빤히 쳐다보거나, 자신에 대해 이야기할 때마다 무척 뿌듯해하던 기억이 떠올랐다. 하지만 이제는 자신의 이름이 사람들의 입에 오르내리는 데 신물이 났다. 그는 최근 들어 아주 빈번하게 작은 시골 마을에 다녀오곤 했는데, 그 마을이 지닌 매력의 절반은 누구도 자신을 모른다는 사실이었다. 예전에 그는 유혹해서 자신을 사랑하게 만든 아가씨에게 자기가 가난뱅이라고 종종 말하곤 했는데, 그녀는 그의 말을 그대로 믿었썼다. 언젠가는 그녀에게 자신이 사악한 사람이라고 말했더니, 그녀는 그 앞에서 웃으면서 사악한 사람들은 언제나 아주 늙고 굉장히 못생겼다고 대답했었다. 그녀의 웃음소리는 얼마나 아름다웠던가! 마치 개똥지빠귀가 노래하는 소리 같았다. 그리고 무명옷을 입고 커다란 모자를 쓴 그녀의 모습은 얼마나 예뻤던가! 그녀는 아는 것이 아무것도 없었지만 그가 잃어버린 모든 것을 가지고 있었다.

집에 도착해보니, 하인이 잠들지 않은 채 자신을 기다리고 있었다. 그는 하인에게 잠자리에 들라고 말한 뒤, 서재에 들어가 소파에 몸을 던지고는 헨리 경이 한 몇 가지 말을 곰곰이 생각하기 시작했다.

사람은 절대로 변할 수 없다는 말은 정말 사실일까? 그는 소년 시절, 언젠가 헨리 경이 흰 장미와도 같다고 했던 자신의 소년 시절의 때 묻지 않은 순수함이 무척이나 그리웠다. 도리언은 자신이 스스로를 더럽혔고, 타락으로 마음을 가득 채웠으며, 공상에 공포감을 심어주었다는 것을 깨달았다. 다른 사람들에게 사악한 영향을 미쳤고, 그렇게 하면서 소름 끼치는 기쁨을 경험했음을 깨달았다. 또한 자신의 삶과 얽혀 있던 사람들 중에 자신이 수치심을 안겨주었던 이들은 가장 올바르고 누구보다 촉망받던 사람들이었음을 깨달았다. 한데 그 모든 일을 돌이킬 수 없는 것일까? 그에게 희망이 없는 것일까?

아! 어쩌다 세월의 짐을 초상화가 떠맡고 자신은 영원한 젊음의 순수한 광채를 간직하게 해달라고 기도했던, 오만하고 격정적인 소름 끼치는 순간을 맞이했단 말인가! 그의 모든 실패는 바로 그 순간에 시작되었다. 차라리 살아가면서 죄를 지을 때마다 그 즉시 확실한 처벌이 뒤따랐다면 좋았을 것이다. 처벌은 영혼을 정화시켜주는 법이다. 대단히 공정한 신에게 드리는 인간의 기도는 '우리의 죄를 사하여 주옵시고'가 아닌 '우리 죄악을 벌하여 주옵시고'가 되어야 했다.

아주 오래전에 헨리 경에게서 선물로 받은 기묘하게 조각된 거울은 지금도 탁자 위에 세워져 있고, 거울 테두리에는 팔다리가 하얀 큐피트 조각들이 예전과 다름없이 웃고 있었다. 파멸을 불러온 그림이 변한 사실을 처음으로 눈치채고 공포에 사로잡혔던 그날 밤에 그랬듯이, 그는 거울을 집어 든 채 눈물로 흐릿해진 매서운 두 눈으로 윤이 나는 방패 모양의 거울 속을 들여다봤다. 언젠가 그를 열렬히 사랑했던 누군가가 그에게 열정적인 편지를 보낸 적이 있었는데, 그 편지는 이처럼 맹목적인 숭배의 말로 끝을 맺었었다.

"상아와 황금으로 만들어신 당신 때문에 세상도 달라졌어요. 당신 입술의 곡선이 역사를 다시 씁니다."

이 구절이 다시 머릿속에 떠올랐고, 그는 이 구절을 여러 번 반복해서 되뇌었다. 그러던 중에 자신의 미모에 혐오감을 느껴, 거울을 바닥에 내던지고는 발꿈치로 짓이겨 산산조각을 냈다. 은빛 조각들이 여기저기 나뒹굴었다. 그를 파멸시킨 것은 바로 그의 미모, 즉 그가 간절히 기도했던 미모와 젊음이었다. 이 두 가지가 없었다면 그의 인생이 더럽혀지지 않았을지도 모른다. 그의 미모는 그에게 가면에 불과했고, 그의 젊음은 가짜일 뿐이었다. 청춘 따위가 무엇이던가? 설익고 미숙한 시간, 얄팍한 감정과 유약한 사고들에 지배받는 시간에 불과하다. 왜 그는 그런 청춘의 옷을 입었단 말인가? 결국 젊음은 그를 망쳐놓고 말았다.

과거는 생각하지 않는 편이 좋았다. 그 무엇도 과거를 바꿀 수는 없다. 그가 생각해야 할 것은 자기 자신과 자신의 미래에 대해서였다. 제임스 베인은 셀비 묘지의 이름 없는 무덤에 묻혔다. 앨런 캠벨은 어느 날 밤 자신의 실험실에서 권총으로 자살을 했지만, 어쩔 수 없이 알게 된 비밀을 결코 밝히지 않았다. 대단하지는 않지만 바질 홀워드의 실종을 둘러싼 사람들의 동요는 곧 수그러들 것이다. 이미 수그러들고 있었다. 따라서 그 점에서 그는 완벽하게 안전했다. 사실 그의 마음을 가장 무겁게 짓누르던 것은 바질 홀워드의 죽음이 아니었다. 그를 괴롭혔던 것은 살았으되 죽어 있는 자신의 영혼이었다. 바질은 자신의 인생을 망가뜨린 초상화를 그렸다. 그런 이유로 도리언은 바질을 용서할 수가 없었다. 모든 것의 원흉은 바로 그 초상화였다. 바질은 그에게 도저히 참기 힘든 말들을 했다. 그럼에도 그는 참을성 있게 꾹 참았다. 살인은 단지 순간적인 광기일 뿐이었다. 그리고 앨런 캠벨의 경우, 자살은 그 자신의 소행이었다. 그 스스로 선택한 일이었다. 도리언 자신과는 아무 상관도 없는 일이었다.

새로운 인생! 그것이 바로 그 자신이 원하는 것이었다. 그것이 바로 자신이 기다리고 있는 것이었다. 분명 자신은 이미 새로운 인생을 시작했다. 어쨌든 순결한 한 소녀에게 인정을 베풀지 않았던가. 다시는 순결한 사람을 유혹하지 않으리라. 선량한 사람이 될 것이다.

헤티 머튼을 생각하고 있자니 잠긴 방 안에 있는 초상화의 모습이 변하지 않았을까 궁금해지기 시작했다. 설마 지금까지의 모습 그대로 끔찍한 모습을 하고 있지는 않겠지? 자신의 삶이 순결해지면, 초상화의 얼굴에서 사악한 격정의 흔적을 전부 없앨 수 있을지도 모른다. 어쩌면 이미 사악한 모습의 흔적들이 완전히 사라져버렸을 수도 있다. 그는 당장 가서 확인해보기로 마음먹었다.

그는 탁자 위에 놓인 램프를 들고 천천히 계단을 올라갔다. 문의 빗장을 벗기는 순간, 이상하리만치 젊어 보이는 그의 얼굴에 기쁨의 미소가 스치면서 잠시 입가에 머물렀다. 그렇다, 이제 자신은 선한 사람이 될 것이며, 지금까지 숨겨두었던 소름 끼치는 물건도 이제 자신에게 공포감을 주지 못할 것이다. 그는 벌써 무거운 짐을 내려놓은 기분이 들었다.

그는 조용히 방 안으로 들어가 평소 습관대로 문을 잠그고는, 초상화를 덮고 있던 자줏빛 장막을 걷었다. 순간 그의 입에서 고통과 분노의 비명이 터져 나왔다. 교활한 눈빛과 위선자의 입매에서 보이는 곡선 진 주름 말고는 아무런 변화노 보이지 않았다. 초상화는 여전히 혐오스러웠다. 오히려 전보다 훨씬 더 혐오스러워 보였다. 손에 얼룩져 있던 주홍색 이슬방울은 더욱더 선명해져, 마치 최근에 흘린 피처럼 보였다. 순간 도리언은 온몸을 부들부들 떨었다. 자신이 베푼 유일한 선행이 고작 허영심 때문이었단 말인가? 아니면 헨리 경이 조롱하듯 웃으면서 넌지시 말했듯이, 새로운 기분을 느끼고 싶은 욕망 때문이었을까? 그것도 아니라면, 가끔은 본래 모습보다 멋지게 처신하게 만드는 연극적인 열정 때문이었을까? 혹은 어쩌면 이 모든 것의 복합적인 이유 때문이었을까? 그런데 저 붉은 얼룩은 왜 전보다 더 커졌을까? 그 얼룩은 마치 무슨 끔찍한 질병처럼 주름진 손가락 위로 서서히 번져가는 것만 같았다. 마치 피가 뚝뚝 떨어진 것처럼 그림 속의 두 발에 피가 묻어 있었다. 또한 나이프를 쥐지 않았던 손 위에도 피가 묻어 있었다. 자백? 이 피는 자백하라는 의미일까? 자수해서 사형을 당하라는 뜻일까? 그는 웃었다. 이런 생각은 터무니없다는 느낌이 들었다. 설사 자백을 한다고 한들 누가 자신의 말을 믿겠는가? 살해된 남자의 흔적은 어디에도 없지 않은가. 그가 지니고 있던 모든 것은 완전히 없애버렸다. 아래층에 있던 것들은 도리언이 직접 불태워버렸다. 세상 사람들은 단지 자신을 미쳤다고 할 것이다. 그래도 계속 고집스럽게 자신의 이야기를 자백하려고 한다면, 사람들은 그를 가두려 할 것이다……. 하지만 자백하고 공개적으로 굴욕을 당하고, 공개적으로 속죄하는 것이 자신이 할 도리였다. 하늘에게뿐만 아니라 땅에게도 죄를 고백하도록 인간에게 명하는 신이 있었다. 자신의 죄를 자백하기 전까지는 무슨 일을 하더라도 마음이 정화될 수 없을 것이다. 한데, 무슨 죄란 말인가? 그는 어깨를 으쓱했다. 그에게 바질 홀워드의 죽음은 별것 아닌 것처럼 느껴졌다. 지금 그의 머릿속에는 헤티 머튼에 대한 생각뿐이었다. 왜냐하면 그가 들여다보고 있는 자신의 영혼의 거울은 모든 것을 고르게 반영하는 거울이 아니었기 때문이다. 허영심? 호기심? 위선? 지금까지의 삶의 방식을 단념하게 한 이유가 고작 이런 것들뿐이란 말인가? 뭔가 다른 것들이 더 있을 것이다. 적어도 그는 그렇게 생각했다. 하지만 누가 알 수 있겠는가? …… 아니다. 그것들 말고는 아무것도 없었다. 허영심 때문에 자신이 그녀에게 인정을 베풀었던 것이다. 위선적으로 선행의 가면을 썼던 것이다. 호기심 때문에 자기 자신을 부정했던 것이다. 이제야 그는 그것을 깨달았다.

하지만 이 살인이…… 평생 자신을 따라다닐까? 평생 과거의 짐을 짊어지고 살아야 한단 말인가? 정말로 자백해야 할까? 절대로 그럴 수는 없다. 자신에게 남아 있는 불리한 증거는 딱 하나밖에 없었다. 바로 이 초상화만이 유일한 증거였다. 그러니 초상화를 없애 버려야 할 것이다. 왜 이토록 오랫동안 이 초상화를 간직하고 있었을까? 한때는 이 초상화가 변하고 늙어가는 모습을 지켜보며 기쁨을 느끼기도 했다. 하지만 최근에는 그런 기쁨을 느끼지 못했다. 오히려 초상화 때문에 그는 밤마다 제대로 잠을 이루지 못했다. 집 밖에 나갈 때면 혹시 초상화가 다른 사람의 눈에 띄지나 않을까 불안에 떨곤 했다. 초상화는 그의 열정에 우울함을 드리웠다. 초상화를 떠올리기만 해도 무수한 기쁨의 순간들이 일그러졌다. 그에게 초상화는 양심과도 같았다. 그렇다, 그것은 그의 양심이었다. 이제 그는 자신의 양심을 없애버릴 터였다.

그는 주위를 둘러보다가 바질 홀워드를 찔렀던 나이프를 발견했다. 그는 그 나이프를 아무런 흔적도 남지 않을 때까지 수도 없이 닦았었다. 나이프는 반짝반짝 환하게 빛났다. 화가를 죽였듯이 나이프는 화가의 작품과 그것이 의미하는 모든 것을 죽일 것이다. 나이프는 과거를 죽일 것이고, 과거가 죽고 나면 자신은 자유로워질 것이다. 나이프는 이 소름 끼치는 영혼의 생명을 죽일 것이고, 초상화의 섬뜩한 경고가 사라지면 자신은 평화를 얻을 것이다. 그는 나이프를 움켜쥐고 그림을 찔렀다.

비명과 함께 쾅음이 들렸다. 고통에 찬 비명 소리가 어찌나 소름 끼치던지, 하인들이 흠칫 놀라 잠에서 깨어나 방에서 슬금슬금 걸어 나왔다. 저 아래 광장을 지나가던 신사 두 명이 걸음을 멈추더니 대저택을 올려다봤다. 그들은 걸어가다가 만난 경찰을 데리고 자신들이 왔던 길을 되돌아갔다. 경찰이 여러 번 벨을 울렸지만 아무런 대답이 없었다. 맨 위층 창문들 중 하나에서만 빛이 비치고 있을 뿐 저택은 온통 캄캄했다. 잠시 후 경찰은 저택에서 좀 벗어나 인접한 주랑 현관에 서서 저택을 지켜봤다.

"경관님, 누구의 저택인가요?"

두 신사 중에 나이 많은 사람이 물었다.

"도리언 그레이 씨의 저택입니다."

경찰이 대답했다.

두 신사는 걸음을 옮기며 서로 쳐다보면서 코웃음을 쳤다. 두 사람 중 한 사람은 헨리 애슈턴 경의 숙부였다.

저택 안 하인들이 지내는 구역에서는 대충 옷을 걸친 하인들이 낮은 목소리로 속삭이고 있었다. 늙은 리프 부인은 양손을 쥐어짜며 울고 있었다. 프랜시스는 송장처럼 새파랗게 질려 있었다.

약 15분이 지나자, 프랜시스가 마부와 하인 한 명을 데리고 위층으로 슬금슬금 올라갔다. 그들이 문을 두드렸지만 아무런 대답이 없었다. 그들은 큰 소리로 주인을 불렀다. 사방이 고요했다. 억지로 방문을 힘껏 밀어봤지만 헛수고였다. 급기야 그들은 지붕 위로 올라가 발코니로 뛰어내렸다. 창문은 쉽게 열렸다. 걸쇠가 너무도 낡아 있었던 것이다.

방 안으로 들어갔을 때, 그들은 벽에 걸려 있는 눈부신 초상화를 발견했다. 초상화는 마지막으로 봤던 주인의 모습, 매우 아름다운 젊음과 미모의 경이로움을 그대로 간직하고 있는 모습이었다. 바닥에는 야회복 차림의 시체 하나가 가슴에 칼이 꽂힌 채 누워 있었다.

주름투성이에 몹시 야위고 역겨운 몰골의 남자였다. 그들은 그 사람의 손에 끼인 반지들을 자세히 살펴보고서야 그자가 누구인지 알아봤다.

작품 해설

1. 오스카 와일드의 삶과 문학

1) 새로운 유미주의자의 등장

시인, 소설가, 극작가, 평론가, 댄디(dandy) 그리고 유미주의
(aestheticism)의 전도사로서 일세를 풍미했고, 시대의 이단아로서
빅토리아 시대의 사회규범을 조롱하며 19세기 후반 영국 사회를
떠들썩하게 한 오스카 와일드는 1854년 10월 16일 아일랜드의 더
블린에서 태어났다. 그의 아버지 윌리엄 로버트 윌스 와일드 경(Sir
William Robert Wills Wilde)은 아일랜드 왕실 아카데미 회원이었던
저명한 의사이자 여행기, 의학, 고고학, 민속학 등의 분야에 걸쳐 여
러 저작을 집필한 저술가였다. 그리고 어머니 제인 프란체스카 엘
지 와일드(Jane Francesca Elgee Wilde)는 결혼 전에는 팸플릿을 만들

어 아일랜드의 자유를 위해 투쟁하자고 촉구한 열정적인 민족주의 자였는가 하면, 나중엔 젊은 예술가 및 지식인들이 모이는 살롱을 열기도 하고 독일 작가 빌헬름 마인홀트(Wilhelm Meinhold)의 소설 《시도니아 폰 보르크, 수도원의 마녀(Sidonia von Bork, die Kloster-hexe)》 (1847)를 영어로 번역하고 스페란자(Speranza)란 필명으로 시인으로 활동하기도 한 문인이었다. 이런 문예적인 집안 분위기 속에서 오스카 와일드는 자연스럽게 시와 그리스 고전을 읽으며 어린 시절을 보냈고, 성장하면서 점차 미와 예술을 사랑하게 되었다.

와일드는 에니스킬렌(Enniskillen)의 포토라 왕립학교(Portora Royal School)를 다닌 후, 1871년에 장학생으로 더블린의 트리니티 칼리지에 입학한다. 대학에서 그는 존경하는 인물인 고대사 교수 존 펜틀랜드 마하피(John Pentland Mahaffy)를 만나게 되고, 그의 영향을 받아 고대 그리스 문화에 심취한다. 그는 1874년에 우수한 성적으로 더블린 트리니티갈리시를 졸업하고 옥스퍼드 모들린칼리지에 입학한다.

와일드는 옥스퍼드에 들어간 이후에도 마하피 교수와 계속 각별한 친분 관계를 유지하며 1875년과 1877년 사이에 함께 이탈리아와 그리스로 여행을 다녀왔고, 1878년에는 마하피 교수와 방문했던 이탈리아의 도시 라벤나에 대한 사적인 인상을 그린 시 〈라벤나(Ravenna)〉로 뉴디게이트 문학상(Newdigate Prize)을 수상한다. 이어 그는 뛰어난 성적으로 졸업 시험에 합격하고 문학사 학위를 받는다. 그리고 이 무렵부터 (더블린 트리니티칼리지에서 마하피 교수를 만나면서 가졌던) 고전문화, 예술과 미에 대한 관심을 심화시켜 유미주의에 심취하기 시작한다. 특히 당시 문화 예술계의 저명한 인사였던 존 러스킨(John Ruskin)과 월터 호레이쇼 페이터(Walter Horatio Pater)의 문예 예술론에 깊은 영향을 받는다.

오스카 와일드가 문화의 혁신자라고 말한 미술사가 러스킨은 비록 예술과 도덕의 연관성을 강조했고 1860년을 기점으로 사회개혁가로 변모했지만, 예술의 상업화에 반대하고 미의 중요성을 강조하며 유미주의의 길을 열었다. 그리고 오스카 와일드의 유미주의와 문학에 큰 영향을 미친 페이터는 19세기 영국 유미주의 선언 역할을 한《르네상스 역사 연구(Studies in the History of the Renaissance)》를 통해 '미를 위한 미', 미 그 자체를 숭배하며 유미주의 이론의 길을 열었다. 그는 미는 상대적인 개념이라는 점을 강조하고 개별적이고 감각적인 인상, '고립된 개인의 인상'을 중시하며, 보편적이고 도덕적인 예술론을 부정했다. 이처럼 빅토리아 왕조의 지배적인 사회적 이념에 정면으로 대립했던 페이터는 자신의 이념을 표현하는 수단으로 내용보다는 형식을 우선했다. 그에 따르면 "문체가 곧 문학이었다."

옥스퍼드에 입학했을 때 이미 유포되어 있던 이와 같은 유미주의에 심취하게 된 오스카 와일드는 곧 유미주의의 전도사가 된다. 옥스퍼드를 졸업하고 런던으로 이주한 그는 사회 및 예술 클럽에서 다양한 사람들과 친분을 쌓으며 유미주의자로서 재기 넘치는 발언과 파격적인 의상으로 세간의 주목을 받는다. "종교개혁보다 의상개혁이 중요하다"는 말에서 엿볼 수 있듯 그는 댄디나 유미주의자답게 그만의 화려하고 독특한 의상(반바지 차림에 까만 비단 양말, 비단 조끼, 넓은 칼라의 하얀 와이셔츠에 초록색 넥타이 그리고 단춧구멍에 꽂은 백합이나 해바라기)을 입고 다녔다. 그렇게 새로운 유미주의자가 등장했다.

2) 문학 활동의 시작

그는 1880년 (여배우 엘렌 테리(Ellen Terry)에게 헌정한) 자신의 첫 희곡 〈베라, 혹은 허무주의자들(Vera: or, The Nihilists)〉을, 1881년에는 첫 시집 《시집(Poems)》을 출간한다. 이듬해인 1882년에는 미국과 캐나다를 오가며 유미주의에 대한 강연을 한다. 길버트와 설리번의 오페라 〈인내(Patience)〉의 등장인물인 번손(Bunthorne)이 여러모로 오스카 와일드를 연상시켰기 때문에 〈인내〉의 제작자가 미국 공연을 홍보하기 위해 와일드를 활용하려 한 일이 그 계기가 되었다. 아무튼 그는 세관원에게 "내가 신고할 건 내 천재성밖에 없소"라는 말을 남기고 미국에 입국해, 1882년 1월 9일 뉴욕의 치커링 홀에서 '영국 예술의 르네상스(The English Renaissance of Art)'를 주제로 한 강연을 성공적으로 마친다. 그 이후로 미국과 캐나다를 누비며 유미주의에 대한 강연을 통해 '예술을 위한 예술'을 역설한다. 그리고 이런 강연에 힘입어 1883년에는 그의 첫 희곡 〈베라, 혹은 허무주의자들〉이 뉴욕에서 연극 무대에 올랐으나, 일주일 만에 막을 내리고 만다.

미국 순회강연을 마친 그는 그곳에서 번 돈으로 파리에서 3개월간 체류하면서 베를렌, 빅토르 위고, 에밀 졸라, 알퐁스 도데, 말라르메 등을 만나 친분을 쌓고, 미국 체류 중에 만났던 인기 여배우 메리 앤더슨(Mary Anderson)을 염두에 두고 쓰기 시작한 희곡 〈파두아의 공작 부인(The Duchess of Padua)〉을 완성한다. 이 작품은 10여 년 뒤인 1891년에 '구이도 페란티(Guido Ferranti)'라는 제목으로 뉴욕에서 공연된다.

3개월간 파리에서 생활할 때는 경제적인 어려움 없이 나름 풍족하게 지냈지만, 1883년 봄에 런던으로 돌아온 이후로는 경제적 어려움을 겪으며 돈을 벌기 위해 '아메리카에 대한 개인적 인상(Personal Impression of America)', '현대 생활에서의 예술의 가치(The Value of Art in Modern Life)', '의복(Dress)' 등을 주제로 순회강연을 하고,《팔 말 가제트(*Pall Mall Gazette*)》,《드라마틱 리뷰(*Dramatic Review*)》,《월드(*World*)》등의 잡지에 예술, 문학, 미술, 연극, 의상 등 다양한 문화 영역에 걸쳐 리뷰와 에세이를 기고하고, 1887년에는 자신의 뜻에 의해 '더 우먼스 월드(The Woman's World)'로 제목이 바뀌는《더 레이디스 월드(*The Lady's World*)》의 편집장을 맡는다.

이렇게 강연과 저널리즘 쪽으로 눈을 돌리고 있던 사이 명망 있는 법률가 가문 출신인 콘스턴스 메리 로이드(Costance Mary Lloyd)와 사랑에 빠지고, 마침내 1884년 5월 29일에 그녀와 결혼한다. 그리고 1885년과 1886년에 두 아들, 시릴과 비비언을 차례로 낳는다. 이처럼 가정을 꾸리고 한동안 행복한 듯 보였지만, 친구인 로버트 로스에게 보낸 편지에서 고백했듯이 천성적으로 구속당하는 것을 싫어했던 와일드는 단조로운 결혼 생활에 몹시 싫증을 느끼고 예술을 이해하지 못하는 아내와 점차 소원해지기 시작한다.

3) 전성기

지금까지 비평이나 시, 희곡을 발표하긴 했지만, (유미주의를 표방하는) 오스카 와일드의 본격적인 창작 활동은 1887년부터 시작되었다. 그는 1887년에 유머러스한 풍자와 해학이 돋보이는 우스꽝스러운 유령 이야기〈캔터빌의 유령(The Canterville Ghost)〉과, 인간이 예속되어 있는 운명의 아이러니와 허식적인 상류사회를 풍자적으로 그린 〈아서 새빌 경의 범죄(Lord Arthur Savile's Crime)〉를 《더 코트 앤드 소사이어티 리뷰(The Court and Society Review)》에 발표하고, 1888년 어두운 사회적 현실에 슬퍼하며 동상으로 서 있는 왕자와 그의 곁을 떠나지 못하는 제비의 이야기를 아름답고 섬세한 문체로 그린 표제작 〈행복한 왕자(The Happy Prince)〉 외 4편으로 구성된 동화집 《행복한 왕자와 그 밖의 이야기들(The Happy Prince and Other Tales)》을 출간한다. 그리고 1890년에는 그의 유일한 장편인 《도리언 그레이의 초상(The Picture of Dorian Gray)》을 《리핀콧 먼슬리 매거진(Lippincott's Monthly Magazine)》에 연재하고, 이듬해인 1891년에는 수정 보완한 《도리언 그레이의 초상》의 단행본을 비롯해 단편소설집 《아서 새빌 경의 범죄와 그 밖의 이야기들(Lord Arthur Savile's Crime and Other Stories)》과 동화집 《석류의 집(A House of Pomegranates)》을 출간한다. 또한 최고의 비평은 창조하는 것임을 강조한 에세이 〈예술가로서의 비평가(The Critic Artist)〉가 수록되어 있는 문학예술 에세이집 《의향(Intentions)》을 발표한다.

1892년에는 유머와 위트가 넘치는 풍속 희극 〈윈더미어 부인의 부채(Lady Windermere's Fan)〉가 연극 무대에 오르고, 이듬해인 1893년에는 〈보잘것없는 여인(A Woman of No Importance)〉이 초연된다. 그리고 같은 해에 와일드는 《윈더미어 부인의 부채》를 출간하고, 1891년 11월에서 12월 사이에 파리에서 프랑스어로 쓴 〈살로메(Salomé)〉를 발표한다. 〈살로메〉는 마태복음 14장 6~11절에 그려진 헤롯 왕의 세례 요한 참수 사건을 바탕으로 쓴 희곡으로 '데카당스'적 분위기에 시적인 아름다움과 에로티즘이 돋보이는, 유미주의 문학의 정점에 오른 작품이다. 1894년 앨프레드 더글러스(Alfred

Douglas)가 번역한 영어판에는 와일드가 경쾌한 우아함의 대가, 비현실적인 것을 불러내는 마법사라고 칭했던 화가 오브리 비어즐리(Aubrey Beardsley)의 삽화가 실렸는데, 그의 삽화는 강렬하게 대비되는 흑백과 간결하고 섬세한 선을 활용해 병적이고 퇴폐적이며 환상적인 분위기를 장면에 어울리게 살려내면서 〈살로메〉에 한층 더 화려한 유미주의의 색채를 부여했다.

문학계에 충격을 던진 〈살로메〉는 성서의 이야기를 퇴폐적으로 그렸다는 이유로 1892년에 런던에서 공연이 금지되고, 와일드가 복역 중이던 1896년 2월이 되어서야 파리에서 초연되기에 이른다.

4) 추락 그리고 죽음

1895년 1월 3일 영국 상류사회를 유쾌하게 풍자한 희곡 〈이상적인 남편(An Ideal Husband)〉이 초연된 데 이어, 2월 14일에 빅토리아 왕조 시대의 위선을 신랄하게 풍자한 풍속희극 〈진지해지는 것의 중요성(The Importance of Being Earnest)〉이 런던에서 초연되어 큰 성공을 거둔다. 이처럼 이 무렵 오스카 와일드는 최고의 문학적 성취를 이루며 문학가로서 창작의 절정기에 오르고 대단한 명성을 얻는다. 그러나 예술가로서 모든 것을 거머쥐고 앞으로 순탄할 것만 같았던 그의 삶은 너무나 갑자기 한순간에 나락으로 추락하고 만다.

〈살로메〉를 영어로 번역하기도 한 앨프레드 더글러스 경과의 동성애 문제가 더글러스의 아버지인 퀸즈베리 후작에 의해 불거지면서 남색 혐의로 고소당하고 만다.* 결국 와일드는 두 차례의 재판 끝에 1895년 5월 25일 2년간의 중노동형을 선고받는다. 그는 그 사이에 친구들의 권유대로 외국으로 도피할 기회가 있었지만, 비겁자나

도망자라는 말을 듣느니 그대로 남는 편이 더 고귀하다고 말하며 그 기회를 마다한다. 결국 그는 2년간 가혹한 감옥 생활을 보냈고, 그러는 동안 가족과 전 재산을 잃고 만다.

수감 생활 중 그는 앨프레드 더글러스에게 보내는 서한 형식의 글 〈절망의 구렁텅이에서(De Profundis)〉**를 집필한다. 앙드레 지드는 이 서한을 가리켜 "몸부림치며 괴로워하는, 상처 받은 자의 울부짖음"이라며 "도저히 눈물 없이는 귀 기울일 수 없었다"***고 말했다.

1897년 5월 19일 와일드는 2년간의 형기를 마치고 출옥해 곧장 프랑스로 떠난다. 그리고 그동안 사이가 멀어졌던 더글러스와 화해하고, 한동안 프랑스와 이탈리아 이곳저곳을 전전하다가 1898년에 비참한 감옥 생활을 엿볼 수 있는 그의 마지막 시 〈레딩 감옥의 노래(The Ballad of Reading Gaol)〉를 발표한다. 이 시를 발표한 이후 다시 재기를 노렸시만, 이듬해인 1900년 11월 30일 파리의 알자스 호텔에서 뇌수막염으로 쓸쓸하게 세상을 떠난다. 그리고 그의 유해는 파리의 교외 페르 라세즈 묘지에 묻힌다.

---

* 오스카 와일드는 자신을 남색가로 불렀다는 이유로 퀸즈베리를 명예훼손죄로 고소했지만, 퀸즈베리는 무죄로 석방되고 오히려 와일드가 고소되기에 이른다.
** 국내에 '옥중기'라는 제목으로 출간된 이 저작은 사후인 1905년에 유고 관리인이었던 와일드의 친구 로버트 로스의 손을 거쳐 상당 부분이 삭제된 채 출간된다. 그리고 로스는 1909년에 이후 50년간 공개되어서는 안 된다는 조건하에 원고를 대영박물관에 기증한다.
*** 《옥중기》 중 '해설', 오스카 와일드, 배주란 옮김, 누림, 1998)

2. 《도리언 그레이의 초상》*

> "바질 홀워드는 제가 생각하는 저의 모습이고, 헨리 경은 세상이
> 바라보는 저의 모습이며, 도리언은 제가 되고 싶어 하는 저의 모습
> 입니다."
> — 오스카 와일드

삶이 예술을 모방한다는 자신의 유미주의 예술론을 가장 잘 살
린 《도리언 그레이의 초상》은 1890년 《리핀콧 먼슬리 매거진》
에 연재된 이후에 이듬해인 1891년에 수정 보완을 거쳐 단행본으
로 출간된 작품이다. 데카당 문학의 걸작에 속하는 조리스 카를 위
스망스(Joris Karl Huysmans)의 〈거꾸로(A Rebours)〉에서 많은 영향
을 받은 《도리언 그레이의 초상》은 E. T. A. 호프만의 〈악마의 묘
약(Die Elixiere des Teufels)〉, 에드거 앨런 포의 〈윌리엄 윌슨(William
Wilson)〉, 로버트 루이스 스티븐슨의 〈지킬 박사와 하이드(The
Strange Case of Dr. Jekyll and Mr. Hyde)〉 등의 고딕 문학처럼 '자아분열'
이나 '분신'을 모티브로 삼은 작품으로, 오스카 와일드 특유의 유미
주의적이고 낭만적인 성질에 (죽음으로 끝나는) 이전에 발표한 동화
들처럼 섬세하면서도 가벼운 동화적 색채를 느낄 수 있는 환상소설
이다. 고딕 문학 전통의 환상소설이 그렇듯 이 작품은 현실의 경계
를 넘어서며 삶과 죽음, 욕망, 도덕, 예술 등에 걸쳐 전복적인 가치

---

* 이 작품의 줄거리나 결말을 예측할 수 있는 내용이 담겨 있으니, 그 내용이 독서에
  방해가 될 것 같다면 소설을 먼저 읽기 바란다.

를 구현한다.

전통적인 리얼리즘을 거부한 와일드는 현실을 왜곡하는 일그러진 거울 이미지를 통해 우리의 욕망을 비춘다. 도리언은 자신의 영혼을 비추는 거울인 초상화에 두려움을 느끼는 순간 그것에 매혹되고 만다. 하지만 그가 가장 이상적인 미를 담고 있는 초상화처럼 젊음과 미를 언제나 유지하며, 감각적 쾌락에 탐닉하고 살인까지 저지르는 악에 빠져드는 사이에 그의 초상화는 점점 추악하고 잔인한 모습으로 변해가며 그를 파멸로 이끈다.

'자아분열'이나 '분신'을 모티브로 삼은 다른 작품들과 비교해 이 작품에서만 돋보이는 흥미로운 점은, 도리언의 분열된 자아상뿐만 아니라 다른 두 명의 주요한 캐릭터가 작가 자신을 반영하고 있다는 사실이다. 어쩌면 와일드에 대해 우리가 생각하고 있는 고정적인 이미지와는 달리 그 자신의 주장처럼 도리언의 아름다움을 숭배하며 그 모습을 화폭에 담아 노리언의 미를 창조해낸 이상주의 예술가가 와일드가 생각하는 자신이며, 페이터가 주장했을 법한 새로운 쾌락주의로 도리언의 삶을 이끈 유미주의 설교자이자 냉소적인 댄디인 헨리 경이 세상이 바라보는 와일드의 모습이고, 헨리 워튼 경이 주창한 유미주의의 영향을 받아 욕망(와일드 자신이 추구하고자 한 감각적이고 쾌락적인 미)에 탐닉하는 유미주의자 도리언이 와일드가 되고 싶어 했던 자신의 모습일지도 모른다. 아마도 세 캐릭터가 모두 와일드의 일면이거나, 세 캐릭터가 혼합된 모습이 그가 실제로 추구했던 모습일 것이다. 하지만 분열된 두 자아의 하나로 통합하려는 욕망은 실패로 끝나고 오로지 구경꾼만 남는다. 즉 무대에서 연기하던 바질과 도리언은 죽고 사회가 바라보는 와일드였던 헨리 경만이 무대 밖에 있는 관객으로 남게 된다. 사실이 이렇다면, 우리가 알고 있는 와일드는 사회가 바라보는 모습이거나 분열된 그의 일면일 뿐이다. 블레이크가 말했듯이 다의적인 세계에서는 명백함조차 다의적이므로, 우리가 와일드에 가까이 접근하려면《도리언 그레이의 초상》에서 드러난 여러 자아를 동시에 보아야 한다. 그럼으로써 우리는 비로소 순수한 미를 추구한 예술가이자, 사회를 비딱하게 바라보며 감각적이고 미적인 새로운 쾌락주의를 주창한 댄디이자, 결국 비극을 맞이했지만 도덕관념 바깥에서 미학적 쾌락주의를 실천하며 일탈을 꿈꾸었던 유미주의자인 와일드의 진정한 모습을 만날 수 있다.

이처럼 와일드 자신의 삶을 반영한 도리언의 일탈적인 삶과 비극적인 최후에서 우리는 사람들이 공유하는 지배적인 사회적 가치 및 사회규범을 조롱하며 금기에 도전한 한 인간의 예술가적인 순수성과 열정을 느낄 수 있고, 현실의 벽에 부딪혀 쓰러져간 한 예술가의 비애감을 이해할 수 있고, 앞으로 닥칠 냉소적인 유미주의자의 비극을 예감할 수 있다.

와일드는 도덕이나 사회적 가치에서 완전히 독립된 예술을 원했다. 하지만 그가 폭로한 것은 도리언이나 와일드의 파국에서 보듯 도리언이 추구한 유미적 삶을 용인하지 않는 억압적인 현실이었다. 그러한 현실에서 와일드가 예술가란 시대의 도덕관념 밖에 존재한다는 지론을 실천하기 위해서는 자기 파괴적인 삶을 걷는 길밖에 없었다. 그리고 그의 이상적인 자아상인 도리언은 분열된 자아와 통합할 수 없었고, 자신의 양심을 죽임으로써 그림에서 자유로워질 수 있다고 믿었지만 그런 행위의 결과는 곧 자신의 죽음이었다. 이처럼 도리언은 자신의 양심을 죽이려 했지만 오히려 (자신의 끔찍한 모습, 소름 끼치는 영혼을 상기시킨) 양심에게 살해되고 만다.

좋아하는 작품인《도리언 그레이의 초상》을 직접 번역할 수 있어 무척 흐뭇했다. 기회가 되면 오스카 와일드의 다른 작품들도 번역해보고 싶다. 끝으로 이 책을 번역할 수 있는 기회를 주신 문예출판사에 감사드린다.

옮긴이

오스카 와일드 연보

1854년 10월 16일, 아일랜드 더블린에서 태어났다. 아버지 윌리엄 와일드 경은 아일랜드의 저명한 의사였고 고고학과 민속학 관련 책도 집필했다. 어머니 제인 프란체스카 엘지는 성공환 작가이자 아일랜드 민족주의자였다.

1855년 당시 유행하던 거주 지역인 에리온 스퀘어로 가족이 이사했다. 오스카 와일드의 어머니는 토요일마다 정기적으로 살롱을 열었다. 오스카 와일드는 9세가 될 때까지 집에서 교육받았는데 프랑스인 유모와 독일인 가정교사가 프랑스어와 독일어를 가르쳤다.

1864년 영국 북아일랜드 남서부 퍼매너주 에니스킬렌에 있는 포토라 왕립 학교에 입학했다. 학교 친구의 말에 따르면, 속독 능력이 남달라서 마주 보는 두 페이지를 동시에 읽고 3권짜리 책을 30분 안에 읽었으며 기억력도 좋았다고 한다. 또한 고전학 분야에서 특히 성적이 뛰어났다.

1871년 왕립 장학금을 받고 더블린의 트리니티칼리지에 입학했다. 트리니티칼리지에서 고전 문학을 공부했다.

1874년 우수한 성적으로 트리니티칼리지를 졸업하고 옥스터드대학교 모들린칼리지에 입학했다. 오스카 와일드는 모들린칼리지에 다니는 동안 머리를 길게 기르고 남성적인 스포츠를 공개적으로 경멸했으며 아름다운 예술품 등으로 방을 장식했다.

1877년 프랭크 마일스의 스튜디오에서 릴리 랭트리를 만났다. 그녀는 영국에서 가장 매력적인 여성이었고 두 사람은 오랜 세월 절친한 친구로 지냈다. 오스카 와일드는 릴리 랭트리에게 라틴어를 가르쳤고 나중에는 그녀가 연기를 하도록 격려했다.

1878년 시 〈라벤나〉를 썼고 이 시로 뉴디게이드 문학상을 수상했다.

1880년 첫 희곡인 〈베라, 혹은 허무주의자들〉를 집필했다.

1881년 첫 시집인 《시집》을 출판했다. 오스카 와일드는 트리니티칼리지에 입학한 이후 잡지에 시를 발표해왔는데, 《시집》은 그 시들을 모으고 수정해서 출판한 시집이다. 이 시집은 1판 750부가 매진되었지만 비평가들에게 호평을 받지는 못했다.

1882년 미국으로 강연 여행을 떠났다. 4개월 예정이었지만 상업적 성공으로 거의 1년 동안 계속되었다.

1883년 첫 희곡인 〈베라, 혹은 허무주의자들〉이 뉴욕에서 상연되었지만 일주일 만에 막을 내렸다. 희곡 〈파두아의 공작 부인〉을 집필했다.

1884년 부유한 변호사 호러스 로이드의 딸인 콘스턴스 메리 로이드와 결혼했다. 이후 1885년과 1886년에 두 아들 시릴과 비비언이 태어났다.

1886년 시카고 헤이마켓 학살 사건 이후 체포되어 처형된 무정부주의자들의 사면을 요청한 조지 버나드 쇼의 청원서에 서명했다. 오스카 와일드는 옥스퍼드에 있는 동안 로버트 로스를 만났다.

1887년 잡지 《더 레이디스 월드》의 편집장이 되었고, 그의 주도로 잡지는 《더 우먼스 월드》로 이름을 바꾸었다.

1888년 동화집 《행복한 왕자와 그 밖의 이야기들》을 출간했다.

1890년 유일한 장편 소설인 《도리언 그레이의 초상》을 《리핀콧 먼슬리 매거진》에 연재했다.

1891년 《도리언 그레이의 초상》을 수정 보완하여 출간했다. 단편 소설집 《아서 새빌 경의 범죄와 그 밖의 이야기들》과 동화집 《석류의 집》을 출간했다. 프랑스 파리에서 프랑스어로 〈살로메〉를 집필했다. 〈살로메〉는 성경 속 헤롯 왕의 세례 요한 참수 사건을 바탕으로 한 작품으로, 영국에서 상연이 금지되었고 1896년에야 프랑스에서 초연되었다.

1892년 희곡 〈윈더미어 부인의 부채〉를 집필했고 무대에서 상연되었다.

1893년 희곡 〈보잘것없는 여인〉을 집필했고 상연되었다. 프랑스어로 〈살로메〉가 파리와 런던에서 공동 출판되었다.

1894년	앨프레드 더글러스가 번역한 영어판 〈살로메〉가 런던에서 출판되었다.
1895년	희곡 〈이상적인 남편〉, 〈진지해지는 것의 중요성〉을 집필했고 무대에서 상연되었다. 이 무렵 오스카 와일드는 최고의 문학적 성취를 이루며 문학가로서 명성을 얻었다. 〈살로메〉를 번역한 앨프레드 더글러스의 아버지 퀸즈베리 후작이 오스카 와일드를 동성애로 고소하여 두 차례의 재판 끝에 2년간의 중노동형 처분을 받았다.
1897년	5월 19일, 감옥에서 풀려나자마자 프랑스로 떠나 다시는 영국으로 돌아가지 않았고 한동안 프랑스와 이탈리아를 떠돌았다.
1898년	마지막 시 〈레딩 감옥의 노래〉를 발표했다.
1900년	감옥에 있는 동안 건강이 악화되었고 경제적으로도 파탄이 나서 프랑스에서 지내는 3년 동안 힘든 생활을 했다. 11월 30일, 파리의 알자스 호텔에서 뇌수막염에 걸려 46세의 나이로 사망했다.

옮긴이 **임종기**

서강대학교 대학원에서 사회학을 전공했으며, 현재는 전문번역가로 활동하고 있다. 지은 책으로《SF부족들의 새로운 문학 혁명, SF의 탄생과 비상》이 있으며, 옮긴 책으로 닐 스티븐슨의《바로크 사이클》, 조지 오웰의《동물농장》,《1984》, 허버트 조지 웰스의《우주전쟁》,《타임머신》과 필립 커의《철학적 탐구》, 메리 셸리의《프랑켄슈타인》, 니콜라스 카의《빅 스위치》, 샹커 베단텀의《히든 브레인》, 재닛 브라운의《찰스 다윈 평전》등 다수가 있다.

도리언 그레이의 초상

1판 1쇄 발행 2011년 12월 10일
2판 1쇄 발행 2024년 11월 15일

지은이 오스카 와일드 │ 옮긴이 임종기
펴낸곳 (주)문예출판사 │ 펴낸이 전준배
출판등록 2004. 02. 11. 제 2013-000357호 (1966. 12. 2. 제 1-134호)
주소 04001 서울특별시 마포구 월드컵북로 21
전화 02-393-5681 │ 팩스 02-393-5685
홈페이지 www.moonye.com │ 블로그 blog.naver.com/imoonye
페이스북 www.facebook.com/moonyepublishing │ 이메일 info@moonye.com

ISBN 978-89-310-2405-0 04800
ISBN 978-89-310-2365-7 (세트)

• 잘못 만든 책은 구입하신 서점에서 바꿔드립니다.

&#xech;문예출판사® 상표등록 제 40-0833187호, 제 41-0200044호

(뒷면 계속)